Bajo tierra

Mark Billingham

BAJO TIERRA

algaida
eco

Avda. San Francisco Javier 22
41018 Sevilla
Teléfono 95 465 23 11. Telefax 95 465 62 54
e-mail: algaida@algaida.es
Composición: Grupo Anaya
ISBN: 978-84-9877-760-4
Depósito legal: Se. 1.902-2012
Printed in Spain

Índice

Prólogo

PIENSAS SIEMPRE EN LOS NIÑOS.

Es lo primero y lo último, en una situación como ésta, en un estado así, cuando no sabes si te doblas por la rabia o el dolor, y te cuesta trabajo escupir las palabras hacia el otro lado de la habitación. Lo primero y lo último, piensas en ellos...

—¿Por qué coño no me dijiste esto antes?

—No era el momento. Me pareció mejor esperar.

—¿Mejor?

Da un paso hacia el hombre que permanece de pie al otro extremo del salón. Instintivamente, él se echa para atrás hasta aplastar los gemelos contra el borde del sofá, perdiendo por poco el equilibrio sobre los cojines cuidadosamente arreglados.

—Creo que deberías intentar calmarte —dice.

La habitación huele a flores secas. Todavía se notan las marcas en la moqueta por donde ha pasado la aspiradora hace poco y hay un reloj de pie, con su sonoro tic-tac que se oye en cuanto terminan los gritos, encima de la repisa de pino de la chimenea, que luce un pulido intenso.

—¿Qué esperas que haga yo? —dice ella—. Me encantaría saberlo.

—Nadie te puede decir lo que tienes que hacer. Es una decisión tuya

—¿Realmente tengo elección?

—Tenemos que sentarnos y hablar sobre cuál es el mejor camino que se puede seguir.

—Por el amor de Dios, te presentas aquí, como si nada, y me dices eso. Así, como si nada, como si fuera algo que casualmente se te ha olvidado mencionar. Te presentas aquí y me cuentas todo esta... ¡mierda!

Ha empezado a llorar otra vez, pero esta vez no se lleva la mano a la cara. Cierra los ojos con fuerza, esperando que se le pase. Espera que vuelva la furia, sin aplacarla.

—Sarah.

—No te conozco. ¡Joder, no te conozco *de nada*!

Entonces, durante unos segundos no se oye más que el tic-tac, el tráfico lejano, y el ruido de la radio insinuándose desde la cocina; el volumen lo había bajado al oír el timbre de la puerta. Dentro, la calefacción central está bombeando más calor de la cuenta: los rayos de sol todavía llenan de luz la habitación a través de los visillos.

—Lo siento.

—¿Cómo dices? ¿Que lo sientes?

Pero se ha enterado perfectamente. Sonríe a la vez que se ríe. Con los puños pegados al costado, recoge la tela de su vestido entre los dedos mientras aprieta con fuerza. Empieza a notar un retortijón de estómago; y siente un espasmo en la parte superior de la pierna.

—Necesito ir al colegio

—Los niños estarán bien. De verdad, cariño. Estarán perfectamente.

Ella repite su última palabra; y la vuelve a repetir en forma de susurro. Esta vez no hay manera de parar las lágrimas, ni el grito que surge de ninguna parte; ni tampoco la marejada y la oleada que le arrastra al otro lado de la habitación, las manos como zarpas dispuestas a desgarrar la cara del hombre.

El hombre levanta las manos para protegerse. Se agarra a los dedos que se le clavan en los ojos, y en cuanto los tiene bien cogidos, en cuanto supone que la domina, intenta inmovilizarla, para alejarla de allí de manera controlada.

—Tienes que mantener la calma.

—Tú. Hijo de puta. Cabrón —hace un movimiento brusco hacia atrás con la cabeza.

—Por favor, escúchame... —el escupitajo le da justo encima del labio y empieza a correr hacia abajo. Él le suelta un taco, una palabra que no suele usar.

Y le da un empujón...

Y de repente, al caer hacia atrás como un peso muerto, abre la boca para gritar, antes de romper en mil pedazos el cristal de la mesa de centro.

Durante unos instantes el tic-tac del reloj. Y el tráfico. Y el zumbido desde la cocina.

El hombre da un paso hacia ella, y se para en seco. En seguida se da cuenta de lo que ha pasado.

A la mujer le duele la espalda, y el tobillo, por los golpes recibidos al caerse. Intenta incorporarse, pero le puede la pesadez de la cabeza. Surge un gemido de dentro, los hombros aplastando los cristalitos sobre la moqueta debajo de ella. Está tumbada, sin aliento, sobre un lecho de joyas y astillas; reconoce una canción que se oye en la radio lejana justo cuando siente el calor y la humedad en la nuca. Corre por la garganta, y poco a poco va rezumando por el escote de su chaleco.

Fragmentos de cristal...

Piensa durante unos instantes en esas palabras, en lo absurdas que suenan si se repiten muchas veces. En su mala suerte. ¿Cómo es posible tener tantísima mala suerte? Seguramente le habrá pillado una vena, o quizás dos. Y aunque pueda oír cómo pronuncian su nombre, aunque se dé perfecta cuenta de la desesperación, del pánico reflejado en la voz, ya está empezando a desvanecerse y a la vez a ver muy claramente, concentrándose sólo en las caras de sus niños.

Lo primero y lo último.

Mientras se le escapa rápidamente la vida, tiñendo de rojo el cristal ahumado, su último pensamiento es muy claro. Sencillo, tierno, y virulento.

«Si les ha hecho algo a mis niños, le mataré».

PRIMERA PARTE

EL PUÑETAZO SE VE VENIR

Luke

—Supongo que lo único que realmente quiero decir es que intentes no preocuparte. ¿Vale, mamá? Mejor dicho, que no hace falta. Sé que es inútil que te lo diga, porque es algo que has hecho siempre. Juliet y yo hemos llegado a la conclusión de que si no estuvieras preocupada por algo te sentirías rara, o malucha, como si una parte de ti no funcionara bien. Estarías contrariada. Como cuando sabes que te has olvidado de hacer algo importante, o cuando no te acuerdas en qué sitio has dejado tus llaves o el monedero, ya sabes. ¡Si no estuvieras preocupada, lo estaríamos nosotros por ti!

»Pero bueno, no pasa nada. De hecho estoy bastante bien. Yo diría que incluso mejor que bastante bien.

»Tampoco digo que sea un hotel de cinco estrellas ni nada por el estilo, pero la comida podría estar mucho peor, y se están portando bien conmigo. Y la cama es sólo la segunda más incómoda que me ha tocado en mi vida. Acuérdate de cuando nos quedamos en esa pensión cutre de Eastbourne, aquella vez que Juliet tuvo el torneo de hockey, y era como dormir sobre rocas. Aquí consigo dormir algo, aunque parezca increíble.

»Realmente no sé qué más decir. Qué más se supone que debería decir.

»Sólo una cosa... Si quieres grabarme en vídeo esas comedias que tanto me gustan... estaría guay. Y no vayas a alqui-

lar mi habitación en seguida, y por favor, dile a todos los del cole que no se sientan demasiado mal. ¿Lo ves? Bien alimentado, con mis horas de sueño, y todavía tengo sentido del humor. Así que, realmente, no hay motivo para que tú te alteres, ¿vale, mamá? Estoy bien. Una cosa: cuando todo esto se haya arreglado, ¿qué tal si me regalas para la Play ese juego? Es que llevo detrás de él un montón de tiempo. Bueno, por intentarlo que no quede. Mira, se me ocurren un montón de cosas, pero va a ser mejor que no me enrolle demasiado y tú ya sabes a lo que me refiero, ¿verdad, mamá? Tú sabes lo que quiero decir, ¿verdad?

»Pues, ya está bien...».

Los ojos del niño se desvían de la cámara, y un hombre que lleva una jeringuilla se le acerca rápidamente. Se endereza, y se le nota tenso mientras el hombre se inclina sobre él, para colocar la bolsa encima de la cabeza del niño hasta tapársela unos instantes, antes de que desaparezca la imagen.

MARTES

Uno

HABÍA HUMOR, CLARO QUE LO HABÍA; DE MAL GUSTO normalmente, y completamente negro cuando lo requería la ocasión. Aun así, las bromas no habían sido la tónica de los últimos tiempos, y menos aún, a costa de Tom Thorne.

Pero esto suponía lo más gracioso que le había pasado en mucho tiempo.

—¿Jesmond preguntó por mí? —dijo.

Russell Brigstocke se echó para atrás en su silla, disfrutando de la sorpresa que sin duda había producido su noticia bomba. Era un mundo incierto. En una Policía Metropolitana que experimentaba continuos cambios, y donde pocas cosas se podían considerar como algo seguro, la relación entre el inspector Tom Thorne y el comisario jefe del grupo de homicidios de la Zona Oeste, que resultaba cualquier cosa menos armoniosa, era una constante reconfortante.

—Insistió mucho.

—Le está afectando la presión —dijo Thorne—. Está perdiendo el hilo.

Le tocó a Brigstocke ver el lado gracioso:

—¿Por qué de pronto se me ocurre pensar en ollas y cacharros?

—Ni idea. A lo mejor tienes algún interés especial en los útiles de cocina.

—Llevas mucho tiempo diciendo que quieres trabajar en algo sustancioso. Así que...

—Con toda la razón del mundo, joder.

Brigstocke suspiró. Con el dedo se ajustó las gafas de montura negra y gruesa.

Hacía calor en la oficina; la primavera irrumpía con fuerza mientras que los radiadores echaban calor como si fuera diciembre. Thorne se puso de pie y se quitó la chaqueta de cuero marrón:

—Venga ya, Russell, tú sabes de sobra que no me han dado nada que merezca la pena en seis meses.

Habían pasado seis meses desde que había trabajado de paisano por las calles de Londres, intentando coger al responsable de matar a patadas a tres sintecho de Londres. Seis meses haciendo informes sobre asuntos domésticos, y protegiendo la integridad de las cadenas de pruebas, y volviendo a comprobar la documentación que se presentaba en los juicios. Seis meses alejado de líos.

—Esto es algo que requiere mucha atención —dijo Brigstocke—. Vamos a ello.

Thorne se volvió a sentar y esperó a que el inspector jefe se explicara.

—Se trata de un secuestro —Brigstocke levantó la mano en cuanto Thorne empezó a mover la cabeza negativamente; siguió haciendo caso omiso a sus quejidos desde el otro lado de la mesa—. Un chico de dieciséis años, secuestrado junto a un colegio hace tres días.

Al darse cuenta de la situación, el movimiento negativo de la cabeza se transformó en un sí.

—Jesmond no tiene ningún interés en que yo trabaje en este caso, ¿verdad? No tiene nada que ver con lo que pueda hacer, o lo que se me pueda dar bien. La unidad de secuestros le ha pedido que les presten a unos cuantos de su gente, ¿a que sí? Y entonces él, como buen jugador de equipo, cumple con las órdenes y a la vez me quita de en medio. Mata dos pájaros de un tiro.

Una maceta con una cinta se encontraba en un extremo de la mesa de Brigstocke, sus hojas marchitas medio caídas sobre una foto de sus niños. Rompió unos cuantos tallos marrones y quebradizos y empezó a aplastarlos entre sus manos.

—Mira, sé que estabas cabreado y sé que tenías motivos de sobra ...

—Joder, que si tenía motivos —dijo Thorne—. Me encuentro mucho mejor que antes, eso ya lo sabes. Ya estoy... preparado y dispuesto.

—Bien. Entonces, hasta que se tome la decisión de darte un papel más activo aquí en el equipo, pensé que agradecerías la oportunidad de «quitarte de en medio». Y no sólo tú. Holland también ha sido asignado al caso...

Thorne dejó caer la cabeza hacia atrás y miró por la ventana; se quedó observando los terrenos del Peel Centre hacia Hendon y la cinta gris del North Circular un poco más allá. Había conocido vistas más bonitas, pero hacía mucho tiempo.

—¿Dieciséis?

—Se llama Luke Mullen.

—Así que se lo llevaron... el viernes, ¿verdad? ¿Qué ha pasado durante estos tres días?

—Te pondrán al corriente en Scotland Yard —Brigstocke ojeó un papel en su mesa—. Tu contacto en la Unidad de Secuestros es la inspectora Porter. Louise.

Thorne sabía que Brigstocke estaba de su parte y que se encontraba pillado entre la lealtad hacia su equipo y la responsabilidad ante sus superiores. En estos tiempos, cualquiera con la misma categoría que él tenía una parte de policía y nueve partes de político. Muchos incluso al mismo nivel que Thorne trabajaban de la misma manera, y Thorne haría todo lo que estuviera en sus manos para no seguir el mismo camino triste y aburrido...

—¿Tom?

Sin duda Brigstocke le había contado justo lo que necesitaba saber. La edad del chico era suficiente para despertar el interés de Thorne. Las víctimas de los que buscaban a niños para sexo solían ser mucho más jóvenes. No es que los mayores no fueran objeto de este tipo de abuso, sino que a menudo el abuso tenía lugar en instituciones, o trágicamente, dentro del mismo hogar. Era inusual que se llevaran a un chico de dieciséis años en plena calle.

—Trevor Jesmond se ha involucrado, y están presionando para conseguir resultados —dijo Thorne. Si encogerse de hombros y esbozar media sonrisa eran signos de entusiasmo, entonces parecía que estaba ilusionadísimo—. Supongo que me vendría bien un poco de presión ahora mismo.

—Todavía no he terminado de contártelo todo.

—Te escucho.

Entonces Brigstocke le siguió contando, y al terminar, cuando Thorne se puso de pie para marcharse, miró por la ventana por última vez. Los edificios de enfrente eran de color marrón, negro y blanco sucio; bloques de oficinas y almacenes, con charcos enormes de agua oscura acumulados en las azoteas. A Thorne le parecían los dientes de la boca de un anciano.

Antes de que el coche llegara a la cancela para salir del aparcamiento, Thorne había puesto un cedé de Bobby Bare, pero al ver la expresión de la cara de Holland, rápidamente lo había sacado.

—Me voy a asegurar de tener siempre un cedé de Simply Red en el coche —dijo Thorne—, para no herir tu sensibilidad.

—No me gusta Simply Red.

—Pues entonces, lo que sea.

Holland señaló el panel del compacto en el salpicadero.

—No me disgustan algunas cosas de tu colección, pero no puedo con esa mierda de guitarra gangosa.

Thorne giró el coche para circular por Aerodrome Road y aceleró hacia la estación de metro de Colindale. Una vez en la A5, iría todo recto a través de Cricklewood, Kilburn y hacia el sur, en dirección centro.

Después de criticar los gustos musicales de Thorne, Holland quiso marcarse el segundo tanto del día, centrando su atención y sarcasmo en el coche. El bmw amarillo —un CS de tres litros del año 71— inspiraba a Thorne una combinación de placer y orgullo, pero para el sargento Dave Holland no era más que la fuente perfecta para un sinfín de chistes sobre coches viejos.

Por una vez, Thorne no entró al trapo. La verdad era que su estado de ánimo difícilmente podría empeorar, por mucho que lo intentaran.

—El viejo del chico es ex policía —dijo Thorne. Le pitó a una vespa que en ese momento había hecho un giro brusco delante de él, y como si estuviera explicando algo desagradable añadió—, el ex comisario jefe Anthony Mullen.

Holland llevaba su pelo, de color rubio ceniza, algo más largo de lo habitual. Se echó un mechón para atrás despejándose la frente:

—¿Y qué?

—Que es un jodido caso de favores bajo cuerda, ¿o no? Está llamando a los antiguos compañeros. Y antes de que te des cuenta, nos pegan el empujón a otra unidad.

—De todas maneras, tampoco tenemos nada más interesante que hacer —dijo Holland.

La mirada que le echó Thorne duró un instante, pero no dejó lugar a dudas en cuanto a su propósito.

—Para ninguno de los dos, quiero decir. No hay muchos casos de cadáveres para resolver ahora mismo.

—De acuerdo. «Ahora mismo.» Pero nunca se sabe cuándo va a pasar algo importante.

—Es como si lo estuvieras deseando.

—¿Cómo?

—Como si fueras a perderte algo...

Thorne no dijo nada. Miró a su alrededor hasta fijar la vista en el espejo retrovisor, mientras ponía el intermitente y esperaba para arrancar.

Ninguno de los dos habló durante algunos minutos. La lluvia había empezado a chorrear por los cristales, a través de los cuales, al terminar el barrio de Kilburn, se vislumbraba el ambiente algo más selecto de Maida Vale.

—¿Te has enterado de algo más del comisario jefe? —preguntó Holland.

Thorne sacudió la cabeza:

—Sabe lo mismo que nosotros. Ya nos enteraremos cuando lleguemos allí.

—¿Has tenido mucho que ver con la OE7 antes?

Igual que muchos agentes, Holland no se había hecho a la idea de que las unidades de Operaciones Especiales habían sido renombrados de forma oficial como unidades DCO, ya que ahora formaban parte de lo que se conocía como Departamento para el Crimen Organizado. La mayoría de la gente seguían utilizando los antiguos acrónimos, sabiendo de sobra que la cúpula volvería a cambiar el nombre de todas maneras, en cuanto le faltaran cosas que hacer. OE/DCO7 era el departamento de Operaciones Especiales con unidades de comando que investigaban desde asesinatos a sueldo hasta crímenes serios relacionados con la droga. Aparte de la unidad de secuestros, estos UCOs (Unidades de Comando Operacional) incluían la unidad móvil de intervención rápida, la unidad especializada en la toma de rehenes y extorsión, y la unidad de proyectos especiales, con los que Thorne había trabajado en la operación conjunta contra el hampa que había terminado tan mal el año anterior.

—Menos mal que con los de secuestros, no. Ellos pertenecen a la élite, y no les gusta mezclarse con gente como tú y yo. Prefieren mantener cierto halo de misterio...

—Bueno, supongo que es normal algo de secretismo, dada la naturaleza de su trabajo. Tienen que ser más discretos que los demás.

Thorne no parecía convencido:

—Son unos creídos.

Se inclinó un poco hasta alcanzar la radio; la puso y sintonizó el programa *Hablemos del Deporte*.

—Así que este tío, Mullen, conoce a Jesmond, ¿no?

—Desde hace años.

—¿Son más o menos de la misma edad?

—Creo que Mullen tiene unos años más —dijo Thorne—. Trabajaron juntos en una antigua unidad del Equipo Especial para la Investigación de Sucesos Graves, en alguna parte al sur del río. El inspector jefe cree que Mullen fue el que promocionó a Jesmond. A Trevor le han estado ayudando a subir desde abajo.

—Ya...

—Recuérdame que le meta un puñetazo al cabrón, ¿vale?

Holland sonrió, pero parecía incómodo.

—¿Qué?

—A su hijo le han secuestrado... —dijo Holland.

En la recta final de Edgware Road, próximo a Marble Arch, el tráfico empezó a complicarse. Thorne, sentado pero cada vez más frustrado, pensó que si en algo se había hecho notar el peaje urbano para circular por la ciudad de Londres, había sido en el bolsillo de la gente. En la radio hablaban del partido que le tocaba jugar al Spurs la noche siguiente. En opinión del experto de la emisora, eran los favoritos para quitarle tres puntos al Fulham, después de ganar tres veces del tirón.

—Es el beso de la muerte, joder —dijo Thorne.

Holland seguía pensando en lo que se había dicho unos minutos antes.

—Creo que simplemente se ven las cosas de forma distinta —dijo—, cuando tienes niños, ¿sabes? —Thorne gruñó—, si algo le pasa al niño de otro...

—¿Crees que me ha faltado sensibilidad en lo que he dicho? —preguntó Thorne.

—Un poco.

—Si realmente pretendiera ser insensible, diría que ha sido justicia divina —Thorne le miró, levantando una ceja. Esta vez, le devolvió una sonrisa auténtica, pero la cara de Holland aún no ofrecía la sonrisa relajada que habría esperado en otros tiempos.

De hecho, Holland nunca había sido ese novato tan crédulo y entusiasta, como le recordaba Thorne. Pero cuando lo trasladaron al equipo de Thorne seis años antes, cuando era un agente de veinticinco años, desde luego había mostrado algo más de entusiasmo. Y convicción. También era cierto que había pasado por todo tipo de problemas domésticos con su novia desde entonces: el asunto de un compañero al que asesinaron un día de servicio, el nacimiento de su hija, que iba a cumplir dos años...

Y se habían encontrado con muchos cadáveres.

Una galería interminable de personas a las que sólo llegaban a conocer cuando les habían quitado la vida. Se podrían revelar sus intimidades más oscuras pero nunca se oiría su voz, ni tampoco se compartirían sus pensamientos. Un desfile de muertos, y otro de vivos, de los asesinos. Y de los que quedaban atrás, los que recogían los pedazos de estas vidas.

Thorne y Holland, igual que otros muchos que se movían en ese ambiente, no solían quedar *marcados* por la violencia y el dolor. No vivían constantemente con ellos, pero tampoco eran inmunes. Era algo que lo cambiaba todo, tarde o temprano.

Desaparecía la convicción...

—¿Cómo están las cosas por casa, Dave?

Por un momento, Holland pareció sorprendido, luego complacido, antes de mostrarse un poco más hermético:

—Todo bien.

—Chloe debe estar bastante grande ya.

Holland asintió, más relajado.

—Cambia cada dos por tres. Y no deja de descubrir cosas nuevas, ¿sabes? Cada vez que llego a casa, me la encuentro haciendo algo distinto. Ahora mismo le encanta la música, y canta lo que sea.

—Nada de guitarras gangosas, supongo.

—Tengo la sensación de que me lo estoy perdiendo todo, mientras hago esto...

Thorne supuso que no tenía sentido preguntar por la novia de Holland. Él no era exactamente santo de su devoción. Sabía de sobra que en vez de pronunciar su nombre, más bien lo gritaba en el piso pequeño que compartían Holland y Sophie en barrio de Elephant & Castle: de hecho, él había sido el causante de la mayor parte de sus numerosas discusiones.

Por fin el bmw volvió a alcanzar los cincuenta kilómetros por hora por Park Lane. Desde aquí, continuaría por Victoria para luego desviarse a través de St. James y el Yard. Holland se volvió hacia Thorne, que moderaba la velocidad al pasar por Hyde Park Corner.

—A propósito, saludos de Sophie —dijo.

Thorne asintió, y se apresuró a incorporarse a la fila de tráfico que circulaba por la rotonda.

No era su lugar favorito...

Aquí había pasado unas semanas horribles el año anterior, quizás las más deprimentes de su vida. Después de haber sido apartado del equipo y de que se le concediera la *baja de jardinería*, por utilizar un eufemismo, Thorne sabía que no estaba completamente bien, que no se había repuesto desde la muerte de su padre. Pero que un tipo como Trevor Jesmond se lo dijera, había sido muy fuerte: sí, le dijo que era «madera muerta», y se había echado a un lado sin más, como si apestara. El trabajo de paisano le había supuesto una vía de escape, y las semanas posteriores que había pasado durmiendo en la calle habían sido infinitamente más agradables que las que había pasado metido en un cubículo sin ventanas en Scotland Yard.

Acercándose a la entrada, Thorne miró con mala cara a un grupo de turistas haciéndose fotos delante de la famosa señal giratoria.

—¿Qué hiciste tú cuando estuviste aquí? —preguntó Holland.

Thorne sacó su placa, y se la enseñó a un agente de servicio en la puerta.

—Intenté calcular cuántos botes de típpex provocarían una sobredosis.

Investigaciones especiales y secuestros era una unidad más entre unas cuantas radicadas en la Central 3000, una enorme oficina diáfana que ocupaba la mitad de la quinta planta. La zona de cada unidad se delimitaba por colores, y su territorio quedaba señalado con una bandera rectangular suspendida del bajo techo. El color de la unidad de armas de fuego era negro; la unidad de vigilancia estaba pintada de verde; la unidad de secuestros, de rojo. En otras zonas, otros colores indicaban la presencia de las unidades de inteligencia y de apoyo técnico, que tenían a su disposición numerosas pantallas de televisión, capaces de conectarse a cualquiera de las cámaras de vigilancia del área metropolitana o mostrar imágenes en directo desde cualquier helicóptero de la policía.

Thorne y Holland lo observaban todo con interés.

—Y nos preguntamos por qué en nuestra comisaría no nos podemos permitir el lujo de comprar ni siquiera una jarra nueva para calentar el agua del té —murmuró Holland.

Una mujer de pelo moreno y baja estatura se levantó de una mesa de la zona roja y se presentó como la inspectora Louise Porter. Holland repitió la gracia sobre la jarra para calentar agua durante los escasos minutos de charla. Se alegró de que le hubiera parecido gracioso. Thorne quedó impresionado con el esfuerzo que le suponía dar esa impresión.

Porter les hizo un repaso rápido de la estructura del equipo, uno de los tres que tenía esa unidad. La estructura resultaba más o menos la habitual: ella era una de los dos inspectores al mando, con una docena de agentes trabajando bajo las órdenes de un inspector jefe.

—El inspector jefe Hignett me pidió que os transmitiera sus disculpas por no haber estado aquí para conoceros —dijo Porter—, pero os verá más tarde. Y por supuesto, ya somos tres inspectores —hizo un gesto con la cabeza hacia Thorne—. Gracias por echarnos un cable.

—Sin problemas —dijo Thorne.

—Tampoco tenías elección, ¿a que no?

—Ninguna.

—Lo siento mucho, pero siempre nos viene bien algo de ayuda —miró hacia abajo—. ¿Estás bien?

Thorne dejó de inclinar el peso de su cuerpo de un pie al otro, y se dio cuenta de que en la cara se le notaba un gesto de dolor.

—No tengo muy bien la espalda —dijo—. Debe ser un tirón o algo así.

La verdad es que llevaba algún tiempo resentido y el dolor que le recorría la pierna izquierda siempre empeoraba después de un rato largo sentado en el coche o, Dios no lo quisiera, detrás de una mesa. En un principio había pensado que podría ser algo muscular; quizás las noches que había pasado durmiendo a la intemperie le estaban pasando factura, pero ya sospechaba que el problema era más grave. Con el tiempo se ocuparía de él, pero de momento se estaba atiborrando de calmantes.

Porter presentó a Thorne y a Holland a los demás miembros del equipo que se encontraban allí en ese momento. La mayoría de ellos se mostraban agradables. Todos parecían atareados.

—Obviamente muchos están por ahí —dijo Porter—, investigando las pistas que tenemos, aunque todas son de pena.

Holland se apoyó sobre una mesa vacía.

—Por lo menos tenéis algo.

—En realidad, sólo hay una pista. Dos testigos que vieron a Luke Mullen subirse a un coche la tarde en que desapareció.

—¿Matrícula? —preguntó Thorne.

—Sólo una parte. Azul o negro, y puede que sea un Passat. Esta información nos la proporcionaron otros niños del colegio; ya habían terminado el día, y estaban más pendientes de hablar de música o de monopatines, o qué sé yo lo que les interesa a estos niños.

Holland sonrió abiertamente.

—¿A que tú no tienes niños?

—*Subirse* a un coche —dijo Thorne—. Así que no parecía que le obligaran...

—Se subió al coche con una mujer, mayor que él, atractiva. Me parece que los otros chicos estaban demasiado pendientes de ella como para fijarse en el coche.

—Quizás Luke tenía una novia nueva —dijo Holland.

—Eso es justo lo que piensan algunos de los niños. Lo habían visto con ella antes.

—¿Entonces, no es posible? —preguntó Thorne—. El chico tiene dieciséis años. Quizás se haya largado a algún hotel con una mujer mayor y atractiva.

—Es posible —Porter empezó a recoger algunas cosas de su mesa, y tomó el bolso colgado del respaldo de la silla—. Pero todo eso pasó el viernes pasado. ¿Por qué no se ha puesto en contacto con alguien?

—Seguramente tiene cosas más interesantes que hacer.

Porter ladeó la cabeza, pensativa, evidenciando que esa teoría no le convencía en absoluto.

—¿Quién se va a pasar un fin de semana metido en faena sin llevarse más que la chaqueta del uniforme del colegio y la ropa de deportes apestando a sudor?

Dejó que asimilaran lo que había dicho, y luego se dirigió sin más hacia la puerta, pasando por delante de Thorne y Holland. No les quedaba duda de que a ellos les correspondía seguirla.

Holland esperó que se adelantara unos pasos para decir:

—Bueno, por lo menos no parece demasiado creída...

Fuera, en el vestíbulo, otra miembro del equipo salía del ascensor. Porter se la presentó a Thorne y Holland antes de que ellos entraran en él. Porter intercambió algunas palabras con su compañera, y luego le dio a un botón y miró a Thorne mientras se cerraban las puertas.

—Es una de los dos agentes responsables de coordinarlo todo con la familia. Ha estado haciendo turnos en la casa desde que nos avisaron: ya conoceréis al otro cuando lleguemos.

—Vale.

Porter clavó la vista en los números iluminados de la pantalla encima de las puertas. Thorne se preguntaba si siempre parecía tan ansiosa, si siempre iba con tanta prisa.

—Si fuera posible, me gustaría tener un par de horas para charlar a fondo con los Mullen. Las primeras conversaciones con la familia son las que realmente importan, está claro.

Tardó unos segundos en reaccionar.

—*¿Las primeras?*—dijo Thorne.

Porter se volvió hacia él.

—No consigo entender...

—Sólo nos avisaron para que nos hiciéramos cargo del caso ayer por la tarde —dijo—. No se denunció el secuestro inmediatamente.

Thorne captó la mirada de Holland, que claramente estaba igual de confundido que él.

—¿Hubo algún tipo de amenaza? —preguntó—. ¿Le dijeron a la familia que no involucrara a la Policía?

—El que se lo haya llevado, no se ha puesto en contacto con la familia para nada.

El ascensor llegó a la planta baja, y se abrieron las puertas, pero Thorne no hizo ningún intento de moverse.

—Por lo pronto, tú estás igual que yo. Cualquiera sabe —dijo Porter.

—¿Y qué se supone que yo sé?

—¿De qué nos sirve jugar a las adivinanzas? El único hecho es que Luke Mullen fue secuestrado el viernes por la tarde, pero por motivos que sólo sus padres conocen, decidieron esperar dos días antes de denunciarlo.

Conrad

Imagina que eres un enano, ¿vale?

Eso no quiere decir que sólo te gustan otros enanos, ¿verdad? Que no te pone la idea de meterle mano a alguien aunque sea desde lo alto de una silla con tal de besarla en condiciones. A decir verdad, es normal *querer estar con alguien distinto, aunque sea por ver realmente qué tal es.*

Sabía de sobra que le pegaba más estar con una cajera de Asda que llevaba ropa Burberry de imitación y perfume barato, así que cuando Amanda apareció en escena, fingiendo un acento barriobajero y hartándose de Alcopops como si se acabara el mundo, se había tirado de cabeza como una rata por una tubería. ¿Y por qué no? Él siempre había fantaseado con una vida más pija, aunque en el fondo sabía que ella sólo pretendía ver cómo se vivía en la más absoluta pobreza. Le había parecido que todo iba sobre ruedas.

Sin embargo, desde hacía poco, tenía la sensación de que le faltaba algo, y no sólo se trataba de que el sexo empezara a fallar, siempre pasaba lo mismo después de unos meses. Era más que eso. Había comenzado a sentir que todo resultaba un poco irreal. Por mucho que se empeñara ella en llamarse Mandy y vestir peor, siempre sería una Amanda, y él nunca conseguiría estar al mismo nivel que ella en cuanto a educación e inteligencia. Y no es que fuera estúpido, ni mucho menos. Más o menos siempre sabía dónde pisaba, pero a la hora de verdad, cuando había que hacer algo y ganarse la vida y todo eso, siempre terminaba yendo donde le aceptaba la gente. Pero, bueno, conocía sus limitaciones. Y nada más que por eso, se consideraba bastante listo.

Lo que pasaba es que ahora había empezado a pensar en otras mujeres. Nadie en concreto, simplemente otro tipo de mujeres. Su *tipo. Se había dejado llevar con sus pensamientos —incluso en medio de decisiones importantes, como decidir qué hacer con el chico y todo eso—, imaginándose con mujeres que llevaban las tirantas del sujetador sucias, y que leían revistas cutres. Pensó en las mujeres que armaban más escándalo de la cuenta en la cama, las que le trataban bien y que no le decían qué hacer con los dedos. Al principio sentía un poco de remordimiento, pero últimamente se había convencido de que ella con probabilidad sentía exactamente lo mismo. Probablemente soñaba con unos cabrones jugadores de rugby llamados Giles o Nigel cuando lo estaban haciendo, y quizás a ella su acento le empezaba a dar dentera igual que el de ella a él...*

Quizás todo tenía que ver con el asunto del chico. Al principio les había parecido dinero fácil, y no habían tardado mucho en ponerse de acuerdo, pero, joder, era más estresante que pegarle una paliza a algún zoquete o conseguir que un anciano te abriera la puerta de su piso. Los dos se estaban portando de manera un poco extraña, y quizás, cuando todo hubiera pasado y tuvieran algún dinero de verdad, empezaría a sentirse normal otra vez. Quizás podrían irse a alguna parte. ¿En qué estaba pensando? Coño, era lo que tenía que hacer, irse lejos de allí.

Y quizás entonces dejaría de pensar en todas esas chicas...

Cuando Amanda entró en la habitación cinco minutos más tarde, pensó por un momento que ella podría darse cuenta de lo que había estado pensando. Que resultaría igual de obvio que el bulto de su polla morcillona que rápidamente había tapado con el Daily Star. *Todo estaba bien. Ella le preguntó si se encontraba bien, y le dio un beso en la cabeza mientras él le hacía la misma pregunta. Se acercó y le cogió uno de sus cigarrillos, y luego echó un vistazo a la caja por si en ella había algo que mereciera la pena.*

Luego se sentó en el borde de la cama y empezó a hablar sobre lo que iban a hacer con el chico.

Dos

—No es exactamente un crío, ¿verdad? —Holland se echó hacia delante, apoyando las manos sobre los reposacabezas de los asientos delanteros—. Probablemente esperaban que volviera a casa tan fresco, sin más.

—Más o menos así es como lo explicaron ellos.

—Puede que haya hecho una cosa así antes.

—No, no creo —dijo Porter. Adelantó con el Saab Turbo que no llevaba ningún distintivo de policía a un cuatro por cuatro plateado, y echó una mirada feroz a la conductora que hablaba animada por su teléfono móvil—. Pero como yo te dije, todavía no hemos hablado *mucho* con los padres. Con suerte, nos enteraremos de algo más durante las próximas dos horas.

—Eso suponiendo que lleguemos bien —Thorne estaba sentado un poco rígido en el asiento del copiloto, desanimado al comprobar que Porter se comportaba al volante con la misma impaciencia que antes había demostrado en su despacho. Las frecuentes miradas al espejo retrovisor tenían más que ver con el propósito del viaje en sí que con la seguridad vial.

—Está claro que si existiera cualquier tipo de amenaza, no estaríamos entrevistando a la familia en su casa. Nos mantendríamos alejados; buscaríamos otra manera de hablar con ellos en territorio neutral.

—No debe ser fácil —dijo Holland.

—No lo es, y si no tienes más remedio que visitar la casa, hay maneras y medios. Sólo tienes que utilizar la imaginación.

—¿Te refieres a disfraces y eso?

Thorne se dio la vuelta y le hizo una mueca a Holland: «*¿Disfraces?* ¿Cuántos años tienes? ¿Seis?».

—Exactamente —dijo Porter—. Tenemos una caja enorme llena de disfraces allí en el despacho. Uniformes de instaladores de gas y carteros —miró durante bastante rato por el espejo retrovisor—. No hay razón para pensar que visitar a los Mullen en su casa vaya a poner a Luke en algún tipo de peligro, ni nada por el estilo, pero sí hay procedimientos que debemos seguir, sean cual sean las circunstancias —otra comprobación por el espejo—. Mantén la vigilancia, joder...

El curso acelerado sobre técnicas de investigación de secuestros había durado desde el aparcamiento de Scotland Yard hasta Arkley, un suburbio frondoso de Hertfordshire, a unos veinte kilómetros al norte del centro de Londres. Se había dejado clarísimo que los protocolos de la unidad eran infinitamente flexibles y que todo ocurría mucho más deprisa que en otros sitios. Aunque Secuestros se diferenciaba bastante poco de Asesinatos —en ese aspecto la unidad de homicidios nunca podría hablar de un caso típico—, Thorne se sorprendió con la enorme gama de crímenes que quedaban dentro de su alcance. Aunque la mayoría de los secuestros eran objeto de bloqueo informativo y nunca llegaban a la luz pública, no había duda de que era una industria en desarrollo.

—Y relativamente segura para los secuestradores, —dijo Porter. Les contó que en más de la mitad de todos sus casos estaban implicados las peores bandas de traficantes, distribuidores y contrabandistas del extranjero, y que ni siquiera un caso de cada cinco acababa en una condena—. La mayoría de las víctimas nunca testifican, cabrones desagradecidos. El año pasado rescatamos a un viejo que llevaba dos semanas en un desván, atado y torturado. Le cortaron las dos orejas, y aun así el hijo de puta se negó a testificar por si otros miembros de la banda iban detrás de él.

—Es comprensible que tuviera miedo —dijo Holland—. No le daría tiempo ni a enterarse de que iban a por él.

Throne suspiró, y se acomodó en su asiento

—Parece que estáis ganando mucho en horas extra —dijo.

Porter soltó un gruñido en señal de conformidad.

—Todas las semanas hay traficantes de mucho peso que son secuestrados. Pertenecen a bandas de jamaicanos, rusos, albanos, o lo que sea. Es una manera rápida de conseguir dinero en efectivo o mercancía, metiéndole miedo a un rival. No nos falta trabajo, pero no nos damos tanta prisa cuando las víctimas del secuestro son de los que suelen hacer de todo menos respetar la ley...

Thorne sabía a lo que se refería. Había trabajado en un caso así el año anterior, durante el que había fallecido su padre. El equipo, y Thorne en concreto, se había encontrado en medio de un conflicto sañudo entre bandas. Le explicó a Porter que una de las bandas había estado implicada en el tráfico de personas: aunque unos cuantos de sus miembros habían muerto, a muy pocos les importaba, ni eran capaces de argumentar que la ciudad no fuera un lugar mejor sin ellos.

—Todo eso es cosa nuestra también —dijo Porter—. Si traen a la gente y la utilizan como esclavos, en la práctica se convierten en rehenes. Los retienen en contra de su voluntad y se suele insinuar una amenaza contra la familia en su país de origen... —Porter iba frenando hasta que el coche se detuvo a unos ciento cincuenta metros de la entrada de una de las casas—. También es una de las principales razones por las que hay cola para trabajar en esta unidad —dijo ella—. En lo que va de año he estado en China, Turquía, Ucrania. Todo en clase *business,* y nos quedamos con los puntos acumulados en los vuelos.

A Holland se le hizo la boca agua.

—Yo fui una vez a Aberdeen para entrevistar a un violador...

Porter miró detenidamente un Jaguar que acababa de pasar, esperó un minuto o dos después de dar la vuelta a la esquina, antes de arrancar el Saab muy despacio y girar para entrar en el camino particular que llegaba hasta la casa.

—Este tipo de caso no es corriente, ¿verdad que no? —preguntó Thorne—. El rapto de civiles...

Ella movió la cabeza negativamente.

—Se puede dar el caso de la familia de un empleado de banco retenida hasta que abra la caja fuerte, pero incluso eso se da muy poco. Podrías tener un caso así en España o en Italia de vez en cuando, pero aquí... Sólo sucede de higos a brevas. Gracias a Dios...

—Entonces, ¿por qué no piden un rescate por Luke Mullen?

—No tengo ni idea.

—Todavía no veo muy claro que sea necesariamente un secuestro.

—Pues no está nada claro que lo sea. Hay otras posibilidades.

—¿Como que Luke se haya largado con la mujer del coche azul?

—O simplemente que se haya escapado de casa —dijo Porter—. Pero a los padres no les gusta admitir que su precioso hijo sea capaz de eso.

Holland se desabrochó el cinturón de seguridad.

—Igual que a ningún padre le parece que su hijo sea ni estúpido ni feo.

—¿Tienes niños?

—Tengo una hija pequeña —Holland sonrió abiertamente—. Es preciosa, y *muy* lista.

—A lo mejor el dinero no tiene nada que ver con todo esto —dijo Thorne.

Porter parecía estar considerando esa posibilidad al detener el coche delante de una casa y apagar el motor.

—Sin duda es... inusual.

—Quién sabe... —Thorne abrió la puerta e hizo girar las piernas hacia fuera, hablando con gesto de dolor mientras se ponía derecho—. Quizás si hubieran pedido rescate, los padres nos hubieran avisado un poco más rápido.

Holland salió y se acercó a Thorne, contemplando el chalet independiente, que imitaba el estilo Tudor, donde vivían Tony Mullen y su mujer.

—Es grande —dijo.

Porter cerró el coche y los tres emprendieron el camino hacia la puerta principal.

—Seguramente parece aún más grande en este momento —dijo ella.

Unos minutos después, Thorne observaría una expresión de alivio que inundaba la cara de Tony Mullen, pero que resultó efímera. Sentado frente a Thorne en un sillón de aspecto incómodo, la palidez húmeda de la desesperación volvía a enturbiar su rostro: la expresión de un hombre preparándose para resistir lo peor.

Había llegado a la puerta antes que ellos, mirándoles fijamente como si intentara sacar urgentemente alguna conclusión por su modo de caminar; averiguar qué era lo que habían venido a decirle por la manera en que se acercaban a la casa. Porter había hecho un gesto con la cabeza para decirle que no. Un movimiento apenas perceptible, pero había sido suficiente.

Mullen había dejado escapar la respiración y durante unos instantes había cerrado los ojos, y casi sonreía cuando los volvió a abrir; movió la mano blanca que había mnatenido apoyada sobre el marco de la puerta, y la extendió, con la palma hacia arriba, hacia ellos.

—Se te caen los cojones al suelo —dijo— cuando suena el teléfono o llaman a la puerta, sobre todo si sois vosotros: es como si vieras venir el puñetazo.

Se hicieron las presentaciones de rigor en la puerta.

—Trevor Jesmond había dicho que se las arreglaría para conseguir que le echaran una mano —dijo Mullen. Tocó el brazo de Thorne—. Asegúrese de darle las gracias, haz el favor.

Thorne se preguntó si Jesmond le habría dicho a Mullen lo que realmente pensaba de aquel hombre que le estaba echando una mano. En caso de que lo hubiera hecho, Thorne llegó a la conclusión de que probablemente no hubiera sido del todo sincero en su evaluación. Si Mullen le hubiera pedido ayuda directamente, Jesmond no hubiese querido que su viejo amigo pensara ni por un momento que le estaba largando mercancía defectuosa. Thorne decidió que era mejor no tocar el tema, que debía intentar no cargar el ambiente mientras fuera lo apropiado. Miró a Mullen; tenía menos canas que Thorne y, aunque las circunstancias habían hecho mella en él, por lo demás parecía estar en forma.

—Pues nada, o es mucho más joven de lo que parece, o se jubiló pronto —dijo.

Mullen pareció sorprendido por un momento, pero el tono de su voz era amable mientras acompañaba a los tres hasta el vestíbulo lóbrego. «¿No pueden ser las dos cosas?»

—Es lo que *yo* pretendo conseguir —dijo Porter, colgando su abrigo.

—De todas maneras, tiene razón, me retiré un poco antes de tiempo —dijo Mullen. Le miró a Thorne de arriba abajo—. Y usted ¿qué edad tiene, cuarenta y siete, cuarenta y ocho?

Thorne intentó no reaccionar.

—Cumplo cuarenta y cinco dentro de unos meses.

—Bien. Pues yo cumplo cincuenta este año y sé de sobra que parecería aún mayor si hubiera seguido en ese trabajo. Ya sabe cómo es. Empezaba a costarme trabajo recordar la cara de Maggie y de los niños.

Thorne asintió con la cabeza. En su caso, durante unos cuantos años no había habido nadie a quien olvidar, pero sabía lo que Mullen quería decir.

—Había conseguido unos ahorrillos, y parecía un buen momento. Tenía ganas de un cambio y Maggie estaba deseando que me fuera de allí. Incluso se acostumbró a tenerme pegado todo el día...

En el momento justo, Maggie Mullen bajó la escalera, con aspecto de mayor, mayor aún que los cincuenta y tantos que Thorne le echaba. Sus líneas de expresión se habían agrietado. El maquillaje que se acababa de poner no favorecía unos ojos hinchados y enrojecidos.

—Intentaba dormir un poco —dijo ella.

Fue Holland quien impidió que la pausa se convirtiera en silencio. Con un gesto de la cabeza señaló a Mullen, y retomó el hilo de la conversación anterior.

—Es lo que suelen decir los políticos, ¿verdad?

Mullen le miró:

—¿Cómo?

—Siempre que dejan un cargo, por la razón que sea, dicen que quieren pasar más tiempo con su familia...

Se quedaron allí de pie los dos un poco incómodos, casi como si no fueran ellos los padres de un niño secuestrado, junto a los que tenían la tarea de de encontrarlo; resultaba como si estuvieran esperando con mucha educación a que alguien anunciara que la cena estaba servida.

Ahora, en el salón, algo de esa peculiar formalidad persistía todavía, empeorada por la distribución de los asientos. Era un salón grande y los sofás y sillones se habían colocado alrededor de una alfombra rectangular, de estilo chino. Thorne y Porter estaban sentados en un sofá de cuero color crema, mientras que Mullen y su mujer se encontraban en unos sillones colocados a más de cinco metros, con bastante distancia también entre ellos. Desde la planta de arriba se escuchaba música, y se oía ruido también desde la cocina donde Holland y Kenny Parsons —el agente responsable de la coordinación con la familia que Porter había mencionado antes— habían ido a hacer café.

Thorne miró por las puertas que daban al jardín, que se veía enorme comparado con los terrenos del tamaño de un sello de correos que solían tener la mayoría de las propiedades en Londres. Se volvió hacia la señora Mullen.

—Entiendo muy bien por qué se mudaron aquí. Aunque, a decir verdad, a mí me echaría para atrás tener que cortar todo ese césped.

Fue Tony Mullen el que contestó.

—La verdad es que llegamos a un acuerdo. Yo me quería ir al campo, a vivir en el quinto pino, pero Maggie no quería dejar Londres. Tienes la *sensación* de estar en el campo, pero puedes coger el metro en High Barnet a unos minutos de aquí, o en veinte minutos llegas a King's Cross en el tren de cercanías.

Thorne supo reaccionar y soltar un comentario apropiado para el momento, pero pensaba que había un abismo entre ese lugar y King's Cross.

—Y los colegios —dijo Maggie Mullen—. También nos mudamos por los colegios...

Y entonces, con esa palabra tan significativa, se dieron cuenta de la terrible razón por la que estaban en ese salón, y la charla de cortesía cesó por completo.

—Bien —Tony Mullen se dio un palmetazo en las piernas; el ruido hizo que su mujer se sobresaltara un poco—. Sabemos que no son malas noticias, gracias a Dios, pero supongo que tampoco son tan buenas.

Porter se enderezó en el sofá.

—Estamos haciendo todo cuanto podamos, pero...

—No siga —Mullen levantó una mano—. No me interesan para nada los discursos de protocolo. Conozco el juego, ¿sabe? Así que no perdamos el tiempo de nadie, ¿vale, Louise?

Thorne se dio cuenta de que a Porter le había sentado como un tiro ese tono de familiaridad, pero pensó que ella era el tipo de persona que sabría controlar su reacción. Por lo menos, la primera vez. En lugar de reaccionar, dejó que la vista se desviara hacia la mujer de Mullen y habló suavemente.

—No era un discurso.

—Yo soy el nuevo —dijo Thorne—, así que me vais a tener que perdonar si repasamos un poco lo que ya se ha dicho, pero me preguntaba el porqué del retraso —Mullen le devolvió la mirada; una invitación de muy mala gana para que Thorne se explicara—. Luke faltó el viernes después del colegio y la primera llamada a la policía se realizó poco después de las nueve de ayer por la mañana. ¿Por qué esperaron tanto?

—Ya hemos explicado todo esto —dijo Mullen. Con la tensión en su voz se asomaron vestigios de un acento de los Midlands. Thorne se acordó de que Porter ya le había dicho que Mullen era de Wolverhampton—. Sólo creíamos que Luke se había ido por ahí.

—Sólo hasta el viernes por la noche, supongo.

—Podía haber ido a un club, haberse quedado en casa de un amigo o algo así. Los viernes por la noche, solíamos pasar más la mano...

—Fui yo —Maggie Mullen carraspeó y repitió lo dicho—. Fui yo quien pensó que no había de qué preocuparse. Fui yo quien le convenció a Tony de que era mejor esperar a que volviera Luke.

—¿Por qué no lo dijo ayer? —preguntó Porter.

—No considero que tenga importancia —dijo ella.

—Seguramente no la tiene, pero ...

—Al menos, ya tienen el porqué. Esperamos, y eso es todo lo que importa. Esperamos cuando no deberíamos haberlo hecho, y yo voy a tener que vivir con eso.

—Discutimos —dijo Mullen.

Thorne seguía con la mirada clavada en Maggie Mullen. Vio cómo bajaba la cabeza para mirar fijamente los pies.

Mullen se enderezó en el sillón y continuó.

—Luke y yo tuvimos una pelea estúpida esa mañana. Mucho gritos y tacos, lo típico de esas situaciones.

—¿Sobre qué discutieron? —preguntó Thorne.

—Sobre el colegio —dijo Mullen—. Creo que a lo mejor le hemos sometido a mucha presión. *Yo* le estaba presionando...

—Luke y su padre normalmente se llevan muy bien —Maggie Mullen miró a Porter, y habló como si su marido ya no se encontrara en el salón—. Estupendamente. No es normal que discutan así...

Porter sonrió
—Las peleas que yo solía tener con mis padres...
—A veces creo que Luke tiene mejor relación con su padre que conmigo, ¿sabes?
—No seas tonta —dijo Mullen.
—Si soy sincera, me pongo incluso celosa a veces.
—Venga ya, cariño...
Maggie Mullen miraba fijamente hacia delante. Thorne le siguió la mirada hacia la chimenea, excesivamente ostentosa. Hacia el calentador de gas con efecto de llamas simuladas y el leopardo cazador de cerámica a mitad de su tamaño real sentado a un lado.
—¿Realmente fue tan grave esta pelea? —preguntó—. ¿Lo suficientemente grave para que Luke se fuera así sin decir nada?
—Ni hablar —Mullen contestó rotundamente. Lo volvió a repetir para asegurarse de que a Thorne y Porter les había quedado claro.
—¿Señora Mullen?
El volumen de la batería y el bajo que traspasaba el techo pareció aumentar durante unos segundos. Todavía con la mirada clavada en la chimenea, Maggie Mullen movió la cabeza negativamente.
—Tenga que ver con esta discusión o no, puede que encontremos una explicación sencilla para la desaparición de Luke —Porter esperó a que todas las caras se volvieran hacia ella antes de seguir—. Por lo menos hay que aceptar esa posibilidad.
Maggie Mullen se puso de pie y alisó la parte trasera de su falda.
—Estaría encantada de aceptarlo, cariño. Rezo por eso.

Se acercó a la chimenea y alcanzó un paquete de Silko Cut de la repisa encima.

—Obviamente hemos investigado a todos sus amigos —dijo Porter—. Pero ante la ausencia de cualquier tipo de comunicación de alguien que estuviera reteniendo a Luke, tiene que caber la posibilidad de que se haya ido con alguien.

—¿Te refieres a esa mujer? —dijo Mullen.

—Esa mujer con la que se le había visto en ocasiones anteriores.

Thorne también se puso de pie y pasó por detrás del sofá, notando casi en el acto alivio al dolor que sentía en la pierna.

—Si Luke se estuviera viendo con alguien mayor, se lo habría pensado dos veces antes que contárselo.

La madre del chico no se terminaba de convencer

—No me cuadra —buscó torpemente un cigarrillo—. No puedo imaginar a Luke con una chica de su edad, y menos aún con alguien... mayor. No se siente seguro con chicas. Es más bien un poco tímido...

—El hecho de que no lo supiéramos todo sobre él, no quiere decir que no estuviera metido en ese tipo de cosas. No me refiero a drogas ni nada así, pero los niños tienen sus secretos, ¿o no?

—Creo que su marido tiene razón en eso —dijo Thorne—. ¿Hasta qué punto un padre puede conocer realmente a un adolescente?

Maggie Mullen encendió su cigarrillo, llenando sus pulmones de humo como si fuera oxígeno.

—Hace tiempo que me digo lo mismo —dijo ella—, desde que empecé a preguntarme si volvería a ver a mi hijo.

En la cocina, el sargento Kenny Parsons abrió otro armario, y miró dentro con curiosidad.

—Quizás sea mejor dejarlo.

Holland estaba sentado detrás de la mesa, pasando las páginas del *Daily Express* sin interés alguno.

—No te pongas nervioso, colega. Como agente coordinador de la familia, está claro que eres un privilegiado en cuanto a las galletas.

—Ha dado sus frutos. Aquí tienes.

Parsons sacó un paquete sin abrir y lo colocó en una bandeja junto a las tazas. Cada taza tenía su cucharada de café. En la jarra eléctrica el agua había hervido ya una vez, y habían hecho caso omiso.

—¿Entonces tú cómo ves las cosas entre ellos? —dijo Holland, haciendo gestos con la cabeza hacia el salón—. Normalmente, quiero decir.

Parsons le dio una vez más al interruptor de la jarra eléctrica y llevó la bandeja a la mesa. Holland le echaba unos treinta y cinco años; un hombre negro de piel muy oscura, con el pelo casi rasado al cero, y capaz de parecer desaliñado llevando puesto un traje perfectamente presentable.

—¿Sabes que se separaron durante un tiempo hace unos años?

Holland asintió; Porter se lo había dicho a él y a Thorne. Por supuesto, el equipo estaba investigando a la familia. No tan de cerca como hubieran podido hacerlo si Luke fuera más joven; si hubiera sido claramente un rapto y no un secuestro. La familia no era sospechosa, por lo menos tan pronto, pero de todas maneras se habían practicado unas consultas discretas.

—La que se marchó, fue ella, ¿verdad? —preguntó Holland.

—No estuvo fuera mucho tiempo.

—El viejo estaría jugando fuera de casa, ¿no crees?

—Suele ser así, ¿no?

—Y ahora ¿qué?

Parsons lo pensó.

—Están las cosas bastante bien, creo.

Holland había descubierto muy pronto que a su compañero no le faltaban opiniones. Tenía mucho que decir sobre los miembros de su propio equipo, y se le veía mucho más relajado hablando de la familia Mullen que sirviéndose sin permiso sus galletas Digestive.

Holland se alegró de poder conseguir otra perspectiva del caso.

—Ten en cuenta que, aun haciendo turnos, no estamos aquí las veinticuatro horas del día —dijo Parsons—. Mullen se mostró inflexible en los primeros momentos: no quería que nadie pasara la noche aquí. Sin embargo, basándome en lo que *sí* he visto, creo que él dirige más o menos el cotarro. Está acostumbrado a que hagan lo que él diga, por razones obvias.

—¿Y *hacen* lo que él dice? La mujer no da la impresión de ser ningún felpudo.

—Por supuesto que no lo es.

—Parece agradable —dijo Holland—. Quiero decir, es normal que esté en un estado de shock en este momento...

—Es más fuerte de lo que parece, si quieres mi opinión —Parsons cambió las tazas de sitio en la bandeja, colocándolas en línea y haciendo hueco para la leche y azúcar—. Ex profesora, ¿no? —levantó las manos, y con el gesto hizo entender que la base de su argumento era evidente.

—Ya...

—Así que creo que ella es capaz de devolver golpe por golpe. Apuesto a que habrá veces en que ella le dice *exactamente* lo que tiene que hacer —miró a Holland, esperando en vano una reacción a la ligeramente impúdica sugerencia, antes de continuar—. Creo que la familia ha aprendido cómo aparentar que hace lo que su viejo dice, ¿sabes lo que quiero decir? Se les da bien hacer que él se crea al mando. Probablemente exactamente igual que cuando estaba trabajando de poli, ¿no?

A pesar de la clara propensión de Parson al cotilleo y a la especulación, Holland veía el sentido de lo que decía. Su propio padre había sido agente de policía. En los pocos años entre su jubilación y su muerte temprana, su relación con la madre de Holland había seguido el mismo patrón que comentaba Parson.

—¿Y el niño?

—¿Has visto su cuarto?

—Todavía no.

—No tiene nada que ver con el de mi hijo, te lo puedo asegurar. No creo que estemos hablando de un chico de dieciséis años normal para su edad.

—A los chicos de dieciséis años normales para su edad no les secuestran —dijo Holland.

—Está todo perfectamente ordenado, joder —Parsons puso una cara como si la idea le resultara desagradable—. Y tampoco esperaría encontrar una colección de revistas porno debajo de la cama —se detuvo en cuanto vio el cambio de expresión en la cara de Holland, y se volvió para encontrarse con una chica de pie en la puerta—. Juliet...

Holland no podía saber cuánto tiempo Juliet llevaba allí de pie, ni si se había enterado de algo de su conversación. Tampoco sabía si su forma de comportarse y el tono de su voz se debían a su enfado con ellos, su disgusto por lo de su hermano o simplemente por el hecho de que era una chica normal de catorce años.

La chica se volvió para irse pero asintió con la cabeza mirando la bandeja; y dijo con mucha tranquilidad, como si tratara de insultarles en clave:

—Tomaré un té. Con leche y dos de azúcar.

—¿A qué hora llega el correo —preguntó Thorne.

—¿Cómo dice?

—¿A qué hora por la mañana? El correo en mi casa parece que no tiene horario. En realidad puede llegar en cualquier momento, hasta la hora de comer, y hay gran cantidad de cosas que se pierden por el camino.

Si Tony Mullen sabía por dónde iba Thorne, no dio ninguna muestra de ello:

—Entre las ocho y las nueve, normalmente. No entiendo...

—Su mujer dijo que impidió que llamara inmediatamente a la policía.

—No habría llamado inmediatamente. No había motivo.

Thorne paseó por detrás del sofá, y cruzó al lado opuesto de la chimenea donde Maggie Mullen aplastaba la colilla de su cigarrillo en un cenicero.

—Perdone, puede que no me haya enterado bien, pero su mujer dio a entender que *estaba* preocupado. Quizás no mucho, pero sí afectado. Por eso he preguntado por el horario del correo por la mañana —Thorne atrajo la atención de Porter, y vio que ella le seguía—. Creo que esperaba que les exigieran el pago de un rescate. Creo que supo que alguien había raptado a Luke y que tendría noticias suyas ayer por la mañana. Creo que, probablemente, quería esperar a averiguar exactamente qué era lo que ellos querían y planeaba resolver la situación solo. Al no recibir nada por correo, entonces sí que empezó a preocuparse, a preguntarse qué podía haber ocurrido. Y entonces nos avisó...

Maggie Mullen cruzó el salón y se sentó en el brazo del sillón de su marido. Su mano rozó brevemente la de él, y la volvió a colocar en su regazo

—Tony suele ponerse en lo peor y verlo todo más negro de lo que es.

—Por ser poli... A casi todos nos pasa eso —dijo Porter.

—Pues, es comprensible —Thorne aún pretendía conectar con Tony Mullen—. Estoy seguro de que yo habría pensado lo mismo.

—Yo sabía que lo habían secuestrado antes de acostarme el viernes por la noche —dijo Mullen. Levantó la cabeza y miró a Thorne, con una expresión casi de alivio en la cara—. Me estaba lavando los dientes y Maggie estaba abajo con el perro, y yo sabía que alguien se lo había llevado. Lo estaban reteniendo. Luke no era de los que se largaban así sin más, y menos todavía sin decirnos dónde se encontraba.

—Como le dije, es comprensible. Teniendo en cuenta que ha sido poli, es más que justificable que piense que pueda haber gente con ganas de hacerle daño. O a los que estén cerca de usted...

Mullen dijo algo, pero Thorne no consiguió entenderlo.

Durante unos segundos no pudo oír nada.

Se estaba esforzando por distinguir la voz de su padre por encima de la crepitación y chisporroteo caliente de las llamaradas...

—Necesitaremos una lista —dijo finalmente—. Todos los que le puedan guardar rencor. Los que le hayan podido amenazar.

Mullen asintió con la cabeza.

—He estado intentando hacer una lista a lo largo del fin de semana —el tono de su voz y la mirada que dirigió a su mujer eran de alguien que se sentía culpable. Como una confesión. Como si el hecho de haber estado pensando en esas cosas significara que había supuesto lo peor—. Pero no creo que sea de gran ayuda. O me está fallando la memoria o no hice tantos enemigos como pensé.

—Pues nos va a facilitar un poco nuestro trabajo —dijo Porter.

—Bien. Estupendo.

Thorne intentaba parecer igual de positivo, pero le dio la impresión de que había exhibido la misma sensación de duda que sentía por dentro.

La expresión de Mullen se endureció

—¿Te acordarías *tú* de todos?

Thorne intentó mantener la calma y el buen ánimo; intentó convencerse de que la tensión en la voz de Mullen era resultado del estrés, de que el tono agresivo se debería a la sensación de culpa y de pánico.

—Probablemente no.

—¿A cuántas personas ha cabreado seriamente, inspector Thorne? Y no hace falta que meta a los que supuestamente eran compañeros.

Thorne pensó entonces que quizás Jesmond había sido más franco en su descripción, después de todo. O que quizás Tony Mullen calaba a la gente a la primera. No dijo nada; consideró la pregunta y lo que Mullen había comentado sobre la elaboración de una lista. A él le habría resultado mucho más fácil, y dudaba mucho de que fuera el único que pudiera hacerlo con tanta facilidad. Si se trataba de los que pudieran suponer una amenaza seria para él, o para alguien que le importaba, a Thorne no le resultaba nada difícil recordar cada uno de ellos.

Holland y Parsons aparecieron en la puerta justo en el momento en que sonó el teléfono. Todos, incluido Thorne, se sobresaltaron, y Maggie fue la primera en ponerse de pie.

—Es importante intentar mantener la calma...

—Cariño...

Si se enteró de lo que dijo Porter o su marido, Maggie Mullen optó por hacer caso omiso, con sus ojos clavados exclusivamente en el teléfono mientras cruzaba el salón camino de la mesa baja que había junto a la ventana. Por supuesto que un equipo para localizar e interceptar llamadas se había instalado en el número de los Mullen en cuanto recibieron el aviso urgente en la unidad de Secuestros, con todas las llamadas entrantes monitorizadas por Apoyo Técnico en las dependencias de Scotland Yard. Si, como era probable, la llamada tan sumamente importante llegaba desde un móvil sin identificar, la Unidad de Telefonía se pondría a trabajar para localizarlo, moviéndose de un lado para otro hasta donde fuera necesario en una furgoneta con la más alta tecnología, equipada de forma tan carísima que se conocía simplemente como *Costa*.

Al alcanzar el teléfono, la señora Mullen extendió la mano; se dio la vuelta y miró primero a su marido, y luego a Porter y a Thorne.

Porter asintió.

La señora Mullen respiró hondo y descolgó el teléfono. Al contestar, dio muy rápido su número de teléfono, esperó, y luego movió la cabeza negativamente. Cerró los ojos y se volvió, hablando por teléfono en voz baja; arrastró los dedos por su larga melena castaña durante algunos segundos antes de colgar.

—¿Mags?

Despacio volvió al sillón de su marido, su voz quebrándose al hablar, y Thorne le notaba el alivio y la desilusión, inseparables, quedando patente la lucha entre ambos en la apariencia hundida de su cara y sus hombros. Vio lo bien emparejados, lo brutalmente unidos que ambos sentimientos podían llegar a estar.

—Hannah. Es amiga de Juliet...

—Está bien, cariño —Mullen se había levantado, para ir a su encuentro.

—Obviamente, les dijimos a todos que no podían llamar —dijo ella—. Queríamos asegurarnos de que la línea se mantuviera libre, ya sabes, por si Luke se ponía en contacto. Por si cualquiera que lo tuviera intentaba contactar con nosotros. Tratamos de pensar en todo el mundo. Pero unos cuantos se nos habrán pasado...

Entonces Mullen la abrazó con fuerza. Ella dejó caer los brazos, como si le faltara la fuerza para poder levantarlos, la cabeza gacha mientras lloraba desconsoladamente con la cara hundida en el cuello de él.

Thorne hizo señas a Holland y Parsons para que entraran en la sala con la bandeja de café, y luego miró a Porter que levantó la vista del suelo para mirarlo. Le pareció alentador comprobar que a ella le resultaba igual de violento que a él presenciar aquel abrazo.

Amanda

Todo cambió en el momento en que Conrad le apuntó con una pistola por primera vez en aquella gasolinera de Tooting.

Sin duda el montaje había parecido real, y ella se había metido en su papel de rehén de forma convincente, así que no había habido ninguna necesidad de que Conrad se hubiera pasado tres pueblos tirándole de los pelos de esa manera, y presionando el cañón de la pistola de juguete con tanta fuerza sobre su sien. Más tarde, por la noche, después de contar el dinero y coger un colocón impresionante, ella le había leído la cartilla. Que sí, que obviamente había que parecer convincentes, pero ¡no eran jodidos actores profesionales! Por supuesto, él no había entendido lo que quería decir, de manera que se lo explicó en términos más sencillos hasta que se enteró. Se sintió arrepentido y disgustado, y encantado de escuchar de qué manera se podían hacer las cosas mejor la próxima vez.

Fue entonces cuando comprendió que ella era la que mandaba.

Lo único que había buscado en un primer momento era alguien capaz de enseñarle los dientes a un traficante al que le debía dinero. Conrad había conseguido hacerlo sin demasiados problemas, y simplemente habían continuado viéndose. Como puntos a su favor, él era aceptablemente guapo, sabía moverse por ahí y parecía a gusto cuando la mimaba. Se había devanado los sesos buscando formas de hacerse con pasta. Para pagar lo que ella necesitara. Ella se sentía emocionada y aliviada, feliz de haber encontrado a un hombre que cuidaría de ella de verdad, por primera vez desde que lo hiciera su padre. La idea de simular el robo la tuvo Conrad, pero desde entonces ella había pensado en todo.

Para salirse uno con la suya, por supuesto, ayudaba mucho saber en qué pensaba la otra persona, si se podía prever hacia qué lado era más probable que diera el salto. A Conrad nunca se le había dado bien eso de simular, sentir una cosa cuando lo que realmente guardaba en su cabeza y en su corazón lo llevaba escrito por toda la cara. Le gustaba eso de él. Siempre andaba con pies de plomo cuando estaba con hombres que sabían mentir mejor que ella.

Su padre tampoco había sabido mentir bien. No era capaz. Claro está, igual tenía una sórdida vida secreta de la que ni ella ni su madre tenía idea. Pudo haber frecuentado locales de chaperos, o haber tenido una larga lista de queridas —y teniendo en cuenta cómo iba su matrimonio, lo hubiera llegado a comprender perfectamente—, pero prefería imaginarlo tal como lo recordaba. Perfecto, hasta el día que se fue. Tan guapo como había sido el momento justo antes de romper el parabrisas de su Mercedes.

Al principio a Conrad no le había gustado mucho la idea de un secuestro. Había que convencerlo. Ella le había dicho que se trataba de dinero fácil, y sobre todo en cantidades muy superiores a las que podrían conseguir en cualquier tienda de Threshers o BP. Le prometió que después podrían empezar de nuevo en otro lugar, que se podría permitir el lujo de buscar ayuda de verdad y quizás desintoxicarse. Eso le había convencido; todas esas promesas, y las que también le hacía en la oscuridad con su cuerpecito tan flaco.

Y ahora estaba la cuestión del niño. Su rehén bebé, más grande de la cuenta.

El chico había respondido bien a las promesas, igual que cualquier hombre: que no le pasaría nada si se comportaba adecuadamente, que pronto estaría de vuelta en casa, que todo iba a ir bien.

Ella miró hacia donde él estaba durmiendo, tumbado, su cabeza apoyada sobre las manos que ella había atado con una venda por las muñecas. Se preguntaba si debería darle otra dosis para mantenerlo dormido o si dejar que se despertara para ver si ya había escarmentado. El cuchillo parecía haberle tranquilizado un poco, metiéndole miedo hasta convertirle en un buen chico. Como a la mayoría de los tíos a quienes conocía, si las promesas no eran suficientes, las amenazas normalmente daban resultado.

Llegó a la conclusión de que era un chico guapo. No era fácil conocer su personalidad, dadas las circunstancias, pero parecía simpático. Ella pensó que probablemente rompería unos cuantos corazones, si alguna vez llegara a tener esa oportunidad.

TRES

—¿NO DEBERÍAMOS HACER ESTO EN VERANO? —sugirió Hendricks—. Me estoy quedando helado.

—Pues ponte el abrigo.

El término eufemístico empleado por la poli para referirse a un permiso inexplicable y repentino, sea cual sea, como el que le habían impuesto el año anterior, era lo más parecido a la jardinería que Thorne había experimentado, y que probablemente experimentaría en su vida. Media hora en la tienda de bricolaje B&Q un sábado por la tarde, y un fin de semana de infierno instálandolo todo él solo, habían sido más que suficientes para obrar un milagro sobre unas cuantas losetas agrietadas y cutres de la parte de atrás de su cocina.

—Yo quería un poco de compasión, claro está —dijo Hendricks—. Quiero decir que por eso he venido. Y la cerveza nunca viene mal, pero no esperaba coger una doble neumonía.

Thorne apuró la última gota de la lata de cerveza rubia belga de la línea blanca de Sainsbury's y echó un vistazo hacia lo que cualquier agente inmobiliario con algo de amor propio —aunque pudiera parecer una contradicción— describiría como «un patio pequeño pero bien amueblado». Un par de plantas en macetas de plástico, una barbacoa sobre ruedas de aspecto poco estable, y un calentador sobre un soporte.

Y un patólogo lloroso...

De hecho, Hendricks parecía haber superado lo peor, pero los ojos enrojecidos todavía estaban a punto de rebosar y rezumar en cualquier momento, mientras que el temblor en el centro de la barbilla no había desaparecido del todo. Thorne había visto llorar a su amigo antes, y aunque siempre le resultaba violento, no podía evitar pensar en la dolorosa incongruencia del espectáculo. Él sabía mejor que nadie hasta qué punto los de Manchester se tomaban las cosas a pecho, sin embargo Phil Hendricks seguía siendo —por lo menos en cuanto a su apariencia física— un tipo imponente, incluso agresivo. Era un bárbaro con la cabeza rapada, ropa oscura y tatuajes, y lucía piercings de aros, tachuelas y púas por varias partes de su cuerpo. Verle realmente acongojado era como ver a dos pensionistas dándose un beso de tornillo, o a un motero de los Ángeles del Infierno meciendo a un recién nacido que lloriqueara en sus brazos. Resultaba desconcertante. Como mirar una postal artística.

—¿Entonces, he demostrado suficiente compasión? —preguntó Thorne.

—Pues al principio, no.

—Es porque sé que puedes convertirte en la jodida reina del teatro. Te presentas en la puerta de casa lamentándote y podría significar cualquier cosa. No sé si se ha muerto alguien, o si acabas de perder uno de tus cedés de George Michael.

Thorne consiguió la sonrisa que buscaba. Sin duda, Hendricks no era ninguna reina del teatro, pero tras su llegada, una hora antes, había tardado bastante en darse cuenta de la gravedad del asunto. Hendricks le había contado en seguida que él y su novio Brendan habían tenido una discusión importante, que esto era *definitivamente* el final, pero como Thorne los conocía a los dos desde hacía mucho tiempo, las declaraciones apocalípticas no le impresionaban.

La primera estrategia de Thorne había dado resultado en ocasiones anteriores. Una vez que la crisis inicial del llanto se había aplacado, y Thorne había conseguido que Hendricks se acomodara en el salón con una copa, intentaba hablar con él de trabajo. Hendricks era un miembro civil del equipo de Investigación de Alto Nivel de Russel Brigstocke, en el Centro de Operaciones de Homicidios del Oeste, y el patólogo con el que Thorne había trabajado con más asiduidad en años recientes. También había llegado a ser un buen amigo; probablemente la única persona que se imaginaba capaz de donarle un riñón si Thorne llegara a necesitarlo. Y sin duda la única persona que pudiera tener guardado por ahí algún que otro riñón.

A menudo sus charlas encantadoras sobre la muerte y los descuartizamientos resultaban perversamente placenteras, pero esta conversación sobre el trabajo claramente no les iba a llevar a ninguna parte. Aunque los dos hubieran compartido mucha historia pasada, el hecho de encontrarse Thorne en un plano secundario durante las últimas semanas significaba que ya no tenían en común ni una sola investigación en curso. Además, el único cadáver sobre el que Hendricks había demostrado ganas de comentar algo era su propia relación.

—No es como las otras veces —había dicho—. Esta vez, joder, para él va en serio...

Thorne empezó a darse cuenta de que la situación era más seria de lo que él había pensado; se trataba de algo más que una riña. Había hecho todo lo posible por calmar a su amigo. Había pedido pizza y había arrastrado dos sillas de cocina por la casa hasta el jardín.

—No siento los pies —dijo Hendricks.

—Deja ya de quejarte, joder —hacía mucho frío, y Thorne nunca había llegado a comprar otra bombona de gas para el calentador, pero le gustaba salir fuera—. Estoy empezando a entender por qué Brendan se ha largado.

A Hendricks no le hizo tanta gracia la broma. Levantó los pies para ponerlos en la silla, abrazando los tobillos con las manos.

—Quizás todo lo que necesita es un poco de espacio para calmarse —dijo Thorne.

—Yo era el que daba más gritos —cuando Hendricks respiró, la respiración quedó suspendida delante de su cara—. Mantuvo la calma mucho tiempo.

—Quizás, un día o dos sin veros no sea tan mala idea, ¿sabes?

A juzgar por la expresión de su cara, a Hendricks le pareció que la idea no podría ser peor.

—Se llevó un montón de cosas. Dijo que volvería mañana a recoger lo demás...

En los últimos meses, la pareja había estado viviendo en la casa de Hendricks en Islington, pero Brendan había mantenido su propio piso. «Así, siempre tiene algún sitio donde largarse si nos peleamos», había bromeado Hendricks una vez.

Hasta entonces todo había girado en torno a la propia discusión, sobre su ferocidad y su objeto. Hendricks había insistido en que había sido definitivo, pero no parecía muy dispuesto a comentar lo que en su momento había provocado la pelea.

Thorne formuló la pregunta, y en seguida se arrepintió de haberla hecho, al observar cómo su amigo le volvió la cara y le mintió.

—A decir verdad, ni me acuerdo, pero sí te digo que no era nada importante. Nunca lo es, ¿a que no? Se acaba peleando por las cosas más estúpidas.

—Ya...

—Me da la impresión de que esto llevaba unas semanas incubándose. Estamos los dos muy estresados en el trabajo, ¿sabes?

Aunque Thorne se imaginaba que todavía quedaba algo que no le había querido contar, sabía que Hendricks seguramente tenía razón en cuanto al estrés. Él mismo había visto en numerosas ocasiones cómo dejaba a Hendricks el estrés de su trabajo, y sabía que el trabajo de su pareja tampoco era ningún paseo por el parque. Brendan Maxwell trabajaba para el London Lift, una organización que proporcionaba muchos servicios básicos para afrontar las necesidades de los sintecho de la ciudad. Thorne había llegado a conocerle muy bien el año anterior, en el transcurso de sus investigaciones sobre los asesinatos de los que dormían en la calle.

Thorne miró su reloj.

—¿A qué hora encargamos la pizza?

—No creo que consiga nada mejor, ¿verdad? —Hendricks se puso de pie y se apoyó contra la pared junto a la puerta de la cocina—. Mejor que Brendan...

—Venga ya, Phil...

—Es la pura verdad. No merece la pena que me engañe a mí mismo. Sólo intento ser realista, nada más.

—Te doy dos semanas —dijo Thorne—. Diez libras a que tienes nuevo piercing para dentro de dos semanas. ¿Vale o no? —era una de sus bromas habituales, que Hendricks conmemoraba cada nuevo novio con un piercing. Una manera única, aunque dolorosa, de llevar la cuenta de los que pasaban por su cama. Había sido la broma de siempre, hasta que apareció Brendan...

—Es la idea de estar soltero otra vez.

—Todavía no estás soltero...

—De nuevo en el mercado. Qué deprimente.

—No va a pasar, te lo digo yo.

—Nos sentíamos tan felices de habernos librado de eso, ¿sabes? De habernos encontrado. Joder...

Thorne observó cómo Hendricks golpeaba con fuerza una y otra vez el talón de sus botas de motero contra los ladrillos de detrás. Vio cómo volvieron a aparecer las lágrimas. Por un momento, le pareció que lo único que había hecho en todo el día era ver cómo la gente intentaba no llorar, pero sin lograrlo.

La poderosa sensación de alivio que sintió Thorne al escuchar sonar el teléfono en la cocina fue rápidamente borrada por un sentimiento de vergüenza igual de fuerte. Se preguntó si debería dejarlo sonar, o qué pensaría de él si se levantaba para contestar, y cuánto tiempo iba a estar dispuesto el que llamaba a esperar una respuesta antes de colgar.

Cuando Hendricks señaló con un gesto hacia la cocina, Thorne se encogió de hombros como disculpándose y se apresuró hacia dentro...

Debió notar algo en su voz al descolgar.

—¿No es buen momento? —preguntó Brigstocke.

La respuesta de Thorne podría resultar imprecisa, pero la verdad era que no podía contestar mejor

—Sí, y no...

—Sólo quería saber cómo te iba la vida en la unidad de Secuestros.

Thorne se llevó el teléfono al salón.

—Sólo querías saber si la había cagado en mi primer día.

—Ya *sé* que no la has cagado. Ya he hablado con el inspector jefe.

—¿Y?

—Pues supongo que te has ganado unas cuantas medallas. Le impresionaste a la inspectora Porter, por lo que veo. ¿Qué te pareció ella?

Thorne se dejó caer en el sillón, seguido rápidamente por su gato que padecía confusión terminal. El gato saltó sobre su regazo y empezó a clavarle las uñas. Thorne sostuvo a Elvis en el aire hasta que se soltó y lo echó otra vez al suelo.

—Pues bien —dijo—. Seguro que sabe lo que hace.

Thorne no estaba seguro de por qué le costaba tanto trabajo decir lo que pensaba, sobre todo si ella claramente había hablado tan bien de él. La verdad era que él también se había quedado impresionado con la inspectora Louise Porter. En todos los sentidos.

—¿Es lo suficientemente emocionante para ti?

—Pues no paso el día detrás de la mesa de un despacho —dijo Thorne—, pero tampoco estoy aquí sentado esperando a que mis pulsaciones vuelvan a ser normales.

Pudo oír a uno de los niños de Brigstocke al fondo. El tono del silencio cambió al tapar el micrófono del teléfono con una mano, y oyó la voz amortiguada de Brigstocke diciendo al niño que estaría con él en pocos minutos.

—Perdona...

—Ni siquiera estoy tan seguro de que se trate de un secuestro —dijo Thorne—. Todo eso de la mujer me parece rarísimo, y si alguien está reteniendo al niño, no tiene sentido que no se haya puesto en contacto con la familia.

—Y Porter, ¿qué piensa?

—A ella le parece extraño. Estábamos hablando sobre la motivación, ¿sabes? Sobre la razón por la que alguien toma un rehén, y siempre hay una razón. Puede que sean drogas, o dinero, o algún tipo de cambio político, o lo que sea. Pero siempre quieren *algo*.

—¿Tú crees que sencillamente el chico se ha ido de casa?

—Yo qué sé. Pero sí creo que puede que estemos perdiendo un montón de tiempo y esfuerzo.

Sonó el timbre de la puerta, pero casi tan pronto como Thorne se levantó, Hendricks había entrado, dirigiéndose hacia la puerta para abrirla. Thorne buscó la cartera dentro de su chaqueta de cuero, pero Hendricks le hizo un gesto con la mano.

—Entonces, ¿tengo razón al pensar que tú no tienes ganas de que este traslado sea permanente?

—Te va a sonar muy raro, y sé que, sea cual sea la razón, la verdad es que seguimos con un niño desaparecido, pero me cuesta sentirme... ilusionado por eso. Hay algo de pura rutina. ¿Tiene sentido?

—Te gusta más cuando hay un cadáver, ¿a que sí? —dijo Brigstocke—. Tú prefieres perseguir a un asesino.

Thorne pensó en lo que Holland le había dicho en el coche esa misma mañana: «Es como si lo estuvieras deseando». Se preguntó si acaso los dos no tenían razón hasta cierto punto, si en realidad había un lado en su personalidad que sólo se podía describir como sádico.

—Sólo creo que tenemos que hacer lo que se nos da bien —dijo. Sabía, mientras hablaba, que daba la impresión de estar resentido y a la defensiva.

Brigstocke sorbió por las narices.

—Podría decir algo profundo y significativo ahora, sobre cómo a algunas personas les importan más los muertos que los vivos. Pero es que no me da la puta gana...

—Creo que nos harías un favor a los dos si no lo hicieras —dijo Thorne.

Brigstocke no dijo nada, sólo canturreó como si lo estuviera pensando.

Se escuchó el portazo de la puerta principal y Hendricks se dirigió a la cocina con las cajas. Thorne tenía ganas de seguirle.

—Tengo que dejarte, estoy a punto de cenar.

—Ya lo sé, oí el timbre —dijo Brigstocke—. ¿Curry o pizza?

Thorne se rio.

—No has perdido tu sentido del humor...

Un minuto más tarde cogía dos latas frías de cerveza del frigorífico, feliz de que la llamada de Brigstocke hubiera terminado entre risas. Podía haber sucedido todo lo contrario. Muchas de las conversaciones que había mantenido últimamente le parecieron peligrosamente ecuánimes, mientras que Holland, Hendricks y unos cuantos más habían utilizado la frase «pisando terreno delicado» en más de una ocasión. Cuando Thorne contestaba bruscamente, diciéndoles sin tapujos que se habían vuelto más sensibles de la cuenta, con la mirada le hacían saber que él acababa de demostrar que estaban en lo cierto.

—¿Comemos fuera? —preguntó Thorne.

Hendricks ya estaba apartando los trozos de peperoni.

—¿Bromeas? Cada vez hace más frío. Soy joven y soltero, chaval, y me suelo ir por ahí a ver qué cae, y lo último que necesito es que el nabo se me encoja hasta el tamaño de una bellota —cogió la caja de pizza y se metió en el salón.

Thorne estuvo a punto de dar un grito, para preguntarle si le apetecía poner algo de música, pero se lo pensó mejor. Hendricks podía estar gastando bromas, pero la procesión iba por dentro. Seguramente escogería un álbum con al menos una canción poco apropiada para un momento como aquel: con una colección de discos como la de Thorne no era muy difícil hacerlo. La gente no se cansaba de decirle que ese era el problema de la música *country*. Demasiadas canciones sobre perros muertos y amores perdidos.

—Pon la tele —gritó—. A ver si hay un partido en Sky ...

Volvió a salir fuera para coger las sillas de la cocina; era una noche clara, pero aún así podría llover a chuzos antes de la mañana siguiente. Repasó todo lo que había hablado con Brigstocke sobre lo de no sentirse ilusionado, y sobre lo que le haría falta para que la sangre empezara a circular más rápido. Se preguntaba lo mal que realmente se sentiría si ese cadáver, que tanta gente le acusaban de desear, llegara a aparecer. Esperaba con toda su alma que si aparecía, no fuera el cadáver de Luke Mullen.

Levantó la vista para ver pasar un avión, parpadeando y zumbando allá arriba. El cielo tenía la tonalidad de una ciruela cubierta de polvo y salpicada de estrellas.

Thorne cogió la última silla, la llevó dentro y cerró la puerta. Podía oír a Hendricks en el salón, gritando a la televisión.

A pesar de su mala suerte, del aburrimiento y de sus pensamientos morbosos, Thorne se encontraba bastante bien. Por lo menos comparado con tiempos recientes. De todas maneras, agradeció la distracción de pasar unas horas con alguien que —de momento, por lo menos— se encontraba mucho peor que él.

Conrad

El chico era listo, no cabía duda. De hecho casi se pasaba de listo, pero daba igual lo inteligente que uno fuese si no era quien llevaba los pantalones. Seguro que el chico había aprobado un montón de exámenes más que él, pero eso no contaba ahora para nada, ¿verdad? Ser listo no significaba gran cosa con una bolsa cubriéndote la cabeza.

Porque ahora era él quien movía ficha.

Incluso cuando se le iban ocurriendo las palabras, le pareció una manera muy astuta de plantearlo, jodidamente apropiada.

Siempre había sido alto, y de complexión fuerte, y siempre se había cuidado, pero eso no quería decir que había sentido un verdadero respeto por parte de los demás. Para entonces, le había faltado lo imprescindible, ese algo en la mirada, o lo que fuese, que hiciera que la gente le tomara en serio. Ese algo que les hacía retroceder, intentar una sonrisa y decir «está bien, tío, lo que tú quieras». Había deseado provocar esa reacción en los demás desde que se le bajaron los cojones, y todavía se acordaba de la primera vez que ocurrió. Hacía unos cuantos años ya de eso, pero pudo recordar hasta el último detalle. Era como ver una película en la que él era el protagonista.

Un puñetero Ford Fiesta color rojo. Al volante, un chulo con los pelos de punta se había colado en el semáforo; torció repentinamente para meterse en su carril en vez de girar a la derecha, como tenía que haber hecho, y entonces, para colmo, el gilipollas le había mandado a tomar por el culo después de tocar el claxon. ¡Joder, con todo el derecho del mundo! Así que empezó a perseguir al cabrón. Estaba pegado a su culo, a ochenta o noventa kilómetros por hora por Dalston y Hackney, hasta Bow. Había unos charcos enormes en las calles y poquísimo tráfico a esas horas de la mañana; apenas los autobuses de servicio nocturno y algún que otro taxi dudoso que se quitaba de en medio con una rapidez impresionante.

El Fiesta se detuvo bruscamente en algún lugar por la parte que quedaba detrás de Victoria Park, y el tipo se bajó y empezó a menear un bate de béisbol. Haciendo gestos con la cabeza y señalando con el dedo. Insultándole a voz en grito mientras se acercaba al coche...

Esta parte la veía a cámara lenta y el volumen estaba a tope. Sentía cómo el corazón latía fuera de control debajo de su plumífero Puffa, pero era por la emoción, no por el miedo, y cuando se bajó de su coche, por fin veía la mirada que tantas veces había soñado.

El momento en que el poder cambia de lugar.

El imbécil con el bate tenía ganas hasta ese momento, porque con el bate sentía que llevaba ventaja, y probablemente tampoco le daba miedo utilizarlo. Le hacía más valiente de lo que se podia permitir. Pero entonces vio la pistola, y se cagó.

Se cagó. O por lo menos podía haber sido así a juzgar por la expresión en su cara cuando se alejaba de allí. Dejó el bate en el suelo, levantó las manos, dijo: «Está bien, tío, aquí no ha pasado nada...».

Por supuesto, la pistola no era de verdad y, real o no, quizás fuera la pistola la que causó respeto, y no él, pero bueno, daba igual. La sensación mientras se volvía a subir al coche resultó impresionante, nunca se había sentido así, y aquella sensación le había durado. La euforia que sentía al volante mientras pasaba a toda pastilla los autobuses y los charcos, justo hasta el momento en que todo se había jodido, veinte minutos más tarde...

Al otro lado de la habitación, el chico estaba despierto debajo de la capucha. Lo supo por la postura, por la forma en que volvió la cabeza, apretando la cara contra la tela.

—¿Tienes hambre?

Habían discutido durante un buen rato si utilizar una mordaza o no, y al final, Amanda había llegado a la conclusión de que no. Quizás eso sería pasarse. De todas maneras, el niño estaba drogado la mayoría del tiempo y en los momentos en que no lo estaba, los había tenido pegados por si le daba por intentar chillar.

—¿Quieres comer algo?

El niño no dijo nada, aunque tenía hambre. Simplemente ignoró la pregunta.

Por alguna razón, decidió quedarse callado, como una forma de protesta o algo; como si estuviera jugando con ellos.

Intentando ser listo.

MIÉRCOLES

CUATRO

SU PADRE SE HABÍA EMPEÑADO EN PASAR POR CASA A PRImera hora de la mañana.

Desde que empezó con los problemas de espalda, Thorne solía desvelarse muy prono, incluso a las cinco de la mañana. Se quedaba acostado en la oscuridad, en la única postura cómoda que encontraba —las rodillas encogidas sobre el pecho— y pensaba en su viejo. De vez en cuando, conseguía volver a quedarse dormido, y entonces sus encuentros se hacían más extraños, más ricos. Durante esa hora o dos que le quedaba antes de tener que levantarse, siempre terminaba soñando.

En los sueños, Jim Thorne aparecía como en las últimas etapas de su lucha contra el Alzheimer, que abarcaban más o menos los seis meses anteriores al incendio que lo mató. Era típico en su padre, pensó Thorne, ser tan perverso. Tantas ganas de joder. ¿Por qué no podía pasar por los sueños como un hombre joven, o un hombre que por lo menos tenía la mente con los cilindros en su sitio y funcionando? En lugar de eso, aparecía ante él marrullero y malhablado. Manteniendo conversaciones a tropezones; distraído, furioso y perdido.

Desvalido...

A menudo, el viejo no hacía otra cosa que quedarse sentado en el borde de la cama de Thorne, ansioso por hacer preguntas. Había sido así hasta el final. Su indiferencia ante los detalles sociales se había juntado con la obsesión por las trivialidades, con listas e interrogatorios.

—*Nombra diez aviones de combate de la Segunda Guerra Mundial. ¿Cuáles son los tres lagos más grandes del mundo? Me refiero a lagos de* agua dulce...

Desde su fallecimiento, había introducido la idea de las preguntas tipo test.

—*¿Fue la causa del incendio que me mató (A) accidental, o (B) intencionada?*

A menudo a esta pregunta le seguía otra que a Thorne le resultaba un poco más fácil de contestar

—*¿La culpa de quién fue? ¿(A) culpa tuya o (B) culpa tuya?*

En este momento Thorne solía despertarse, y durante un rato la pregunta seguía ahí, a su lado; los sentimientos que despertaba eran inequívocos, pero difíciles de nombrar o concretar. No era exactamente vergüenza, pero algo que se le parecía. Igual que la relación entre «parece que ha pillado algo» y la enfermedad en sí; los síntomas que tarde o temprano aparecerán. Como un robot, cumplía con todos los rituales de por la mañana —lavarse, tomar el desayuno, vestirse— hasta que el recuerdo del sueño empezaba a disolverse. Sentía el agua chisporrotear contra su piel mientras se afeitaba, y los cereales parecían convertirse en carbón en la boca.

A Phil Hendricks le había montado en un taxi la noche anterior. Como siempre, le había ofrecido el sofá-cama, pero Hendricks había preferido irse a casa. La grandilocuente charla sobre buscar a alguien que ocupara el sitio de su novio en la cama no había durado mucho. La cerveza se había encargado de hacer desaparecer cualquier amago de anuencia, y antes de acabar aquella noche tan larga, habían vuelto las lágrimas, y estaba desesperado por volver a su piso por si a Brendan le había dado por volver...

De pie en su cocina, Thorne comía una tostada con mermelada. Escuchaba la Greater London Radio y esperaba que la dosis de calmantes de por la mañana le hiciera efecto.

Faltaban cinco semanas para el primer aniversario de la muerte de su padre.

Fuera había empezado a llover de forma suave, y en la Greater London Radio el presentador intentaba decir algo mientras una mujer despotricaba sobre el estado repugnante de la red ferroviaria de la capital.

Decidió llamar a su tía Eileen —la hermana más pequeña de su padre—, y a Victor, el mejor amigo del viejo. A lo mejor podrían reunirse ese día, y tomar una copa o algo.

Su familia no era, ni lo había sido nunca, una familia unida, y todo resultaba tan terriblemente británico... todo eso de volverse inseparables después de una pérdida. Sin embargo, mientras por un lado lo reconocía como el gesto que realmente era, todavía lo anhelaba; necesitaba la oportunidad de medir su dolor con el dolor de los demás. Quería estar con gente que podía hablar con él sin miedo a pisar terreno delicado.

En la radio, un hombre comentaba que la mujer de un instante antes había sido maleducada e imponente, pero que tenía razón en cuanto al mal estado de los ferrocarriles.

Thorne se preguntaba cómo le iría a los Mullen. Perder a una persona, sin ni siquiera saber con seguridad si realmente se habían ido, era sin duda la peor de las pérdidas, y ellos parecían inseparables... Pensó en la ironía que representaba que una pareja tan inseparable se viera repentinamente separada de su hijo.

Estaba echando comida en el plato de Elvis cuando sonó el teléfono, y aunque la codeína no había terminado de hacerle efecto, la llamada de Porter fue suficiente para que se olvidara del dolor que le recorría toda la pierna hasta el pie.

Ya tenían la certeza de que Luke Mullen había sido secuestrado. La persona que le retenía había decidido ponerse en contacto.

En la Central 3000, rápidamente habían sacado sillas y montado una pantalla debajo de la bandera roja. Agentes de otros departamentos cortaron las conversaciones, se mantuvieron callados o sencillamente seguían trabajando en silencio, mientras que los del equipo de la unidad de Secuestros se reunieron para ver el vídeo que había llegado a la puerta principal de los Mullen esa misma mañana a primera hora.

Al terminar, Porter rebobinó la cinta sin mediar palabra y la volvieron a ver.

—Obviamente la original lo tiene el SCF —dijo después de terminar—. Procederán a un análisis *preferente,* junto con el sobre que la traía.

El Servicio de Ciencias Forenses trataba las consultas de los cuarenta y tres cuerpos de policía de Inglaterra y Gales, realizando investigaciones sobre armas y fibras, pruebas toxicológicas y analizando a fondo muestras de sangre, drogas y tejidos. Sus laboratorios en Victoria solían tardar hasta una semana en llegar a resultados exhaustivos sobre huellas o ADN. Una petición de servicio preferente podría reducir ese plazo de tiempo de forma considerable; con suerte tendrían noticias pasado un día, por lo menos en cuanto a las huellas.

—Tampoco es que crea que vayamos a averiguar tanto —dijo Porter. Con la mano señaló la pantalla. La imagen estaba congelada justo cuando, visto desde atrás y con el rostro oculto, un hombre que llevaba una bolsa en una mano y una jeringuilla en la otra se acercaba resueltamente hacia Luke Mullen—. Tienen toda la pinta de saber lo que están haciendo.

—¿Qué se supone que hay en la jeringuilla? —preguntó Holland.

Un sargento que había delante de él —un escocés alto con un peinado tipo Mullet, corto por arriba y melena por detrás— se dio la vuelta:

—Quizás rohipnol, o diazepam. Cualquier benzodiacepina...

—¿Cómo se puede conseguir esa sustancia?

—Con un ordenador y tarjeta de crédito. Es así de fácil. Hace dos semanas cerraron un sitio que vendía un frasco de ketamina y un par de jeringuillas en un elegante maletín de cuero negro. Ofreciendo todo por el módico precio de 19.99 libras como *kit de violación para citas*.

—¿Pero tendrá que saber lo que está haciendo si pretende mantener al chico sedado todo el tiempo?

Thorne escuchó la conversación, pero mantuvo la mirada fija en la pantalla del televisor; en la imagen congelada, pero parpadeando, del chico, y del hombre que lo retenía. Advertía terror en los ojos del chico. Por supuesto que la expresión de terror había estado ahí todo el tiempo, aunque disimulada parcialmente por la expresión valiente que había adoptado para sus padres. Sin embargo, la careta había desaparecido por completo en cuanto vio al hombre acercarse con la aguja.

El agente escocés hizo un gesto con la cabeza:

—Te puedes informar de todo en Internet. Hay montones de guías autodidactas. Para averiguar las dosis o lo que quieras saber.

—O aprendes con la experiencia —dijo Thorne.

Se hizo una pausa pronunciada.

Entonces se perfilaron las acciones y se asignaron; había poco que investigar, apenas una parte de la matrícula del coche azul o negro en el que vieron a Luke montarse, y hablar con unos cuantos testigos más que lo habían presenciado. Porter esperó a que a la mayoría de su equipo se le hubiera asignado sus tareas, y los pocos que no tenían nada asignado estaban recogiendo las sillas y la documentación, antes de que ella les explicara a Thorne y Holland sus papeles respectivos.

—Pienso volver al colegio esta tarde —dijo—. No sé a cuál de los dos se le da mejor charlar con adolescentes...

Holland fue el primero en abrir la boca, consciente de cómo Thorne le miraba fijamente mientras hablaba.

—Vale, me apunto.

—¿Tom?

—Había pensado en hablar con algunas de las personas con las que Tony Mullen trabajaba —dijo Thorne—. Les voy a enseñar la lista, a ver si tienen mejor memoria que Mullen.

Al final del día anterior, Mullen les había entregado una lista con todos los que consideraba que podían tener algo en contra de él: los que, durante su carrera profesional en el cuerpo, pudieron haberle amenazado, o albergaban motivos para guardarle rencor.

—Tiene mucho en qué pensar —dijo Porter.

Thorne comprendía que llevaba algo de razón, pero no estaba del todo convencido.

—Por eso precisamente esperaba que fuera más... completa, supongo. Si a mi hijo lo hubieran raptado sin motivo aparente, yo habría apuntado los nombres de todos los que se me hubieran ocurrido, aunque fuera por haberles mirado de forma extraña.

A Mullen se le habían ocurrido cinco nombres. Cinco hombres que, en algún momento, tuvieron un motivo para desear hacerle daño. En cuestión de minutos, los datos personales de cada uno ya habían sido introducidos en la base de datos CRIMINT, y una vez que los que habían sido localizados en Australia, en la cárcel de Parkhurst, y el cementerio de Kensal Green fueron eliminados, quedaban nada más que dos.

Porter estaba recogiendo papeles de su mesa, y sacando los bártulos de un cajón, para luego guardarlos con rapidez en su bolso.

—Me voy a acercar a la casa un par de horas. Seguramente me iré directamente al colegio desde allí.

Nunca se sabe, ha tenido algo más de tiempo para pensar. Igual ya se le ha ocurrido algún otro nombre después de pasar la noche...

Cogió su móvil y lo sujetó a su cinturón, y luego soltó un segundo aparato dentro de su bolso. El sistema Airwave se había ido distribuyendo a todo el cuerpo durante el último año y medio: y se había entregado un aparato a cada agente. Era sin duda un artefacto ingenioso: un teléfono y radio, con un alcance que, por primera vez, permitiría al usuario hablar con otro agente en cualquier punto del Reino Unido, sólo con pulsar un botón. De todas maneras, a pesar de un bombardeo de notas, todavía había agentes con una clara preferencia por sus propios teléfonos. Estos eran menos llamativos quizás, pero por lo general también más pequeños y ligeros, y lo más importante de todo, no llevaban incorporados el sistema GPS, que permitía al personal de la sala de control saber exactamente dónde se encontraba el usuario en cualquier momento. Misteriosamente, muchos de estos aparatos Airwave de último diseño se quedaban olvidados en casa o perdidos en el fondo del cajón de la mesa.

Thorne observó con curiosidad que Porter no había conectado el suyo al meterlo en su bolso...

El inspector jefe del equipo, un tipo de la zona de Tyneside, al noreste de Inglaterra, que hablaba con un tono tranquilo y necesitaba perder unos cuantos kilos, apareció junto a Porter, blandiendo un fajo de papeles y diciendo que le urgía hablar cinco minutos con ella antes de que se fuera. Aunque Barry Hignett había conocido de forma breve a Thorne y Holland a primera hora de la mañana, aprovechó la oportunidad de darles la bienvenida otra vez, explicando a la vez que en un caso así sobraban todos los putos detalles de cortesía.

Hignett llevó a Porter a una mesa cercana y extendió todos los papeles delante de ella. Holland se quedó mirando unos minutos y luego se dio la vuelta, y dándoles la espalda, le dijo a Thorne en voz baja:

—¿Querías ir al colegio?

Thorne le miró como si le estuviera hablando en chino:

—¿Qué?

—Quiero decir, con Porter —bajó la voz aún más—. Es que antes me dio la impresión de que estabas mosqueado, cuando dije que yo iría.

—No digas estupideces, joder —dijo Thorne.

Cuando Porter terminó con Hignett, se citó con Holland para verse más tarde en el colegio. Entonces Thorne le acompañó por la escalera hasta la planta baja.

—*Se están portando bastante bien conmigo* —Thorne lo dijo muy bajito, mientras saludaba a un agente con quien había hablado en una o dos ocasiones que se cruzó con él subiendo la escalera—. Es exactamente lo que Luke dijo en la cinta —se había producido un momento de dramatismo cuando la persona con la jeringuilla apareció por detrás de la cámara. La imagen se había visto inestable, la cámara claramente cogida en la mano y no fijada a un trípode. Cualquiera que fueran las palabras de Luke, en ese momento quedó claro que le retenían más de una persona. Estaban investigando una conspiración para un secuestro—. Son dos, ¿qué piensas tú? ¿O más?

—Si son dos, apostaría a que la otra es la mujer con la que se vio a Luke.

—¿Suele ocurrir? ¿Un hombre y una mujer en equipo?

—Se me ha dado el caso unas cuantas veces —dijo Porter—. Por razones obvias, la mujer es la que suele estar involucrados en el rapto. La persona de confianza.

—Bien.

Por razones obvias...

Thorne se preguntó cómo, a la luz de tantos casos de gran resonancia, era posible que alguien considerara esas razones remotamente obvias. Pero claramente lo eran. Hindley siempre fue más odiada que Brady; y Maxine Carr, a pesar de haber sido declarado no culpable de ni siquiera saber que su novio había asesinado a dos chicas jóvenes, fue en todo caso la más vilipendiada de los dos.

—Dos de los chicos creían haberlos visto juntos antes, ¿no es así? —dijo Thorne—. Luke y esta mujer. Está claro que se tomó su tiempo para hacerse amiga de él.

—Le dio resultado —dijo Porter—. Por cierto, todavía no han dicho nada de un rescate. Ni hay indicios de que nadie quiera ajustar cuentas.

—A lo mejor, eso viene en la próxima cinta.

Al llegar al vestíbulo de la planta baja, se acercaron a la puerta giratoria y Thorne seguía pensando en el cómo más que en el por qué. Se imaginaba a una mujer acercándose a su víctima; sonriendo y tocándole, siempre muy atenta. Reflexionaba sobre cómo la confianza era algo que había que alimentar, como el cuerpo y la mente, y se podía abusar de ella a la vez que se abusaba también del cuerpo y la mente. Thorne recordó la sonrisa que vacilaba un poco en la pantalla en el momento en que el chico se había esforzado por gastar algunas bromas. Recordó también el vacío de su mirada. Se preguntaba si alguna vez Luke Mullen volvería a confiar en alguien.

La llovizna no había parado en toda la mañana, pero todavía quedaba mucha gente pasando el rato delante de la entrada. Una pareja estaba sentada comiendo bocadillos, apoyados cada uno de ellos sobre postes de cemento. Aquellos bolardos, instalados para evitar los coches-bomba, se habían convertido en un elemento muy habitual delante de edificios públicos de la ciudad —de hecho, deprimentemente ubicuos desde las bombas en el autobús y el metro—, y Thorne se había preguntado a menudo si no sería posible que las cementeras estuvieran financiando algunos de los grupos terroristas. Compartió su teoría con Porter e hicieron una pequeña pausa, disfrutando del chiste; Thorne iba camino de la estación de metro de St. James's Park y Porter se dirigía hacia el aparcamiento subterráneo de Scotland Yard.

—¿Qué es lo que más te molesta? —preguntó Thorne—. ¿Que nadie les haya pedido dinero a los Mullen? ¿Que nadie está pidiendo nada en absoluto?

—He aprendido que estos casos nunca son previsibles. Pero, joder, sí que es extraño.

—Retienen a Luke desde hace cuatro días.

—Cuatro días, cinco noches. Pero ten en cuenta que nos preocupaba que no se hubieran puesto en contacto con la familia, y ya lo han hecho.

Thorne se empezó a abrochar los botones de su cazadora de piel.

—Algo me tiene mosqueado... —dijo él—. Algo de la cinta.

—¿El qué?

—Ojalá supiera decirte el qué. De todas maneras, hay algo que no encaja. Es algo que dijo, o quizás la forma en que lo dijo.

—Ya te acordarás.

—Quizás.

—Es la vejez, colega. Principio de Alzheimer...

Thorne se esforzó por sonreír.

—Luego te veo en Arkley —dijo ella—. A ver cómo lo llevan, ¿eh?

—Vale —dio un paso hacia atrás, y empezó a girarse para emprender el camino—. ¿Qué piensas de Mullen?

—Creo que debería tener en cuenta que ya no es poli.

Thorne se abrochó el botón de arriba de la cazadora y se apresuró a meterse las manos hasta el fondo de los bolsillos. Pensaba en la memoria, que a veces resultaba perfecta y a veces jodida. Pensaba en cómo sus recuerdos de la época anterior a que se hiciera poli se estaban quedando claramente casi sin espacio, apartados de un empujón por otros recuerdos menos agradables.

—¿Has pensado alguna vez en dejarlo antes de tiempo?

—Sí, de vez en cuando. ¿Y tú?

—Hay momentos en que lo he pensado seriamente.

—¿En qué momentos? —preguntó Porter.

—Cuando estoy despierto...

Tony Mullen sacó la botella de vino del frigorífico, deslizó la copa por la encimera y se sirvió un buen trago. Se acercó a donde su hija se preparaba un bocadillo. Le acarició la nuca mientras bebía.

Ninguno de los dos había hablado desde que él había entrado en la cocina unos minutos antes, y seguían de pie, cada uno ocupado en sus asuntos, compartiendo aquel espacio en silencio hasta que Juliet Mullen cogió su plato y se fue.

Escuchó los pasos de su hija por la escalera, un crujido y luego un chasquido al cerrar la puerta de su dormitorio, y la música que se escapó en los pocos segundos que separaban esos dos últimos sonidos. Se esforzó por oír el murmullo de la voz de Maggie y, aunque no podía oír nada, sabía perfectamente que en alguna habitación de la casa, su mujer estaría absorta en una conversación. Habría dejado libre el teléfono fijo por razones obvias, pero estaría en alguna parte sentada o tumbada, con el móvil pegado a la oreja, desahogándose y repasándolo todo con la familia, con sus amigos, con cualquiera que estuviera dispuesto a escuchar y fingir que entendía lo que pasaba.

Había hablado cuando hacía falta. Había proporcionado toda la información que le habían pedido, pero aparte de eso, no había dicho prácticamente nada. Siempre había sucedido así entre ellos cuando alguna vez tenían problemas, cuando la familia se veía amenazada. Él era siempre el que se encerraba en sí mismo, que se reprimía; el que le daba vueltas al problema sin mediar palabra, mientras que los demás estaban ocupados en chillar y dar gritos. Luke era igual que él, nunca se ponía histérico. Maggie tenía las emociones a flor de piel, mientras era muy difícil saber lo que le pasaba por la cabeza a Juliet.

Era una actitud que excluía a los que tenía a su alrededor, sin demostrar sentimientos ni emociones. Una actitud más bien antigua y desfasada. Se imaginó que de alguna manera hubiera sido mejor si todos hubieran hablado abiertamente, si lo hubieran compartido todo, pero no era su manera de comportarse ni la de su familia. No se podía cambiar de forma de ser.

Mientras pasaba los dedos por la superficie fría y lisa de la encimera, pensó en el inspector Tom Thorne. Ese cabrón impertinente se lo había hecho pasar mal el día anterior, acosándolo cuando allí sólo había alguien que había llegado a ser inspector jefe, y probablemente él era el único capaz de hacerlo. Le estaba agradecido a Jesmond por destinar más gente al caso, pero con Thorne tendría que tener cuidado. Ese tipo de poli —con esa actitud de elefante en una cacharrería— no resolvía casos como éste. A su hijo lo dejarían en libertad si hacían lo más sencillo, y lo más seguro, y no por negarse a aceptarlo, insistiendo una y otra vez en el número de nombres que aparecía en una jodida lista...

Mullen terminó su copa y pensó en el nombre que no había apuntado. Se dijo que no tenía importancia, que era aceptable dentro de cierto orden de cosas; que lo había hecho por una razón justificada. Quizás una razón tonta, pero que bien merecía una pequeña mentira.

Le habría encantado haberse olvidado de la persona a quien pertenecía ese nombre, pero el suyo era un nombre que difícilmente se le podía *olvidar*. Después de todo, era un nombre con connotaciones tristes. Pero al fin y al cabo, era un nombre —y era lo único que importaba— que él sabía de sobra que no tenía *nada* que ver con lo que le pasaba a su hijo. Nada que ver con la persona que retenía a Luke, ni con el lugar, ni con lo que pedían. Así que, ¿qué importaba? ¿Y qué había de malo en no mezclarlo en el asunto?

Permaneció con la oreja puesta unos minutos más, y luego volvió al frigorífico.

¿Qué había de malo en eso?

AMANDA

Fue una bolsa. No había sido nada más que una bolsa de plástico lo que le había causado tanto daño; y seguía haciéndole daño, si todos aquellos loqueros y trabajadores sociales sabían de qué estaban hablando.

Probablemente había sido una de esas bolsas baratas de rayas de las que dan en esos supermercados abiertos hasta madrugada y en el cutrerío de las tiendas de desavío. El conductor del segundo coche nunca había llegado a describir realmente la bolsa durante el juicio, pero ella siempre la había imaginado así. Revoloteando por la calle hasta posarse en el parabrisas: el viento la mantuvo allí, cegando al conductor durante unos segundos cruciales y obligándole a desviarse bruscamente. Un pedazo amorfo de basura que le había obligado a estrellarse contra el Mercedes plateado que venía en dirección contraria. Tras el choque, la bolsa flotó como el humo, y su papá salió despedido por el parabrisas.

Algo tan barato e insustancial. Prácticamente ingrávido. Algo tan terrible que llegó de la nada...

El chico ya estaba drogado e ido, y Conrad aprovechaba la ocasión para echar una cabezada en la habitación contigua. Era mediodía, pero el reloj biológico de todos ellos había perdido el norte. Las cortinas se mantenían echadas en todo momento, podía ser de mañana, sobre el mediodía o por la noche. Realmente daba exactamente igual. Era aburrido, nada más. Simplemente tenían que quedarse donde estaban mientras durara todo el asunto; hasta que supieran qué pasaría a continuación.

Cuando recordaba lo que le había pasado a su padre, y lo hacía a menudo, nunca pensaba en el otro conductor, por un momento ciego y chillando detrás del volante, dando su testimonio con un collarín puesto, cojeando al bajar la escalera de los Juzgados mientras su madre le increpaba. En lugar de eso, y consciente de lo irracional que resultaba, pensaba en la persona que había vendido la bolsa. En la persona que la había llenado primero de fruta, o de pescado, o de cualquier otra puta porquería, y en las manos por las que había pasado hasta que se deshicieron de ella, para luego arrojarla a la cuneta. Pensó en toda la gente que nunca sabría la responsabilidad que había tenido en la muerte de su padre.

Imaginó todas sus caras. Les dio a cada uno una vida, y una familia para llenarla. Y en sus momentos más oscuros, y de esos había muchos, eliminaba a un miembro de esa familia, y contemplaba cómo la vida que ella misma había creado se desmoronaba...

Se acercó a un reproductor de cedés portátil que habían en un rincón de la habitación; subió un poco el volumen para ahogar el sonido de la respiración del chico. Sacó lo que necesitaba de su bolso y volvió a sentarse en el suelo.

Habían vuelto a discutir por lo de siempre: Conrad hablaba con ese tono bajo y desilusionado que reservaba para sus conversaciones sobre drogas. Le había dicho que en estos momentos debía mantener la cabeza despejada. Ella le hizo saber que, precisamente por esa situación tan estresante en la que se encontraban, necesitaba algún estímulo. Él se enfadó más todavía, y le recordó que siempre lo necesitaba, y ella le dijo que lo último que necesitaba era que él se volvie-

ra tan farisaico, y que saldría de todo eso después, después de conseguir el dinero.

Moviendo la cabeza al ritmo de la música, volcó un poco del polvo; lo midió, lo arrastró y lo cortó. Lo enrolló, y se quedó mirando aquellas líneas, los granos diminutos que salpicaban los bordes de la mesa. Insustancial. Prácticamente ingrávido.

Algo tan maravilloso que llega de la nada.

CINCO

A QUINCE MINUTOS DE CASA DE LOS MULLEN, EN EL opulento suburbio de Stanmore, el colegio de Butler's Hall ocupaba más de cien acres de zonas verdes y exuberantes desde hacía poco menos de un siglo.

Holland leía una versión resumida de la historia del lugar, hojeando el lujoso folleto del colegio mientras aguardaba, sentado en un coche al final del camino de entrada del colegio que recorría un kilómetro y medio. De sus más de doscientos cincuenta alumnos —de los que la mayoría procedían de un colegio de primaria cercano perteneciente a la misma fundación— casi la tercera parte eran internos. Y aproximadamente un cuarenta por ciento, niñas. Se habían incorporado al bachillerato a principios de los ochenta, y les habían permitido acceder a todos los niveles del colegio diez años más tarde.

Kenny Parsons, que había ido en busca de un servicio quince minutos antes, llamó a la ventana del coche. Holland levantó la vista y bajó la ventana.

—Apuesto lo que tú quieras a que si te puedes permitir el lujo de enviar a tus niños aquí, también puedes pagar un buen rescate —dijo Parsons—. Todos son blancos perfectos, es como si cada uno llevara una diana en la espalda.

target

—No tiene remedio —dijo Holland, tomando el folleto—. Son muy estrictos con el uniforme.

Parsons volvió la mirada hacia el colegio.

—Son muy estrictos aquí con todo...

Holland se bajó del coche, y dejó el folleto en el asiento de detrás. Echó a andar, junto con Parsons, hacia el edificio del colegio.

—La falsedad me deshonra —dijo.

—¿Cómo dices?

—Me parece que es la traducción del latín. Las mentiras me avergüenzan, o algo así. El lema del colegio.

Parsons asintió con la cabeza, ausente.

—Los de primero de bachillerato terminarán en cualquier momento —añadió.

El fin de la jornada escolar se hacía de forma escalonada, desde los alumnos de los cursos superiores hasta los de los inferiores, saliendo a intervalos de veinte minutos. Porter y tres compañeros, organizados por parejas, ya estaba en otra zona de las instalaciones del colegio, hablando con niños de cuarto y quinto en presencia de los profesores o los padres. Cuando Holland y Parsons se acercaban a la salida principal del colegio, se encontraron con otro equipo de agentes de operaciones especiales, siguiéndoles mientras atravesaban el aparcamiento, cruzando una completa exposición de cochazos negros o plateados, Porsches Cayenne, Volvos y BMW X5. Uno de ellos, un chico de Essex con problemas de acné, acercó la cara a los cristales ahumados de un Lexus al pasar, intentando atisbar el interior.

—¿En *qué* trabaja esta gente? —dijo.

Holland, Parsons y los demás se detuvieron en el patio del colegio, entreteniéndose frente a dos puertas de madera enormes, que se abrieron de golpe cuando los primeros alumnos empezaban a salir. Igual que todos los agentes que trabajaban *in situ,* los cuatro iban vestidos con ropa elegante aunque informal. Color caqui y americanas sport. Chaquetas encima de los polos. Podían pasar por profesores, o incluso en el caso de algunos, por alumnos sin uniforme.

Parsons seguía pensando en la pregunta de su compañero mientras observaba la salida de la primera tanda de alumnos, y le habló por encima del ruido de su parloteo.

—Pues no creo que muchos de ellos sean polis. Y tampoco veo a muchos que tengan pinta de llegar a serlo, pensándolo bien.

—También hay plazas de becarios —dijo Holland—. No todos tienen como padre a un magnate del petróleo o a un futbolista, ¿sabes?

—Puede que tengas razón —dijo el chico de Essex—. Sin ir más lejos, mira el caso de Mullen. A no ser que anduviera metido en líos extraños, no entiendo cómo puede vivir en esta opulencia.

Parsons hizo un comentario sobre la pensión de un inspector, y sobre el hecho de que Mullen ganaba una pasta como asesor de seguridad, pero Holland había dejado de escuchar. Estaba mirando a dos chicas, de unos quince años o así: sus cabezas juntas, cuchicheaban. Pensaba en Chloe. Decidió que, aunque quedara mucho tiempo para eso, no pondría ninguna pega si existía la posibilidad más remota de que estudiara en un sitio como éste. Ahora bien, pondría todas las pegas del mundo hasta dejar de respirar ante la idea de que algún día llegara a ser poli.

Los agentes habían viajado hasta Butler's Hall el lunes a última hora —el primer día que se había asignado aquella unidad al operativo— y habían seguido tomando declaraciones al día siguiente, pero era comprensible que a Barry Hignett le quedaran ganas de hablar con cualquiera que tuviera algo que añadir. Comprensible, sencillamente, porque hasta que los que retenían a Luke Mullen decidieran hacerles saber sus exigencias a la policía o a sus padres, no quedaba otra cosa útil que hacer.

Habían hablado con los alumnos en el colegio. Les habían explicado que Luke Mullen seguía desaparecido, y que habría agentes de policía esperándoles para hablar con ellos si pensaban que podían informarles sobre algo de interés. El director se había esmerado en recordarles que no hacerlo también era una forma de falsedad, y resultaba igual de deshonrosa. Se les instaba a comunicar cualquier información que conocieran, por muy insignificante que pudiera parecerles, sobre la tarde del viernes en que se habían llevado a Luke Mullen en coche.

El chico de Essex y su compañero se colocaron al otro lado del patio, pero ni ellos, ni Holland, ni Parsons, se vieron desbordados por una desbandada de informantes jóvenes y entusiastas.

Aquellos alumnos con los que Holland y Parsons sí hablaron, contaron poco más o menos la misma historia. Quedó claro que durante los días previos los tambores de la jungla habían sonado más de la cuenta en el colegio y que no sería tarea fácil separar la información de los rumores.

Un chico le aseguró a Holland que Luke Mullen se había escapado con una mujer mayor y atractiva.

Varias niñas de bachillerato juraron que habían visto cómo se besaban Luke y la mujer misteriosa dos o tres días antes.

Uno de los compañeros de clase de Luke dijo que le parecía que Luke tenía una novia secreta, que había estado insinuando que se iba por ahí con ella. A España, o quizás a Francia.

Nada de lo que contaron les ayudó a identificar el coche. Con mucha probabilidad era un Passat, y casi seguro que de color azul oscuro más que negro, pero los datos parciales de la matrícula prácticamente no servían para nada, ya que una docena de letras y números distintos habían sido comunicados por los que juraron haber visto el coche con Luke Mullen dentro.

Las descripciones de la mujer eran muy parecidas a las que ya tenían, aunque una vez más tales declaraciones se hacían menos creíbles cuando los que las daban habían empezado a hablar entre ellos. Le faltaba poco para los treinta años. Tenía el pelo rubio ceniza. Era muy flaca. —«Pero estaba buena», había comentado uno de los compañeros de clase—. Luke había dicho de ella que estaba en forma. Pero a decir verdad, tampoco tenía nada que mereciera la pena a su alrededor para poder compararla, ¿a qué no?

En este caso, como en todos los casos en que se trataba con el público, se hacía hincapié en la búsqueda del adolescente desaparecido. Por supuesto, nadie se refería al caso como que se lo hubieran llevado, y de acuerdo con la práctica normal, la palabra *secuestro* nunca era utilizada por los agentes fuera de la Central 3000 o la casa de los Mullen.

Sin embargo, un colegio era un lugar tan perfecto para engendrar conjeturas como lo era para coger un virus estomacal o un herpes labial.

—Esa mujer es la que secuestró a Mullen, ¿verdad? —el chico tenía quince años, un curso menos que Luke, pero su forma de actuar era de un chico tres o cuatro años mayor.

—Lo siento, pero no puedo entrar en detalles —dijo Holland. El chico llevaba el pelo con la raya bien hecha y acarreaba un pequeño maletín. Holland imaginó que seguramente era un figura en el campo de rugby.

—Entiendo.

Holland se dio cuenta en seguida de que era mejor hablarle al chico como si realmente fuera tan mayor como aparentaba.

—Pero sí es verdad que es una persona a la que nos interesaría mucho localizar...

—¿Qué descripción tienes de ella? —preguntó el chico.

Holland intercambió miradas con Kenny Parsons, y luego le informó al chico de los hechos básicos.

—Obviamente, si se te ocurre algo que añadir...

—Estoy estudiando la especialidad de arte —dijo el chico—. Soy uno de los mejores del curso.

Holland le miró fijamente.

—Conseguí ver bastante bien a la mujer que iba con Luke. Creo que la podría dibujar, si queréis.

—Vamos a organizar eso en cuanto podamos —repuso Holland.

Parsons tomó nota del nombre y dirección del chico. Le hicieron unas cuantas preguntas más: averiguaron exactamente en qué punto de la calle estaba ese viernes anterior por la tarde, a qué distancia, y si alguien le acompañaba en ese momento.

—La gente va diciendo por ahí que era la novia de Luke o algo así —dijo el chico inesperadamente—. Pero a mí no me convence.

—¿Por qué no? —A Holland le costaba creer que el chico fuera experto en esos temas; tenía la edad de encapricharse como mucho de las señoras que le servían el almuerzo en el colegio.

—Lenguaje corporal.

El chico lo comentó como si fuera obvio, y como si la conversación le empezara a aburrir un poco. Sin embargo, mostraba cierta autoridad y confianza en sí mismo que hacían que a Holland, por lo menos, sus comentarios le parecieran extrañamente creíbles.

—¿Y Luke? ¿Qué te parecía?

—Bastante feliz, supongo. Hubo un momento en que pasaron delante de mí y él le iba hablando.

—¿Y tú...?

—Lo siento, no cogí nada de lo que se decían, pero él parecía... contento.

—Entonces, ¿no parecía que iba coaccionado? ¿O que tenía miedo, o estaba inquieto?

—No, pero ella sí —el chico meneaba distraído su maletín. Miró fijamente detrás de Holland y Parsons hacia la cancela del colegio, como si estuviera buscando a un amigo—. Ella parecía muerta de miedo.

Sin duda, Thorne había sacado provecho de su pase para el transporte.

Se había acercado a Barking para hablar con un inspector de la unidad Intel donde estaba la base, y luego había pasado hora y media viajando hasta Finchley para entrevistar a un inspector jefe de la brigada móvil. Los dos le habían comentado lo estupendo que era Tony Mullen, y la pérdida que habían notado cuando se jubiló tan pronto, y lo terrible que resultaba la elección de su familia como blanco. Uno de ellos añadió que había organizado una colecta en la comisaría; lo había dejado y había devuelto el dinero al darse cuenta de que no sabían a qué lo iban a destinar.

Habían estudiado la ya truncada lista de Mullen. Ninguno de los dos había comentado gran cosa, pero cada uno había contado algunas batallas, acordándose del papel que habían jugado junto a Tony Mullen en coger y encerrar a los individuos nombrados. Thorne había escuchado, y se había reído en el momento justo, para luego animar a cada agente a que pensara en cualquiera de los casos pasados de Mullen que en su opinión pudieran tener una conexión con lo que ocurría. Que le dieran los nombres de cualquier persona que consideraran que se le podría investigar, aunque sólo fuera para eliminarlos de la investigación. Entre los dos se les habían ocurrido dos nombres más; un total de cuatro en la lista que Thorne llevaba consigo camino de Colindale, para la reunión que había organizado en el Peel Centre.

En el Centro de Coordinación de Sucesos Graves, en la tercera planta de Becke House, Thorne pasó quince minutos poniéndose al día con unos pocos que en circunstancias normales habrían sido compañeros suyos: tomó un café rápido con Ivonne Kitson, quien le daba la impresión de estar un poco preocupada; intercambió chistes con Samir Karim y Andy Stone, que se tomaron mucho interés en asegurarle que nadie se había dado cuenta de que se había ido; se asomó por la puerta del despacho de Russell Brigstocke con la esperanza inútil de encontrar apoyo moral...

El inspector jefe Trevor Jesmond dejó muy claro, desde el preciso instante en que Thorne traspasó su umbral, que no iban a hablar durante mucho tiempo.

—No voy a tardar mucho, señor.

—Me parece bien. Estoy hasta los orejas de trabajo.

A decir verdad Thorne no tardó en poner a Jesmond al día del caso de Luke Mullen. Explicó que tenía que considerar seriamente la venganza como motivo del secuestro del hijo de Tony Mullen; y que estaban buscando a cualquiera que pudiera guardarle rencor todavía. Como Jesmond conocía a Mullen mejor que nadie, dijo Thorne, y había trabajado estrechamente con él durante algunos años, nadie mejor para echar un ojo clínico a la lista de candidatos. Cargó un poco las tintas, y aunque Thorne se dio cuenta de que Jesmond sabía que le estaba haciendo la pelota, pareció quc daba resultado.

—Por supuesto, estoy ansioso por hacer lo quc pueda por ayudar —dijo Jesmond.

Thorne sacó la lista de su bolsillo.

—Claro...

—Tony y Maggie están pasando un infierno.

—Se han incluido dos nombres más en la lista desde que hablamos por teléfono...

Jesmond se puso de pie y pasó por delante de Thorne para dirigirse a la puerta. Cogió un abrigo de una percha metálica.

—Sigamos con esto fuera. Así puedo estar haciendo otras cosas a la vez.

—Todavía no es una lista muy larga...

—¿Qué suelen decir las mujeres? ¿Que los tíos no podemos hacer más de una cosa a la vez?

Thorne no dijo nada, preocupado al ver los finos labios de Jesmond deslizarse por los dientes, en un gesto que se acercaba mucho a una sonrisa.

Una de las *otras cosas* resultó ser una larga caminata hasta una pista de pruebas donde, sin razón aparente, permanecieron observando cómo los que hacían el curso de conducción de nivel avanzado daban vueltas a la pista con los coches, o realizaban giros hacia el interior del circuito para correr a toda pastilla por la zona de derrape.

Jesmond saludó a uno de los instructores, y gritó por encima del rugido de un motor:

—¿Te gusta el automovilismo, Thorne?

Thorne hizo como si no se hubiera enterado, y le pidió que le repitiera la pregunta mientras decidía si mentir o no. Observó un Audi chirriar junto a una sucesión de conos.

—Sólo las colisiones —dijo.

Y puso fin a esa conversación.

La pista de pruebas estaba justo enfrente de las instalaciones de atletismo. Cuando Thorne no estaba embelesado observando los coches que giraban bruscamente o corrían a toda velocidad, dirigía la vista hacia una manada de reclutas haciendo footing por el perímetro de asfalto. Cada uno llevaba puesto un chándal azul prístino, pero muchos no tenían demasiada pinta de atléticos. La mayoría parecía haber preferido un motín divertido, o quizás un asedio a mano armada.

—Tony Mullen conseguía un número de detenciones decente —dijo Jesmond—. Tantas como el que más, a decir verdad. Pero tú sabes igual que yo que la mayoría de los delincuentes que encerramos consideran el hecho de que los detengamos como parte del trabajo. No lo toman como algo personal. Si de verdad tuvieran intención de vengarse de cada poli que los trincara, joder, estarían demasiado ocupados para volver a delinquir.

Thorne sabía que en general eso era cierto, pero también sabía que existían individuos que escapaban a cualquier regla. Cuando se trataba de tipos que mataban, para algunos de ellos el delito no era algo profesional ni mucho menos, y la reacción al ser detenidos —cuando ya no podían actuar de forma compulsiva— era cualquier cosa menos previsible. Quedó claro cuando Jesmond volvió a hablar que, como siempre, la expresión de la cara de Thorne había hecho patente lo que pensaba.

—Claro, siempre habrá casos excepcionales —dijo Jesmond—, y sé que a ti te han tocado bastantes a lo largo de los últimos años. Pero incluso hasta esos casos se pueden descartar, porque la mayoría de ellos termina en lugares de donde nunca vuelven a salir.

La mayoría de ellos.

Unos cuantos nombres, algunas caras, pasaron como un rayo por la cabeza de Thorne. *Nicklin. Foley. Zarif...*

—¿Thorne?

Thorne asintió, no del todo seguro de lo que se le preguntaba. A su derecha, una furgoneta salpicada de barro y perteneciente a un empresa de productos cárnicos pasaba lentamente por el autolavado. Detrás permanecían tres furgonetas más, colocadas en fila.

—Echemos un vistazo a esa lista —dijo Jesmond.

Thorne le entregó la hoja y esperó.

—Billy Campbell, ni pensarlo —Jesmond golpeó el papel con el dedo—. No era más que un bocazas de mierda. Les dijo a casi todos los polis, jueces y carceleros que se cruzaron en su camino que iría detrás de ellos. Le gustaba armar un cisco pegando voces, pero nada más, igual que a otros muchos...

El nombre de Campbell era uno de los dos nombres nuevos que se habían incluido esa mañana. Thorne aún no había tenido ocasión de comprobarlo en la base de datos.

—¿Qué hay de los otros? —preguntó.

—Nunca he oído hablar de Wayne Anthony Barber.

El otro nombre:

—Lo detuvieron por dos casos de violación en 1994. Le gustaba amenazar a sus víctimas con un destornillador. Por lo visto, atacó a Mullen en la sala de entrevistas...

Jesmond se encogió de hombros y señaló los dos nombres al principio de la lista.

—¿Éstos son los que te dio Mullen?

Thorne, gruñendo, dijo que sí.

—Bueno, pues vale. Cotterill y Quinn son dos tipos de cuidado —extendió un brazo, y agitó el papel para que lo cogiera Thorne—. Aunque este caso no encaja con ninguno de ellos.

—Harry Cotterill tomó como rehén al cajero de una sociedad de préstamos hipotecarios en 1989.

—No es lo mismo. Estos dos no son secuestradores.

—Pero sí que tendrán sus contactos.

—No lo creo.

—Están los dos por ahí sueltos, al menos —Thorne cogió el papel, lo dobló y lo volvió a meter en su bolsillo—. Merece la pena echar un vistazo, ¿no?

—Me preguntaste qué opinaba yo —dijo Jesmond—. Es un trabajo para la unidad de Operaciones Especiales, así que, en cualquier caso, le toca a Barry Hignett hacer las llamadas.

Thorne inhaló diesel y caucho quemado, y aprovechó para darle las gracias, aunque en realidad no tenía nada que agradecerle.

Más tarde, tras haber visto a varios grupos muy distintos, Holland se dio cuenta de que aquel otro chico destacaba, que llamaba la atención, estuviera con el que estuviera. Existía un factor físico que suscitaba el interés, un cierto contoneo provocador de «mírame si quieres». Confianza en sí mismo. Muchos de ellos tenían esa confianza en sí mismos, por supuesto; formaba parte de la combinación del uniforme, el acento, y la certeza de que, salvo desastre, les iba a ir bastante bien en la vida. Sin embargo, este chico era distinto: parecía que lo sabía y que le daba igual.

Hollands y Parsons habían estado hablando con un grupo de chicas. Rondaban los dieciséis o diecisiete años, seguras de sí mismas de manera distinta a sus condiscípulos masculinos. Contestaron a las preguntas e hicieron unas cuantas también. Flirtearon y se rieron. Holland se había reído con ellas, consciente de que algunas de las chicas eran muy atractivas y de que además lo sabían. Las había observado mientras se alejaban, y al volverse, se encontró con Parsons que le miraba fijamente, con severidad simulada y una ceja levantada.

—Tranquilito, tigre...

—¡No digas estupideces, joder!

Al contestar bruscamente, se había acordado de Thorne cuando dijo exactamente lo mismo, y exactamente de la misma manera, al soltarle sugerencias veladas sobre la inspectora Louise Porter.

Entonces Holland se había vuelto hacia la puerta del colegio y había visto al chico.

Iba con tres más; no era ni el más alto de ellos, ni el que caminaba delante cuando salieron al patio, pero era el foco de atención. Hizo algún comentario y los otros se rieron y Holland se dio cuenta en seguida de quién era el líder, alrededor del cual se movían los demás chicos.

Al acercarse el grupo, Holland observó que el chico modificaba sutilmente su aspecto: el cambio diario de clase a calle. Se aflojaba la corbata y la bajaba, pasaba los dedos por el pelo rubio para que se le quedara de punta y después de trabajar un lado de la cabeza con una mano, se colgaba de la oreja una cruz de oro.

Holland miró fijamente el pendiente, como si algo le resultase familiar. Algo importante.

Parsons extendió la mano, y con un gesto hizo que se acercaran el grupo.

—Estamos hablando con cualquiera que viese lo que le pasó a Luke Mullen el viernes pasado por la tarde.

Se encogían de hombros y no dejaban de moverse. Muchos ojos terminaron fijándose en el chico del pendiente.

—¿Fue justo cuando salíais del colegio? —dijo Parsons—. ¿Alguno de vosotros vio a Luke Mullen subirse a un coche?

Se produjo una pausa antes de que empezaran a soltar respuestas, de forma torpe, todos a la vez.

—Hay montones de niños subiéndose a coches...

—Yo jugaba a rugby el viernes pasado...

—Había una reunión para hablar del viaje del año que viene para ir a esquiar...

—No creo que os podamos ayudar.

El último en contestar, el chico con el pendiente, habló con un extraño acento, casi una mezcla entre americano y británcio, que Holland ya había oído en muchos de los alumnos. Cada frase concluía con una entonación ascendente, como si todas resultaran una pregunta fácil y cómoda que se le hacía a alguien que debía conocer la respuesta. El chico habló por los otros tres, y Holland veía que ellos estaban encantados de que lo hiciera. Era él con quien todos querían estar y a quien todos querían emular. El amigo que deseaban tener. Holland se acordó del chico con el maletín, el joven artista con quien habían hablado antes. Este chico era todo lo que no era el otro, y que probablemente quería ser.

La verdad era que Holland no se había parecido a ninguno de los dos. En el instituto de Kingston, hacía veinte años, se había afanado por ser algo entre los dos extremos. La cabeza agachada, infelizmente anónimo.

Los cuatro chicos ya empezaban a alejarse, pero Kenny Parsons salió detrás de ellos, les adelantó y les impidió seguir.

—Un momento, chicos, no hemos terminado.

—¿Ah, no? —preguntó el chico con el pendiente.

—Uno de vuestros amigos ha desaparecido.

—Apenas le conozco —se rio uno de los otros. El chico con el pendiente le echó una mirada y lo calló.

—Entonces, ¿no estáis en la misma clase?

—Correcto. No lo estamos.

—En el mismo curso...

—También correcto, aunque no veo en qué puede ayudar eso.

Y siguió su camino, colocándose la mochila en el hombro y cruzando delante de Parsons hacia la carretera principal.

Holland observó marcharse al chico y a sus amigos. Algo en la cara del chico le resultaba familiar; algo importante. Pensando en la manera en que le había hablado a Parsons, la manera en que había mirado a un agente de policía.

Un agente de policía *negro*...

—Jodido niñato descarado —dijo Parsons.

Fue una sacudida, como la sensación de revolverse el estómago al pasar en coche por un puente de pendiente muy acentuada, cuando por fin Holland consiguió arrastrar la imagen hasta enfocarla. La cruz colgando de la oreja. Una cara que había visto antes.

—Y yo que pensaba que estos niños pijos tenían mejores modales...

Holland asintió con la cabeza, sabiendo que esa era exactamente la cuestión. Que, si tenía razón, el adjetivo *descarado* se quedaba muy corto.

Pensaba que el chico con el pendiente se podía permitir el lujo de sentirse seguro de sí mismo. Era cuestión del uniforme, sí, y del acento, pero también era consecuencia de que la gente emitían juicios sobre el carácter basándose en las apariencias y la forma de expresarse. La gente, o la mayor parte de ella, se dejaban guiar precisamente por esas cosas.

Holland pilló al siguiente muchacho que pasaba por allí. Señalando al chico con el pelo de punta, le hizo la pregunta y consiguió un nombre.

Observó al muchacho llamado Adrian Farrell que se volvía para mirarles y luego seguía caminando despacio hacia la entrada, todavía visible el pelo rubio mientras se perdía en el éxodo azul y gris de los uniformes.

El chico se podía permitir sentirse seguro de sí mismo, porque las apariencias conseguían precisamente eso.

Y los agentes de policía, igual que los demás, hacían suposiciones estúpidas.

Aunque normalmente era más propenso a meditar que a protestar, a Thorne no le importaba de vez en cuando dar rienda suelta a sus quejas, y Carol Chamberlain, si se le pillaba con el estado de ánimo adecuado, sabía escuchar muy bien. Refunfuñaba por teléfono, sobre su espalda, sobre el traslado a la unidad de secuestros, sobre el hecho de que su única línea de investigación real se estaba pareciendo cada vez más a un callejón sin salida.

Carol Chamberlain no se hallaba con el estado de ánimo adecuado.

—Deberías ir a que te vean —dijo ella.

—¿A quién? ¿A un psiquiatra?

—Eso también, pero yo me refería a tu espalda. No te quejes más y ve a ver a un médico...

Después de la charla con Desmond, Thorne había vuelto andando a Becke House y había pasado los dos últimos nombres por el CRIMINT. Se suponía que Billy Campbell asistía a un centro de rehabilitación de drogas y alcohol en Escocia. Wayne Barber por fin había llegado a utilizar ese destornillador y cumplía cadena perpetua condenado a veinticinco años en la cárcel de Wakefield. Entonces sólo quedaban los dos nombres que les había proporcionado Mullen, y que Jesmond había dejado muy claro que consideraba una pérdida de tiempo.

Thorne empezaba a sentir que estaba metido en fango hasta la cintura. Tras pedirse un bocadillo de la cantina, había vuelto a subir al centro de coordinación. Se preguntaba a quién demonios podría llamar para quejarse mientras almorzaba.

Conocía a la ex inspectora jefe Carol Chamberlain desde hacía dos años. La habían sacado de su jubilación anticipada con poco más de cincuenta años para reclutarla en la unidad de análisis de zona, un pequeño equipo compuesto por agentes previamente jubilados que estudiaban casos sin resolver desde un ángulo diferente. Se les conocía —no siempre de forma cariñosa— como la *brigada de los arrugados*.

Pero precisamente a Chamberlain no se le podía describir como arrugada.

Thorne siempre había sabido que era quisquillosa, y que no convenía tenerla como enemigo, pero un año antes había advertido en ella rezumar y desparramarse cierta negrura; una ira venenosa que, como la rabia que borboteaba y se desbordaba en él, a punto estuvo de envolverlos a los dos. Al desaparecer la sombra desapacible, quedaba bastante luz para que ambos vieran las cosas con claridad. Sin embargo habían pagado un precio muy caro. Si no se hubieran producido esos minutos de locura, de los cuales nunca más había vuelto a hablar, no habrían encontrado al culpable de prender fuego a una muchacha. Y, aunque Chamberlain no lo sabría nunca, era posible que el padre de Thorne siguiera con vida.

Ella era una amiga, pero como la mayoría de las personas que merecían el respeto de Thorne, le daba un poco de miedo.

—Quizás debería llamar más tarde —dijo Thorne—. Seguramente estás muy ocupada tratando las lombrices de tu gato, o haciendo un crucigrama o algo...

—Hijo de puta impertinente. Y todo porque no tengo ganas de oír cómo te quejas.

—Te he llamado porque, de vez en cuando, puedes dar buenos consejos.

—Sí, y porque yo conozco a Tony Mullen.

—¿Cómo? —Thorne soltó el bocadillo.

—¿No lo sabías?

—Si lo hubiera sabido, te habría llamado enseguida. ¿Desde cuándo lo conoces?

—Trabajé con él en el departamento de investigación criminal de Golders Green. Hace unos doce o trece años, más o menos. En esa época probablemente era sargento, o quizás estaba a punto de ascender. Lo estaban promocionando a inspector jefe justo cuando yo me jubilé, me parece...

Thorne había cogido un trozo de papel, y estaba anotándolo todo.

—¿Entonces?

—Entonces supongo que era un tipo decente. Honrado: por lo menos a mí me lo parecía, pero eso tampoco significa gran cosa. Conozco a mucha gente que se ha torcido con el paso de los años.

—¿Qué me dices de estos dos nombres? Cotterill y Quinn.

Thorne escuchaba música clásica de fondo. El marido de Chamberlain, Jack, era muy aficionado.

—Sé que no es lo que quieres oír, pero creo que Jesmond puede tener razón. No veo a ninguno de los dos como secuestradores —hizo una pausa—. No creo que te hayan mencionado un tal Grant Freestone, ¿verdad?

—¿Deberían haberlo mencionado? —Thorne apuntó el nombre.

—Bueno, quizás me equivoque, pero me sorprende que no haya surgido su nombre en algún momento.

—Te escucho.

—Freestone cometió agresiones sexuales contra unos cuantos niños, en 1993 o 1994, por esa época. Chicos y chicas, creo que le daba igual, y los retenía en un garaje detrás de su piso.

Los retenía...

Thorne intentó deshacerse de la imagen de una bolsa bajando hasta cubrir la cara de un niño.

—Estuve trabajando en el caso poco tiempo —dijo Chamberlain—. Pero Tony Mullen estaba muy involucrado, puede que incluso él fuera el agente que lo detuvo. Las cosas se pusieron muy feas, y Freestone lanzaba amenazas más o menos desde el momento en que lo cogieron hasta que le condenaron.

—¿Amenazas contra Mullen?

—Es posible que amenazara a otros, pero me acuerdo de Mullen. Yo estuve en el juzgado uno de aquellos días y todavía recuerdo la mirada que le echó Freestone. No exactamente una mirada agresiva, pero... aún lo recuerdo, así que...

—Gracias, Carol. Lo comprobaré.

Durante unos segundos, no dijo nada, y entonces bajó el volumen de la música.

—Deja que lo haga yo.

Despacio, Thorne subrayó el nombre de Grant Freestone.

—Pensé, tú ya sabes, que había que solucionar el tema de las lombrices de tus gatos.

—Ni caso. En serio, Tom, ¿por qué no dejas que pregunte por ahí y luego hablamos?

Thorne pudo advertir un cambio de tono en la voz de Chamberlain inmediatamente. El trabajo que ella realizaba en la unidad de análisis de zona era muy irregular, y a menudo muy frustrante. Sabía cuánto valoraba sentirse útil, y lo mucho que deseaba hincarle el diente a algo. También sabía que ella todavía tenía una red de contactos de todo tipo y que hacía su trabajo de puta madre. Era posible que averiguara más por ella misma que con un jodido rastreo con el ordenador.

—Y además, Jack lleva años con problemas de espalda —dijo ella—. Tiene unos potingues fantásticos que se echa por la noche: te los llevaré la próxima vez que te vea.

—Gracias.

—Así que has matado dos pájaros de un tiro...

Thorne pensó en el vídeo, en el hombre con la jeringuilla. Se preguntaba si podría ser el mismo hombre que el de la cara que se le había quedado grabada a Carol Chamberlain en un juzgado, y que todavía recordaba doce años después. Un hombre que ya había raptado niños.

Con una mano, Thorne buscó el bocadillo desechado. Con la otra, cogió el boli y un papel, y empezó a dibujar garabatos.

Trazó recuadro tras recuadro tras recuadro alrededor del nombre de aquel tipo.

Conrad

Hacía mucho tiempo que se había dado cuenta de que casi todo era cuestión de peces y estanques. Todo dependía del tamaño de pez que uno era y el tamaño del estanque en que nadaba. Eso, y el tiempo, por supuesto. Había llegado a la conclusión de que el tiempo era algo muy difícil de comprender.

Obviamente, nunca había leído el libro sobre el tema escrito por el tío ese de la silla de ruedas; el que hablaba mediante algún tipo de máquina que había inventado y sonaba como un robot de La guerra de las galaxias. *No se habría enterado de nada si lo hubiera leído, de eso estaba convencido, pero estaba seguro de que le habría interesado. El tiempo no paraba nunca de asombrarle, la manera en que conseguía fastidiare. El hecho de que siempre volvías de un sitio más rápido de lo que se tardaba en llegar. El hecho de que la primera semana de tus vacaciones de verano parecía durar una eternidad y luego la segunda semana pasaba volando, y todo se había acabado antes de que empezaras a despellejarte. El hecho de que el tiempo se hacía interminable mientras esperabas que sucediera algo...*

Era como si hubieran pasado nada más que cinco minutos desde que Amanda se le había acercado bailando, sacando pecho para lucir sus tetas. Desde que no le había importado que él le echara un polvo a cambio de unos cuantos Bacardi

Breezers y la promesa de un favor. Cinco minutos... seis meses... lo que sea... y ahora le estaban metiendo un chute de drogas a un niño y esperaba sentado a que sucediera algo.

Para ser sincero, se sentía más feliz haciendo lo que hacían antes. Era fácil, entrar y salir, y si alguien resultaba herido era simplemente porque se lo merecía. Personas suficientemente estúpidas como para hacerse el héroe por un dinero que pertenecía a la Esso de los cojones, o lo que fuera; a su modo de ver, se merecían una paliza. Sin embargo, esto era diferente. No había que tener agallas, ni nada que le hiciera sentir que se había ganado lo que iba a conseguir. Le hacía sentirse avergonzado, como algo que sólo serían capaces de hacer una puta o un maricón. Era el crimen de un timorato.

Quizás se sentiría distinto cuando los dos se estuvieran sentados en algún lugar cálido, gastando el dinero. Quizás entonces, podría olvidarse de la manera en que lo habían conseguido. En todo caso, esperaba que fuera así.

Amanda se hallaba en la cocina. Una tostada con queso gratinado, probablemente; alubias con salsa de tomate o algo así. A menudo le decía que cuando tuvieran el dinero se pegarían un homenaje en algún sitio de lujo, con portero y fotógrafos esperando fuera. Él le había preguntado que cuándo era probable que ocurriera eso, y le había dicho que estaba hasta el culo de pasar las horas muertas allí tirado; que quería que se terminara. Ella le dijo que duraría mucho más. Que, de una manera u otra, pronto todo se habría terminado. Pensó que eso parecía la hostia de amenazador. Le había echado un vistazo al niño en ese momento, tumbado en el rincón del dormitorio y sí, pensó que parecía la hostia de espeluznante...

Hacía ya un rato. Horas y horas. Incluso días. El tiempo arrastrando los pies, como algún pobre hijo de puta consciente de que le espera una paliza.

Sabía que él tenía la culpa. Que había tenido la oportunidad de decírselo no mucho antes, de repetirle que era una idea estúpida. No le podía echar toda la culpa a Amanda, pero de todas maneras, odiaba aquella situación.

Esperando, y sin saber.

Y sintiéndose como un pez muy pequeño.

Seis

HABÍA PÓSTERS CUBRIENDO CADA CENTÍMETRO DEL PApel de las paredes de color verde claro: el equipo de Spurs del año 1975, con Steve Perryman delante con el balón en la mano, un paisaje futurista de Roger Dean, una tenista alejándose de la cámara y rascándose un glúteo desnudo. En un rincón del cuarto también había un equipo de música en una estantería apoyada sobre ladrillos, álbumes con fotos de Bowie y Deep Purple abiertos encima de la tapa de metacrilato y apoyados sobre los altavoces. Libros y montones de papeles se hallaban esparcidos sobre una vieja mesa de comedor que habían subido desde la planta baja para que sirviera de escritorio —*The Melody Maker, New Musical Express, Shoot!, Jaws, Chariots of the Gods,* un par de libros de bolsillo de Sven Hassel en un pésimo estado—, un calendario de Jilly Johnson y una diana de Woolworth's junto a la ventana arriba...

Thorne parpadeó y volvió a mirar las paredes más recientes. Lisas y pálidas como orquídeas.

Había reproducciones de mapas antiguos, anteproyectos arquitectónicos con caligrafía francesa sofisticada, posters para exhibiciones en el Victoria & Albert Museum y en la Tate Modern Gallery. Algunos se habían montado en marcos sencillos y otros estaban pegados a la pared con adhesivo. De pie en el centro de un cuarto que distaba mucho del cuarto que él había tenido, Thorne concluyó que Parsons tenía razón en lo que había dicho el día anterior. Luke Mullen no era precisamente el típico chico de dieciséis años.

Thorne se acercó a la mesa de trabajo de metal y metacrilato, sorprendido al ver una agenda del Arsenal encima de los papeles amontonados en un lado. Sintiendo curiosidad, la cogió, aliviado en parte de que el chico —aunque claramente confundido en cuanto a su equipo favorito— tenía al menos una pasión con la que él era capaz de sentirse identificado. Hojeó las primeras páginas, y enseguida vio que no era más que una agenda para los deberes.

Había una huella rectangular de polvo sobre el cristal, justo en el sitio en que habían encontrado el portátil de Luke. Los muchachos del área tecnológica estaban todavía analizando el disco duro, buscando cualquier cosa que hubiera podido esconder alguien que sabía lo que hacía. Pero por lo que habían podido concluir hasta ese momento, no había correos electrónicos significativos, ni nada en una agenda informatizada que diera a entender que Luke tenía planeado irse a alguna parte. No se había pasado mucho tiempo chateando, y no parecía que hubiera empezado una relación *on line* reciente con alguien.

Los detalles de la actividad de su móvil tampoco habían aportado gran cosa. El teléfono lo tenía Luke en el momento de su desaparición, así que no habían podido comprobar la agenda, pero el historial de llamadas y mensajes de texto proporcionado por la compañía telefónica aún no había desvelado nada que pudiera tener alguna importancia. Luke había llamado a su hermana más que a ninguna otra persona.

Thorne observó detenidamente el polvo, y la forma que dibujaba, marcando la ausencia de algo, y sin darse cuenta contuvo la respiración. Imaginó una mente joven y alerta, corriendo y luchando mientras la droga se adueñaba de él; mientras se le caían los párpados y los pensamientos se adentraban en aguas profundas. Empapados y negros como la tinta...

Thorne bajó la manga de su chaqueta, la sujetó entre los dedos y la palma de la mano y se inclinó para limpiar las huellas del cristal.

—Ahí no lo vas a encontrar.

Al volverse, Thorne vio a Juliet Mullen de pie en la puerta de la habitación de su hermano. Sacudió con la mano las manchas grises de polvo de su manga.

—La verdad es que he encontrado mucho de él —dijo.

La chica puso los ojos en blanco y, pasando por delante de él, entró en la habitación. No estaba impresionada en absoluto, ni dispuesta a discutir algo tan aburrido como un concepto abstracto. Se apoyó contra la pared y se dejó caer hasta quedarse sentada en la moqueta gris.

—¿Y...?

Thorne echó un vistazo a su alrededor, y luego le volvió a mirar a Juliet.

—Pues sí, Luke era un chico muy ordenado.

—A ti no se te escapa nada, ¿verdad?

—Soy detective.

—¿Lo puedes demostrar?

—Me he presentado a exámenes.

—Seguramente deben haber bajado la nota mínima para aprobar...

No estaba sonriendo, pero Thorne percibió que le costaba la vida no hacerlo, a pesar de la apariencia estudiada de aburrimiento e irritación; le divertían las burlas. Tenía el pelo largo, el mismo tono carbón que el maquillaje alrededor de los ojos y la camiseta con capucha que llevaba encima de unos pantalones muy holgados. Se le ocurrió que podía denominársele *elegancia de monopatinador*. O del *movimiento grunge*, o algo parecido. Pensó en preguntárselo, pero luego no le pareció tan buena idea.

—¿Qué había en el vídeo? —dijo de repente.

Thorne tardó unos segundos en averiguar a qué se refería, y los mismos segundos en decidir que no tenía nada que decir.

—Mamá y papá lo vieron esta mañana, antes de llamar a Porter. Sólo una vez, creo, pero era más que suficiente. Por supuesto que a mí no me dejaron verlo, y no quisieron hablar de eso después, así que...

—Así qué.

—Así que me pareció que no había nada malo en preguntarlo.

Thorne observó cómo doblaba las rodillas, encogiéndose en el rincón de la habitación. La miró y no pudo evitar que le recordara la noche anterior con Phil Hendricks. Ahora, igual que entonces, advirtió el dolor y el ansia debajo de la pose; la angustia a flor de piel detrás de un comentario banal. No había nada malo en contestar.

—Era Luke. Sólo una cinta de Luke.

Asintió rápidamente con la cabeza, como si se acabara de confirmar algo que ella ya sabía. Fue un gesto maduro, y sereno; pero al momento un temblor en la carne suave alrededor de la boca la convirtió otra vez en una niña.

—¿Qué dijo? ¿Dijo algo?

—Juliet, no puedo...

—Los dos se quedaron llorando después de verlo. Quisieron fingir que estaban bien pero, si quieres mi opinión, me pareció absurdo. Joder, quiero decir, que yo sabía lo que era, ¿entiendes? No se me ocurrió pensar que estaban viendo una película porno a las nueve de la mañana.

—No querían disgustarte —dijo Thorne.

—Pues, estupendo. Así que ahora sólo puedo pensar en lo que llegarían a ver en la cinta. En lo que la persona que retiene a Luke le estaría haciendo, en el dolor que sentiría...

—Está bien. De verdad...

—Define *bien.*

Thorne cogió aire.

—¿*Bien* como si se lo pasara de puta madre? —empezó a arrancar uno a uno los hilos de la moqueta—. ¿O *bien* como si respirara todavía?

Hacía mucho tiempo que a Thorne no le hacían una pregunta tan dura.

—Nadie le está haciendo daño.

Ella dejó caer la cabeza sobre las rodillas. Cuando la volvió a levantar con mucho esfuerzo, pasados quince o veinte segundos, la pintura negra alrededor de los ojos empezaba a correrse.

—Tiene un año y pico más que yo, pero a veces me siento su hermana mayor —sus ojos vagaban por toda la habitación, como si estuviera buscando la manera de demostrar lo que decía—. Tengo que cuidar de él, en montones de cosas. ¿Sabes lo que quiero decir?

Thorne pasó por delante, se volvió y se sentó en el borde de la cama. El edredón nórdico era azul oscuro y dispuesto de forma ordenada. Se imaginó que Luke probablemente habría hecho la cama antes de salir para el colegio el viernes anterior.

—Pues, sí, creo que sí lo sé.

Sorbió por las narices.

—Es un coñazo...

El silencio que siguió probablemente era más incómodo para la chica que para Thorne. Ella tardó menos de medio minuto en ponerse de pie.

—Bien... —como si tuviera muchas cosas que hacer.

Thorne también se puso de pie. Señaló la puerta con la cabeza, hacia el resto de la casa.

—Es bueno que estéis todos tan... unidos, en un momento así, ¿sabes?

Juliet Mullen asintió con la cabeza, y se echó el pelo detrás de las orejas.

—¿Sobre qué discutieron?

Thorne se acercó al escritorio y observó la fotografía clavada en un tablón de corcho encima de él. Luke estaba sentado en los hombros de su padre, los ojos abiertos de par en par detrás de unas gafas de bucear; los dos sonreían como idiotas y el reflejo del sol resaltaba el azul del agua alrededor. Luke y su padre, el viernes pasado por la mañana.

—Tonterías sobre el colegio.

—¿Sobre el trabajo?

—Luke no había conseguido meterse en el equipo de rugby o algo así. No era nada de importancia.

»Es sólo por lo que ha pasado, porque se siente culpable. La última vez que vio a Luke se estuvieron gritando... —dio un paso hacia la cama y se inclinó para quitar las arrugas del nórdico donde Thorne había estado sentado—. Luke ya se estaba arrepintiendo al llegar al colegio. Me dijo que le pediría perdón cuando volviera a casa, que todo había sido culpa suya por comportarse de forma tan impertinente, o lo que fuera...

—¿Eso fue todo? —preguntó Thorne.

—Ni siquiera me acuerdo. Era de tontos, porque esos dos no discuten nunca, ¿sabes? Están muy unidos. ¿Lo típico de una relación padre-hijo?

Al final había sonado como una pregunta, como si tratara de asegurarse que Thorne sabía de qué le estaba hablando.

—Bueno...

—Hasta luego.

Thorne la vio salir. Sabía exactamente de lo que ella le había estado hablando, y más importante todavía, ya supo qué le había molestado del vídeo.

Lo que realmente Luke había dicho, o no había dicho...

Se detuvo al salir, al ver cómo una esquina de un póster que había cerca de la puerta se había despegado, y cuando se inclinó para volver a pegarlo, observó algo escrito debajo. Miró de cerca las palabras; la letra menuda y ordenada, garabateada en tinta negra en el papel de la pared. Escueta y secreta, era una letanía de frustración, impaciencia o rabia.

¡Que te jodan!
¡Que te jodan!
¡Que te jodan!

Desde el colegio, Holland había vuelto en seguida a la Central 3000 y se buscó una mesa de trabajo apartada de las demás. Necesitaba diez o quince minutos para orientarse, para meterse en el sistema informático de la Policía y repasar el material relevante. Sólo después de realizar ambas tareas, después de sentirse seguro, dentro de lo posible, de que tenía algo que mereciera la pena, llamó a Becke House y habló con Ivonne Kitson.

—¿Cómo va tu caso de secuestro, Dave?

—Bien.

—¿Echándonos de menos?

—Escucha, jefe, necesito hablarte del asesinato de Amin Mubarek...

Habían pasado poco más de seis meses desde que aquel chico asiático de dieciocho años, estudiante de ingeniería en un colegio de bachillerato de la zona, había recibido una paliza de muerte por parte de tres adolescentes de raza blanca en una parada de autobús en Edgware. Por razones obvias, la investigación se había considerado de alta prioridad, pero a pesar de su cobertura por los medios de comunicación, una investigación policial exhaustiva, y un testigo que había proporcionado una descripción detallada del agresor principal, el caso se había enfriado rápidamente.

Frío, pero todavía doloroso. Todavía embarazoso.

Como responsable del equipo que se hizo cargo del caso de asesinato, Russell Brigstocke había sido el OMO u oficial al mando de la operación de forma nominal, aunque el trabajo diario lo había gestionado Yvonne Kitson. Suyo había sido el caso y suyo también, al menos desde su punto de vista, el fracaso. Desde el momento en que vio el cadáver del chico, se había dado cuenta: la mano ensangrentada, los nudillos hacia abajo en un charco encima de las dos líneas amarillas pintadas en el suelo. Supo que aquella muerte permanecería mucho tiempo a su lado, cogiera a los culpables o no. Los crímenes por odio solían afectar de esa manera, y el asesinato de Amin Mubarek no podía estar más lleno de odio.

Holland se hizo enseguida con su atención...

Le dijo que había visto a un chico de diecisiete años, mejor dicho, que había hablado con un chico de diecisiete años que tenía un parecido con su sospechoso de asesinato que resultaba demasiado llamativo como para ignorarlo. Mientras describía al chico que él y Parsons habían entrevistado una o dos horas antes, se quedó mirando la imagen que había seleccionado en la base de datos de la Policía para luego imprimirla. El retrato robot se basaba en la descripción que había proporcionado un amigo de Amin Mubarek, un compañero de clase presente en el momento del ataque; había escapado con unos cuantos huesos rotos y seis meses de pesadillas. La imagen no era idéntica, el pelo rubio de la imagen era lacio, pegado a la cabeza, como sería lo normal en una noche de octubre en que llovía a rabiar. Sin embargo, debajo del límite del pelo, todo lo demás era exactamente igual.

Era la cara de Adrian Farrell.

—¡Mierda, mierda! —enseguida, a la exclamación de sorpresa le siguió otra mucho más dura: una de cabreo dirigida únicamente hacia ella misma—. ¿Del colegio Butler's Hall?

—Ya lo sé. ¿Quién se lo habría imaginado?

—Nosotros —le contestó Kitson bruscamente—. ¡Hostia! Nosotros deberíamos haberlo imaginado.

El colegio de Butler's Hall se hallaba a varios kilómetros de la calle donde había muerto Amin Mubarek, pero quedaba suficientemente cerca: sin duda estaba dentro del radio, de la gruesa línea roja que habían dibujado en la sala donde se estudiaba el suceso. Encajaba perfectamente en el esquema. Probablemente había por allí cerca carteles con la pregunta: *¿Puede usted ayudar?,* e incluso unos cuantos de sus alumnos vivían en direcciones que habían sido visitadas de puerta en puerta. Por supuesto, habría sido imposible interrogar a cada alumno de cada colegio de la zona. Sin embargo, a muchos sí se les habían interrogado, e Ivonne Kitson habría apostado a que muchos de ellos eran alumnos de Butler's Hall.

Las suposiciones, por su propia naturaleza, se callaban. Y los gamberros racistas no iban a un colegio privado.

—¿Cómo era, Dave? No me refiero a su físico...

—Arrogante, agresivo. Engreído.

—¿No es posible que tú sencillamente lo vieras así? Proyectando ese tipo de imagen, o lo que sea. ¿Estás convencido de que tú no hacías que encajara el comportamiento de este chico a causa de tus propios prejuicios?

—No se me ocurrió nada hasta después —dijo Holland—. Miraba al cabroncete alejarse de nosotros, y cuando se dio la vuelta, supe que él era el chico de la imagen. El chico con el pendiente...

Kitson no dijo nada durante unos instantes. Holland pudo escuchar cómo sorbía un poco de café, tragando; decidiendo. Sintió un pálpito de pánico al darse cuenta de que, en tiempos atrás, él había presenciado cómo ella, Brigstocke y otros juzgaban parecidas afirmaciones de convicción de Tom Thorne. También había presenciado las repercusiones posteriores cuando dicha convicción resultaba ser radicalmente errónea.

—Está bien —dijo Kitson.

Holland soltó el aire que había estado aguantando.

—¿Qué deberíamos hacer?

—Todavía estás investigando un secuestro, que yo sepa, pero quiero echarle un vistazo.

—¿Lo vas a llevar a la comisaría?

—Primero quiero verlo, sólo para estar totalmente segura de que tienes un motivo para ponerte tan nervioso.

A Holland le había dado miedo de que al hablar con Kitson, o cualquier otro, su convicción hubiera podido desmoronarse un poco, pero la conversación había conseguido el resultado contrario. Mientras repasaba cada detalle de la conversación con Adrian Farrell y describía la mirada que el chico le había echado a Kenny Parsons, podía sentir cómo la certeza se transformaba en resolución. Y tras calmarse su ira inicial, pudo percibir la euforia en la voz de Kitson, también.

Y tenía todos los motivos del mundo para estar entusiasmada. Por supuesto, una cosa era encontrar a un asesino, y otra cosa bien distinta que lo declararan culpable; sin embargo, los hechos que hacían considerar este asesinato de una barbarie insólita, eran realmente lo que aumentaba la probabilidad de conseguirlo.

Antes de matarlo a patadas, Amin Mubarek había sido víctima de una grave agresión sexual. Se habían tomado muestras de semen del cadáver, que contenían su adn como regalo. Ahora, en un tubo de ensayo congelado en un laboratorio de medicina forense en Victoria, se hallaba la espiral que podía identificar a un asesino: la secuencia de letras en cada eslabón de la cadena elegantemente torcida y que aguardaba a ser emparejada.

En la planta de abajo, el ambiente era de un velatorio malo después de un funeral en condiciones; había algo del mismo sentimiento de desesperación.

En muchas de las habitaciones, la claridad contrastaba con la oscuridad que se imponía fuera, y se hacían esfuerzos por generar por lo menos niveles mínimos de conversación y actividad. De normalidad. Mantener a raya la ola de pesimismo y tristeza que amenazaba con arrollar la casa en cualquier momento, como si un río crecido de aguas negras estuviera a punto de desbordarse.

Había quizás una docena de personas en la casa, divididas prácticamente por igual entre familiares y amigos por un lado, y agentes de policía por el otro. Thorne se dirigió a Maggie Mullen a través de una nube de humo de cigarrillos y a otro agente con una boca demasiado grande que decía tonterías sobre un secuestro por una banda en Harlesden que había resultado especialmente desastroso. Tuvo que pasar cinco minutos hablando de fútbol con el hermano de Tony Mullen, y con el segundo agente responsable de la coordinación con la familia, hasta que por fin logró hablar en privado con Louise Porter. La había pillado nada más volver a la casa, y le había informado de lo que Carol Chamberlain le había contado sobre Grant Freestone. De eso hacía ya media hora, hasta que le dio por subir a la planta de arriba donde se había encontrado con Juliet Mullen.

En cuanto vio la oportunidad, le hizo señas a Porter para que le acompañase a un lavadero bastante amplio, junto a la cocina.

Ella sonrió.

—Esto es todo muy repentino...

—Ya sé qué le pasa al vídeo —dijo Thorne—. Lo que me mosqueaba.

Porter se apoyó sobre un congelador grande de pie y esperó a que se lo contara.

—Todo es para su madre.

—¿Cómo que para su madre?

—Todo lo que dice Luke en la cinta es para su madre. No dice absolutamente nada a su padre. Tengo una trascripción en mi mochila y la he comprobado. Echa un vistazo si quieres.

—Te creo. Sigue...

—*Intenta no preocuparte, mamá. No te vayas a poner nerviosa, mamá.* Todo es para ella. Es como si a Mullen se le estuviera marginando.

Porter lo consideró. Detrás suya, Thorne pudo oír el chasquido del termo de agua y luego el torrente al encenderse la llama del piloto.

—A lo mejor Luke pretendía castigar a su padre, —dijo Porter—. Por la discusión que tuvieron.

—Tendría que haber sido un pedazo de pelea, ¿no? Si el chico aún siente rencor estando secuestrado, mientras le atan y le drogan —Thorne cruzó y se acomodó apoyándose en el congelador junto a Porter. Se echó un poco para un lado, dejándole sitio—. De todas maneras, he hablado con la hermana de Luke, y ella está convencida de que no era tan importante.

—Me parece que le das demasiada importancia.

Thorne se encogió de hombros. La verdad es que era posible.

—Como tú dices, el chico se encuentra metido en un lío. Así que probablemente tienes razón. No es normal que estuviera pensando en si se había peleado o no con su padre, pero sí sería perfectamente natural que estuviera pensando en su madre, ¿no? No es más que un niño.

—Quizás. Está claro que intenta ser valiente ante su madre porque no quiere que se preocupe. ¿Pero no debería haber *algo*, algún mensaje dirigido al padre? Todo el mundo se empeña en comentar lo unido que están.

—Tampoco se dirigió a su hermana.

Fue una observación acertada. Porter tenía la costumbre desconcertante de hacer observaciones acertadas.

—Resulta extraño, eso es todo.

—Quizás no le dejaron elegir lo que podía decir.

Eso era algo que a Thorne no se le había ocurrido

—¿Te refieres a que seguía algún tipo de guión? No dio esa impresión, ni mucho menos. ¿Crees que le dijeron lo que tenía que decir?

—Sólo estoy pensando en voz alta —dijo Porter.

Se callaron al oír pasos al otro lado de la puerta. Escucharon cómo la puerta del frigorífico se abría de par en par, y Thorne esperó a que la persona que se estaba sirviendo algo se fuera otra vez y luego siguió, hablando muy bajo.

—Vamos a *seguir* pensando —dijo.

Empezó a sonar el móvil de Porter justo al salir del lavadero, cuando Tony Mullen entraba en la cocina. Mullen les miró fijamente, sin que la expresión de la cara revelara nada, mientras que por razones que no terminaba de comprender, Thorne sintió que se ruborizaba.

Con un gesto de la cabeza, Mullen señaló hacia el móvil en la mano de Porter.

—Más vale que contestes.

Porter contestó a la llamada, y no dijo nada durante algunos momentos, pero Thorne se dio cuenta enseguida de que, oyera lo que oyese, era algo importante. Le echó una mirada a Mullen y pudo darse cuenta de que él también lo sabía. La expresión en la cara de Porter era claramente una que el ex inspector jefe conocía muy bien.

—Bien —dijo ella—. ¿Cuándo?

Thorne se le quedó mirando hasta que le devolvió la mirada directamente, pero no vio nada más que concentración.

—Te digo algo en cuanto pueda...

Mullen dio un paso hacia delante, haciéndole la pregunta con calma tras colgar.

—¿Lo han encontrado?

—Señor Mullen... —Porter le echó una mirada a Thorne. Dudó aún más al ver aparecer junto al hombro de su marido a la mujer de Mullen—. Estoy segura de que lo entiende...

Maggie Mullen se agarró a la manga de su marido, y le preguntó qué había pasado. Él no le quitó la vista a Porter y, al hablar, su voz ya no parecía tan tranquila.

—Y estoy seguro de que tú también lo entiendes, así que suéltalo.

Porter tardó unos segundos, y luego habló rápidamente.

—Son buenas noticias —dijo ella—. Al parecer, las personas que retienen a Luke no son tan listas como pensábamos —sus ojos volvieron momentáneamente a la pantalla de su móvil, como si estuviera buscando más información, y luego guardó el teléfono en su bolsillo—. Tenemos las huellas dactilares de la cinta de vídeo.

—Tienes una identificación positiva —dijo Mullen.

Porter asintió.

—Tenemos un nombre, es verdad —se volvió hacia Thorne—. Y estamos investigando una dirección...

Si el tiempo que requería la investigación de un asesinato le hacía complicado tener una vida privada, las horas dedicadas a un caso de secuestro eran brutales. Para los pocos casos que se le habían asignado, a Thorne se le proporcionó una habitación en un pequeño hotel en Victoria donde la Policía Metropolitana tenía una reserva permanente. Sin embargo, decidió hacer el viaje de vuelta a Kentish Town. El tiempo de viaje le quitaría tiempo libre entre turnos, pero de todas maneras llevaba un tiempo durmiendo mal. Prefería pasar las horas muertas despierto en casa a gastar la moqueta roída de una habitación de hotel anónima. Prefería eso a remojar bolsitas de té con cuerdecitas, escuchando cómo la ciudad parecía despertarse tosiendo, y él preocupándose por no haberle dado de comer al gato.

Quizás si el hotel hubiera sido un poco más agradable...

Llegó a casa un poco después de la medianoche, todavía una buena hora para llamar a Phil Hendricks. A los cinco minutos de empezar la conversación y apurando la última lata de cerveza de Sainsbury's, empezó a relajarse. Disfrutó contándole a su amigo la célebre historia criminal de un hombre llamado Conrad Allen.

—Así que va enseñando ese Magnum de plástico

—Supongo que estamos hablando de pistolas, no de helados...

—Ni caso —dijo Thorne—. Lo va enseñando, tiene toda la pinta de un tipo duro o lo que sea, y cree que con eso ya está. Desafortunadamente para Conrad, el otro tipo está un poco cabreado. Se monta directamente en su coche, avisa a la policía marcando el 999 y pasados quince minutos se escuchan las sirenas de la unidad de intervención armada, y la cara de Harry el Sucio tumbado boca abajo en la carretera de Mile End, intentando convencer a unos polis muy alterados de que sólo lo hacía por divertirse.

—Entonces, ¿cómo es que nunca fue procesado?

—Pregúntale a la fiscalía del Estado, tío. Fue acusado, pero cuando llegó el momento de seguir con el tema, supongo que decidieron que sencillamente no merecía todo ese esfuerzo. Sin embargo, afortunadamente para nosotros, cogieron sus huellas dactilares allá en el 2002, antes del cambio en la ley, así que nunca llegaron a deshacerse de las huellas cuando retiraron los cargos.

—No me digas, ¿y el muy imbécil no recordó que las teníais?

—Además de olvidarse de eso, se olvidó de ponerse guantes cuando manipulaba la cinta de vídeo...

—No es precisamente una lumbrera.

—No creo que esto realmente sea lo suyo, ¿sabes? —Thorne pensó en otra cinta que había visto unas horas antes, en la Central 3000—. Algunos chicos de la brigada móvil están convencidos de que Allen es el que había atracado más de media de docena de gasolineras y tiendas de bebidas alcohólicas en Hackney y Dalston el año pasado. Él, con otra pistola probablemente de plástico, y una mujer haciéndose pasar por rehén. Entre un montón de gritos y actuación teatral de mierda...

—Suena más a un episodio de EastEnders —dijo Hendricks.

—De todos modos, es un salto grande: de eso a secuestrar a niños, ¿no crees?

La cinta con las imágenes por circuito cerrado grabadas en la tienda había sido enviadas en una motocicleta desde Finchley hasta el Yard, y mientras la veía, a Thorne le había costado trabajo equiparar sus imágenes con las de la cinta enviada a los Mullen. La imagen del hombre grande con el pasamontañas —la violencia del lenguaje y de sus movimientos— no cuadraba para nada con la de la persona que se había acercado a Luke Mullen, jeringuilla en mano. La cuestión no era la violencia, ni siquiera la brutalidad, que eran las mismas en cierto modo, sino que Thorne no veía cómo Conrad Allen pudiera pasar a algo tan clínico.

Algo tan silenciosamente cruel.

En lugar de eso, se fijó en la mujer, mirando fijamente a la pantalla mientras chillaba y rogaba por su vida, suplicando primero al ladrón y luego a cada uno de los cajeros y dependientes atemorizados para que entregaran el dinero antes de que la mataran. Si el hombre que le apuntaba a la cabeza era Conrad Allen, había muchas posibilidades de que ella fuera la mujer que había convencido con su encanto al chico de dieciséis años para que se subiera al coche. No era precisamente la mejor actriz del mundo, pero Thorne no dudó por un momento de lo que sería capaz de hacer. Era más fácil imaginarla como la fuerza impulsora, la que había tenido la idea de conseguir mucho más dinero que lo que se roba de cualquier caja. El motivo por el cual había elegido a Luke Mullen era, por supuesto, otra cosa bien distinta...

Thorne se dio cuenta de que, de forma sospechosa, desde el otro lado del teléfono se escuchaba una risita sofocada.

—¿Es por el chiste tuyo sobre los East Enders? ¿Otra vez te estás riendo de tus propios chistes, Hendricks?

—Ya, pero uno de los dos tendrá que hacerlo.

—Pues bien. Esperaba que esto te fuera a animar un poco. Supongo que todavía necesitas que te animen. Realmente no has soltado prenda.

Al principio de la llamada, Hendricks se había mostrado poco dispuesto a comentar el asunto de Brendan. Ahora, igual que entonces, se mostró ansioso de hablar de cualquier asunto menos de ése. Soltó unos gruñidos, para decir sin palabras «tú ya sabes», antes de cambiar radicalmente de tema.

—¿Cómo tienes la espalda?

Thorne se frotó el gemelo.

—A decir verdad, la puta pierna me duele más que la espalda.

—Ya te lo he dicho, por lo que dices parece que tienes una hernia de disco. Te lo tienen que ver.

—De momento, no tengo tiempo.

—De hecho, es un dolor fantasma en la pierna, eso ya lo sabes ¿no? El disco está presionando el nervio ciático. Le dice a tu cerebro que te duele la pierna, aunque en realidad no le pase nada.

—Un momento... —Thorne se tomó un sorbo rápido de cerveza. Con el paso del tiempo, ya empezaba a tener algo de sabor—. Pensé que era el cerebro quien lo decía todo.

—Algunas partes del cuerpo gritan un poco más alto que otras —dijo Hendricks—. Y claro, hay una o dos zonas con cerebro propio...

El gato entró desde la cocina, refunfuñando e ignorado.

Thorne permaneció sentado allí, pensando que aunque la parte a la que se refería Hendricks —o al menos, la parte de Thorne— se había llevado una temporada bastante callada, en los dos últimos días había empezado a hablar por sí sola más de lo normal.

Amanda

A ella le hacía sentirse feliz, pero sabía que para Conrad sería una gran alegría ver que por fin las cosas se empezaban a mover. Todo se arreglaría muy pronto. Estaba en la habitación hablando con el chico, pero se lo diría en cuanto saliera. Tendrían que estar listos y prepararse para dar el próximo paso.

Había estado calentando una cuchara cuando el teléfono empezó a sonar; eso le ayudaría a tranquilizarse un poco...

Había comprobado la llamada, igual que había hecho con todas las llamadas después de volver al piso el viernes. Todo formaba parte del plan de no hacer nada para llamar la atención, y permanecer callados. De todas maneras, la mayoría de las llamadas eran de gente vendiendo gilipolleces. Al niño le habían dado suficiente para dejar sin sentido a un caballo en cuanto tuvieron la oportunidad. Después de alejarse bastante del colegio, se había detenido para que Conrad se montara en el coche. Entonces esperaron a que se hiciera de noche para meterlo en la casa envuelto en la manta de picnic barata que había comprado en Halford's y que había guardado en el maletero. Se había asegurado de tener un montón de comida y alcohol, obviamente para no tener que salir para nada, para no tener que hablar con nadie. Lo único que habían tenido que hacer era sentarse y esperar, y ya estaban en la última etapa. Había comprobado la llama-

da... entonces, nada más escuchar la voz, había cogido el teléfono y había escuchado.

Estaba aliviada y contenta de ver cómo las cosas salían según lo previsto, y que nadie iba a sufrir daño. Siempre había insistido en ese punto, incluso en los tiempos de los atracos. No se le haría daño a nadie si se podía evitar. Para ella, esta faceta de su carácter, la que deseaba que todo el mundo saliera bien de la situación, decía mucho a su favor. Era para sentirse orgullosa. Después de todo, con todo lo que ella había pasado, toda la mierda que había vivido de pequeña, habría sido comprensible que se convirtiera en una bruja rencorosa y depravada, que hubiera querido que los demás sintieran dolor solamente para sentirse ella mejor. Conocía a personas así, y las despreciaba. No, realmente lo único que quería era pasárselo bien y tener todo lo que necesitaba. Quería olvidarse de todos los malos rollos, y mientras ella hacía eso, se sentía más feliz si nadie más sufría. Al menos, no por culpa suya. Por supuesto, había habido algún capullo que otro que no había seguido las reglas; siempre había accidentes. Y también estuvo el asunto aquel con el traficante que ella le había pedido a Conrad que solucionara, pero la gente de las bajos fondos como él no contaba y se merecía todo lo que les pasaba.

Pensó que si les pasaban cosas malas a personas malas, tampoco había mucho de que lamentarse.

El chico, Luke, no era mala persona, y no se merecía nada de lo que le estaba pasando; ella era consciente de eso. Era simplemente el medio para ganar dinero, su pistola de imitación. Dio gracias a Dios, si todo iba bien, saldría ileso de todo esto, sano y salvo.

Conrad no había estado tan seguro. Había dicho: «Sí, vale, pero no te olvides de lo que puede pasar más adelante. No te olvides de lo que le podría pasar en su cabeza».

Ella se había vuelto, alejando el cuerpo ligeramente del suyo, y le había hecho saber que era poco probable que se olvidara de eso.

Ya se sentía mucho más madura y tranquila, y más dispuesta a perdonar. Tuvo la sensación de empezar a moverse y relajarse, y se preguntaba si no sería mejor volver a atar las manos del chico, ya que pronto todo se iba a poner en marcha. Había que dejarlo listo. Entonces, desde la nada, desde ninguna parte, mientras se hundía en la droga, imaginaba encontrarse con Luke pasados unos diez años. Se verían en una fiesta o en un club de última moda y todo sería maravilloso. Él estaría relajado y encantado de verla. Ansioso de contarle que en realidad todo estaba bien, y que, a decir verdad, había sentido una especie de aleccionamiento en aquel piso. Realmente, unas cuantas pesadillas empapadas de sudor era un precio muy bajo a cambio de aprender a apreciar las cosas en su justo valor. Ella le diría al que le acompañaba en ese momento que ella y Luke eran viejos amigos, y sería guay compartir un baile lento...

Era consciente sólo vagamente de que Conrad había entrado en la habitación mientras se dejaba llevar, los brazos de Luke alrededor de su cuello, y su voz en el oído; le estaba dando las gracias por transmitirle su don a él, el don de tener una coraza más dura que la de los demás.

JUEVES

Siete

Las no sé cuántas y media de alguna hora de esa maldita mañana, el tercer día en el caso, y el sol se había esforzado por levantarse un poco después que Tom Thorne...

Su ausencia temporal —como solía pasar— moderaba mucho la marcha de las cosas; siempre había limitado de manera significativa la rapidez con que se podía recabar información esencial de forma eficaz. Daba igual lo importante que fuera el caso: el número de cadáveres encontrados, lo inminente de la amenaza a la vida; daba igual a quién habían secuestrado. La realidad era sencillamente que la mayoría de las personas, al menos la mayoría de los civiles, solía terminar su jornada laboral a las cinco. Conseguir información crucial fuera de las horas de oficina siempre era tarea difícil, igual que conseguir acceso a alguna base de datos privada o segura —el departamento de las autoridades locales encargado de la vivienda, el departamento de la Seguridad Social, Barclays Bank o Virgin Mobile— dependía más que nada del tiempo que el M25 permanecía vacío. A menudo era cuestión de localizar el número de contacto para la persona con la mala suerte de tener que estar de servicio veinticuatro horas seguidas contestando el teléfono de emegencias. O el nombre del pobre cabrón a quien se le iba a sacar de la cama en medio de la noche.

La unidad de secuestros había tardado cuatro horas en encontrar una dirección para su sospechoso principal, y la pasión de Conrad Allen por los coches había resultado clave.

Mediante M-CRAC, la herramienta de búsqueda de acceso remoto, los agentes habían podido acceder al sistema CRIMINT en la comisaría de Mile End y extraer todos los detalles de la detención original de Allen en 2002. Al pasar la matrícula del coche de Allen por el Ordenador Nacional, descubrieron que el vehículo se había vendido el año anterior. El estudiante que había comprado el coche —y que todavía estaba despierto perfeccionando sus destrezas de PlayStation— se acordó de Conrad Allen; lo recordó describiendo con gran detalle el tipo de coche de gama superior al que se iba a cambiar. Una hora más tarde, al propietario de un pequeño concesionario en Wood Green se le rogaba que se levantara y se vistiera, que les acompañara a una oficina que era de todo menos organizada y que repasara un montón de tickets de venta de dudosa legalidad. Naturalmente el del concesionario estaba ansioso por echarles una mano para volver a acostarse, y con la ayuda de una foto, vagamente se acordó de Allen y *la tía rubia con pinta de estar en forma* que había llegado con él cuando entró paseando por el aparcamiento. Se acordó un poco mejor del coche en sí. Pudo dar prácticamente todos los detalles del Ford Scorpio Blanco Diamante 2.9i, su motor Cosworth V6 de 24 válvulas, y lo más importante, la dirección en que se había hecho entrega del coche, después de ingresar las 1200 libras en efectivo.

El dueño del concesionario no sabía nada sobre un Passat, ni negro, ni azul, ni de otro color. El equipo decidió que quizás el coche visto cerca del colegio pertenecía a la novia. O que quizás Conrad había decidido que sus días de niñez como piloto de coche de carreras habían pasado, y había vendido su Scorpio a cambio de algo un poco más serio y tranquilo.

Depués de conseguir la información que buscaban, todo volvió a cobrar velocidad rápidamente para el equipo de Porter. Lo primero fue montar un puesto de vigilancia. De madrugada —agradeciendo la cobertura de la oscuridad en lo que se refería a esta parte de la operación— una unidad Intel especializada había montado una pequeña cámara en una farola frente a una inmobiliaria de Bow Road, y otra en la parte trasera del edificio para vigilar lo que parecía una puerta trasera. Pronto empezaron a transmitir imágenes en directo a la Central 3000, y a la vez a un equipo técnico móvil que estaba retransmitiendo las imágenes desde una furgoneta totalmente equipada a dos calles de allí. Una docena de agentes o más procedentes de la unidad de secuestros estaban repartidos por la zona: dentro de edificios vacíos y coches camuflados y en la calle; esperando junto a ellos, un equipo de operaciones especiales, un negociador de rehenes, sanitarios y un equipo de OE19, la unidad de armas de fuego.

Todo esperando alguna señal.

Cuando por fin consiguió meterse en un bar cercano para comer algo, Thorne había pasado casi cuatro horas en un coche con el mismo agente de la OE7 que le había aburrido tanto la tarde anterior...

Llevó la bandeja hasta la mesa; empujó una taza de café y un plato hacia la mujer que estaba sentada frente a él.

—¿Qué te debo? —dijo ella.

Thorne levantó la rebanada de arriba de un sándwich de beicon y huevo y cogió el bote de ketchup.

—Primero, a ver qué es lo que tienes.

Le había sorprendido una llamada de Chamberlain a primera hora, preguntándole si se podían reunir. Cuando no se encontraba en Scotland Yard investigando algún caso, era tarea casi imposible conseguir separarla de su marido y de su casa en Worthing, que a Thorne le hacía gracia llamar Costa Eutanasia. Ella le había explicado que, después de hablar el día anterior, se había pasado toda la tarde haciendo llamadas y luego había cogido el tren de por la tarde hasta la ciudad. Le contó que había cenado con un viejo amigo y se había quedado a dormir en casa de otro.

—¿Viejos amigos? —Thorne le había preguntado por teléfono.

—Un inspector jefe con el que trabajé en Homicidios durante unos años, y un sargento que se jubiló a la vez que yo. Los dos son buenos tipos. Los dos útiles...

Thorne observó a Chamberlain pegar un bocado al sandwich con algo más de delicadeza de la que él había mostrado. Le impresionó la rapidez con la que ella se había puesto a trabajar después de hablar.

—No pierdes el tiempo —dijo.

—No creía que tuviéramos tiempo...

Thorne la puso al corriente: le contó la operación de vigilancia montada ante el piso de Conrad Allen. Con la posibilidad de la vida de un niño en juego, sabía que ella hacía bien en pensar que el tiempo no corría a su favor y sin embargo, cada minuto de esa mañana lo habían pasado sentado y esperando a que sucediera algo, y el tiempo había parecido doblarse y estirarse, de manera que la urgencia se había transformado en inercia. El silencio de las radios había llegado a ser ensordecedor, y permanecer mirando fijamente las ventanas cerradas del piso que había encima de esa inmobiliaria se parecía más a mirar por un telescopio al revés.

—Entonces, sigue —dijo Thorne.

Chamberlain se limpió las migas de los dedos.

—Tenía yo razón —dijo—. Alguien, sin duda, debería haber mencionado a Grant Freestone.

—¿Por la amenaza que profirió contra Mullen?

—Por eso, sí, y además porque todavía le buscan por asesinato.

Thorne se quedó mirando, esperando a que continuara. Él le notaba en la cara que disfrutaba del momento dramático; saboreaba la narración.

—En 1995, Freestone fue condenado a diez años de prisión por corrupción de menores. Cumplió poco más de la mitad de su condena, le concedieron la libertad condicional en el 2000 y llegó a ser uno de los primeros ex convictos en ser tratados por un tribunal del DISP.

Thorne asintió con la cabeza. Aunque nunca había estado involucrado directamente, sabía de los Dispositivos Interdepartamentales para la Seguridad Pública.

El programa se había montado como «un marco legal para la cooperación entre departamentos para la evaluación de los ex delincuentes más peligrosos». Se creó precisamente para aquellos individuos que suponían una amenaza seria para la comunidad; su función era «gestionar y vigilar su reinserción en la comunidad».

No perder nunca de vista al Coco.

—Parece que él fue el candidato ideal —dijo Thorne.

—Lo era. Pero no estoy segura de la gente que supuestamente le vigilaba. No sé exactamente cómo pasó todo, pero no entiendo cómo no se terminó con el programa de manera fulminante en ese momento.

—¿Problemas echando los dientes?

—De alguna manera, sí. A Freestone se le concedió un piso en Cristal Palace, y por eso el Ayuntamiento de Bromley ayudó a formar este tribunal del DISP. Luego comenzó una relación con una mujer llamada Sarah Hanley, unos pocos meses después de su excarcelación. Una madre soltera con dos niños pequeños...

—Ah. Eso habría sido un problema.

—Habría sido un problema, si un problema un poco mayor no hubiera surgido. En abril de 2001, Grant Freestone la tiró encima de una mesa de centro rompiendo el cristal.

—Agradable.

—Murió desangrada, y cuando la encontraron...

—Freestone había desaparecido del mapa.

—Y todavía sigue por ahí —dijo Chamberlain—. Y es más que probable que siga perdido por ahí, me imagino. Freestone es sin duda lo más parecido a un sospechoso de primera que haya habido hasta ahora, pero ha pasado tanto tiempo que no creo que nadie le siga buscando en serio, o por lo menos muy a menudo. De vez en cuando harán que circulen sus datos, y los registros del caso se revisan anualmente, pero básicamente está todo más frío que la mayor parte de la mierda que me llega a mí para que la intente calentar.

Una camarera se acercó a la mesa, recogió los platos, y preguntó si alguien quería más té o café. Thorne le dijo a Chamberlain que tenía que regresar cuanto antes, y le entregó un billete de cinco libras para pagar la cuenta.

—¿Tony Mullen estuvo involucrado de alguna manera en este segundo caso? —preguntó—. ¿En el asesinato de Sarah Hanley?

Chamberlain le contestó que no, que ella había hablado aunque de forma muy breve con el detective que había encabezado esa investigación y la búsqueda posterior de Grant Freestone, el que teóricamente todavía llevaba el caso. Sin embargo Thorne no le escuchaba con atención, después de darse cuenta de que había hecho una pregunta estúpida. Sabía muy bien que Tony Mullen no pudo haber estado involucrado, y sabía por qué.

—He apuntado todos los datos sobre este tío —dijo Chamberlain. Deslizó un sobre por la mesa—. Parecía buena gente, aunque tenía mucho más interés en saber por qué estaba preguntando por él, que en contarme gran cosa.

—Has cumplido con lo que esperaba de ti —dijo Thorne.

—Supongo.

—¿Todavía estás un poco susceptible por los casos que se te escaparon?

Chamberlain sacó una polvera de su bolso y la abrió con un movimiento rápido.

—Cuanto mayor, más susceptible me vuelvo por todo.

—Gracias por esto...

—Está bien, y todavía te debo algo —fugazmente quitó la vista del espejo—. Y no me refiero a un té y un sándwich de jamón.

Thorne cogió el sobre y empujó la silla hacia atrás. Sabía que se refería al incidente de un año antes, cuando la interrogación de un sospechoso se les había ido terriblemente de las manos. Realmente pensaba que cada uno de los dos debía más de lo que jamás podrían pagar.

—Ya te contaré cómo sale la cosa —dijo él.

Carol Chamberlain asintió con la cabeza, y retomó los retoques de barra de labios cuando Thorne se dio la vuelta y se alejó de la mesa. Al marcharse, ella le gritó. Le pidió disculpas por haber olvidado el ungüento de la espalda, y le dijo que le mandaría un poco por correo...

Volvió caminando deprisa al puesto de vigilancia. Hizo una parada en un kiosco, se compró dos latas de cola y un ejemplar de *Uncut* sin mediar palabra con el dependiente. Pensando todo el tiempo, mientras se dirigía de nuevo al coche, que Chamberlain había tenido razón cuando dijo que alguien debería haber mencionado a Grant Freestone. Alguien...

Uno de esos polis con los que había hablado, probablemente. Jesmond, casi seguro. Y Tony Mullen, ¿por qué no había dicho nada?

Pensaba mucho en el padre de Luke mientras caminaba. En cómo —y Thorne verificaría el mes para estar seguro— no pudo tener relación con el caso de asesinato de 2001 y la búsqueda de Grant Freestone: el hombre que anteriormente había sido encerrado durante doce años; el hombre que le había amenazado públicamente.

Porque fue el año 2001 cuando el inspector jefe Tony Mullen dimitió del cuerpo.

El Skoda rojo estaba aparcado justo al sur de Bow Road, en una calle secundaria poco después de la aproximación al túnel Blackwall. Thorne estaba encantado de ver que Dave Holland había llegado durante su ausencia, e ignorando el hombre sentado delante, se montó en el asiento de atrás con él.

El agente del asiento delantero se dio la vuelta y se oía el frufrú de poliéster.

—Como os salga de los huevos...

Aunque Thorne había hablado con Holland desde la casa de los Mullen la tarde anterior, no se habían visto desde la visita a Butler's Hall. Sentado en la parte trasera del coche, hablaron de Adrian Farrell, y la llamada de Holland a Yvonne Kitson, y la conversación de Thorne con Louise Porter sobre la posibilidad de que hubiera una conexión entre el secuestro y el asesinato de Mubarek.

—Pues sí que merece la pena considerarlo.

—Pero no por mucho tiempo, ¿verdad? —dijo Holland.

Thorne abrió una de sus latas.

—No lo veo, si soy sincero...

Permanecieron sentados en silencio durante cinco minutos después de eso. Thorne hojeó su revista, y Holland se quedó mirando fijamente por la ventana un paisaje que Thorne había clasificado como uno de los más deprimentes que jamás hubiera visto. Dicho eso, tampoco estaba muy convencido de poder aguantar el Taj Mahal durante cuatro horas de un tirón.

—Es mogollón de bonito este barrio, ¿a que sí? —dijo Holland al cabo de un rato.

—Si te gusta el hormigón...

El hombre de OE7 aprovechó la oportunidad de incorporarse, y señaló con la mano el paso elevado de Bow. El bloque de granito situado de manera permanente se alzaba a unos cientos de metros al norte de ellos, elevando la carretera A11 sobre la A12 y llevando el tráfico al otro lado del río Lea, hacia Essex y lejos de la capital.

—Creen que allí es donde los Krays enterraron a Frank Mitchell, ¿sabéis? Dentro de uno de los pilares...

—Correcto —dijo Thorne—. 1966.

Conocía toda la historia de lo que supuestamente los gemelos hicieron con Frank Mitchell, el Loco del Hacha, después de haber tomado la decisión algo temeraria de ayudarle a escapar de la prisión de Dartmoor. Aunque nunca llegaron a esclarecer el paradero final del Loco del Hacha, y algunas personas aseguraron que el cadáver se había arrojado al mar, fue sin embargo algo extraño que treinta años después de la desaparición de Mitchell, el cortejo fúnebre de Ronnie Kray llegara a cruzar el paso elevado de Bow. No era precisamente la ruta más directa para el cementerio de Chingford.

El poli del asiento de delante se quedó planchado.

—¿A santo de qué estás tan enterado?

—Demasiado tiempo libre —explicó Holland.

—Al menos sabíamos por dónde iban esos tipos —dijo Thorne.

Holland dejó caer la cabeza hacia atrás.

—Para empezar, los apodos eran sencillos y sin complicaciones.

—Correcto. Nadie se confundía.

—Está loco, y lleva un hacha. ¿Cómo le llamamos?

—...

Y mientras seguían, pudieron ver al hombre de la unidad de secuestros vigilándoles desde el espejo retrovisor, en un intento desesperado de averiguar si estaban de coña.

A la hora de comer, a los de segundo de bachillerato de Butler's Hall se les permitía salir del colegio durante una hora. Algunos llevaban bocadillos a un parque cercano, pero la mayoría caminaba hacia el modesto centro comercial de The Broadway. Curioseaban en las pequeños sucursales de Game y HMV, o merodeaban por las tiendas de fish&chips o de kebabs, haciendo todo lo posible por no aparentar que eran niños de un colegio privado... para evitar que les pillaran haciendo algo que pudiera dañar la imagen del uniforme que llevaban.

Yvonne Kitson estaba sentada en su coche al final de la calle frente a la entrada del colegio, viendo a los niños salir y esperando echar su primer vistazo a Adrian Farrell.

Junto a ella, el agente Andy Stone hojeaba un ejemplar del *Daily Mirror.*

—No entiendo por qué no le dijiste al sargento Holland que te acompañara, jefa. Para que te señalara a este capullo.

—¿Aburrido, Andy?

Stone dijo que no con la cabeza sin levantar la vista del periódico.

—Dave Holland está un poco liado con otras cosas, y no quiero que me lo señale. Quiero ver si soy capaz de identificarlo yo. ¿Vale? —volvió a meterse el pulgar en la boca, mordió la uña y miró fijamente por la ventana.

La mayor parte del tiempo, a Kitson le parecía que uno no lo podía tener todo, que si tu vida fuera del trabajo iba bien, entonces el trabajo en sí estaba destinado a volverse una mierda. Y viceversa por cojones. Un par de años antes, ella había estado entre las mejores de su trabajo y se había dado cuenta; había investigado casos de los más importantes y su prestigio también aumentaba cuando terminaba por esclarecerlos. Por aquel entonces fue lo suficientemente estúpida como para enrollarse con un mando superior, y mientras que a él le habían perdonado tanto su mujer como los jefazos, ella había visto cómo su carrera profesional y su vida en familia habían entrado en caída libre. Ahora, en el ámbito doméstico, las cosas habían vuelto a la normalidad; los niños iban bien, las relaciones con su ex marido eran al menos cordiales y estaba saliendo con alguien. Sin embargo el ámbito laboral era otra cosa. Estaba currando igual que siempre, pero aun así, el trabajo parecía volverse cada vez más frustrante con cada fracaso, con cada concesión. Había empezado a considerar la posibilidad de que realmente fuera culpa suya, que posiblemente hubiera perdido la capacidad de sentirse satisfecha.

Stone dejó de silbar entre los dientes durante unos segundos.

—Esto tiene gracia —dijo—. Están dejando caer indirectas sobre algún popular presentador de televisión que está enrollado con el que lo investiga. ¿Quién crees tú que puede ser?

El caso Mubarek había sido tan frustrante como cualquier otro que Kitson había conocido, y de repente, cada asesinato que había llevado desde entonces parecía llevarla a chocar de cabeza contra una pared de ladrillos. Era como si estuviera apuntada a alguna lista negra. La pared contra la que supuestamente se tenía que chocar esa mañana era el ritual de iniciación de una banda de Tottenham relacionada con drogas. Miembros de la banda iban por las calles en un coche con las luces apagadas, y a fin de demostrar que merecía unirse a la banda, el chico nuevo tenía que disparar con una pistola contra el primer coche que les advirtiera encendiendo las luces largas. Era brutal en su simplicidad. La manera tan causalmente fortuita en que se seleccionaba a una víctima nada suspicaz.

El primer conductor con la mala suerte de intentar hacer un favor.

Cinco días antes, tras recibir un disparo sin motivo alguno, un hombre al volante de un Landcruiser Toyota se había subido a la acera de Seven Sisters Road, matándose y matando a la joven que esperaba en una parada de autobús. Uno de los miembros más jóvenes de la banda había pasado directamente de traficante de crack a asesino doble, y aunque Kitson y el equipo sabían muy bien cuál era la banda responsable, y habían hablado con media docena de jóvenes que sabían igualmente quién había pegado el tiro, nadie estaba dispuesto a declarar nada.

A veces las paredes de ladrillos tenían unas sonrisas amplias, y dientes de oro, y suficiente chulería en lo alto para que a Yvonne Kitson le entraran ganas de pegarles un puñetazo que los mandaría a mediados de la semana siguiente.

Tenía verdadera necesidad de conseguir resultados. Sobre todo por lo que sentiría ella misma, y no tanto por lo que se refería a su imagen. Y ahora, si la vista de Dave Holland y su instinto no estaban seriamente jodidos, puede que tuviera una oportunidad.

Stone volvió a la última página de su periódico.

—Tampoco extraña tanto, de todos modos —dijo—. Yo creo que muchos de esos presentadores de televisión son de la acera de enfrente, ¿no?

Kitson dijo algo entre dientes que podía haber sido sí o no, con cada rincón de su cerebro concentrado en el grupo que salía desde el otro lado de la calle y en su primer vistazo a Adrian Farrell. En el hecho de que le debía a Dave Holland un copa. En su oportunidad...

—¿Es él?

Kitson levantó una mano para callar a Andy Stone, como si el chico estuviera hablando a unos metros de allí; como si tuviera el oído tan desarrollado como su autoestima. Observó cómo caminaba despacio hasta llegar a la calle principal. Era imposible no dar con él, tal como le había dicho Holland. Charlaba distraído con dos alumnos más, un chico y una chica. Aunque estaría fuera del colegio durante un máximo de una hora, Kitson observó que, como la mayoría de los alumnos que le acompañaban, se transformaba según la descripción de Holland. Observó a Farrell quitarse la chaqueta de uniforme del colegio y colgarla del hombro, mientras aflojaba un poco el nudo de la corbata.

Observó, aguantando la respiración, mientras se ponía el pendiente. De colegial a chulo.

A unos cien metros de la entrada, Farrell se separó ligeramente de sus compañeros, adelantándose para reunirse con dos chicos recién llegados que cruzaban la calle caminando rápido hacia él. Estos chicos llevaban sus propios uniformes: gorras Nike, botines New Balance, ropa informal de Kappa. Se movían como hombres, pero todavía parecían suficientemente jóvenes para que Kitson se preguntara por qué no iban también al colegio.

Los tres se saludaron, aunque resultó imposible entender las palabras que se gritaron. Los puños cerrados y en posición de ataque. Kitson intentaba encontrar la manilla de la puerta cuando observó cómo los nudillos se besaban en forma de saludo, y vio a los chicos seguir caminando hacia las tiendas.

—¿Nos vamos? —preguntó Stone.

Kitson abrió la puerta. Se bajó, la cabeza zumbando mientras pensaba en los nuevos amiguetes tan interesantes de Adrian Farrell. Sus simpáticos amigos blancos.

—Un poco de aire fresco —dijo ella.

La voz de Porter sonó por la radio. Le sugirió a Thorne que se vieran en algún lugar entre sus dos vehículos. Para intercambiar ideas.

Subieron caminando por Fairfield Road, cruzando el Docklands Light Railway en dirección Old Ford.

—Barry Hignett pasó por aquí hace media hora —dijo Porter—. Estaba ansioso por darle un poco de caña a esto.

—¿Y los demás no lo estamos?

—Quiero decir caña de verdad. Así que mandamos a dos de los chicos por si conseguían algo de colaboración y ayuda. A ver si nos podemos acercar algo más.

Se detuvieron para dejar salir marcha atrás a un camión de un almacén. El conductor rozó una pared, le dio hacia delante otra vez antes de volver a intentarlo. Esta vez, pasaron por detrás, ignorando el humo del tubo de escape y el beep-beep-beep de la alarma del gran camión.

—Gracias por decírmelo.

El tono de Thorne dejó muy claro que no se sentía agradecido en absoluto. Que en su opinión deberían habérselo dicho hacía media hora.

—Te lo estoy diciendo ahora, así que no tiene sentido que te pongas capullo.

—¿Crees que tu superdetective le está dando por culo a Hignett?

—Segurísimo —dijo Porter—. Y no me extrañaría nada que Tony Mullen le estuviera dando por culo también. Al cabrón le están dando por todos lados.

—¿Sigue aquí?

—Ha vuelto a la base.

—Tiene sentido —dijo Thorne. Y era verdad. Como oficial al mando de la operación, Barry Hignett tendría que quedarse cerca de la Central 3000. Desde allí, podría vigilar todos los acontecimientos y comunicar con cada miembro de su equipo, mientras resultaba fácilmente accesible para los jefazos. Como en cualquier otro caso, había que escurrir el bulto. La diferencia era que pasaba de uno a otro más rápido de lo normal, hasta que le había tocado a alguien.

Porter caminaba más despacio al pasar por una zona residencial de apartamentos con pinta de alto standing. Un plano en la cancela mostraba la ubicación de la piscina, la sauna y las tiendas privadas.

—Me vendría bien una cosa así —dijo ella—. Mi casa es una mierda.

—Esto era antiguamente la fábrica de Bryant&May —dijo Thorne, mirando por las cancelas—. ¿Dónde tuvo lugar la huelga de las Chicas de las Cerillas?

Porter lo negó con la cabeza.

—Finales del siglo diecinueve —señaló con el dedo hacia el edificio—. Las chicas de allí empezaron una huelga para pedir mejor sueldo y mejores condiciones... se convirtió en una historia nacional. Más o menos, dieron comicnzo al movimiento sindical.

—Encendieron una cerilla.

Thorne ya estaba pensando en otra cosa y se perdió el chiste. Se dio la vuelta, y señaló con la mano la Bow Road como si fuera un guía turístico.

—Allí estaba la primera sede de campaña de Sylvia Pankhurst. Votos para la mujer y todo eso —intentó aguantar la risa, pero no pudo resistir la broma—. Y mira dónde estamos ahora.

—¿Quieres un guantazo? —Porter le amenazó mientras pasaba por delante de él y siguió caminando.

—Entonces ¿dónde tienes tu piso?

Apenas había empezado a sonar su móvil, cuando Porter lo cogió bruscamente. Thorne sabía que el teléfono tenía un tono de llamada que probablemente reconocería, pero nunca había llegado a escuchar bastante para poder identificarlo.

Al terminar la llamada, emprendieron la vuelta hacia el piso de Conrad Allen.

—Parece que has conseguido la ayuda que buscabas —dijo Thorne.

—Tenemos a una anciana en el piso de al lado que es una de nuestras mejores fans. Le rompieron la puerta hace dos semanas, y por lo visto los muchachos de uniforme eran extremadamente serviciales. Uno de los de tecnología está ahí arriba ahora montando equipos.

—¿Crees que siguen allí? —preguntó Thorne.

La expresión de la cara de Porter dejó muy claro que no tenía la más mínima idea.

—No hemos podido ver una mierda, así que ha llegado la hora de utilizar la técnica de escucha del vaso contra la pared.

No hablaron gran cosa después de eso. Simplemente aligeraron el paso. Corrieron por detrás del camión que todavía intentaba salir marcha atrás.

Andy Stone terminó con las formalidades. Hizo las presentaciones y agitó las placas de identificación.

Exhibió una sonrisa muy agradable. Kitson se preguntó cuántas veces más iba a verla en los próximos días.

—Ya hemos hecho esto —dijo Adrian Farrell—. Hablamos con un par de agentes ayer después del colegio.

Kitson se acercó un poco, luciendo una sonrisa bastante aceptable para ella.

—No se trata de Luke Mullen —dijo ella—. Investigamos otro asunto.

Estaban reunidos fuera de una panadería y una tienda que vendía bocadillos en una pequeña zona peatonal de The Broadway. El lugar parecía ajetreado, con empleados de las tiendas y oficinas del barrio haciendo eses entre los carritos para buscar algo de comer o hacer la compra rápido. Farrell y sus dos amigos se apoyaban sobre el escaparate, comiendo empanadas rellenas de salchicha todavía envueltas con la bolsa de papel. Habían dejado de hablar, se daban codazos y miraban, mientras Kitson y Stone se habían acercado, caminando hacia ellos, subiendo por la suave pendiente de una larga rampa para sillas de ruedas.

Uno de los chicos de las gorras de béisbol le dio un pequeño codazo a su hermano de vestimenta, señalando a Farrell con la cabeza.

—Por fin vienen a por ti, tío.

—Sí, la poli te ha trincado, seguro.

Su amigo balbuceó las palabras con la boca llena de comida caliente. Empezó a reírse.

Farrell se volvió y les puso cara de cabreo.

—Callaos —y volviéndose a Kitson—. Pido disculpas por ellos. Jodida gentuza.

—Un estudiante fue asesinado a un kilómetro y medio de aquí —dijo Kitson—. El pasado octubre, en Edgware, probablemente lo viste en las noticias —la expresión de Farrell se transformó, como si creyera posible que lo hubiera visto—. ¿Sí? ¿Te suena? —Kitson vio cómo sus ojos bajaron a sus tetas durante un segundo para luego levantar la vista otra vez—. Se llamaba Amin Mubarek.

Farrell daba totalmente la impresión de que el nombre no le sonaba de nada.

—¿No te acuerdas? Me sorprende bastante...

—Recuerdo que nuestro capellán hizo una oración especial con todos los alumnos del colegio antes de la reunión matutina. Lo suele hacer, sabes, con víctimas de desastres y cosas así, y sí, había una oración para algún cabrón desgraciado que había sido asesinado. Probablemente habría sido por esas fechas...

Desde la tienda de discos de enfrente se oía la música a tope. Algo alegre y sin sentido.

—¿Entonces?

—¿Entonces qué?

Kitson intentó encontrar su mirada:

—¿Rezaste una oración por Amin Mubarek?

Farrell sorbió por las narices y miró para otra parte, echándose a un lado cuando un grupo de adolescentes salía de la panadería. Uno de sus amigos hizo un comentario a media voz. Una chica le dijo que se fuera a la mierda.

—¿Deberías estar hablando conmigo? —preguntó Farrell.

—¿Cómo?

—Sin la presencia de alguna representación legal. Sin mis padres.

Se oyó un silbido de admiración procedente de una gorra de béisbol.

—Es sólo una charla informal, Adrian.

Por primera vez el chico parecía algo preocupado, aunque sólo por unos segundos.

—¿Cómo sabes mi nombre?

—La policía lo sabe todo —dijo uno de sus amigos.

El otro señaló a Farrell con el dedo, serio pero burlón.

—Saben cuándo te hiciste la última paja, tío.

Andy Stone dio un paso adelante, acorralando al dúo de la ropa de marca en una puerta cercana.

—¿Por qué no me dais vuestros nombres? Para que no nos sintamos como extraños...

—Tienes diecisiete años —dijo Kitson, lo cual te hace legalmente responsable.

Farrell observó a sus amigos mover la cabeza al ritmo de la canción.

—De todos modos, no hay necesidad de que te pongas nervioso.

—¿Quién se ha puesto nervioso? —dijo Farrell.

—Entonces no hay problema.

—Pero no es verdad, ¿a qué no? —se inclinó hacia ella, con aire de conspirador—. Realmente no sabéis cuándo fue la última vez que le di la mano a mi mejor amigo, ¿verdad que no?

Sonrió; no era tan fácil desconcertarle.

—La verdad es que estaríamos encantados de ponerte en contacto con quien te sientas más cómodo. Un abogado, si quieres, o tus padres. Quizás ese simpático capellán tuyo, te vendría bien. Podríamos reunirnos todos en la comisaría, y hacerlo todo bien.

—En realidad no tengo que hacer nada, ¿verdad?

—Pues no, nada de nada. Sólo estamos hablando.

—Bien —puso todo el peso sobre un pie, preparándose para irse—. Un placer hablar contigo...

—Pero cuando eso ocurre, nosotros empezamos a hacernos preguntas. Sobre nosotros, quiero decir. Nos preguntamos por qué no te gustamos. Por qué te muestras tan poco dispuesto a ayudar. ¿Qué es lo que intentas esconder?

Farrell empezó a menear la cabeza, sonriendo ampliamente como si considerara sus esfuerzos torpes y poco profesionales.

—Me vuelvo al colegio —dijo—. Tenemos clase doble de historia esta tarde, y es mi asignatura favorita.

A Kitson le entraron ganas de darle un guantazo.

—Vámonos, que sois unos maricones —Farrell les gritó a sus amigos y empezó a alejarse. Después de unos pasos para dejar una mínima distancia entre ellos y Stone, los otros chicos sacaron pecho, aceleraron el paso y rápidamente alcanzaron a Farrell.

Stone se volvió a donde estaba Kitson.

—No tienen miedo de muchas cosas, ¿verdad? —dijo.

Observaron a los chicos bajar pavoneándose por la rampa. Al llegar al final, uno de los amigos de Farrell arrojó su bolsa vacía a una papelera. Los otros se mofaron del fallo de puntería para luego seguir con la caminata.

Farrell echó la vista hacia atrás, cuando les faltaban dos pasos para doblar la esquina. Miró como si se le hubiera olvidado algo, sólo por un momento antes de desaparecer.

Con la mano se golpeaba el muslo al ritmo de la música.

Se tratara o no de un secuestro, en lo que se refería a puestos de operaciones, la cuestión de la seguridad estaba bastante relajada. Thorne había participado en operaciones similares —normalmente colaboraban muchachos serios y organizados— en que un chorreo constante de visitantes a la dirección objeto de investigación había significado día tras día en la parte trasera de una furgoneta maloliente, meando en botellas de plástico y sobreviviendo a base de galletas. En este caso, la vigilancia proporcionada por las cámaras significaba que no había necesidad de tener ningún vehículo estacionado a la vista del piso de Conrad Allen. Por consiguiente, había cierto grado de flexibilidad en cuanto a los movimientos individuales, y las condiciones dentro de los vehículos del equipo no resultaban tan espartanas.

A menos de un minuto del piso de Allen, Porter había pasado la mayor parte de la mañana al sur de Bow Road, en una calle de un solo sentido entre el cementerio de Tower Hamlets y la estación del metro. Después de su breve encuentro en Fairfield Road, Thorne se había reunido con ella en la parte trasera de un Transit sucio, cuyos laterales lucían el logo y los datos de contacto de un contratista local, especializado en tejados.

Eso había sido poco después de las tres. Casi una hora antes.

Una mesa de caballete ocupaba un lateral de la furgoneta. Dos pequeños monitores exhibían imágenes en blanco y negro desde las cámaras de delante y detrás, mientras un altavoz metálico lleno de arañazos emitía comunicaciones desde la variada colección de vehículos de la unidad que había por la zona. En el suelo habían colocado una tira de mugrienta moqueta de color marrón, y había una bolsa de plástico metida a presión en un rincón, atestada de recipientes de estirofoam, periódicos, latas vacías y tetrabriks.

—¿Qué tenemos, Lou?

—Hace cuarenta y cinco minutos que entramos en el piso de la vieja.

—Hace más —dijo Porter.

Había dos agentes más compartiendo el espacio con Porter y Thorne. Kenny Parsons estaba sentado en una de las dos sillas plegables de loneta, la otra la ocupaba un sargento gordo llamado Heeney, un tipo poco aseado de los Midlands con un ojo vago y una actitud igual de vaga. Por la cara que puso, a Porter no le hizo ninguna gracia encontrarse allí con ambos. Se llevó el aparato de la radio a la boca

—¿Cómo vamos, Bob?

Hubo una pausa.

—Estoy seguro de que te avisará —dijo Thorne.

Porter le echó una mirada como si él tampoco estuviera ayudando mucho.

Desde el altavoz, con cierto tono de mosqueo, contestaron:

—Todavía nada.

—¿Has comprobado el equipo?

—Dos veces. El equipo funciona bien.

—Perdona...

Había sido una pregunta estúpida. Los micrófonos eran de la más alta tecnología que se podía pedir, y sabía que el técnico había hecho los deberes. Habían averiguado que el piso era alquilado, y supuesto correctamente que la empresa de abajo había gestionado el alquiler. A primera hora de la mañana estuvieron allí para conseguir un plano con la distribución del piso.

Habían una cocina-office, dos dormitorios pequeños y un cuarto de baño, y todos salían del mismo pasillo. El equipo de escucha que se había montado en la propiedad de al lado sería suficiente; no había ningún rincón de un piso de ese tamaño fuera de su alcance.

—Alguien va a tener que tomar una decisión ya —dijo Heeney. Su acento le dio a la palabra *tomar* un énfasis excesivo, transformando la afirmación de una opinión en una queja.

Thorne estaba sentado de espaldas a las puertas de la furgoneta, y miró a Porter casi de frente, apoyada sobre el arco de la rueda detrás del asiento del conductor. Ella le devolvió la mirada y levantó una ceja. Pensó que igual le estaba preguntando qué pensaba él, pero no podía estar seguro, y se sentía aún menos seguro de cómo reaccionaría ella si se lo dijera. Por lo tanto, no dijo nada; no hizo pública ninguna opinión, porque no quería arriesgarse a montar una discusión delante de los otros. Y porque tampoco tenía mucho que opinar.

Además, no se trataba de una sola opinión. Había muchas preguntas que contestar; recuadros tipo-test que había que rellenar, sin posibilidad de saltarse alguno.

¿Estaban Conrad y su novia en el piso?

¿Allí era dónde retenían a Luke Mullen?

¿Habían pasado de pistolas de plástico a las de verdad, y cómo iban a reaccionar si un equipo de policías armados entraba destrozando la puerta?

—Si dependiera de mí, entraría —dijo Porter.

Thorne encogió una rodilla y luego la otra, pero era incapaz de encontrar una postura que no le resultara dolorosa.

—¿Te gustaría?

—¿Que dependiera de mí? Probablemente no.

—Entonces una llamada, supongo. A mucho poder le acompaña mucha responsabilidad.

—Nunca te habría considerado un filósofo.

—Es de Spiderman —dijo Thorne.

Levantó el auricular.

—Necesito una opinión, Bob...

Desde el altavoz:

—No se mueve nada aquí.

—¡Joder!

—Lo siento, pero eso es lo que hay...

—Quizás el niño esté drogado y los dos están dormidos.

—¿Qué es lo que no entiendes? No se mueve nada. Puedo oír el tictac de un reloj, y te puedo decir en qué habitación se encuentra, si quieres. Hay agua circulando por los radiadores, y suena el golpeteo de las tuberías que se dilatan, pero no oigo a nadie roncar ni dar la vuelta en la cama. Ni nada parecido. Estos micros pueden captar el sonido de una respiración, y no oigo nada.

Hubo una pequeña interferencia, y les interrumpió otra voz:

—Soy el inspector jefe Hignett.

—Señor...

—Es hora de entrar, Louise.

Era como si el Transit hubiera conectado con la BBC. Todo el mundo se puso de pie, se miraron y Thorne volvió a agacharse al lado de las puertas mientras Porter daba la orden de entrar a todas las unidades. Thorne abrió las puertas de golpe y bajó a la calle de un salto.

Entonces sintió la mano de Porter en el hombro. Notó cómo le hincaba los dedos y lo arrastraba hacia atrás.

—Espérate, Tom. No quiero que entremos allí en masa con una pistola en la mano.

—¿Estás de broma?

Porter se limpió una gota de saliva de Thorne del labio.

—Mira, Heeney se va a quedar también, así que no seas idiota.

—¿Quién está tomando estas decisiones?

—Se supone que sólo estás aquí para echar una mano. Escucha, que no tengo tiempo para esto: vuelve a meterte en la furgoneta y quédate al lado de la radio...

Thorne observó cómo ella y Parsons iniciaban una carrera hacia la Bow Road y se volvió a subir a la furgoneta. Heeney estaba sentado otra vez, mirándose los pies mientras Thorne pasaba por delante de él hasta colocarse en el sitio de Porter, junto a los monitores. Heeney dijo algo entre dientes sobre los problemas de Porter cuando le venía la regla. Thorne le dio la espalda y dejó de echarle cuenta. Se sentó en una de las sillas, se acercó y miró fijamente la pequeña pantalla, la imagen fija y parpadeante de una escalera metálica de incendios de color negro.

Sólo había que atravesar una puerta, en lugar de las dos que había en la fachada principal de la propiedad, así que naturalmente la entrada trasera iba a ser la favorita. Sobre todo porque, cuando se iban a utilizar armas de fuego, siempre se intentaba alejar cualquier acción de la calle por razones obvias.

Thorne no pestañeó.

Durante veinte o veinticinco segundos la imagen permaneció inmóvil, y de repente se llenó de movimiento mientras las figuras rápidamente empezaban a entrar en tropel. Una docena o más, diminutas en el plano. Entraban en la imagen por detrás y por los lados de un jardín falto de cariño y de cuidados; por encima y a lo largo de un muro medio derrumbado hacia el final de la escalera.

Y entonces un frenesí de señales con las manos, y hacia arriba; la rapidez no era menos importante que el sigilo.

Thorne siguió observando mientras el equipo se reunía alrededor de la puerta, tratando de ver todos los detalles posibles, imaginándose los que simplemente quedaban demasiado lejanos para poderlos divisar: la culata de un Carbine MP5, el logo de la Policía Metropolitana sobre un pecho protegido por el chaleco antibalas, los geranios marchitos en un macetero de plástico en la ventana...

En la furgoneta se escucharon unas instrucciones en voz baja por el altavoz.

Thorne pudo atisbar a Porter y a Parsons, y creó reconocer por atrás algunas cabezas. Vio a dos personas colocarse a cada lado del marco de la puerta, y supo —aunque no lo pudiera ver— que estarían pegando los dientes cubiertos de caucho de un gato hidráulico a cada lado del marco de la puerta. Pertenecían al equipo de acciones especiales, los Cazafantasmas, una unidad civil a disposición de cualquier departamento de la Policía Metropolitana que necesitaba tener acceso a propiedades lo más rápido posible, pero de manera más sutil que utilizando un ariete o una bota del número 43.

Los muchachos del equipo de acciones especiales se alejaron unos pasos de la puerta, arrastraron unos cables hasta un pequeño generador y dieron la señal de estar preparados.

Miraron hacia Porter para que asintiera con la cabeza.

Asintió sobre la marcha.

Desde el monitor no había ningún sonido, pero Thorne había trabajado anteriormente con esos equipos. Imaginó el agudo siseo del aire comprimido, y el golpe seco de los cables saltando sobre el suelo metálico, el crujido al abrirse el marco de par en par, y necesariamente la puerta caía para dentro y hacia abajo, pisoteada por los pies de los agentes de la OE19 que pasaron por encima gritando para entrar en el piso de Conrad Allen.

En cuestión de segundos la imagen se quedó inmóvil otra vez, con una sombra plana más allá de la puerta, mientras su caótica banda sonora era emitida por una docena de radios. Explotaban como ráfagas de fuego desde el altavoz. Rebotaban entre las paredes metálicas de la furgoneta: porrazos y palabrotas, órdenes para despejar el camino, e instrucciones al cabrón que estuviera dentro de que se hiciera visible lo más rápido posible. Una confusión de gruñidos y gritos...

—¡Cocina despejada!

—Policía armada...

—Primer dormitorio y pasillo despejados...

Thorne se estremeció con cada chorro distorsionado de voces y cada torrente de jadeos, y analizó cada chisporroteo de electricidad estática. Imaginó a los agentes que corrían, permanecían inmóviles, se pegaban a la pared; barrían el espacio a través de los visores de los rifles y se echaban bruscamente a un lado mientras otras personas pasaban de improviso entre las sombras, entraban y salían de las habitaciones.

—¡Despejado!

—¡Despejado y asegurado!

Heeney dijo entre dientes detrás del hombro de Thorne:

—El piso está vacío.

—Cállate —dijo Thorne.

Y entonces se oyó un grito, por encima de los demás. Sólo una palabra. Sólo la palabra crucial, de modo que se podía oír claramente.

—¡Cadáver!

—¿Cómo?

—Tenemos un cadáver...

Thorne se pone de pie, se agacha y empuja sus manos contra el techo. Se esfuerza por escuchar más, por escuchar cualquier cosa en medio del siseo, en medio de los segundos elásticos de aire muerto.

—¿Dónde?

—Aquí dentro.

—¿Dónde coño es *aquí?*

—En la habitación de atrás...

Y Thorne lo puede ver al cerrar sus ojos. Ya lo ha visto antes, o ha estado muy cerca. La suela de un botín, una mata de cabello oscuro, lo que parece un montón de sangre.

—Jesús —Heeney habla muy bajo detrás de él, pero Thorne ya se está dirigiendo a la puerta, abriéndola con el hombro, y atravesando lo más rápido posible la calle en la misma dirección que Porter unos minutos antes.

Siente dolor en la espalda y el pecho mientras corre, y más imágenes que prefiere no imaginar: dedos mugrientos sobre el cilindro de la jeringuilla, el temblor de la boca de Juliet Mullen...

Había dos vehículos de intervención armada, tres coches patrulla y una ambulancia ya aparcados en la calle que recorre la parte trasera del edificio, y el jardín estaba atestado de polis cuando Thorne saltó al otro lado del pequeño muro. En el césped habían quedado los chalecos antibalas sudados, y los agentes de investigación de la escena del crimen pasaban por encima de ellos, poniéndose como podían los monos de trabajo y dirigiéndose con prisas hacia la escalera de incendios. Había conversaciones y jaleo, un chorreo constante de personal de la Policía Metropolitana subiendo y bajando por la escalera metálica; el humo de los cigarrillos formaba anillos hacia un cielo claro, y Holland, al final de la escalera, se volvió con los brazos levantados hacia Thorne, mientras le preguntaba:

—¿Qué coño está pasando?

—Tom...

Thorne se giró bruscamente y vio a Porter acercarse a él por el césped. Falto de aliento y no demasiado fino, Thorne se anticipó a la pregunta de Holland, y seguidamente hizo otra antes de que tuviera ella la oportunidad de contestar a la primera.

—¿Qué pasa con Luke?

Porter movió la cabeza negativamente.

—¿Qué quiere decir eso? ¿Vivo? ¿Muerto? ¿Qué?

—Tenemos dos cadáveres allí arriba —dijo Porter—. Casi con toda certeza los de Conrad Allen y su novia, a los cuales obviamente tenemos que identificar aún. A los dos parece ser que los han degollado, por lo menos a primera vista. Hay un cuchillo...

—¿Así que dónde está el chico? —preguntó Thorne.

Con algo de prisa, o harta de que le gritaran, Porter se dio la vuelta y se dirigió a los vehículos. Contestó sin tomarse la molestia de mirar hacia atrás.

—Ahora mismo es imposible decirlo, y no le veo sentido a intentar especular. Lo que sí sé es que tenemos a dos secuestradores muertos y a un rehén completamente desaparecido.

SEGUNDA PARTE

CUESTIÓN DE CONTROL

VIERNES

Luke

Antes, al despertarse, al volver en sí, todo le había parecido horriblemente lento. Era como si al llegar a la superficie, el agua pareciera un cristal grueso. Veía lo que había al otro lado, pero le faltaban fuerzas para pegar una patada y alcanzarla rápidamente. Sin embargo, esta vez, al terminar todo, era como si se volviera consciente en un segundo, y después de abrir los ojos, se había vuelto alerta y vivo con cada sonido y sensación.

Había sentido cómo se le disparaba la sangre.

Enseguida había oído los gritos, los gruñidos y el ruido de objetos rompiéndose en mil pedazos en el cuarto de al lado. Estaban discutiendo. Ya les había oído discutir antes, un par de veces, pero esta vez parecía que iba más en serio, y se imaginó que eso era lo que le había despertado tan de repente. Algo en su cerebro, algún extraño instinto de supervivencia que nunca se apagaba, le había despertado; le decía que ésta era su oportunidad.

Como siempre, nada más abrir los ojos, no había tenido ni idea de si era de día o de noche. Habían cerrado las cortinas del todo. Sin embargo, era prácticamente la primera vez que se encontraba solo, las manos sin atar, así que después de un minuto o dos se había levantado del colchón que había en el suelo, se había acercado sigilosamente hasta las cortinas para retirarlas un poco. Fuera era de noche, pero en los bloques de pisos de enfrente veía luces en algunas de las ventanas y el parpadeo de televisores. Había llegado a la conclusión de que probablemente era por la tarde.

Intentando no respirar, se había quedado muy quieto en medio de la habitación, escuchando los gritos al otro extremo del pasillo.

Mentalmente había dibujado un plano del piso durante esas primeras visitas al baño. La distribución no era complicada y siempre se le había dado muy bien eso de crear una imagen de las cosas, como si dibujara diagramas en su ordenador y observara cómo se conectaban unos puntos con otros. De pie en la oscuridad, se había dado cuenta de que si giraba a la izquierda al salir de la habitación, tendría que atravesar dos puertas antes de pisar la calle. Lo sabía porque había intentado escapar por una de ellas aquel primer día, y fue entonces cuando empezaron a ponerle inyecciones más a menudo. Girar a la derecha habría sido lo mejor, pero sabía que tendría que pasar por delante de su habitación, arriesgándose a que lo vieran, y sabía además que habría una puerta cerrada con llave entre él y la salida de atrás. Estaba bastante convencido de que había una salida por la cocina. Una antigua escalera de incendio como la que tenía su abuela. Había estado casi totalmente ido, pero se acordaba de haber visto los escalones metálicos, y el ruido de los pasos del hombre mientras le subía por la escalera, desde el coche.

¿Cuántos días hacía de eso?

Una media docena de veces, después de despertar, había decidido que correría mejor suerte si intentaba escaparse en ese momento, mientras ellos estaban distraídos. Si se echaba hacia adelante para intentar salir a hurtadillas mientras ellos seguían gritándose y tirándose de todo. Una media do-

cena de veces se había rajado, y él mismo se decía que era un cobarde de mierda.

Temblando en la oscuridad y meándose en los calzoncillos, tenía miedo de intentar escaparse.

Y entonces habían cesado los gritos y había sentido cómo sus pies le llevaban desde la habitación y giraban a la derecha. El plano en la cabeza era nítido y parpadeante, y él era un punto incandescente recorriendo despacio una línea oscura mientras avanzaba palmo a palmo por el pasillo; mientras se aplastaba contra la pared e intentaba moverse sin hacer ruido. Y quizás no estaba tan despierto ni atento como creía, porque las cosas de repente parecían volverse borrosas y moverse un poco, cuando miró por la puerta abierta del dormitorio: cuando vio a Conrad y a Amanda.

Fue justo cuando se fijó en el cuchillo, y se agachó para cogerlo.

A partir de ese momento todo estaba muy jodido y confuso: ni puta idea de cuál era ese momento, como tampoco sabía cuál era éste; desde esos momentos increíbles de luz y color a esta oscuridad nueva y entumecida.

Los recuerdos le llegaban en pulsaciones y ráfagas impactantes.

Explosiones de claridad, como ocurre en esas películas de terror cuando se va la luz, y la chica estúpida enciende una cerilla y ve la cara del asesino: la puerta mientras salía corriendo, y su corazón latiendo a tope, el claxon de su respiración, la cara de una mujer en la ventana de una casa que rápidamente dejaba atrás.

Y el recuerdo de tanta sangre, tibia y húmeda.

Ocho

THORNE ESTABA DE PIE CON LA BATA PUESTA, TOMANDO té y mirando fijamente el jardín mientras clareaba el día. Una lata de cerveza que había olvidado recoger la otra noche le había llamado la atención, y entonces había advertido un movimiento en el fondo del jardín y se había quedado a observar.

El zorro estaba mordiendo algo, escarbando en el rincón detrás de una de las macetas recién compradas por Thorne. Se preguntaba si era una ardilla o quizás un pajarito, y luego decidió que era más probable que fuera una vieja caja de hamburguesa o un trozo de KFC desechado. Sin darse la vuelta llamó bajito a Elvis, y se relajó algo al notar la humedad del ojo legañoso del gato contra su tobillo.

Inmóvil, siguió de pie con las dos manos sosteniendo la taza, e intentó no pensar en lo que Russell Brigstocke diría; lo que no podría resistirse a decir cuando Thorne lo viera pasada una hora o así. Intentó pensar en el chico y no en los cadáveres, pero no fue capaz de separar ambos pensamientos. Ya tendrían los resultados del cuchillo y de la sangre, y quizás esa idea tan absurda que algunos habían empezado a rumorear la noche antes en la escena del crimen, había cuajado en una posibilidad verdadera. Thorne se sentía más cómodo con una explicación bien distinta, pero su propia teoría era igual de extraña. Igual de difícil de explicar...

La alarma de un coche empezó a sonar en alguna parte delante de la casa, y Thorne vio al zorro levantar la cabeza y quedarse inmóvil. Vio que caían gotas por la ijada del animal, el pelo oscurecido y pegado a los huesos por la llovizna. Después de unos segundos, el zorro, despreocupado, volvió a centrar su atención en la comida.

Típicamente londinense, pensó Thorne.

Tomó un sorbo de té, pero estaba casi frío, así que enjuagó la taza y se dirigió al dormitorio para vestirse.

Se encontró con Brigstocke cerca de la puerta de Central 3000, de pie detrás de él en la cola de una máquina de bebidas. La charla era suficientemente estúpida: Spurs necesitaba todavía a alguien capaz de meter algún gol. Entonces, después de adquirir su bebida, Brigstocke se dio la vuelta y se apoyó sobre la máquina; habló justo cuando Thorne dio un paso adelante para apretar los botones.

—Pues ya tienes a esos cadáveres que querías.

Ahí va...

Thorne no pudo decir nada. No pudo hacer nada sino contestar al comentario con una mirada con la que esperaba no transmitir una imagen de vergüenza.

Despacio cruzaron al otro lado de la habitación, donde dos empleados civiles muy cabreados estaban colocando más sillas de las que había visto Thorne la última vez, cuando la unidad de secuestros y un par de intrusos del grupo de homicidios se habían reunido para ver la cinta de vídeo de Luke Mullen.

—¿Qué vamos a hacer? —preguntó Thorne.

—Creo que por eso estamos todos aquí: para intentar decidirlo.

—Y, de todas maneras, ¿por qué aquí? ¿Por qué no en Becke House?

—Lo echamos a suertes —Brigstocke sopló por encima de su café—. Y perdí.

Thorne se echó a reír, y entonces se dio cuenta de que era el único.

—No estás de broma, ¿verdad que no?

—La unidad de secuestros tiene la ventaja de estar en casa, y a mí me dejan hacer el discurso.

—Pues me alegra saber que se esté llevando todo de forma tan profesional.

—De eso se trata —dijo Brigstocke—. Ninguno de nosotros ha trabajado en un caso así nunca...

—Hemos conseguido que el Servicio Forense haya trabajado sin parar toda la noche, y ninguna muestra de sangre encontrada en la escena del crimen pertenece a Luke Mullen. Pero sí sabemos que estuvo allí. Sus huellas dactilares estaban por todas partes en el más pequeño de los dos dormitorios, donde aparentemente estuvo retenido, y donde estamos convencidos en un noventa y nueve por ciento que se grabó la cinta de vídeo. También se han encontrado las huellas de Luke Mullen en el cuchillo que se utilizó para matar a Conrad Allen y a su novia, y basándonos en las declaraciones hechas por el dueño del concesionario de Wood Green, y en la identificación encontrada en el piso, creemos que la mujer se llama Amanda Tickell. La madre de la señorita Tickell tiene previsto llegar al mortuorio en cualquier momento para identificar el cadáver.

Brigstocke fue cambiando el peso de su cuerpo de un lado para otro mientras hablaba, pero era su voz más que el lenguaje corporal lo que mantenía la atención de los cincuenta policías reunidos delante de él. A pesar de que las gafas gruesas y el pelo ralo le daban un aspecto algo cómico, podría hablar de la devolución fuera de plazo de libros de la biblioteca y nadie sería capaz de mover un pie. Fuera o no resultado de haberlo echado a suertes, lo cierto era que mantenía la atención mejor que su homólogo en OE7. Thorne se imaginó que por ese motivo Barry Hignett se dedicaba a escuchar, quedándose a un lado y haciendo un esfuerzo tremendo para aparentar que aprobaba todo lo que se decía.

Con un gesto Brigstocke señaló a un tipo vestido de negro en la primera fila.

—El doctor Hendricks va a decir unas palabras sobre cómo, al parecer, se produjeron los asesinatos.

Phil Hendricks se puso de pie mientras Brigstocke se retiraba para ponerse al lado de Barry Hignett. Ya había movimiento, y algún murmullo, y bastantes toses en tanto se sucedía el relevo. Thorne aprovechó la oportunidad para estirar las piernas, y se quejó silenciosamente mientras la ola de dolor recorría la pierna desde el muslo hasta el tobillo. Estaba sentado en la misma fila que Holland, Kitson y Stone, mientras que Porter, Parsons y los de secuestros se hallaban dos filas más adelante. Thorne no le dio mayor importancia, aparte de la demarcación normal del territorio, un *que te den* corriente y moliente, de lo más educado.

Todavía no eran las siete de la mañana, y aparte de algún chiflado, la enorme sala parecía vacía bajo sus banderas de colores.

—*Parecer* es la palabra correcta —dijo Hendricks—. En realidad las autopsias se harán esta misma mañana, así que nos estamos basando en un reconocimiento superficial de los cadáveres: su lugar en la escena del crimen; las salpicaduras de sangre, la profundidad de las heridas y todo eso.

Hendricks miró a Thorne directamente, pero sin dar muestras de reconocerlo. Thorne lo había visto demasiadas veces como para sorprenderse de cómo surgía de repente el lado profesional de su amigo, pero aún admiraba esa capacidad de Hendricks —sobre todo, dada la hora— para abrirlo como si fuera un grifo. Era claro y conciso, algo realmente de agradecer cuando se está acostumbrado a tratar con el típico poli, y aunque siempre tenía la misma expresión en la cara, incluso conseguía suavizar su acento de Manchester con vocales desafinadas cuando la situación lo requería.

—Estoy suponiendo que aunque Allen no fuera el primero en morir —dijo Hendricks—, fue el primero en ser atacado. Su asesino le sorprendió, probablemente irrumpiendo desde detrás, para acuchillarle por delante, en el cuello —Hendricks había levantado los brazos para hacer una demostración, la mano derecha cortando el aire con fuerza—. Es posible que tardara algunos minutos en morir desangrado, pero desde el momento en que le atacaron, estaba fuera de juego. Se habría caído al suelo sin poderse levantar...

—¿El del cuchillo, qué estatura tendría? —preguntó Hignett.

—No sabría precisar...

—Pues no precises tanto.

—Teniendo en cuenta el ángulo en que la cuchilla atravesó la tráquea, supongo que sería más o menos de la misma estatura que Allen. Sobre un metro ochenta.

Hignett miró a su equipo.

—Luke mide un metro setenta y siete —dijo Porter.

Hendricks miró hacia Brigstocke, que le indicó con un gesto de la cabeza que siguiera.

—La mujer murió por una serie de heridas de arma blanca bien distintas —dijo—.Tiene cortes en los brazos al intentar defenderse, y la docena o más de heridas que muestra por el cuello y tórax no sigue un patrón muy claro. Yo diría que ella fue dominada. Creo que vio lo que le pasó a Allen, hizo lo que pudo por defenderse pero no tuvo suficiente fuerza —Hendricks echó la mirada hacia donde Hignett permanecía de pie, anticipando el tipo de pregunta que se le podría hacer—. No era ninguna debilucha, al menos comparada con la típica yonqui —miró a Thorne—. Se le veía la musculatura bien definida...

—Luke Mullen hace mucho deporte en el colegio —dijo Hignett—. Creo que podemos dar por hecho que habría tenido fuerza suficiente para dominar a una mujer, con o sin cuchillo.

Thorne había escuchado bastante.

—Ya vale —apretó la mandíbula, pero aún así notó cómo le llegó sangre a la cara cuando las cabezas se volvieron a mirarle—. Todos hacen mucho deporte en ese colegio, pero no significa que el niño fuera especialmente deportista, ni fuerte. Tuvo una discusión con su padre la mañana en que lo secuestraron, precisamente porque no había conseguido entrar en el equipo de rugby...

—Sólo estamos examinando distintas posibilidades —dijo Hignett—. Si pudiéramos descartar esta explicación de los acontecimientos, lo haríamos —señaló a Hendricks, que parecía dudar si volver a sentarse o no—. Ninguna de esas respuestas es la que yo quiero escuchar, me podéis creer.

—Muy bien —Thorne se esforzaba por conseguir un tono conciliador—. Sólo era que me parecía que ya lo teníais decidido.

Hignett asintió con la cabeza, pero en su voz se empezaba a notar un tono desagradable.

—Esta unidad no se ha visto nunca ante un caso parecido. Secuestros que hayan terminado en asesinatos, todos los del mundo. Pero en cada caso, la víctima ha sido el rehén. No es normal que los secuestradores terminen muertos, así que espero que aceptes nuestras disculpas por considerar todas las opciones en este momento.

—Pero no estáis considerando todas las opciones...

—Tú eres el que parece tener la mente cerrada en este asunto. Al menos no parecen importarte mucho las pruebas.

Thorne sintió físicamente las miradas: la de Brigstocke, y la de Porter.

—Pues sí me importan. No niego las huellas y todo lo demás, pero todavía me pregunto por qué la puerta del piso estaba cerrada con llave. ¿Por qué iba Luke Mullen a decidirse de pronto a matar a sus secuestradores, y después salir corriendo en plena noche, teniendo cuidado de cerrar la puerta con llave?

—Estamos estudiando eso.

—Pero, sobre todo, me pregunto dónde está. ¿Por qué no se ha puesto en contacto con nosotros, o con su familia?

Un hombre del OE7, dos filas más adelante, dijo inesperadamente:

—Quizás porque acaba de matar a dos personas y le daba miedo entregarse.

Porter, sentada a dos sillas de distancia, echó la cabeza hacia delante.

—O porque no puede entregarse...

Thorne estaba convencido de que Hignett era un tipo que si estaba delante de su propio equipo sabía manejar bien la situación. Por el contrario, parecía un poco indeciso sobre cómo abordar una situación tan inusual y miró a Brigstocke, como si pudieran suavizar la cuestión entre los dos.

Thorne lo interpretó como algo esperanzador.

Brigstocke dio un paso hacia delante otra vez, mientras indicaba a Phil Hendricks que se volviera a sentar, y se aseguraba de echar una mirada larga y dura hacia Thorne antes de empezar a hablar. Antes de intentar conseguir avanzar.

—Como ha dicho el inspector jefe Hignett, éste es un caso extraño para todos. Así que va a ser cuestión de probar y ver, y estoy seguro de que cometeremos errores. En cuanto a la dirección en que nos vamos a mover, actuaremos en función de las pruebas, como siempre. Teniendo esto en cuenta, tendremos que analizar la posibilidad de que, por la razón que sea, Luke Mullen matara a sus secuestradores. Pero analizaremos con el mismo empeño la posibilidad de una tercera persona, por el momento desconocida, que asesinó a Allen y a Tickell, que se ha llevado a Luke y que lo está reteniendo en otro lugar.

Brigstocke miró hacia el hombre del OE7, que parecía dar su aprobación y se mostraba ansioso por seguir.

—Bien, centrándonos en temas prácticos —dijo Hignett. Dirigió la mirada hacia sus propios agentes—. Buenas noticias para los que vivís más cerca de la zona, y un coñazo para los demás, pero estaremos trabajando sobre todo desde Becke House, ahí en el Peel Centre —hubo una reacción desde los dos lados de la sala. Hignett levantó las manos—. Lo siento pero tiene sentido. Lo tienen todo montado para llevar a cabo una investigación de asesinato a alto nivel y, por si os sirve de algo, Colindale está mucho más cerca de la casa de los Mullen. Algunos de vosotros seguiréis trabajando desde aquí, pero quiero evitar en lo posible los traslados de un lado a otro. Se puede tardar una mañana entera en cruzar la ciudad, y no tenemos tiempo que perder —se volvió hacia la zona de la sala donde Thorne estaba sentado, con actitud sarcástica pero concediendo al menos una posibilidad—. Puede que Luke Mullen tampoco tenga tiempo que perder.

—Tenemos que poner esto en marcha —dijo Brigstocke—. Eso significa que compartiremos información y uniremos recursos, y no veo por qué no va a dar resultado. Nos podemos permitir el lujo de seguir un par de líneas de investigación si lo decidimos, porque al final están destinadas a cruzarse.

En ese momento le tocaba a Brigstocke hacer un comentario, pero Thorne lo vio venir; bajó la mirada antes de que el inspector jefe tuviera la oportunidad de fijarse en él, y se quedó mirando los zapatos hasta que terminó.

—Porque todos estamos de acuerdo en una cosa —dijo Brigstocke—. Si logramos encontrar al que mató a esos dos allí, en aquel piso, de una manera u otra habremos encontrado a Luke Mullen.

—Bueno, pues eso ha sido divertido —dijo Kitson.

Thorne y unos cuantos más del grupo de homicidios se habían reunido en la salida. A pesar de la tensión que se había respirado en la reunión, Thorne se sentía de buen ánimo. Se alegró de ver a tipos como Kitson y Karim, y encantado de volver a trabajar con ellos otra vez, aunque fuera en una operación que nadie había planeado de forma adecuada.

Thorne y Kitson esperaban cerca de los ascensores.

—Define *divertido* —dijo Thorne.

—Vale. Pues parecido a que te pillen las tetas en un exprimidor.

Kitson esbozó una sonrisa de satisfacción, pero no le duró mucho la expresión divertida. Thorne pensó que tenía aspecto cansado, incluso más indispuesta que cuando se la había encontrado en Becke House unos días antes.

—¿Cómo está resultando la nueva pista en el caso del asesinato de Mubarek? —preguntó Thorne.

—Aún es pronto...

Thorne tenía la impresión de que ella buscaba en su cara una expresión de convicción, pero no encontró nada.

—La he cagado —dijo ella.

—¿Cómo?

Se alejó un poco de los ascensores, y Thorne le siguió.

—Desde que Holland me contó todo esto, había estado pensando lo extraño que resultaba que a Farrell no se le hubiera investigado antes. El retrato robot que el amigo de Amin Mubarek pudo hacer no es precisamente un retrato de él... El pelo lo lleva distinto, para empezar... Pero, joder, se parece una barbaridad, ¿sabes? Lo más parecido que he visto, por lo menos. Tom, si miras a ese chaval, y tienes la imagen clara del retrato robot en la cabeza, no hay duda de que es él.

—Ya —por supuesto que Thorne había visto la foto, pero no había tratado el caso de cerca. Era uno de esos casos de los que el equipo se había hecho cargo mientras él todavía trabajaba en el asesinato de los sintecho.

—Así que me preguntaba: si es tan descaradamente obvio, ¿por qué no llamó nadie para sugerir que nos interesáramos en Adrian Farrell? La foto salió en el *Standard*, se emitió por la tele en *Crimewatch*...

—¿Y?

—Así que lo comprobé... y alguien sí llamó. En octubre del año pasado quedaron registradas dos llamadas, diciendo que deberíamos echarle un vistazo, y nunca lo hicimos. No llegaron a nombrarlo, era algo así como: «hay un chaval en la clase de mi hijo que se parece mucho al de la foto que vi en la tele anoche».

Pero mencionaban el colegio, y por alguna razón el soplo no llegó a más, y no se hizo un seguimiento de las llamadas. Fueron enterradas en el expediente e ignoradas, y la última responsable de que eso haya pasado soy yo.

—Espera un momento, tú no fuiste la que lo pasaste por alto. Nunca estuviste al tanto del asunto.

—Me voy a enterar de quién lo pasó por alto, pero no se trata de eso. El que fuera, tuvo acceso a esa información y la descartó, porque sonaba a tonterías. Dentro del marco general del caso, y de la dirección en la que nos movíamos, parecía la llamada de un chiflado.

—El camino obvio suele ser el acertado, Yvonne.

—Pues esta vez no fue así —Kitson había empezado bajando la voz, pero hablaba cada vez más alto, más estridente—. La hemos cagado pero bien, porque cuando se mencionó un colegio privado para pijos a seis o siete kilómetros de aquí, lo ignoramos porque pensamos que estábamos buscando en el sitio correcto. Estábamos demasiado ocupados hablando con niños de los institutos de las zonas marginales de Edgware y Burnt Oak. Llamando a todas las puertas en la urbanizaciones de Deansbrook y Stonegrove...

Andy Stone apareció por la esquina y Kitson se calló. Stone les saludó a los dos con la cabeza, evasivo, y se marchó al cabo de unos instantes. Thorne pensó que Stone no era el mejor poli que había conocido, pero de vez en cuando sus instintos eran acertados.

Kitson volvió a hablar en voz baja.

—Ahora ese chaval piensa que se puede permitir el lujo de ser un cabroncete engreído, porque sabe que no le hemos pillado. Porque nosotros se lo hemos permitido. Va por ahí pavoneándose, llevando el mismo pendiente que llevaba la noche en que mató a Amin Mubarek, porque se cree intocable.

Un agente que estaba junto al ascensor le dio una patada a las puertas, y luego se dirigió hacia la escalera pasando delante de ellos y farfullando que no tenía ganas de esperar porque se moría por un cigarro.

—Sé lo que es cagarla —dijo Thorne—. Yo he hecho cosas que harían que eso pareciera insignificante.

Consiguió con eso que se suavizara un poco la mirada de Kitson:

—No pienso discutir —dijo ella.

—No tendría sentido.

—Lo único que quiero es arreglar las cosas.

—Pues eso es lo bueno. Al contrario de la mayoría de las veces en que me he equivocado, parece ser que tú tienes la oportunidad de...

Había dejado atrás el terreno peligroso, y volvieron a acercarse a los ascensores.

—Teniendo en cuenta cómo dimos con Farrell, ¿con qué empeño estamos investigando una posible conexión con este caso? —Kitson le dio al botón—. Estamos seguros de que al menos conoce a Mullen...

Considerando el giro extraño que el caso había tomado en las doce horas previas, Thorne pensó que era muy improbable una conexión entre el secuestro de Luke Mullen y un asesinato racista de hacía seis meses. No obstante también se acordó de lo que le acababa de decir a Kitson sobre el camino más obvio.

—No vendría mal hablar con él en cuanto tengas una oportunidad —dijo.

Llegó el ascensor y entraron.

—Por supuesto que tendré oportunidad de hacerlo —dijo Kitson—. Lo que pasa es que no es un chico fácil de tratar.

—Por cierto, los tres tuyos, ¿cómo están?

Las puertas se abrieron, y un agente del grupo de delincuencia organizada se coló rápidamente, un instante antes de que se cerraran. Kitson contestó a Thorne como si estuviera comparando a sus propios niños con otros que hubiera conocido recientemente.

—La hostia de guapos.

Sonó su teléfono mientras pasaba con cuidado por la puerta giratoria.

—Soy Graham Hoolihan. Dejaste un mensaje...

Hoolihan fue el inspector cuyos datos le habían llegado a través de Carol Chamberlain. Cinco años antes había dirigido la investigación de la muerte de Sarah Hanley, que supuestamente había sido asesinado por su novio, Grant Freestone. Thorne le había dejado un mensaje la tarde anterior.

—Gracias por ponerte en contacto tan rápido —dijo Thorne—. No sé si Carol Chamberlain te habrá explicado por qué estamos tan interesados en Grant Freestone...

En efecto lo había hecho, pero no lo suficiente para satisfacer a Hoolihan. Por lo tanto, Thorne volvió a explicarlo todo. Fuera de Scotland Yard, la acera estaba atestada de gente camino del trabajo, dirigiéndose con prisa a Parliament Square o a Buckingham Gate. Aunque prácticamente había dejado de llover, todavía se veían unos cuantos paraguas abiertos, ya que parecía que podría volver a llover de un momento para otro.

Hoolihan no conocía a Tony Mullen, y desconocía las amenazas que había proferido Grant Freestone. Sin embargo, se mostró concluyente en una cosa.

—Freestone no es un secuestrador.

Thorne nunca dejaba de sentirse sorprendido por la facilidad con que la gente encasillaba a los criminales. Podía ser cuestión de pereza o de falta de imaginación, pero le extrañaba. Si un médico respetable podía ser un asesino en serie en su tiempo libre, ¿por qué era tan difícil imaginar que alguien culpable de abusar sexualmente de un menor y sospechoso de asesinato no fuera capaz de secuestrar a alguien?

—¿Lo conocías? —preguntó Thorne.

—Nunca lo conocí —dijo Hoolihan—. Pero sí espero tener el placer.

—Yo también.

Thorne clasificó al hombre del teléfono como uno de esos que odiaba fracasar, pero pensó que era el resultado —o falta de resultados— más que un sentido de la injusticia lo que todavía le fastidiaba. Puntos o pasión: solía ser cuestión de una de las dos cosas.

—Podrías probar hablando con uno de los que estaban en el tribunal del DISP de Freestone. Deberían conocer a ese hijo de puta. Lo vigilaron durante seis meses después de soltarlo, ¿no?

—Gracias. Lo haré.

—No te puedo decir quiénes eran, te lo advierto, excepto el poli que estaba involucrado. Por fin di con su nombre antes de llamar...

Thorne metió la mano en el bolsillo de su chaqueta, y apuntó los detalles en el dorso de un pase de transporte usado.

—Él sabrá los nombres de los otros del tribunal, ¿no es así?

—No tengo ni idea —dijo Hoolihan—. No tuvimos nada que ver con ellos en ese momento. Sólo quisimos localizar a Freestone, y cuando se largó, un puñado de trabajadores sociales, o lo que fuera, no le servía de nada a nadie. Todo fue una puta pérdida de tiempo, si quieres que te sea sincero. ¡Bienhechores que en realidad hacían de todo menos el bien!

—¿Por qué bienhechores?

—Deciden hablarle a Sarah Hanley de Freestone. Sobre cómo era. Entonces le cuentan a Freestone lo que van a hacer, y él se presenta en su casa, discuten los dos y él le tira a la pobre sobre una mesa de cristal.

—¿Y tú crees que fue por culpa del DISP que mató a Sarah Hanley?

Hoolihan hizo una pausa, quizás poco dispuesto a llegar tan lejos.

—SP quiere decir *seguridad pública*...

La charla no duró mucho más después de eso, ya que ambos estaban inquietos por seguir con sus cosas. Después, Thorne se sentó encima de uno de los bolardos de hormigón e hizo cuatro llamadas en un intento de ponerse en contacto con el inspector jefe Callum Roper. Después de localizar a su presa, quedaron para verse esa misma mañana. Durante su breve conversación le explicó por encima el caso Mullen, teniendo la precaución de mencionar a Hignett, Brigstocke y Jesmond, y haciendo hincapié en la urgencia de la situación. Thorne no nombró a Grant Freestone en ningún momento.

Salió camino de la estación de metro de Westminster, saludando con una inclinación de la cabeza a un agente armado al que conocía de vista. Observó a un niño con corte de pelo estilo mohicano acercarse y posar junto al agente mientras su amigo le hacía una foto. El poli sonrió con educación y puso la mano sobre el hombro del niño. Con una sonrisa burlona, el niño señaló con la mano la ametralladora del poli. Thorne se dio la vuelta ante un sonido de taconeo por la acera detrás de él.

—Espera...

Porter le alcanzó, se unió el paso de Thorne y los dos siguieron caminando. No habían vuelto a hablar después del cruce de palabras, necesarias aunque superficiales, de la noche anterior, en la escena del crimen.

—Para ser bajito, andas muy rápido —dijo ella.

Siguieron en silencio, pasando por delante de los Jardines de Christchurch, antiguamente parte de St. Margaret's, Westminster, y lugar de entierro del aventurero irlandés del siglo XVII Thomas *Colonel* Blood, el que robó las joyas de la corona. De hecho, Blood fue enterrado dos veces; su cadáver había sido desenterrado por los que querían asegurarse de que realmente estuviera muerto, antes de volver a enterrarlo por última vez. Thorne había conocido a unos cuantos criminales, que por suerte ya no andaban por ahí, con los que quizás no habría sido mala idea comprobar si realmente...

—Gracias por hablar en la reunión —dijo.

—¿Hablar de qué?

—Lo que dijiste sobre Luke. Eso de que no podía ponerse en contacto. Es una gilipollez, la idea de que él haya podido matar a alguien.

—A decir verdad, no estoy segura de lo que creo.

Thorne parecía sorprendido, y no tuvo reparo en decirle lo seguro que estaba él.

—Es una gilipollez. Alguien lo está reteniendo.

—¿Quién?

Thorne esbozó una sonrisa.

—No tengo todas las putas respuestas...

Al extremo norte de Victoria Street, el paisaje mejoró un poco, ya que vislumbraba el London Eye a través de la grisura, y el edificio monstruoso del departamento de Comercio e Industria dejando paso más allá al esplendor de la abadía y el Palacio de Westminster. Eran poco más de las nueve, y el tiempo todavía parecía que podría cambiar en cualquier momento, pero ya había bastantes turistas haciendo fotos y disfrutando de los paseos turísticos con tarifas excesivas organizados por guías que agitaban paraguas.

—¿Por qué no seguimos hasta Embankment? —dijo Porter—. Podemos coger la línea Northern, directa a Colindale. Me puedes ofrecer una visita turística a Becke House.

Thorne se detuvo, y esperó la ocasión de atravesar la calle.

—De momento no voy hacia allí. No hay otra puta cosa que hacer, así que voy a investigar el asunto ese de Freestone.

—Parece razonable.

—A hablar con alguien que lo conocía.

Porter se alejó del borde de la acera mientras un camión adelantó a un coche por el carril más cercano

—¿Te apetece un poco de compañía?

—¿Por qué no te doy un toque un poco más tarde? —dijo Thorne.

—Vale... —parecía que Porter se había quedado con las ganas de decir mucho más que eso.

Thorne vio un claro en el tráfico y se adentró en él.

—A ver dónde estamos los dos después de comer.

La lluvia había regresado antes de que llegara al otro lado de la calle. Se apresuró mientras se dirigía hacia el río para alcanzar la estación de metro. A cada paso que daba, se sentía más mojado y más mierda que nunca.

Nueve

Los muebles y accesorios de la Central 3000 hacían que el armario que Thorne compartía en Becke House pareciera cutre, por no decir algo peor. El despacho del inspector jefe Callum Roper, en la duodécima planta del edificio Empress, hacía que pareciera más bien medieval.

Roper se había dado cuenta de la expresión en la cara de Thorne mientras le hacían pasar.

—Se trata simplemente que todo es nuevo por aquí —había dicho.

Construida en 1961, The Empress State Building —una torre de treinta plantas en Hammersmith— era lo suficientemente impresionante para que le pusieran ese nombre por el rascacielos mundialmente famoso del otro lado del Atlántico. Para aquel entonces, su estructura triangular tan característica había parecido algo radical e interesante, pero después de cuarenta años había necesitado seriamente una renovación que costó ochenta millones de libras, que obtuvo varios premios importantes de arquitectura y que le había restituido gran parte de su gloria anterior. Aunque no tan elegantes como el edificio Ark, de acero y cristal, situado no muy lejos en la misma calle, sus fabulosas instalaciones habían resultado enormemente populares, con casi la mitad del espacio de oficina detrás del doble acristalamiento con filtro solar y de un color azul brillante que identificaba a la Policía Metropolitana.

Thorne se había quedado de pie en el inmenso atrio, paseando la vista a su alrededor mientras pasaba su carné de identidad por el primero de los tres puntos de seguridad independientes. Se había asombrado, un poco deprimido, del hecho de que un edificio con un año menos que él hubiera necesitado una reforma tan completa. ¿Hasta cuándo aguantarían su propio esqueleto y su estructura antes de necesitar recibir atención en serio?

Había cogido su cartera otra vez. Sintió un espasmo de dolor al intentar alcanzar el bolsillo de atrás para guardarla. *¿Qué quieres decir con* hasta cuándo?

A pesar de tener un escritorio de ensueño que hubiera hecho las delicias del mismísimo Donald Trump, Roper había optado por conducir a Thorne al otro extremo de su despacho, donde había cuatro sillones color piedra alrededor de una mesa baja de cristal. Roper apartó un archivador verde, y observó a una mujer joven con los dientes manchados de barra de labios colocar una bandeja con cafés y galletas envueltas en celofán.

—Tú sabes cómo somos los polis —dijo—. De aquí a un mes, este lugar va apestar.

Thorne había sonreído, asintiendo con la cabeza, y dudaba seriamente que ése fuera el caso de Roper. Había calado al hombre tan rápido como el entorno, y había decidido que Roper era probablemente el tipo de persona a quien le gustaba mantener todo en orden. Era alto, y aparentemente en forma, teniendo en cuenta que Thorne le echaba unos cincuenta y pocos años. Llevaba el pelo discretamente teñido, y su corte encajaba a la perfección con el de su traje azul marino. No era un hombre que se dejara ir, si lo podía evitar.

Al decir la palabra *nuevo,* Roper se refería tanto a él mismo y a su equipo, como a las instalaciones que ocupaban. El equipo de investigaciones especiales era un ramal de lo que había sido en su día el grupo de fraudes, parte de la unidad de operaciones especiales que se había convertido en DCO6. Los que figuraba en su plantilla se habían unido para investigar cualquier caso en que la víctima o el criminal fueran personajes públicos. El equipo de investigaciones especiales trabajaba en casos de políticos corruptos, conocidas figuras de la televisión sometidas a chantaje, estrellas de pop hasta los ojos de drogas y miembros de la realeza con mal comportamiento. En términos generales se consideraba un trabajo con cierto prestigio, y Callum Roper, sin ir más lejos, daba la impresión de disfrutar del hecho de formar parte de todo aquello.

Una vez Holland se había referido a él como el *equipo de investigaciones sexy.*

Thorne había comentado que él y Holland pasaban sus días sacando cadáveres hinchados de ríos sucios, o intentando identificar cuerpos tan calcinados que se asemejaban más a Choco Krispies con patas. *Poner multas por aparcar mal* parecía sexy...

—Supongo que ya habrás hablado con Graham Hoolihan, ¿no? —Roper comía una galleta, y le hizo la pregunta con la boca llena, como si se hubiera acordado de repente.

—Efectivamente —a Thorne le había cogido totalmente por sorpresa, pero esperaba que no se le notara. Intentó dar marcha atrás para averiguar cómo Roper había relacionado el asunto con Freestone tan pronto.

Roper se inclinó para tomar el café, y le proporcionó la respuesta antes de que Thorne hubiera tenido la oportunidad de averiguarlo.

—Hice un par de llamadas. Me enteré de que pensabas que a lo mejor tu secuestrador era alguien que había amenazado al señor Mullen.

Thorne tomó nota para sus adentros de no nombrar a Trevor Jesmond en conversaciones posteriores.

—No me acuerdo de los detalles —dijo Roper—. Pero sí recuerdo el nombre de Mullen en alguna parte del expediente original del DISP. Creo recordar que formaba parte del informe para la libertad condicional. Grant Freestone llegó a amenazar a Mullen cuando lo trincaron la primera vez, ¿no?

Thorne le contó a Roper todo lo que sabía sobre lo que Carol Chamberlain había presenciado en la sala de justicia.

—¿Conocías a Tony Mullen? —le preguntó.

Roper lo negó con la cabeza.

—Y tampoco cambiaría nada si lo hubiera conocido. Cualquier amenaza que Freestone pudiera haber dicho contra alguna persona, cualquier cosa que hubiera hecho antes, no era realmente relevante para lo que nosotros hacíamos en el tribunal del DISP. Nuestro cometido era vigilar la forma en que vivía después de conseguir la libertad. Borrón y cuenta nueva, ¿lo ves?

—No del todo, a decir verdad. ¿Cómo no va a ser relevante lo que haya hecho anteriormente?

—Pues, claro está, nosotros sabíamos de lo que era capaz Freestone. O sea, por eso precisamente se constituyó el tribunal. Sólo me refería a que por lo general nuestras órdenes estaban orientadas hacia el futuro más que al pasado. En lo que se refiere a amenazas que hubiera lanzado contra alguien, pues sí... por supuesto que si lo hubiéramos visto merodeando por su casa, habríamos actuado. Se lo habríamos comunicado al afectado.

Era un ambiente relajado, informal, con café y galletas, y sillones cómodos. Sin embargo Thorne podía percibir la tensión y el tono a la defensiva que acompañaba a todo lo que Roper decía. Como un parisino siempre notaría el acento londinense de Thorne, por muy fluido que fuese el francés que Thorne fuera capaz de hablar.

Thorne se podía imaginar el motivo.

—¿Qué papel, crees tú, jugó el tribunal del DISP en lo que le pasó a Sarah Hanley?

Roper se relamió los labios, y soltó la taza.

—¿Y qué coño tiene que ver esto con tu caso de secuestro?

Thorne ni siquiera se molestó en intentar una respuesta.

—Mira, se tomaron dos decisiones, y visto desde esta perspectiva, que como todos sabemos es algo realmente maravilloso, una de ellas fue equivocada: la decisión de decirle a Grant Freestone que habíais informado a su novia de su historial.

—Que íbamos a informarle —dijo Roper—. Pero no tuvimos oportunidad de hacerlo. Se le informó a Freestone de la decisión del tribunal, pero antes de que pudiéramos decírselo a la señorita Hanley, Freestone se había plantado en su casa y la había matado.

Después de ignorar los croissants acartonados que habían colocado antes de la reunión, Thorne empezaba a notar de repente la ausencia del desayuno. Alcanzó una galleta.

—¿Por qué se creía necesario advertirlo?

—No fue advertido —respondió Roper con un suspiro—. Fue nuestra política mantener al delincuente... al *sujeto,* o como se le quiera llamar ahora... al corriente de acontecimientos significativos. Obviamente eso implicaba hacerle saber quién había sido informado de su historial criminal. El casero que le alquilaba el piso, lo sabía. Así que a Freestone se le dijo que lo sabía. Algunas personas consideraban que era su derecho.

—¿Algunas personas?

Roper miró a Thorne con dureza. Por un momento, daba la impresión de que quería insistir en un poco de deferencia hacia su graduación; quería señalar que una coletilla como *señor* no habría estado mal, siendo él un policía de alta graduación o no. Al final pensó que parecía haber decidido no mencionarlo para no dar la impresión de estar necesitado de ese tratamiento, más que otra cosa.

—Es una cuestión de énfasis —dijo él—. Si ahora les preguntaras a los del disp si estas actuaciones estaban pensadas para proteger al público, o rehabilitar al delincuente, probablemente no te contestarían de forma clara y concisa. El caso es que lo uno depende mucho de lo otro, y que cada cosa forma parte de la estrategia global.

—Pero entonces no era así, ¿verdad que no?

—Había cierto... conflicto entre los puntos de vista. Para algunos se trataba de un compromiso con la víctima, de la protección de víctimas futuras. Otros adoptaban una actitud más comprensiva hacia el delincuente. Creían que una vez cumplida la sentencia, al delincuente había que proporcionarle todas las oportunidades para reinsertarse en la comunidad. Quizás había que concederles el beneficio de la duda, en vez de sospechar de ellos a cada momento —Roper se echó para atrás en el sillón, y cruzó los brazos—. Aquellas personas creían que podíamos poner nuestro granito de arena para ayudar a Grant Freestone a que hiciera algo decente. Por el contrario, otros simplemente esperaban a que la volviera a cagar —levantó una mano hacia Thorne, y luego la bajó a la pernera de pantalón para quitar con suavidad las arrugas de la tela—. Y seamos claros. El que yo apoye un punto de vista u otro, no tiene ninguna relevancia para tu investigación, inspector...

Fue la manera más triste y seria de separar a los que veían la botella media llena de los que la veían media vacía que Thorne hubiera imaginado jamás

—¿Cómo conseguisteis resolver esos... conflictos?

Roper desvió la vista de la cara de Thorne al contestar.

—Negociamos acuerdos.

—¿Quién los negoció? ¿Quién tomó las decisiones?

—Se discutieron.

—¿Se votaron?

—No se hizo nada tan formal. Quizás la opinión de ciertos departamentos tenía más peso que la de otros. Mira, no puedo recordar exactamente quiénes eran los responsables de ciertas decisiones, ni cuándo, y sinceramente no creo que sea de interés ahora...

—No, probablemente no.

Teniendo en cuenta lo que le pasó a Sarah Hanley, Thorne se imaginó que se podía encontrar consuelo en una memoria que se desvanecía.

Desde donde se encontraba sentado, Thorne veía un helicóptero de la Policía Metropolitana dando vueltas lentamente a poco más de un kilómetro de allí, pero a la misma altura que él, o quizás un poco más bajo. Sabía que las imágenes que grababa se veían en directo en la Central 3000 y de repente le vino la imagen de los movimientos de la aeronave controlados a gran distancia, como si fuera un juguete teledirigido. Se imaginó el pulgar del comandante poniéndose blanco al presionar la palanca de mando, haciendo que el helicóptero diera vueltas y más vueltas...

Roper se volvió para mirar

—¿Te has montado alguna vez?

Thorne negó con la cabeza. Para él entraba dentro de la misma categoría que hacer puenting o limpiar un cadáver.

—Me subí en uno el otro día. Vaya vista que tienes desde allí.

—Todo parece mejor desde la distancia —dijo Thorne.

Roper se volvió para mirarle otra vez, y luego observó su reloj.

—Lo siento, pero no me queda mucho tiempo...

—¿Qué opinas de Grant Freestone como secuestrador?

—Ni siquiera estoy convencido de que sea un asesino —dijo Roper.

Thorne todavía no había podido repasar el expediente del caso, pero comprendía lo que decía Roper. Era difícil consignar la expresión «lanzó a alguien sobre una mesa de centro» como el acto deliberado de un asesino.

—¿Crees que fue un accidente?

—Es posible. Pero no estoy nada convencido de que fuera su intención matarla, y eso era lo que pensaban algunos por aquel entonces, pero sí había indicios de pelea. Sus huellas estaban por todas partes.

—¿Quién descubrió el cadáver?

—Una vecina estaba en la lista de contactos del colegio. Cuando Hanley no llegó a la hora de recogerlos, avisaron a la vecina. Recogió a los niños, y luego se pasó por allí para dejarlos en casa. Tenía una llave, y el mayor abrió la puerta...

—Jesús.

—Accidente o no, Freestone dejó que se muriera la mujer. Creo que se le podría haber condenado por homicidio sin premeditación como mínimo, y con su historial no creo que hubiera conseguido salir en mucho tiempo. Por eso se escapó.

La idea le vino a Thorne como si un ladrillo atravesara un cristal. Si Freestone hubiera amenazado a Tony Mullen antes de ir a la cárcel, ¿no se habría sentido incómodo Mullen cuando consiguiera la libertad? Con razón podía temer por su seguridad, y por la de su familia, así que le habría venido muy bien mantener al cabroncete al margen. ¿Era posible que Mullen se hubiera encargado de que se lo endosaran a Grant Freestone?

Otros pensamientos, otras consideraciones...

Mullen dimitió del cuerpo de policía el mismo año en que Grant Freestone desapareció.

Si el motivo del secuestro de Luke Mullen se basaba en el rencor que le guardaba al viejo de Luke, Grant Freestone posiblemente tuviera más motivos de los que nadie pudiera imaginar para guardarle rencor.

Fue Roper quien le obligó a volver a la realidad con una sacudida.

—En lo que se refiere a secuestrar a alguien, realmente no lo veo —dijo—. Si Freestone se ha mantenido felizmente al margen de todo durante todo este tiempo, ¿por qué iba a querer aparecer otra vez? Si realmente se debe a que el padre de este niño lo encerrara hace tantos años o lo que sea, ¿por qué se iba a arriesgar a que lo cogieran por algo tan estúpido como la venganza?

Thorne no tuvo más remedio que aceptar que tenía mucha razón en su argumento.

Louise Porter cogió la fotografía, y miró fijamente a las caras de los tres chicos, y se dejó llevar por unos instantes.

En cuanto a su distribución, la sede del Grupo de Homicidios del Área Oeste era totalmente distinta a lo que estaba acostumbrada en Scotland Yard. El Centro de Coordinación de Sucesos Graves, en la tercera planta de Becke House, era una pecera diáfana, con despachos más pequeños salpicados por el pasillo que serpenteaba por un lateral de la planta. Buscando a Yvonne Kitson, Porter había terminado por entrar en uno de esos despachos ocupados por personal del Equipo 3.

Faltaba aún una hora, más o menos, para el momento de la comida, pero se sentía como si hubiera echado una jornada completa. Desde que llegó a Becke House, todo el mundo había estado currando a tope, y aunque todavía era pronto, y todo se había resuelto sobre la marcha, parecía que las cosas iban bien. Con respecto a la colaboración de las dos unidades, ambos inspectores jefes habían insistido mucho en que se tiraran todos a la piscina. Esto se hacía evidente en las parejas que se habían enviado en busca de los dos únicos hombres que quedaban por tachar de la lista de *rencorosos*. A Holland lo habían emparejado con un agente de la unidad de secuestros para hacerle una visita a un estudiante maduro con la profesión adicional de atracador a mano armada llamado Harry Cotterill, mientras que Stone y Heeney andaban por ahí intentando localizar a un chulo de segunda división, también pirómano ocasional, llamado Philip Quinn. Quinn era un antiguo soplón, que Mullen había encerrado cuando se había agotado su vida útil y, por aquel entonces le había guardado tanto rencor que intentó meterle fuego a la casa de Mullen.

Mientras que los cuatro —y Tom Thorne— estaban en la calle investigando la línea del rencor, Porter y los otros permanecían confinados en los despachos; dejaban que los dedos se pasearan por los teclados de los ordenadores, mientras una mujer muerta les enseñaba el camino.

Sólo con mirar el cuerpo consumido de Amanda Tickell —la piel como papel de cera donde no estaba manchada de sangre— le había indicado a Phil Hendricks que era adicta, y había llamado a los veinte minutos de empezar la autopsia para confirmarlo, dándole así a Porter y a los otros una línea de investigación que podían seguir. El resto de la mañana lo había pasado relacionando distintas piezas: había hablado con los centros de rehabilitación y el grupo antidroga del distrito, localizado a su familia y amigos en un intento de conseguir que soltaran el nombre de un traficante, o de sus compañeros drogatas, cualquiera que le pudiera proporcionar una pista que relacionara a Amanda con Conrad Allen; y de ahí a la posibilidad de dar con un tercero con quien, o bajo sus instrucciones, los dos hubieran dado el gigantesco paso de secuestrar a Luke Mullen.

La posibilidad...

Sin pruebas forenses que indicaran lo contrario, la idea de que Luke Mullen hubiera matado a sus secuestradores seguía en el aire, aunque Porter no había hablado con mucha gente convencida de eso, o al menos suficientemente convencida para que se inclinaran por esa teoría. No dudaba que Allen y Tickell estaban involucrados con otra persona, y que por razones que no podía comprender, esta persona los había asesinado y ahora retenía a Luke Mullen por su cuenta.

Sin sentido, pero era la única explicación que tenía sentido. Porter se preguntaba por qué se había molestado en hacer apuestas cuando había estado hablando con Tom Thorne fuera de Scotland Yard unas horas antes.

Todavía tenía la foto en la mano, cuando levantó la vista y vio a Yvonne Kitson en la puerta. Entre dientes se disculpó mientras devolvía la foto a su lugar en el escritorio.

—Son unos chicos muy monos.

—A veces —dijo Kitson.

Porter sonrió y volvió a mirar la foto mientras acercaba una silla; las caras pintadas y los huecos ocupados alguna vez por los dientes de leche.

—En realidad, he venido para que nos pusiéramos al día...

Kitson señaló hacia el pasillo mientras se acercaba a su silla.

—Perdona, he estado reunida con el inspector jefe. De hecho, esta tarde estaré fuera durante un par de horas.

—¿Una cita caliente?

—No exactamente.

Kitson no había hablado mucho con Porter sobre temas no relacionados con el trabajo, desde que se conocieron por primera vez en la reunión de esa mañana. Sin embargo la había observado, de la misma manera que cualquier mujer policía se forma su propia opinión sobre otra. O cualquier mujer. Baja y morena, Porter era justo lo contrario a Kitson, y aunque Kitson se daba cuenta de que Porter no exhibía una belleza convencional, tenía un tipo por el que era difícil no sentir rencor. A Kitson no le disgustaba el aspecto de su propio cuerpo, pero solía verlo desde una de dos perspectivas bien distintas: *lleno de vida,* en los momentos en que se gustaba; *demasiado maternal,* cuando no.

Observó a Porter echar un vistazo alrededor del despacho.

—Es agradable, ¿verdad? —dijo Kitson—. Debes estar muerta de envidia.

—Está bien.

—El servicio para minusválidos es más grande.

Porter señaló con un gesto de la cabeza el segundo escritorio del despacho, el respaldo junto al de Kitson y con carpetas y archivadores amontonados, como si se utilizara como zona de almacenaje.

—Normalmente compartes con Thorne, ¿no?

—Normalmente, sí, pero todo ha estado un poco en el aire durante un tiempo. Probablemente ahora querrá que se la devuelva.

—La verdad es que no me puedo imaginar su lado del despacho con un ambiente tan acogedor —dijo Porter—. Con fotos de sus niños o de quien sea.

Kitson tecleó con fuerza.

—No las enseñaría aunque los tuviera. Quizás alguna foto suelta de Johnny Cash o Glenn Hoddle.

—Estás de broma. ¿Johnny Cash?

—A veces pienso que simplemente le gusta ser perverso.

Porter abrió el bloc de notas que llevaba y empezó a hojear las páginas, buscando los puntos clave que estaba ansiosa por repasar.

—No es fácil comprender a un tipo como Thorne, ¿verdad que no?

Kitson le miró y sonrió.

—No hay tiempo suficiente...

—Deberías alegrarte de que nunca tire nada —dijo Roper—, y que mi mujer sepa dónde está todo —abrió la carpeta verde y sacó un papel—. La llamé después de que habláramos por teléfono y copió éstos de una vieja agenda. Era la manera más rápida de conseguirlos. La única manera, ahora que lo pienso.

Thorne cogió el papel y miró la lista de nombres:

Inspector Jefe C. Roper
Sr. P. Lardner
Sra. K. Bristow
Sra./Srta. M. Stringer
Sr. N. Warren

Roper acercó su silla a la de Thorne, estudió la lista por encima de su hombro, señalando cada nombre uno por uno.

—Entonces yo no era más que un inspector en el Departamento de Investigación Criminal de Crystal Palace, y creía que esto sería bueno para mi carrera —con un gesto de la cabeza reconoció su estupidez siendo más joven—. No me pude imaginar el coñazo que supondría estar sentado alrededor de una mesa con la mitad de los concejales del municipio de Bromley una vez al mes por cojones. De hecho, Pete Lardner es el único al que he visto desde entonces. Trabajaba en el Departamento de Libertad Condicional, y sé que sigue allí, así que no debe ser difícil localizarlo...

—La señora Bristow. Escocesa. Kathleen o Katharine, creo. Ella era la trabajadora social, y te dabas cuenta enseguida. Le gustaba entrometerse, aunque a su modo de ver no hacía sino ser cuidadosa, ¿sabes a qué tipo de persona me refiero? Intentó hacerse cargo de todo el asunto, y para ser sincero, los demás estábamos encantados de dejar que lo hiciera. Ya tenía una edad, si recuerdo bien, así que a lo mejor se ha jubilado.

—La señora o señorita M. Stringer era del Departamento Municipal de Educación...

Thorne levantó la vista, divirtiéndose con el énfasis que el inspector jefe ponía en el tratamiento de señora o señorita, aunque algo perplejo.

—A pocos kilómetros de donde se alojaba Freestone, había cuatro o cinco colegios diferentes —explicó Roper—. Obviamente eso era motivo de preocupación —volvió a mirar la lista—. Warren era el tipo del grupo antidroga del departamento de Sanidad. Freestone se había enganchado en la cárcel y asistía a un tratamiento de metadona. En realidad, creo que Warren y Lardner habían trabajado juntos anteriormente, pero los demás no nos conocíamos de nada —volvió a señalar el último nombre de la lista, se echó para atrás y alejó la silla otra vez—. Parecía que había estado liado con drogas, si no recuerdo mal.

Thorne dobló la hoja y la guardó.

—Gracias por esto.

—No hay problema, pero voy a tener que acabar ya.

—¿Hay actas de las reuniones?

—Pues si las hay, ni idea de dónde tendrías que empezar a buscar. Lo que es seguro es que levantábamos acta de cada reunión, pero Dios sabrá quién las guardaba. Me imagino que sería la de los servicios sociales...

Thorne no se quedó muy impresionado, pero era más que suficiente para la expresión de su cara.

—Recuerda que nosotros éramos un grupo de ensayo —parecía que Roper lo recordaba perfectamente, y no estaba encantado con la idea—. Hoy en día está más estructurado. Ahora, las reuniones son moderadas correctamente y las actas se guardan para documentar cada decisión y responsabilidades en las tareas que se les haya encomendado. Está todo muy controlado, con cada agencia colaborando con el departamento responsable, compartiendo información y todo eso. Entonces, nos lo estábamos inventando sobre la marcha. Ahora, existen los Equipos Puzzles —grupos locales para la seguridad pública en cada municipio—, así que se cubren todos los frentes. Hay *zonas de exclusión* y *planes de acción*, y cualquier elemento que ponga en peligro la seguridad pública se identifica pronto y se toman medidas. Lo único que nosotros podíamos hacer era reaccionar ante lo que surgiera —se inclinó hacia delante, y puso la palma de la mano sobre la cafetera—. Básicamente, éramos cobayas.

Thorne no dijo nada, y se levantó pensando que a pesar de los argumentos que Callum Roper había utilizado, esta última súplica de mitigación resultaba demasiado. Y también era cierto que llegaba un poco tarde. Algunos podían haber dicho que Grant Freestone era utilizado como cobaya igual que cualquier miembro de ese tribunal.

Y la mujer a la que había matado también lo era, sin duda.

—Te acompaño al ascensor... —dijo Roper.

En el pasillo, esperando a que llegara arriba aquel ascensor de cristal parlante con voz de pijo, Roper parecía ansioso por finalizar la reunión con un tono más desenfadado. Thorne no veía ninguna necesidad, pero le escuchó con suficiente educación.

—¿Te acuerdas de la serie *Patrulla del Espacio?* —dijo Roper.

—¿Cómo?

—Era una serie infantil de principios de los sesenta, del 62 o 63. Era de ciencia ficción, con marionetas cutres. Consiguió que *Thunderbirds* pareciera alta tecnología.

Thorne le dijo que no se acordaba de la serie, que tenía sólo dos años por aquel entonces.

—Total, que entonces esta construcción era bastante futurista para la época, así que incluyeron un plano del edificio en el programa —Roper levantó los brazos—. Este lugar era la sede original de la Patrulla del Espacio.

A Thorne no se le ocurrió nada que decir. Marionetas, ciencia ficción, la Policía Metropolitana. Se le ocurrían por lo menos media docena de comentarios graciosos para rematar.

Había puesto el teléfono en el modo de silencio antes de entrar a hablar con Roper. Una vez fuera, comprobó sus mensajes; encontró dos nuevos. El de Porter no parecía contener gran cosa. Por el contrario Phil Hendricks había llamado para confirmar que todo lo que había sugerido en la reunión —la forma en que murieron Allen y Tickell— había sido corroborado por la autopsia. Thorne devolvió la llamada a Hendricks primero, pero éste tenía puesto su buzón de voz.

—¿Qué coño quieres, que te demos una puta estrella de oro como premio? En serio, Phil, fue un privilegio verte hacer mímica de altísima calidad esta mañana, y me encantaría felicitarte personalmente, pero no tengo ni puta idea de cuándo. Dame un toque luego, si tienes ganas de charlar...

A continuación llamó a Porter.

—¿Contactando?

—Es sólo una expresión —dijo ella—. Tranquilízate.

—Es una expresión estúpida. A no ser que seas una adolescente americana y no se lo hayas dicho a nadie.

—Me preguntaba dónde te metías, nada más.

—Pues, ya he dejado de estar de mal humor. Probablemente notaste que llevo de mal humor desde la redada de Bow. Pero ya se acabó.

—No noté nada; simplemente pensé que tú eras así normalmente.

—Si todavía tienes ganas, podríamos *contactar* después de comer.

Ella hizo caso omiso de la broma, de tal manera que empezó a creer que realmente la había cabreado.

—¿Dónde?

—¿Tienes un boli? —Thorne esperó, y sonrió a uno de uniforme que le miraba detenidamente con recelo desde la entrada principal del Empress—. Bien, a ver si puedes localizar a un tipo llamado Peter Lardner, del Servicio de Libertad Condicional. No estoy seguro del municipio. Si puedes, consígueme una cita para esta tarde y dame un toque...

Al otro lado de la calle vio una cafetería de mala muerte y se dirigió hacia allí como si estuviera en trance. Café y galletas Hobnobs no habían sido suficiente. Ya eran más de las doce, y en ese momento, Thorne decidió que un desayuno inglés completo sería el almuerzo perfecto.

Era una locura, esto de partirse en dos.

Había hablado una y otra vez, y le habían hablado en esta reunión y otras, y todo el tiempo, mientras sonreía o ponía cara de circunstancias, mientras seguía con sus labores habituales, estaba pensando en el niño.

Pensando en lo que había hecho, y en lo que iba a hacer.

Era una locura, lo que estaba haciendo, por supuesto que lo era, un ejemplo casi de libro. Pero por otra parte, no era otro el tipo de demencia que le había causado problemas en un primer momento ¿Para alguna gente no era también una locura? En algunos idiomas, sin duda lo era, y con razón. En ese sentido, en el buen sentido, llevaba años ya loco de remate, mucho antes de verse forzado a esto.

Forzado a pegar puñaladas, y a robar niños.

Así eran las cosas. «Al final alguien acaba llorando», o como se quiera decir. Si algo te hacía sentir bien, al final te haría daño. Cigarros y chocolate. Sexo y dulce engaño.

Se abrió la puerta y alguien entró en los servicios, así que abrió el grifo y se salpicó la cara con agua para esconder las lágrimas.

Tenía que volver a su despacho de todas maneras. Había mucho que hacer.

Mientras se empapaba la cara con la servilleta de papel, pensó en el eslogan patético que utilizaban los que hacían dieta, que había visto en un imán pegado en el frigorífico de casa de su hermana. La frase tan querida por los que deseaban tanto cambiar, conseguir que mejoraran sus vidas. Un recordatorio muy sencillo decía que ceder a la tentación se pagaba el resto de tu vida.

Le sonrió a su compañero mirando al espejo, y luego se volvió hacia la puerta.

Un minuto sobre los labios...

Diez

Pete Lardner trabajaba para el distrito de Westminster en la vigilancia de los que se hallaban en libertad condicional, y su despacho se encontraba en los juzgados del Guildhall de Middlesex. El edificio Guildhall estaba situado en el extremo norte de Parliament Square, lo que significaba que Thorne y Porter se volvieron a encontrar después de comer en prácticamente el mismo sitio en que se habían despedido cinco horas antes. Porter se quejaba de tener que volver otra vez a la zona sur, pero por lo menos el tiempo había mejorado desde la última vez en que cruzaron la plaza. La cazadora de cuero de Thorne ya estaba seca, y Porter se echó encima del brazo un impermeable que tenía pinta de ser caro. A Thorne le parecía el impermeable preferido por esa extraña raza de personas que se divertía con largas caminatas recorriendo los montes los fines de semana. Los bolsillos a tope con caramelos de menta Kendal.

—¿Te gusta andar?

—Sólo hasta el coche —dijo Porter.

A pesar de las gárgolas y del estilo gótico vistoso, el Guildhall tenía menos de un siglo de antigüedad; no obstante era un edificio imponente, en una ubicación con tanto pasado histórico como otros muchos lugares de la ciudad. Antiguamente había sido el emplazamiento de Sanctuary Tower, desde donde, irónicamente hasta cierto punto, con siete años el duque de York había sido arrastrado y posteriormente asesinado, junto con su hermano mayor, por el que iba a ser Ricardo III. Cuatro siglos más tarde, allí se había levantado la cárcel de Tothill Fields, donde los presos, algunos de apenas cinco años, vivían en condiciones ligeramente menos espantosas que en Newgate, a unos dos kilómetros por el río. El edificio seguía siendo una parte de la historia constitucional. Estaba previsto su cierre para finales de año, y su reinauguración prevista para el 2008 como el Tribunal Supremo: un nuevo hogar para una docena de Lores juristas totalmente independientes, y el tribunal con más autoridad del país.

Mientras Thorne y Porter subían la escalera de piedra hacia las oficinas desde donde se vigilaba a los que disfrutaban de la libertad condicional, Thorne supuso que hoy en día, la matanza de los príncipes en la Torre sería sin duda un caso para que lo llevaran Roper y su equipo de investigaciones especiales. Y aunque a los que veía tan nerviosos sentados fuera de varias salas de justicia tenían más de cinco años, estaba convencido que ninguno se encontraba allí por robar una pieza de pan...

Aunque la mayor parte de las siete salas de justicia eran austeras y tan sobriamente elegantes como el edificio en sí, muchos de los despachos que se comunicaban con ellas mostraban un aspecto más rudimentario. El despacho en que se encontraban sentados Thorne y Porter parecía utilitario y no en demasiado buen estado, y si la apariencia de Callum Roper era tan inmaculada con la de su flamante despacho, Peter Lardner reflejaba aquel entorno tan poco elegante igual de bien.

Parecía totalmente amargado.

—Sé lo que diría Grant Freestone —Lardner estiró las manos delante de él. Deslizó los brazos por encima del escritorio, como si lo único que le apeteciera fuera reposar la cabeza sobre ellos y dormirse. Contestó a la pregunta de Thorne en voz baja, totalmente falto de expresión, dirigiéndose a un punto sin concretar en la gruesa moqueta de color gris que había entre su escritorio y las sillas de delante—. Lo negaría. Igual que probablemente negaría haber matado a la mujer que arrojó sobre la mesa de cristal. También negó haber raptado a esos niños, incluso después de haberlos encontrados atados con bramante en su garaje.

—¿Entonces al señor Freestone le costaba trabajo enfrentarse a sus propios actos? —preguntó Porter.

—Creía que el mundo entero iba a por él.

—Podía haber sido así —dijo Thorne. Conocía algunos rincones del mundo donde las fotos de supuestos pedófilos se plasmaban en las portadas de sus periódicos. Donde la policía te podía estar esperando en Boots cuando ibas a recoger las fotos de tu hijo en la piscinita. Donde un pediatra veía arder su casa porque algún idiota había malinterpretado sus palabras. Si ese mundo fuera a ir a por alguien, iría a por un hombre como Grant Freestone.

—Le dieron unas cuantas palizas allí dentro —dijo Lardner—. Se acostumbró al sabor del té con meado.

—Debe haber estado en nuestra cantina —dijo Porter.

Lardner asintió con la cabeza en reconocimiento de la broma, pero no era capaz de reírse. Después, tanto Thorne como Porter reconocerían haberle tachado como alguien que veía la gracia en muy pocas cosas, pero en ese momento confesaron que si ellos tuvieran que pasar tanto tiempo hablando con criminales como Lardner, tampoco tendrían muchos motivos para partirse de la risa. Ya era bastante coñazo el hecho de intentar coger a esos cabrones.

Thorne le echaba cuarenta y muchos años. Tenía pocas canas, pero estaba perdiendo el pelo por la coronilla, y sus ojos aparecían pálidos y brillantes tras unas gafas con montura metálica. En el más estricto sentido de la palabra, llevaba puesto un traje con corbata, pero los distintos elementos de su vestimenta parecían cansados y cabreados con ellos mismos. A Thorne le recordaba mucho a un profesor del colegio que le caía bien. Un hombre que a mitad de la clase de geografía se callaba de improviso, les decía que todo aquello era una absoluta pérdida de tiempo, y les leía cuentos en lugar de seguir con la clase. Sherlock Holmes y los treinta y nueve escalones...

—Pero tú ¿qué crees? —preguntó Thorne—. Seguramente lo conocías mejor que nadie en ese tribunal, y obviamente, no sabemos de nadie que lo haya visto desde que se fugó. ¿Sería capaz de raptar a un niño por un motivo totalmente distinto?

—¿Si lo veo como un secuestrador?

No le habían contado a Lardner nada más que el hecho básico del secuestro, y la sospecha del rencor guardado durante muchos años. No sabía nada del asesinato doble en el piso de Bow. Al formularle la pregunta, Thorne mentalmente se hacía la misma pregunta, pero en una versión mucho más completa, y la respuesta era inequívoca.

¿Ves a Grant Freestone como un hombre que de alguna manera consiguió que dos personas más hicieran el secuestro, para luego matarlos y encargarse él mismo del trabajo?

En la vida...

—No estoy convencido —dijo Lardner. Se enderezó, de pronto demostrando más energía que antes—. No se podría describir como un tipo *organizado*. En el sentido de arreglárselas solo, de llegar puntual o lo que sea. O en la manera en que se utiliza esa palabra para describir a ciertos tipos de criminales.

—Asesinos, normalmente —dijo Porter.

—Efectivamente, y en lo que se refiere a Freestone, eso es otra cosa que tampoco me convence del todo. Tienes que ser organizado, ¿no crees? Para llevar a cabo un secuestro. No es algo que se hace por un impulso, ¿verdad que no? Nadie por un capricho coge un niño de la calle, por muy cabreado que esté con su padre.

—¿Qué hay de los niños en su garaje? —dijo Thorne.

Porter se recogió un mechón de pelo detrás de la oreja.

—No parece que tuviera problemas en arreglárselas para eso.

—Fue un impulso que no supo controlar —dijo Lardner—. No lo tenía pensado y planeado. Precisamente por eso le cogimos...

Thorne y Porter se miraron con complicidad; los dos sabían que eso era probablemente incierto. A menudo eran esos criminales —violadores, asesinos—

que actuaban por instinto, los más complicados de pillar. Los que pensaban, tarde o temprano, se buscaban problemas ellos mismos. Ellos solitos preparaban el camino hacia las cárceles de Broadmoor y Belmarsh.

—Además —dijo Lardner—, ¿por qué esperaría Freestone hasta ahora para vengarse? Es una gilipollez creer que se suelen hacer las cosas en frío. He tratado con bastante gente, con sus hachas por afilar, a lo largo de los años para tener esa certeza. Si alguna vez haces algo así, lo haces en caliente, ¿o no? No esperas años. No tiene ningún sentido.

Pero lo que Lardner sugería sí lo tenía. Roper había dicho casi lo mismo, y no resultaba más fácil rebatirlo ahora. Incluso si alguien como Grant Freestone decidiera, años más tarde, ajustar cuentas, ¿sería probable que lo hiciera con tantos rodeos? ¿Involucrando a otras personas?

—¿Se juntaba Freestone con un tal Conrad Allen o una tal Amanda Tickell?

Lardner no se inmutó.

—No recuerdo los nombres. No se juntaba con mucha gente, para ser sincero.

No pasaba nada por preguntar, pero la vida nunca era tan simple.

—Dijiste algo antes —dijo Thorne— sobre Freestone como asesino. Parece que tú no crees que matara a Sarah Hanley. Como si tú también te inclinaras por la teoría del accidente.

—Posiblemente —Lardner de pronto empezó a parecer un poco incómodo.

—¿Qué creían los otros miembros del tribunal del disp?

—¿Cómo?

—¿Hablaste con ellos después? Tenían sus opiniones, ¿no?

—No —ya no parecía sólo un poco incómodo—. No hablamos de ello.

—Parece que no te quieres definir, eso es todo. ¿Estás diciendo que Freestone no lo hizo?

—Por supuesto que lo hizo. Pero hay un diferencia entre empujar a alguien por darle un empujón, y empujar a alguien para que con ese empujón atraviese un cristal, ¿o no? Tengo a un tipo actualmente en mi lista que cumplió cuatro años porque un borracho a quien le dio un empujón una noche en la puerta de un pub tenía el cráneo excesivamente fino, de un grosor anormal. ¿Ves a dónde quiero llegar? He tenido casos incontables a lo largo de los años, y aún encuentro la cuestión de la intencionalidad como una zona terriblemente gris —miró a Thorne y Porter durante unos instantes, antes de volver la cabeza, con un gesto de negación—. No lo sé...

Y Thorne vio una vez más a su antiguo profesor. Es una absurda pérdida de tiempo. Casi esperaba ver a Lardner abrir algún cajón y sacar un libro de Sherlock Holmes.

—¿Qué hay de la hermana? —dijo Porter.

—Bueno, eso es otra cosa bien distinta.

—Le proporcionó a Freestone su coartada.

Thorne miró a Porter. Los ojos bien abiertos, formulando la pregunta.

—¿Hermana...?

—Creo que la policía tenía razón en desacreditar su declaración, pensándolo bien —dijo Lardner. Levantó una mano, echando para atrás el poco pelo que le quedaba—. Si no recuerdo mal, el forense no especificó muy bien la hora de la muerte.

—Hubo un intervalo de dos horas —dijo Porter—. Y la hermana de Freestone declaró que había estado con ella todo el tiempo. Paseando por el parque con ella y sus niños.

—La cuestión es que le había proporcionado una coartada también seis años antes. Para la tarde en que fueron raptados los niños —Lardner sonrió con cierta tristeza—. Está claro que a ella también le costaba enfrentarse a los actos cometidos por su hermano...

Llamaron a la puerta. Lardner se puso de pie y se disculpó; rodeó el escritorio, explicando que tenía otra cita.

Porter dijo que estaba bien. Miró a Thorne, que todavía le estaba mirando fijamente.

Todavía haciéndose preguntas.

Bajando la escalera, volvió a formular la pregunta, pero esta vez con algo más de insistencia.

—¿De qué puta hermana estamos hablando?

—Lo que dije ahí dentro. La hermana de Freestone...

—¿Cuándo te enteraste de eso?

Porter no pudo reprimir una sonrisa de satisfacción.

—Pedí el expediente del caso esta mañana. No se le dio mucha importancia en ese momento —se arrimó a la pared, mientras que un abogado dispuesto para entrar en la sala pasó por delante de ellos y se precipitó por la escalera—. Oíste lo que dijo Lardner. Desacreditaron su declaración porque tenía un historial de mentiras a favor de su hermano.

Giraron al final del último tramo de la escalera para recorrer un pasillo atestado de gente que pasaba al lado de las dos salas más grandes; se encontraron con una escena que les resultaba familiar a los dos. Testigos nerviosos y polis aburridos. Los parientes de los que estaban siendo procesados y de los que eran acusados de estafa, asalto, abusos. Hombres que llevaban puestos zapatos nuevos y cuellos apretados, y mujeres con la mirada tan vidriosa como los maniquíes de los grandes almacenes Debenham's: sentadas en tensión sobre los bancos, con muchísimas ganas de vomitar o mear, los taconazos sonando como disparos sobre el mármol.

Todos puliendo la verdad, o dando los últimos retoques a la cagada de una mentira. Sudando por el resultado correcto.

—No se encontraba muy a gusto hablando sobre lo del disp —dijo Porter—. Se puso muy nervioso.

Thorne estaba de acuerdo.

—A Roper no le gustaba tampoco. Hablaba del asunto, pero había un montón de cosas que convenientemente no pudo recordar muy bien. Cosas sobre las que hablaba de forma muy poco precisa, ¿sabes lo que quiero decir?

—No es de extrañar. Ninguno de ellos disfrutó de un momento de gloria.

No hacía falta la carrera de criminología para averiguar por qué alguien involucrado en el tribunal montado para vigilar a Grant Freestone preferiría no tocar el tema, abandonándolo en un pasado lo más lejano posible. Un proyecto que había culminado en la muerte de una mujer joven —una muerte de la que algunos consideraban responsable en cierta medida al tribunal— no era probable que se incluyera en sus currículos como algo destacado.

—Creo que todo el tema de Freestone es una pérdida de tiempo —dijo Thorne.

—La verdad es que estoy de acuerdo contigo.

—Mandaré a Holland o a quien sea a localizar a los otros dos del tribunal de seguridad pública. Por lo menos para dejarlo todo ordenado.

—Yo te tenía por un cabrón desordenado.

—Eso es sólo cuando no encuentro a algún otro que recoja por mí.

—¿Entonces, con cuál de las pistas deberíamos quedarnos para intentar averiguar algo? —preguntó Porter—. Hay tantas, que me cuesta elegir.

—¿Por qué no investigamos a la hermana?

Porter se detuvo, y empezó a rebuscar en su bolso.

—Pero acabas de decir...

—Freestone no es un secuestrador, pero hay algo que me intranquiliza.

—¿Y qué es?

—El hecho de que Tony Mullen no lo mencionó nunca.

Sacó un paquete de caramelos de menta a medias y cogió uno de ellos.

—Tampoco vendría nada mal pasar por Arkley a la vuelta... —dijo.

Salieron a la plaza, más atestada de gente con la llegada de la hora punta, y más oscura, ya que el día empezaba a languidecer; falto de aire, mientras que los que corrían por las calles después de nueve, diez o más putas horas de trabajo, sentían renovarse sus energías.

Alejándose de la estatua enorme de Abraham Lincoln, Porter señaló al edificio de Guildhall, a las ventanas de la tercera planta.

—Vaya mierda de despacho —dijo ella—. ¿Viste las manchas de humedad? ¿Y la ratonera al lado del archivador? Me volvería loca si tuviera que trabajar todo el día en un sitio así...

Thorne no dijo nada, pensando que en un sitio así era precisamente donde trabajaba. Ahí trabajaban todos, pasando un sinfín de horas en las casas de otras personas y despachos de mala muerte. Los programas de televisión se dedicaban a enseñar a los polis, y a las personas con quienes necesitaban hablar, paseando despacio entre la gente por canódromos ruidosos, o discutiendo en los puestos de carne de algún mercado. Echándose el humo el uno al otro en medio de un almacén desierto a altas horas de la madrugada.

Todo era cuestión de ambiente, aparentemente...

Pero la realidad tenía una iluminación excesiva y era de color blanco sucio. Sonaba como un runrún de tráfico lejano y se pegaba a las suelas de los zapatos. Olía a sangre rancia o mierda fresca, y por muchos postes de la luz que llenaran el horizonte, nada podría endurecer aún más ese ambiente. El ambiente —en salitas sofocantes y despachos de lo más cutre— podía revolverte el estómago y ponerte los pelos totalmente de punta. Pero a decir verdad, rara vez era un ambiente de amenaza. Ni tampoco de peligro.

Ver a la gente llorar, despotricar y mentir. Verles temblar y tragar su desconsuelo.

Era más bien el desconcierto.

Al bajar del autobús, parecía encantado consigo mismo, como si su viaje a casa hubiera sido un cachondeo de chistes bien contados y anécdotas conmovedoras de éxitos deportivos. Ivonne Kitson se alegró al observar que una mirada suya al hombre que le esperaba parecía suficiente para cambiarle el humor en un instante. Mearse en las patatas fritas de Adrian Farrell le hacía una mujer muy feliz.

—¿Todo bien por el colegio, Adrian?

Farrell le atravesó con la mirada. Ignoró los gritos, a los compañeros que se despedían de él pegando porrazos sobre los cristales del autobús, mientras arrancaba y pasaba por delante de él.

—¿Habéis dado historia hoy? Me acuerdo que me dijiste que era tu asignatura favorita —Kitson hablaba a la vez que caminaba rápido para alcanzar a Farrell, mientras que Farrell se alejaba resueltamente por los borrones puntiagudos de las sombras que ofrecían los árboles plantados cada seis o siete metros más o menos por la ancha acera—. ¿Tienes algo pensado para el fin de semana? Después de quitarte de enmedio los deberes, claro está...

Farrell aflojó el paso un poco, pero siguió caminando. Se subió de un tirón su mochila gris reglamentaria al hombro.

—¿A qué os dedicáis tú y tus colegas los sábados por la noche? Mis niños son aún más jóvenes que vosotros, así que realmente no tengo idea de lo que pasa, salvo que me tocará tarde o temprano. Lo del servicio de taxista, quiero decir —estaba a tres o cuatro metros detrás de él—. Entonces... ¿bares? ¿Clubes? ¿Qué?

A pesar del ritmo de la caminata, pasaban relativamente despacio junto a una hilera de casas independientes, muchas de ellas a una distancia considerable de la calle, y algunas con cancela y calzada particular. Kitson tuvo que aligerar el paso al cruzarse con un Jeep que daba marcha atrás encima de la acera sin prestar mucha atención.

—Ese estudiante que mataron a patadas, ¿recuerdas que te hablé de él? —dijo Kitson—. Lo mataron un sábado por la noche. El sábado 17 de octubre del año pasado. Estoy segura de que no puedes recordar exactamente lo que estabas haciendo esa noche, pero seguro que te lo estabas pasando muy bien, haciendo lo que fuera...

Farrell no se detuvo en seco, pero aflojó la marcha hasta pararse después de unos pasos. Dijo algo entre dientes mientras se volvía, levantó los brazos y los dejó caer contra las piernas con un manotazo. Era un gesto increíblemente infantil de frustración y enfado.

—Bien —dijo Kitson, al alcanzarlo—. No creas que no soy capaz de seguir tu ritmo todo el día. Ir detrás de tres niños te mantiene bastante en forma.

—Esto es ridículo —dijo Farrell—. Hablo con alguien sobre ese chico, el de un curso menos, ese que ha desaparecido, contesto a unas preguntas, y antes de darme cuenta me están dando la lata sin motivo.

—Nadie te está dando la lata.

—Vale. Así que nadie me ha seguido hasta el centro comercial a la hora de comer. No te has presentado al lado de mi casa después del colegio, hablándome de tus niños.

—No estoy aquí para hablar de mis niños.

—¿De verdad?

Alguien pasó haciendo footing, poniendo una mueca como si alguna canción del iPod que llevaba amarrado al brazo le sonara especialmente mal.

—Sólo me preguntaba si te habías acordado de alguna cosa más sobre Amin Mubarek —dijo Kitson—. Quizás pudiste recordar algo.

Kitson conocía muy bien esa expresión de Farrell. Parecía irritado, quizás incomodado, como si se estuviera perdiendo algún programa interesante de televisión que irremisiblemente necesitaba ver.

—¿A qué te refieres exactamente? ¿Si me acuerdo de qué canción cantábamos en misa por la mañana en el cole?

—Cualquier cosa. El hecho de que te haya hablado del tema, puede que te haya ayudado a recordar algo que se te olvidó.

—Puede que cantásemos *Ser un peregrino.*

—¿Desde cuándo conoces a Damien Herbert y a Michael Nelson? —los dos chicos con quienes Farrell había estado de compras por el centro comercial el día anterior.

—¿Cambiando de tema?

—No parecía llevarnos a ninguna parte.

—Unos cuantos meses, supongo.

—¿Seis meses?

—¿Quieres decir que si los conocía el 17 de octubre del año pasado?

—Por ejemplo.

Farrell asintió con la cabeza, comprendiendo, y levantó la vista como si estuviera devanándose los sesos. Después de unos instantes, con un castañeteo de los dedos, sonrió y señaló a Kitson.

—Creo que fue *Inmortal e invisible, Dios es sabio* —dijo—. Sabía que me iba a acordar.

El deseo apremiante de ponerle las manos encima se hacía cada vez más difícil de ignorar. Kitson señaló el emblema del colegio, bordado en el bolsillo de la chaqueta de Farrell.

—¿Qué pone en ese distintivo, Adrian? ¿Cuál es el lema?

—Se me da muy mal el latín —dijo—. Lo siento...

Lentamente Kitson metió la mano en el bolso y sacó un papel.

—Así que, sin querer parecer muy pesada, hemos aclarado que el nombre de Amin Mubarek no te suena mucho, ¿verdad?

—La verdad es que no mucho, lo siento.

—¿Y Nabeel Khan?

Se encogió de hombros.

—No. Creo que no.

—Es extraño —Kitson desplegó el papel, y lo enderezó—. Porque parece ser que él sí te conoce a ti. ¿Lo ves?

Farrell miró el dibujo y la impaciencia se transformó en pánico, y de ahí en auténtico enfado. Bajó la mochila pesada del hombro, la dejó caer y la meneaba de un lado para otro delante suya.

—No sé qué crees que demuestras con eso.

—No estoy segura de demostrar nada con eso —dijo Kitson—. Simplemente pensé que a tus padres les gustaría tener uno como éste para enmarcarlo. Lo podrían poner encima del piano.

—No voy a decir nada más sin la presencia de mi abogado.

—Vale. Ven conmigo a la comisaría y podemos asignarte uno.

—Nosotros ya tenemos uno.

Durante unos instantes, Kitson no supo a quién se refería con lo de *nosotros;* se preguntaba si Farrell hablaba de sí mismo y de sus amigos. Entonces se dio cuenta de que hablaba de su familia.

—Como quieras —dijo.

—¿Me estás deteniendo?

—¿Es necesario?

—Por supuesto —un tic nervioso en el borde de los labios. Una sonrisa malograda—. Si quieres volver a hablar conmigo, quiero decir. Creo que no me estás deteniendo porque, sea lo que tú te crees que yo he hecho, y me has dado buenas pistas, no tienes ninguna prueba de ello que respalde esas ideas. Nada en absoluto. Creo que estás preocupada, y con razón, porque si me detuvieras, acabarías creándote un montón de papeleo innecesario. Lo único que habrías conseguido al final sería muchas molestias para otra gente, y apuros profesionales para ti. ¿Tengo razón?

Kitson no dijo nada.

—Esto no es nada convincente —con el dedo señalaba el retrato robot—. Es de locos, si te interesa saber lo que pienso —si Farrel hubiera perdido los papeles, apenas habría durado unos segundos; nunca duraba más de eso—. Pensándolo bien, ¿me has enseñado alguna vez tu placa? ¿Cómo sé que tú eres lo que dices? Puede que seas una loca o algo así...

Kitson le miró fijamente. Los ojos bien abiertos. La mochila todavía balanceándose, como si no pudiera decidir qué calcetines ponerse.

—Creo que deberías volver a casa —dijo ella—. Ya te puedes ir cagando leches a casa con mamá y papá, a merendar.

Puede que la impresión que le causó el lenguaje de Kitson fuera auténtica, o puede que no fuera más que otra máscara. Después de haber perdido los papeles, de repente sentía que le costaba saber de qué iba. De cualquier manera, no hacía falta decírselo a Farrell dos veces. Cogió el camino y se fue.

Recorrió unos cincuenta metros, se colocó en el borde de la acera y esperó para cruzar. Miró a la izquierda, luego a la derecha, y aguantó la mirada, asegurándose de que Kitson le miraba todavía. Pensándolo más tarde, Kitson imaginó que había visto esa sonrisa cortés otra vez, sólo por un momento, antes de arrojar un escupitajo la acera y cruzar corriendo la calle.

Al llegar Kitson al punto en que Farrell había cruzado, una mujer de pie detrás de una verja de madera llamó su atención. Llevaba puesto un chándal de terciopelo verde y maquillaje al completo, y se agachó para vaciar botellas de una bolsa de plástico dentro del contenedor de reciclaje al final de la calzada particular de la casa. La mujer señaló con la cabeza hacia el lugar por donde Adrian Farrell había desaparecido a la vuelta de la esquina.

—Cabroncete —dijo ella—. En mis tiempos un poli me habría pegado una paliza por hacer eso mismo. Claro que tampoco se encuentra un hijo de puta de esos cuando realmente los necesitas...

Kitson no respondió. Simplemente siguió con la mirada puesta en el escupitajo. Brillante, de color gris verdoso sobre el hormigón.

Se encendió la luz de seguridad encima del garaje, y Maggie Mullen abrió la puerta principal como si hubiera estado esperando al otro lado. Miró primero a Thorne y rápidamente a Porter. Viendo que había poco motivo de preocupación, o de consuelo, les hizo pasar a través de una cortina de humo de tabaco; perdió la vista en la oscuridad que se asentaba más allá de luz amarilla, como si estuviera esperando a posibles rezagados.

Pasando por el pasillo, Thorne y Porter intercambiaron algunas palabras con Kenny Parsons, que salía de la cocina con un periódico y un bolígrafo en la mano. Su visita era inesperada y buscó algún indicio de noticias por la expresión de las caras, igual que Maggie Mullen había hecho; igual que su marido, cuando entraron en el salón.

Mullen arrojó un libro de bolsillo sobre la silla que tenía al lado.

—¿Queréis café o alguna otra cosa?

Thorne movió la cabeza negativamente. Porter dijo que no, que se lo agradecía.

—Un día muy largo.

Thorne no estaba seguro de si se refería al día que había pasado tan lentamente para él y su familia, o si más bien al día que habían pasado los agentes investigando el caso. De cualquier manera, no había motivo para discutir.

Mullen se sentó en el brazo del sofá. Su mujer volvió a entrar en la habitación, y pasó por delante para sentarse en otro sillón, cogiendo de camino los cigarrillos y el cenicero de la repisa de la chimenea.

—Espero que terminéis mejor de lo que empezasteis —dijo Mullen—. Que ciertas personas hayan dejado de tener la cabeza metida en el culo.

—¿Señor? —Porter soltó el bolso en el suelo.

—Me refiero a que la idea de que mi hijo haya podido matar a alguien haya sido descartada por completo, como debe de ser. ¿Es así?

Ya estaba claro para Thorne que Mullen sabía realmente lo largo que había sido el día para todos. Estaba metido en la investigación tanto como los agentes que llevaban el caso. Thorne se preguntó cuántas veces al día habría hablado con Jesmond, o habría llamado a uno de sus antiguos compañeros para saber de la investigación desde dentro.

—Había pruebas que había que investigar seriamente —dijo Porter.

—¿Huellas en un cuchillo?

Thorne decidió que probablemente la gente llamaba a Mullen. Le estaban manteniendo tan al día como si formara parte del equipo.

—Eso es suficiente para que creáis seriamente que mi hijo ha pasado de víctima de un secuestro, a algún tipo de asesino a la fuga, ¿no? Si eso es lo que me estáis diciendo, estoy empezando a dudar seriamente de que este caso esté siendo investigado por las personas adecuadas...

Se oyó algo parecido a un suspiro, algo semejante a un sollozo desde el sillón. Thorne miró hacia allí. La señora Mullen tenía la vista clavada en la alfombra china, como si estuviera hipnotizada por los dragones y los puentes. Apretaba las manos hacia delante y el humo del tabaco le subía directamente a la cara.

—No es lo que nosotros pensamos —dijo Thorne. Se dirigió a la señora Mullen, y con la palabra *nosotros* como si estuviera hablando de todo el mundo que trabajaba en el caso, aunque en realidad sólo podía responder de los que se encontraban en la habitación en ese momento.

—Gracias a Dios.

Mullen se acercó a Thorne, dejó caer una mano pesada sobre el hombro y la dejó reposar. Tanto a Thorne como a Porter se les concedió el beneficio de una sonrisa fina y no muy convincente, antes de que Mullen se diera la vuelta y volviera a su insegura posición sobre el brazo del sofá. Había sido un momento extraño; un gesto de solidaridad quizás, o de gratitud, u otra cosa bien distinta. Lo único que Thorne había comprendido era el olor a bebida del hombre, que empezó a notar ligeramente cuando Mullen volvió a hablar.

—Tenemos que avanzar —dijo—. Averiguar para quién trabajaban Allen y su novia. Por qué se llevaron a Luke. Ahora tenemos dos cadáveres, y siempre se puede averiguar algo de los cadáveres, ¿no?

—Hemos estado hablando hoy con gente que conocía a Grant Freestone —dijo Thorne.

Mullen pestañeó.

Thorne se dio cuenta del movimiento y se volvió para ver el brazo de Maggie Mullen acercarse al cenicero. Observó cómo una pequeña cantidad de ceniza se cayó sobre la alfombra. No se agachó para recogerla.

—Pues al parecer algunas cabezas siguen metidas en el culo —dijo Mullen. Estaba sonriendo y enfadado—. Bien metidas.

—¿Por qué no nos diste el nombre de Freestone cuando te pedimos una lista? —dijo Porter.

—Yo qué sé. Probablemente debería haberlo hecho, pensándolo bien. Supongo que debería... Tenía la cabeza perdida, ¿no?

—¿En qué sentido le amenazó? —Thorne cruzó la habitación y se sentó en el sofá, un poco por debajo de Mullen. Porter y Mullen estaban situados cada uno a un lado.

—Ya sabéis, que iba a ir a por mí. Que me iba a arrepentir. La mierda de siempre. Cosas que ya has escuchado una docena de veces. Lo que es seguro es que él no me preocupaba más que otros de aquella lista.

—¿No?

—¿Qué hay de ellos? ¿Cotterill y Quinn? ¿Los has eliminado?

Thorne y Porter no habían tenido noticias de Holland y su compañero, ni tampoco de Heeney y Stone.

—No. Por lo menos, de momento no.

—Pues ya está. Entonces ¿por qué demonios estáis perdiendo tanto tiempo y energía con un gilipollas absurdo como Freestone?

—Sólo intentamos avanzar —dijo Thorne.

—Jesús...

Porter abrió la boca para hablar.

—¿Crees que ese hombre secuestró a Luke? —la pregunta surgió de Maggie Mullen.

Todas las miradas se volvieron hacia ella.

—No, claro que no piensa eso —Mullen se puso de pie y pasó por detrás del sofá. Le echó a Thorne una mirada dura—. A no ser que le faltara sólo un cromosoma para merecer la calificación especial que da derecho a una plaza de minusválidos.

Porter carraspeó, pero fracasó en su intento de decir algo a continuación. Thorne podía sentir los dedos de Mullen clavándose en el respaldo del sofá, detrás de él.

La señora Mullen se inclinó para apagar su cigarro, y luego levantó la vista sonriendo.

—Vamos a tomar café —dijo ella—. ¿Quién quiere café?

—Ya se lo he ofrecido yo —dijo Mullen de forma brusca.

—Entonces ¿qué tal una copa de vino? ¿Has terminado la botella que abriste con la cena?

A Mullen le subían los colores.

—Por el amor de Dios, no seas tan estúpida. Lo volví a poner en el...

—No me hables así —su voz sonaba temblorosa, pero su expresión y el dedo con el que señalaba eran concluyentes y severos—, como si yo fuera una mierda.

Unos momentos más tarde, cuando Maggie volvió a abrir el paquete de cigarrillos con el dedo, Thorne consiguió apartar su vista de ella para encontrarse con los ojos de Porter. Pero ella estaba totalmente concentrada en esos dragones y puentes.

Era más bien el desconcierto...

ONCE

LOS POCOS PRIVILEGIADOS QUE APROVECHABAN LA NOche del viernes en el Royal Oak eran poco más o menos como los de cualquier otra reunión de bebedores sociales, semiaficionados o contumaces. La única diferencia era que quizás sólo había una o dos mujeres, apenas algún rostro negro y asiático, y el hecho de que la inmensa mayoría llevaba placas de policía. Su proximidad con la comisaría de Colindale convertía el Oak en un club social oficioso para cualquier persona que trabajaba allí, o calle arriba en el Peel Centre, y aunque no fuera un pub especialmente atractivo, ni sociable, quedaba cerca. Esto se consideraba más importante que las sonrisas o las noches de concursos. También ocurría que era uno de los pubs con menos probabilidades de ser objetivo de alguna redada por servir bebida después de la hora de cierre.

Thorne y Porter clavaron brevemente la vista en su propio espacio, bien delimitado por sus pintas de Guinness y cerveza rubia, permitiendo que la cerveza actuara para limar asperezas, dejando espacio suficiente para el cansancio.

—¿Tú crees que Mullen bebe tanto normalmente? —preguntó Porter.

Thorne lo negó con la cabeza y tragó.

—Ni idea. Lo mismo le pasa a ella con el tabaco. No se les puede echar en cara que necesiten un poco de ayuda, después de todo.

Cuando volvieron a Becke House desde casa de los Mullen, documentaron todo el trabajo, y fueron informados de la marcha de la operación y de los planes para el día siguiente, para Thorne y Porter era ya después de la medianoche. La jornada tenía pinta de llegar a las dieciocho o diecinueve horas seguidas, puerta a puerta, y aunque gran parte del equipo estaría trabajando otra vez antes del amanecer, la mayoría había decidido que valía la pena perder una hora de sueño para relajarse con un par de cervezas.

Para Thorne, la decisión no había sido difícil.

—Supongo que es comprensible —dijo Porter—. Si fuera uno de mis niños, ya me estaría metiendo un chute de algo.

—¿Cuántos tienes?

Porter lo negó con la cabeza.

—No tengo ninguno. Simplemente decía que...

Holland se detuvo camino de la barra; les había sacado algo de ventaja. Declinaron su invitación a una copa: prefirieron tomarse las cosas con más tranquilidad, y evitar lo que podía convertirse en una ronda inacabable. Holland estaba sentado en una mesa contigua, intercambiando chistes malísimos con Sam Karim y Andy Stone. Heeney, Parsons y otros estaban sentados a unos metros de allí, al otro lado de la máquina tragaperras. A pesar de la insistencia en la colaboración operacional, los equipos de Secuestros y Homicidios evitaban tener contacto entre ellos, ahora que no estaban trabajando.

—Deberíamos intentar evitar el encuentro con los Mullen mañana —dijo Thorne—. En cuanto vea el periódico, se le va a ir la olla con el cabreo.

—Estaré encantada de mantenerme al margen de todo esto —Porter tomó un sorbo—. Kenny Parsons estará de vuelta allí a primera hora, así que luego nos contará lo más interesante.

—Mullen llamará directamente a Jesmond, o a alguien con quien solía jugar al golf, y entonces machacará a tu hombre.

—Hignett tiene apoyo para esto.

—Estupendo. Que los jefes se peleen entre ellos. Nosotros no vamos a aparecer por ahí.

A pesar de lo que Thorne le había dicho a Tony y Maggie Mullen unas horas antes, la posibilidad de que a Luke Mullen no le estuvieran reteniendo en contra de su voluntad, sino que se había escondido después de matar a sus secuestradores, estaba todavía por descartar. Debido al giro poco usual que el caso había experimentado, se había tomado la decisión de levantar parcialmente el embargo de prensa, y sacar una historia al día siguiente sobre la desaparición de Luke.

No aparecería en la portada.

No sería un relato de miedo sobre niños que desaparecen.

Se trataría de un relato corto, sobre un adolescente que había desaparecido después del colegio; con una foto, y un llamamiento para que se presentara cualquier persona con información sobre su paradero. Y también con un llamamiento al chico, por si estuviera leyendo el artículo, para que acudiera.

—Realmente no le puedes echar la culpa a Hignett.

—¿Todavía puedo pensar que es un gilipollas?

—Pretende cubrir todas las posibilidades, ¿no? —dijo Porter—. Es un llamamiento directo y claro a los testigos, y además hay un mensaje para el chico por si se encuentra escondido por ahí, temeroso de volver a casa. Hasta que tengamos pruebas de que alguien lo ha raptado, Hignett se puede cagar vivo si ignora la otra posibilidad. Podría ser como una patada bien dada en los huevos, si al final resulta ser eso lo que pasó.

—No fue lo que pasó.

—Nosotros nos podemos permitir estar tan seguros. El inspector jefe tiene que ser más cauto, y considerar también las hipótesis menos probables. Así va sobre seguro.

—Sobre seguro hasta que el secuestrador vea el periódico de mañana, y nos envíe unos cuantos dedos de Luke Mullen envueltos en el mismo periódico.

Porter le miró fijamente: su boca abierta por fin empezó a esbozar una sonrisa, y soltó un bufido de risas. Thorne era incapaz de mantener una expresión excesivamente seria y compartió risas con ella. Bebieron y acabaron con cuatro paquetes de patatas entre los dos, y Thorne se dio cuenta de que probablemente Porter tuviera razón. En cuanto a lo del periódico, aparte de salir marcha atrás de un callejón tras otro, no había gran cosa que hacer.

Harry Cotterill había regresado de una travesía, con bacanal de bebida incluida y su Transit a tope de cerveza belga barata, en el momento en que estaban acabando a cuchillazos con Conrad Allen y Amanda Tickell. De momento, nadie había conseguido localizar a Philip Quinn, pero su novia juró que estaba en algún lugar de Newcastle. Se había cabreado con él lo suficiente para decirle a la Policía exactamente cuántas leyes distintas estaba infringiendo mientras permanecía allí, haciendo que su relato, y su coartada, tuvieran trazas de ser tristemente verdad.

En lo que se refiere a las víctimas de los asesinatos, el equipo no había encontrado ningún indicio que les ayudara mucho. Habían conseguido trazar un perfil algo incompleto de la vida de Amanda Tickell: padres adinerados, un accidente de coche que mató a su padre cuando era una niña, rebeldía adolescente subiendo en espiral fuera de control hasta llegar a la adicción. Con lo que sabían de Conrad Allen, se había formado una imagen de una pareja tipo Bonnie y Clyde de tercera división, pero nada apuntaba hacia la persona para quien podían haber estado trabajando.

Habían hablado con unos presuntos traficantes, basándose en la teoría de que Allen y Tickell se habían metido en todo el tema para saldar una deuda por drogas. De allí había salido una teoría más sofisticada, según la cual, el traficante, consciente de lo que ocurría, había visto la manera de llevarse todo el dinero, y se había introducido por la fuerza matando a Allen y Tickell, y llevándose a Luke. Pero ¿dónde estaba la petición de rescate?

Era nada más y nada menos que la segunda idea más estúpida que a alguien jamás se le había ocurrido. Y no tenía sentido estresarse por la toma de decisiones. Algunas personas simplemente estaban programadas genéticamente para jugar a todas las bandas y no perder. Polis como Hignett y Jesmond que preferían ver los toros desde la barrera y no mojarse el culo, comparado con los que nunca se dejaban el walkie-talkie Airwave en un cajón.

—Te tengo que pedir perdón —dijo Porter.

—¿Por...?

—Por jugar a ser cabrona cuando entramos en el piso de Allen. Dejarte fuera de esa manera fue decisión mía y de nadie más: era una cuestión de territorio, y me comporté como una auténtica capulla. Así que lo siento.

—Está bien.

—Y con todo el derecho del mundo estuviste con la cara larga.

—Debería haber seguido así más tiempo.

—Y también me quería disculpar por ese comentario del otro día. Por gastar esa estúpida broma sobre el Alzheimer...

Thorne trató de recordar durante unos instantes.

—No seas tonta. No pasa nada.

Era sincero al decirlo, pero a la vez, se preguntaba con quién había hablado Porter en realidad. Miró hacia la mesa donde Holland, Karim y Stone estaban sentados.

—Hace más o menos un año ya, ¿no?

—Falta poco.

—Alguien dijo que fue un incendio.

Thorne tomó un buen sorbo de Guinness. Se relamió el labio superior para quitarse la espuma.

—Un incendio, efectivamente.

—Perdí a mi madre hace dos años. Así que...

—Ya.

—Leí en alguna parte que se tarda siete años en superar la pérdida de un padre. Siete años, como los problemas en las relaciones. No sé cómo llegaron a calcular eso.

—Seguramente no lo hicieron. Es sólo una cifra.

Porter le dijo que estaba segura de que tenía razón, y luego con un gesto señalándole la cabeza, le preguntó por el origen de aquella cicatriz.

Instintivamente Thorne pasó un dedo por la línea recta que le recorría su barbilla. Era de un tono más pálido que la piel que la rodeaba y libre de la barba de tres días.

—Mordedura de tiburón —dijo. Según veía la marcha de los acontecimientos, estaba seguro de que ella se iba a enterar tarde o temprano.

Porter se frotó la barbilla con el borde del vaso. Parecía conformarse con la única respuesta que Thorne estaba dispuesto a darle.

—Voy a por otra media —dijo Thorne. Apartó la silla—. ¿Quieres otra?

Porter le entregó el vaso.

Dirigiéndose a la barra, Thorne vio por un instante a su padre, pegado a la barra en una boda familiar un año o dos antes. Despachando con uno y con otro, encantado de la vida, meándose de la risa. Le decía a cualquier persona demasiado educada que se largara, que lo mejor de perder los papeles era que se te olvidaba invitar a los demás a una copa.

Thorne pestañeó despacio, y pensó en lo que Porter había dicho. Le parecía mucho tiempo para cargar con la memoria del viejo.

Pidió las bebidas y se acercó a Ivonne Kitson, en la otra punta de la barra, para hablar con ella. Parecía mucho más contenta que la última vez que la había visto, pero claro, unos cuantos copazos de vino podían tener ese efecto en la gente.

—¿Cómo te ha ido? —le preguntó.

—Preferiría no entrar en demasiado detalle —dijo Kitson. Tenía un billete de diez libras entre los dedos y lo agitaba delante de su cara como si tuviera calor—. Pero espero buenas noticias.

—¿Qué hiciste?

Se evidenció un conflicto interno que duró unos segundos.

—No, no quiero gafarlo. Sabré mucho más a primera hora de la mañana. ¿Podemos hablar de cualquier otra cosa durante un rato?

Y así hicieron hasta que llegaron las bebidas de Kitson, y se apartó de la barra.

Thorne se preguntaba cuántas horas de sueño le iba a costar luego el dolor de espalda. Decidió que necesitaría algo de ayuda, así que cambió su media pinta a una entera. Luego se apoyó sobre la barra y dejó que la mente se distrajera sola.

Siete años de pesar.

Siete años hasta que te desenamoras y empiezas a buscar otra cosa.

¿Era posible que estas emociones tuvieran fecha de caducidad? Él sabía, igual que cualquiera, que el amor era perecedero y comprendía que su pesar podía mermar hasta llegar a ser un olor o un sabor que podía recordar a medias. Sin embargo, imaginó el odio como la emoción que más duraba. Se podía guardar para sacarlo más tarde, como un alimento que se congelaba dentro de una bolsa; se podía descongelar cuando se necesitaba, y retornaba fresco y de tamaño natural.

Se acordó de un poema que había tenido que aprender en el colegio, algo sobre el mundo que acababa envuelto en fuego y hielo. Uno de los versos decía «sabiendo suficiente sobre el odio». Luego pensó otra vez en su antiguo profesor y en Lardner, el de la libertad condicional, y cuando ya volvía a la mesa con las bebidas, tenía montado un monumental follón mental con tantos temas pasando por su cabeza.

Tony Mullen no estaba seguro del tiempo que llevaba allí tumbado en la oscuridad. Cinco minutos, quizás quince. Ni de cuánto tiempo hacía que se había acostado encima de la cama, acercándose a donde estaban su mujer y su hija.

Maggie y Juliet permanecían acostadas juntas, encogidas como cucharas, igual que él con Maggie tiempo atrás. Se había acurrucado, completamente vestido todavía, encima del nórdico. Había pasado un brazo por encima de las dos, dándoles un achuchón cuando Juliet había empezado a llorar otra vez.

La discusión no había continuado mucho después de irse Thorne y los otros. El enfado se había desinflado cuando matizó que la manera en que le había hablado no era realmente la causa de la pelea. Después de dejar de chillarle, se había acordado y se había quedado muy callada.

Era como si hubiera estado buscando en la dirección equivocada, como si se hubiera caído por el mismo agujero en que antes estaba Luke.

Al hablarle en voz baja desde el otro lado de la cama, le había pedido que se lo repitiera; los dos hablaban bajito por encima del cuerpo de su hija que dormía.

—¿Por qué no te vas al cuarto de al lado?

Estaba bastante convencido de que no iban a empezar a pelearse otra vez, pero aun así, no quería preguntarle qué quería decirle con eso. Si no quería estar acostada allí cerca de él, o si simplemente pensaba que había poco sitio para los tres; tendría más posibilidades de dormir en condiciones en el cuarto de invitados.

Era académico, desde todos los puntos de vista.

—No creo que me vaya a dormir de todas maneras —dijo—. Estaba pensando en salir a correr.

Esperó unos minutos más antes de levantar el brazo y echarse a un lado. Por la tenue luz verde del reloj digital, veía que, aunque su mujer tenía los ojos cerrados y se advertía la tensión de su boca, pillar el sueño también era para ella una posibilidad muy remota.

Caminó de puntillas hasta los armarios empotrados, abrió la puerta y se agachó para coger los zapatos de deporte.

Al regresar a su piso poco antes de las dos, a Thorne le sorprendió mucho entrar en su salón y encontrarse con un hombre dormido en el sofá-cama.

Hendricks abrió los ojos y se incorporó. Elvis, que había estado acurrucado contra su pecho, saltó al suelo y se alejó furtivamente, maullando.

—Es tarde —dijo Hendricks—. Estaba tan preocupando que por poco llamo a la Policía.

Thorne dio la vuelta a la cama para llegar a la cocina.

—Sabía que tenía que haberte pedido esa llave.

—Parece que estás a punto de romper a cantar *Sobreviviré*. Seguramente también deberías haber cambiado la cerradura.

—¿Quieres un té?

Hendricks había pasado unas semanas en el piso el año anterior. Thorne nunca se había tomado la molestia de pedirle la copia de la llave cuando se fue de su casa. Desde entonces la había utilizado en un par de ocasiones, pero Thorne estaba bastante convencido de que, esta noche, Hendricks no se había presentado allí para darle de comer al gato.

—¿Cuánto tiempo te quieres quedar?

Hendricks habló un poco más alto, volviéndose hacia la cocina.

—Esta noche, nada más —dijo—. No me iba a quedar, pero cuando se hizo tan tarde, pensé que qué más daba, y saqué la cama.

—Sin problemas —Thorne volvió a entrar y se dirigió al equipo de música. Puso un cedé de Iris DeMent, una cantautora de Arkansas que había escuchado por primera vez en un programa de Radio 2, *Bob Harris Country*. Eran canciones de las montañas sobre bendiciones y sangre; sencillas y honestas, y apropiadas para la hora. Thorne esperó a que sonaran las primeras notas de guitarra acústica, ajustó el volumen y volvió a por su té.

—No me peleé con Brendan por *nada* —dijo Hendricks.

Thorne se sentó con cuidado y se cogió una rodilla.

—Nunca pensé que hubiera sido así.

—El otro día dije que no me acordaba del motivo de la pelea, que no era nada importante, ¿lo recuerdas?

—Recuerdo que te noté un poco reservado.

—Pues estuvimos discutiendo sobre los niños.

—Así que ¿por fin le has dicho que no puedes tener niños?

Hendricks sonrió, pero no era más que aflicción.

—Quiero tenerlos. De eso precisamente se trata. Sé que debe ser la hostia de complicado, y que probablemente no tengamos la más mínima posibilidad de todas maneras, pero quería hablar sobre la adopción y Brendan no tenía interés. Cree que soy un egoísta, que debería habérselo dicho cuando empezamos a salir, pero entonces yo no sabía que los quería.

Los muelles del sofá cama chirriaron debajo de Hendricks al cambiarse de postura. Un piano acompañaba a la guitarra, y la sonora voz gangosa de Ozark serpenteaba entre los dos.

—Entonces ¿cuándo te diste cuenta? —preguntó Thorne.

Hendricks dejó caer la cabeza hacia atrás, y le habló al techo.

—Fui a ese congreso en Seattle el año pasado, ¿te acuerdas?

—¿En semana santa o por ahí? Dijiste que hacía mucho frío.

—Uno de aquellos días hubo una demostración de las fantásticas instalaciones de un mortuorio, y disponían de salas de visita. Concretamente, para contemplar los cadáveres de niños, ¿sabes? —Hendricks carraspeó—.

Cualquier cosa, desde los que nacen muertos hasta los preadolescentes muertos a tiros entre bandas. Ya estamos empezando a tener esas cosas aquí, pero por aquel entonces, nunca había visto nada parecido. Básicamente se trataba de minimizar el trauma de los padres, de hacer que el proceso fuera algo menos impersonal... menos impactante. Así que exponen el cadáver sobre una cama refrigerada. La sala está decorada en plan infantil, ¿sabes? Hay osos de peluche, muñecas y eso para los más pequeños, y hay música si quieres, y todo está orientado a crear la impresión de que el niño está dormido. Pretenden inspirar algo de paz, para que pasen tranquilamente esos minutos o el tiempo que sea.

»Nadie intentaba engañar a nadie, tienes que entender eso. No era horrible y hortera. De verdad que no era así, aunque yo esté consiguiendo que suene precisamente a eso.

»Así que nos lo estaban enseñando todo, ¿vale? Una visita a las instalaciones. Había un grupo de nosotros, del Reino Unido, de Alemania, de Australia, o de donde fuera, y todo el mundo tomaba apuntes y hacía preguntas. ¿Cómo se regula la temperatura de la cama? ¿Cuáles son los gastos de montaje? De todo. Y yo me quedé mirando la cama vacía. Me quedé mirando los coches de carreras en la funda del edredón nórdico, y los peluches y las cortinas de la ventana... y estaba viendo a un niño en la cama.

—Un niño...

—Estaba viéndole la cara con todo detalle. La longitud de las pestañas, las manos cruzadas encima del edredón nórdico y las medias lunas perfectas de las uñas. Estaba viéndole hasta el último pelo, y veía exactamente qué cantidad de color le habían puesto en los labios, y creía que quizás podía ver también algo de la cicatriz de la autopsia, roja contrastando con su pecho en el que habían desabrochado un botón del pijama. Veía todo eso, lo reconozco, porque por alguna razón lo veía con los ojos de un padre, y no con los de un patólogo.

»¿Tienes alguna puta idea de lo que quiero decir?

»Fue lo único que pasó para que todo cambiara. El niño que yo había imaginado tumbado en esa cama no era anónimo, no era un cadáver que yo hubiera examinado. Era mío. Yo le había comprado ese pijama estampado de cohetes y estrellas. Era yo quien iba a tener que enterrarlo. De repente me di cuenta de lo mucho... De repente podía admitir cuánto quería un niño. Porque sabía lo terrible que sería perderlo...

Hendricks sorbió por las narices y maldijo a media voz, y desde el sillón no había forma de que Thorne pudiera ver si eso significaba que había lágrimas. Habría necesitado ponerse de pie, y sinceramente, no tenía idea de lo que se habría esperado de él entonces. Con Hendricks acostado en la cama, era duro. Era violento. Así que se quedó dónde estaba, y se sentía mal, porque no sabía cómo hacer que su amigo se sintiera mejor.

Y los dos escucharon a Iris DeMent cantando sobre Dios caminando por las colinas oscuras, y Jesús que bajaba cada vez más hasta alcanzarla y tocar su dolor.

Fue la investigación más importante de la historia de la Policía Metropolitana; la búsqueda del violador en serie que había entrado en casi cien hogares del sur de Londres desde los primeros años de los noventa, atacando sexualmente a más de treinta mujeres ancianas, violando al menos a cuatro. El hombre, al que le habían puesto el apodo del Acechador Nocturno, siempre actuaba de la misma forma. Después de entrar, cortaba la línea de teléfono de la víctima y apagaba la luz antes de dirigirse al dormitorio.

Ella había leído ampliamente sobre el caso a lo largo de varios años, trastornada y fascinada a la vez. Tenía cierta experiencia en tratar con la perversión, tanto de los que se encontraban dominados por ella, como de los que habían sido sus víctimas, así que una parte de ella estaba interesada a nivel profesional. Pero más que eso, había leído por lo que habían pasado las víctimas de aquel hombre, había visto las reconstrucciones por la televisión, y había sentido su terror como si lo hubiera vivido ella. Las ancianas, muchas de ellas con más de ochenta años, describían ese terrible momento de despertar y ver a una figura oscura al otro extremo de la cama, y no podía evitar preguntarse qué habría hecho ella en la misma situación. ¿Cómo habría reaccionado?

Vivía en otra zona de Londres por supuesto, y todavía no tenía esa edad, la que parecía gustarle tanto a ese hombre, pero aun así, se había hecho la pregunta...

—Le he dicho que no se mueva.

Se quedó paralizada, el brazo extendido.

Sólo quería encender la luz. No tendría tanto miedo si no estuviera tan oscuro.

—Me gusta que esté oscuro —dijo.

El corazón hacía que la tela fina del camisón bailara sobre su pecho, pero se sentía increíblemente tranquila, con la mente despejada. Había ideas, imágenes, palabras disparándose como fuegos artificiales en la cabeza —violación, chillar, arma, dolor—, pero también había un hilo de pensamiento fuerte y claro.

Así era como había que tratarlo. Era necesario que se sintiera comprometido. Tenía que conseguir que ella le importara.

—Lo siento si tienes miedo —dijo—. No lo puedo remediar.

—No seas tonto, por supuesto que puedes.

—No...

—Te podrías ir, sin más. No se lo diría a nadie.

Le vio agachar la cabeza, como si estuviera considerando lo que había dicho. Sintiéndose culpable. Ella lo hacía muy bien, haciendo lo que habían hecho las mujeres que se habían enfrentado con ese hombre en el pasado y no habían sido atacadas. Esas mujeres habían hablado luego del momento en que habían apelado a algo en él, a su conciencia quizás, ese momento en que había cambiado de parecer y decidido dejarlas en paz.

—¿Qué pensaría tu madre? —le había preguntado una anciana.

Empezó a rodear la cama y ella sintió una oleada de pánico. Debió notárselo, o quizás hizo algún ruido, porque le dijo que se callara.

—Sé que no me quieres hacer daño —murmuró ella.

Se acercó.

—Se nota que eres una persona bondadosa.

—Cállese ya...

—Has hecho que moje la cama —intentó mantener la voz estable, como si estuviera riñendo a un niño, pero intentando no infundirle miedo—. Debería darte vergüenza.

Pero era ella la que se sentía avergonzada, y luego, enfadada, intentó alcanzar la cadenita que colgaba de la luz de la cama.

Soltó unos tacos cuando se encendió la luz. Empezó a gritar, y en un instante estaba encima de ella.

Los dedos de ella se le clavaban en los antebrazos mientras que él intentaba agarrarla, pero las fuerzas desaparecieron en cuanto ella le vio la cara. Tardó un segundo o dos en ubicarlo. Entonces le invadió la confusión, y los fuegos artificiales en la cabeza volaban más rápido y con más calor, pero antes de poder formular la pregunta «¿qué?» o «¿por qué?», su cabeza se derrumbaba hacia atrás, y la sombra suave se le venía encima con fuerza.

Pronunció su nombre dos veces a través de la almohada, pero no era más que un ruido absurdo.

Le despertó el dolor de la pierna, mientras se echaba a un lado del colchón para dejarle sitio a su padre.

—Mueve ese culo, por el amor de Dios —dijo Jim Thorne.

Thorne encendió la luz. Las 4.17 de la madrugada. Extendió el brazo para alcanzar el vaso de agua, y sacó dos paracetamol con codeína rompiendo el plástico del blíster.

—¡Eres un jodido drogata!

Había dos libros de bolsillo al lado de la cama, y los dos los había empezado a leer en varias ocasiones.

Thorne no podía reunir la concentración suficiente para volver a intentarlo. En la mochila estaba el *Standard*, y el correo sin abrir de dos días acumulado en la mesa al lado de la puerta de entrada, pero no quería pasar por el salón y arriesgarse a despertar a Hendricks. Así que se quedó allí acostado, intentando ponerse cómodo.

El padre de Thorne había desarrollado un notable repertorio de buenos consejos desde su muerte. Había palabras de sabiduría ocasionales, nuevas percepciones repentinas. Al menos una vez, la información que Thorne había necesitado para coger a un asesino.

Pero no era una fuente que se pudiera considerar fiable.

Por la razón que fuera, el viejo se conformaba en esta ocasión con mirar fijamente al techo, y recordarle a Thorne que la lámpara era fea de cojones.

SÁBADO

Luke

Nunca se había emborrachado. En las pocas ocasiones que se había apuntado a las visitas a los bares con los otros chicos, siempre había puesto el límite en dos copas; lo dejaba mucho antes de tomarse la copa que le llevaría a la borrachera. Y aunque quisiera, aunque pensara que debía decir que sí, siempre había dicho que no cuando los chicos a los que les gustaba eso se metían en el parque a fumarse un porro después del colegio. Sabía que Juliet lo había hecho. Ella le había contado que la primera vez daba náuseas, pero que luego era algo maravilloso, y te sentías simplemente muy relajado y tranquilo. Eso sonaba muy bien, pero nunca se había sentido lo suficientemente valiente como para probarlo. Arriesgarse, a sabiendas de lo que podría pasar. Lo que pensaba su padre de las drogas.

Siempre le había dado miedo perder el control.

Pero ahora, sentado contra la pared en la oscuridad, se imaginaba que probablemente algo así era lo que se sentía. Estar totalmente fuera de sí. Se imaginaba que estando borracho o colocado, se tenía la misma sensación de hallarte en otro lugar, las cosas dando vueltas y retorciéndose. De perder el contacto.

El hombre había bajado a verlo para llevarle comida y para contarle algunas cosas. No sabía si el hombre había es-

tado en la casa todo el tiempo, o si se iba y venía. No había escuchado el abrir y cerrar de la puerta de entrada, pero tampoco sabía a qué distancia estaba él de esa puerta.

Luke no tenía idea de si era tarde, ya de noche, o temprano, por la mañana. Un fino rayo de luz entraba por una tabla del suelo al otro extremo de la habitación, pero no podía saber si era la luz natural o si provenía de una habitación en una planta superior. Fuera lo que fuese, no significaba que pudiera ver gran cosa. Sin embargo, se estaba acostumbrando a la oscuridad, y empezaba a dibujar mentalmente un plano de la habitación, tal como había hecho en el piso con Conrad y Amanda.

Había sido lento y difícil, moviéndose a tientas, la cuerda que le ataba las manos cortando la sensibilidad de los dedos.

Estaba en un sótano de unos cinco metros por siete. Había un trozo más largo, que se estrechaba hasta dar con una pared que subía hacia arriba y hacia atrás, de tal manera que quedaba fuera de su alcance. Estaba seguro de que era una antigua tolva de carbón; había visto una en casa de un amigo, al bajar a coger una botella de vino para la cena. Las paredes en casa de su amigo habían sido enyesadas y pintadas, pero éstas era ásperas, como los ladrillos originales, y el techo quedaba a poca distancia de su cabeza. En un lado había algunas repisas, cubiertas de polvo donde no estaban atestadas de latas y cajas abiertas de azulejos. Debajo había rollos de papel, una bolsa pesada de cemento endurecido, algo que al tacto parecían marcos de fotos apoyándose unos sobre los otros. Olía a pintura y a trementina; en otro rincón advertía un olor a polvo de ladrillos y tierra húmeda. Oyó algo correr a toda prisa mientras intentaba dormirse.

Después de abrir la puerta y permanecer de pie al final de la escalera, todo parecía oscuro detrás del hombre. Se ha-

bía ayudado para bajar la escalera con la luz de una linterna. Había traído una hamburguesa con patatas fritas en una bolsa, y un vaso de plástico con Coca-Cola. Se había agachado, le había quitado a Luke la cinta adhesiva de la cara de un tirón, y luego había dirigido la luz de la linterna hacia el suelo sucio, mientras Luke comía y él hablaba.

Al terminar, el hombre había esperado, mirando a Luke como si aguardara una reacción a las cosas que había ido diciendo. Las locuras detestables que soltaba sobre todo el mundo a quien Luke quería. Había levantado la linterna para apuntarla a la cara de Luke.

Luke se había quedado sentado, y había devorado la comida, odiándose a sí mismo por tener ganas de llorar.

Después, el hombre le preguntó a Luke si creía que era necesario volver a ponerle la cinta por la boca. Luke había movido la cabeza negativamente. El hombre le dijo que de todas maneras no servía de nada gritar, porque nadie se iba a enterar, pero esto sería una prueba. Si Luke se comportaba y no gritaba, entonces quizás, la próxima vez, el hombre le quitaría la cuerda de las muñecas también. El hombre estaba seguro de que Luke iba a superar la prueba. Dijo que Luke era un buen chico, un chico sensato, que sabía lo bueno que era.

Esta vez, Luke había movido la cabeza positivamente. Y seguía.

Ahora, sentado en la oscuridad, estaba intentando averiguarlo. ¿El hombre sólo hablaba sin más, o realmente sabía de él? ¿Sabía cosas de su vida privada? Estaba claro que decía conocer muy bien a la gente que le importaba a Luke...

Estaba totalmente despierto; no recordaba haber estado más despierto desde el comienzo de todo esto. Quizás era porque no le habían vuelto a drogar; no desde la última vez, después de llevárselo del piso y meterlo en el coche. Quizás era porque había dormido, aunque no estaba seguro de haberlo hecho, por lo menos durante un buen rato. Quizás había alcanzado ese punto más allá del cansancio, donde empezabas a sentirte bien otra vez, donde podías pensar con claridad en algo que no fuera el sueño.

Él pensaba en sobrevivir.

Sabía que su madre y su padre harían lo que el hombre quisiera para recuperarlo, pero había visto bastantes películas y programas de televisión para saber que a veces los planes salían mal. En lo que se refería a las cosas entre él y el hombre, estaba claro que la clave para sobrevivir era el control. El control le daría su mejor posibilidad.

Simplemente no sabía si era cuestión de mantenerlo, o de perderlo.

Doce

Debajo del calendario, sobre la pared de la cocina de color amarillo claro, había una especie de poema, o cuento con una letra redondeada y anticuada. Se trataba de un hombre que iba caminando por una playa y siempre veía dos hileras de pisadas. Las suyas y las de Dios. Salvo esos momentos oscuros de su vida en que era infeliz, o que luchaba contra algún problema importante, los momentos en que una hilera de pisadas parecía desaparecer. En el poema, el hombre estaba enfadado con Dios por haberle abandonado cuando más le necesitaba, pero Dios le explicaba que aunque sólo veía las pisadas de una sola persona por la playa, el hombre nunca estaba realmente solo. En esos momentos tan oscuros, Dios le llevaba en brazos...

Heeney movió la cabeza negativamente, y señaló con un gesto de la cabeza el gran salón que se utilizaba como área de terapia.

—Nunca me di cuenta de que terminaría así, tú sabes... de la brigada de Dios.

Neil Warren terminó de remover la última de las tres tazas de té y tiró la cuchara al fregadero.

—No tienes por qué serlo —dijo—. Sin embargo, yo sí lo soy —le pasó Heeney una taza de té.

—Bien —dijo Heeney.

—La mayoría de la gente tiene que encontrar algo que les importe más que las drogas o el alcohol, ¿sabes? Algo que no le vaya a joder la vida de la misma manera. Entonces, eligen.

—Bien —dijo Heeney otra vez.

—Para mí, que al final tuve que elegir a Dios o a la cocaína...

Warren le pasó una taza a Holland. Holland la cogió con una sonrisa, disfrutando de lo violento que se sentía Heeney tanto como Warren demostraba estar disfrutando.

Nightingale Lodge era una casa de acogida gestionada de forma privada, propiedad de una organización que se llamaba Promesa. Era un edificio victoriano grande y con doble fachada en la calle Battersea Rise, donde seis adictos en rehabilitación como mucho —los que ya habían cumplido ocho semanas de rehabilitación y a los que se consideraba de bajo riesgo— podían readaptarse a una vida sin drogas, mientras esperaban alojamiento permanente. Aunque Promesa era una organización benéfica registrada, los inquilinos de Nightingale Lodge pagaban una cantidad considerable por vivir allí y parecía muy probable que alguien sacara un notable beneficio. Neil Warren era uno de los dos consejeros a tiempo completo y reconoció no saber exactamente quién le pagaba el sueldo. Sí tenía muy claro que ganaba mucho más que lo que ganaba hace unos años cuando trabajaba para el municipio londinense de Bromley.

—Desenganchar a la gente de las drogas es una industria en alza —había dicho al hablar con Holland a primera hora de la mañana—. Aquí no faltan los clientes.

Su voz era aguda y ligera; un ligero acento norteño. Holland había imaginado un hippy demacrado de más de un metro noventa vistiendo vaqueros y con coleta.

Warren tenía treinta y muchos años, bajo y grandote, con el pelo moreno rapado casi al cero. Llevaba una sudadera lisa de color gris con pantalones militares color caqui y unos Timberlands. Holland pensaba que tenía pinta de saber manejarse bien.

—Más vale tomar un descanso oficial para fumarme un cigarrillo... —dijo Warren. Sacó una lata con tabaco del bolsillo trasero del pantalón, y luego un mechero y uno de los cigarros que ya tenía liados previamente. Le ofreció la lata a Heeney, quien agradecido vio la oportunidad de sacar su propio paquete de Benson & Hedges. Holland declinó la invitación.

—Tú hablas de la cocaína o lo que sea —dijo Heeney, metiendo bruscamente el cigarro entre los labios—. Yo ni siquiera puedo dejar esto.

Warren encendió su cigarro.

—Cuesta más quitarse de esto que de la heroína —dijo.

—Pero es más barato.

—No por mucho...

—Es la pura verdad...

Holland miró a Heeney, apoyándose contra la encimera, con su cigarrillo y su taza de té, como si estuviera en casa hablando gilipolleces con su mujer. No era corriente para Holland estar deseando trabajar con alguien como Andy Stone, pero en comparación con lo que había, le habría sabido a gloria. Quizás tenía que ver con el acento de Birmingham. Le servía de motivo de rechazo de su reciente compañero como otro cualquiera, y la primera impresión había resultado ser horriblemente cierta. Rápidamente habían establecido una rutina de trabajo en que a Holland le tocaba hacer la mayoría del trabajo mientras que Heeney se dedicaba a no hacer nada, aparte de algunos comentarios superficiales y de intentar hurgarse en la nariz sin que nadie se diera cuenta.

—Nos quedamos aquí para hablar —dijo Warren—. Algunos de los inquilinos están haciendo una sesión de terapia sin supervisión en el salón —Heeney sorbió por las narices, y Warren lo interpretó como una expresión de desprecio, y en efecto lo era—. Terapia no tiene por qué ser siempre algo destinado a capullos —se notaba la tensión en la voz—. Trabajamos mogollón aquí dentro. Tienen que poner de su parte y seguir las normas, y si no, acaban fuera. Por cierto, yo soy el poli bueno. El otro consejero obliga a todos los que saquen los pies del plato a pasar el día con una tapa de wáter colgada del cuello.

—¿Cómo os organizáis? —preguntó Holland—. ¿Compartes deberes con el otro consejero?

—Uno trabaja, el otro descansa.

—¿Y eso qué quiere decir?

Warren acercó el cenicero al alcance de Heeney.

—Por la noche siempre está uno de los dos y hacemos turnos de una semana. A mí toca el turno de día esta semana, así que tengo la suerte de poder dormir en mi propia cama...

Holland observó las notas de post-it pegadas a la puerta del frigorífico, y la lista de tareas impresa que había sido plastificada y fijada a uno de los armarios.

—Me imagino que los estudiantes deben vivir más o menos así —dijo—. Dejándose notas para recordarle a la gente que friegue los platos y que no toque su yogur. Como la serie de *The Young Ones* o algo así...

—Se parece mucho a eso —dijo Warren—. Pero con más violencia y follando mucho menos.

De pronto Heeney parecía interesarse algo más en la conversación.

—¿Y eso por qué?

—Para empezar es sexo en solitario, aunque tampoco eso influye tanto, claro está. Pero a los inquilinos no se les permite mantener ningún tipo de relación mientras estén aquí. La dependencia es algo que intentamos no fomentar, ¿sabes?

—¿Cuánto tiempo se quedan aquí? —preguntó Heeney.

—Hasta un máximo de dieciocho meses.

—Joder.

—Depende de si ellos lo aguantan, si se les puede facilitar una vivienda protegida, o lo que sea.

—Me imagino que habrá cantidad de material porno por aquí...

Warren sonrió dando una calada larga al cigarro, pero más bien riéndose *de* él, no *con* él.

Por la ventana de la cocina, Holland veía un jardín largo y estrecho. Había un cobertizo al otro extremo, con una mesa y sillas. El césped necesitaba un repaso urgentemente, y cuando una urraca grande se lanzó desde un poste de la valla al césped, por poco desaparece completamente dentro de la hierba tan crecida.

—¿Cuándo lo dejaste tú? —preguntó Holland. Lanzó una mirada hacia el calendario y las palabras que había debajo—. ¿Qué te hizo elegir?

—Quise dejarlo el mismo día que empecé —dijo Warren—. Créetelo, yo sabía que tenía que dejarlo. Yo era un consejero de adictos que a la vez era un drogata, y sabía perfectamente hasta qué punto me estaba jodiendo la vida. Pero no lo dejas mientras haya otra cosa que puedas hacer. Hasta que una parte de tu cuerpo deja de funcionar, o algo definitivo ocurre en tu vida

Fuera, un gato de pelo largo y espeso saltó al alféizar de la ventana. Warren se inclinó hacia la ventana y dio unos golpecitos con una uña; se quedó mirando mientras el gato se frotaba contra el cristal.

—Raras veces hay un momento para ser sincero —dijo—. Pero si queréis alguno, probablemente fue cuando murió mi madre, y mis hermanos no me dejaban a solas con su cadáver, por si le robaba las joyas que llevaba.

Holland se dio cuenta de que incluso Heeney tuvo la delicadeza de mirarse los zapatos durante unos instantes.

—Pues sí —Warren se volvió y apagó el cigarro—. Eso fue como una bofetada en toda la cara...

—¿Fue entonces cuando decidiste dejarlo?

—No, ni siquiera entonces —se rio de lo ridículo que resultaba todo—. Fue entonces cuando mi familia me obligó a dejarlo.

—¿Una especie de *intervención* o algo así?

—Bueno, sí, pero al estilo británico. Para mi hermana fue como si me hubiera muerto, y mi hermano me dio una paliza de muerte.

Holland no pudo evitar sentirse impresionado por la actitud abierta de aquel hombre, por su aparente honestidad. Parecía una persona que había dejado de esconderse hacía mucho tiempo.

—Entonces, ¿cuándo pasó todo eso? —preguntó Holland.

—Llevo limpio casi dos años justos, que es más o menos el tiempo que estuve enganchado.

Holland hizo el cálculo mental y llegó a una conclusión interesante.

—Así que empezaste con las drogas cuando estabas trabajando en el proyecto disp.

—Empecé a tomar cocaína de forma seria... en 2001.

—¿Más o menos cuando se desmontó el tribunal?

Warren se pellizcó una hebra de tabaco de la lengua.

—Por ahí, probablemente. Lo podría comprobar, pero no creo que «me esnifé mi primera raya de coca» aparezca en ninguna parte de mi agenda de ese año...

Fue interrumpido por un arranque de gritos, de discusiones desde la sala de al lado, que se oyó más fuerte al abrir la puerta de golpe. Unos instantes más tarde, un adolescente flaco, que no podía ser mucho mayor que Luke Mullen, entró bruscamente en la cocina, gesticulando de forma descontrolada y echando pestes a toda voz.

El gato huyó del alféizar.

—El mamón de Andrew se ha chivado de mí al grupo, el cabrón le ha dicho a todo el mundo que yo había estado hablando de caballo... sobre el caballo que había tomado como si me hubiera encantado, el muy cabrón ni siquiera estaba allí... El mamón contaba mierda para ganar popularidad con todos vosotros... Te juro que más te vale quitar todos los putos cuchillos de esta puta cocina, Neil, te estoy diciendo que...

Warren se llevó al chico hasta la mesa de cocina pequeña. Le sentó debajo de un póster que decía «esto no es un ensayo general», y se dirigió a él como si Holland y Heeney no estuvieran allí. Habló con un tono bastante suave al principio, hasta que el chico se fue calmando, y entonces prosiguió con un tono más firme. Le dijo que comprendía lo molesto que resultaba que se chivaran de uno, pero que Andrew había hecho lo correcto. Hablar de la droga de forma positiva iba en contra de todas las reglas; hablar de ellas como si fueran algo que se echara en falta, como una pérdida importante, no era la manera de seguir para adelante.

—Son unos jodidos mal pensados, Danny, sabes que sí. Unos jodidos mal pensados...

El comentario le era familiar a Holland, resumido de una forma muy concisa; eran clichés, y guardaban un parecido espantoso con un curso de autoayuda americano. Sin embargo, aun así, le resultó acertado en el tono. Hollando tomó nota para acordarse de contárselo a Thorne, que seguramente vería la gracia.

Unos jodidos mal pensados.

Sin ellos, estarían los dos sin trabajo.

Al abrir la puerta, no se podía describir la expresión de la cara de Jane Freestone como de pánico, pero sí de sorpresa. Fue al darse cuenta de que no eran Testigos de Jehová los que llamaban a su puerta a las nueve treinta del sábado por la mañana.

—Me creí que ustedes habían tirado la toalla —dijo ella—. Que se habían dado cuenta de que estaban perdiendo el tiempo, y habían empezado a dar la lata a otra gente...

Le tocaba a los que enseñaban sus placas poner cara de sorprendidos mientras las facciones de Jane Freestone se transformaban en un visaje de burla y desprecio lleno de resentimiento. A Thorne le parecía que el caso de Sarah Hanley, por lo menos en cuanto se refería a Grant Freestone, había pasado de frío a congelado. Después de un intercambio lacónico en la puerta, les invitó a pasar de mala gana a Thorne y a Porter.

Recorrieron un pasillo estrecho con láminas enmarcadas de atardeceres y paisajes nevados colgados en la pared. Un cartel donde se leía «La habitación de Billy» estaba pegado con celo a una puerta cerrada. Desde dentro Thorne oía la televisión y un ruido de juguetes. Al pasar por la cocina olía a comida china entregada en el domicilio la noche anterior.

A los pocos minutos de permanecer dentro del piso de Jane Freestone —una casita de dos dormitorios en una urbanización de Brentford—, a Thorne le pareció que su viaje al trabajo de esa mañana le traía un agradable recuerdo lejano. Había salido de casa antes de lo necesario; se había escapado sin despertar a Hendricks, y había escogido la ruta más larga, pasando por Highgate y Hampstead. Las calles estaban prácticamente vacías. Acercándose a Golders Green, pasada la zona del Heath, el cielo se le había presentado despejado, y encendido por un tono rosado.

Aún entonces había pensado que probablemente no hubiera una mejor visión del día que en ese momento.

La vista desde la ventana, por debajo del autopista M4 hasta el polígono industrial que se encontraba más allá, resultaba más inhóspita que por dentro, y el mal humor de la inquilina era lo más desagradable de todo. Thorne había cabreado a mucha gente a lo largo de los años, pero hacía mucho tiempo que no se había sentido tan odiado. La mujer rara vez levantaba la voz, pero el tono era inequívoco; había veneno en cada palabra que escupía o pronunciaba. Les dijo que no disponía de mucho tiempo porque tenía que vestir a sus niños. Le preguntaron qué había querido decir al abrir la puerta, y les explicó que no había recibido la visita anual el año anterior. No había tenido que hablar con uno de sus cabrones desde hacía dieciocho meses. Porter explicó que tanto ella como Thorne eran cabrones de otra clase, y que el nombre de Grant había surgido en conexión con un asunto totalmente distinto.

—¿Van a incriminarlo con otra cosa?

—¿Cree usted que le incriminaron con el asesinato de Hanley? —preguntó Porter.

Freestone lo negó con la cabeza, con una sonrisa irónica como si Thorne y Porter fueran torpes como burros. Tenía treinta y pocos años, era alta y con mucha delantera, y el pelo moreno recogido con una coleta. Thorne incluso podría haberla encontrado hasta extrañamente sexy. Si tuviera puesta otra bata, quizás, y si él mismo llevara veinte años sin tirarse a nadie.

—¿Está usted diciendo que un agente o agentes de policía hicieron de su hermano el principal sospechoso porque no encontraban a nadie más?

—No digo nada.

—¿O que ellos eran realmente responsables del asesinato?

Sacó un pañuelo de papel arrugado del bolsillo de la bata, y con un pico se secó un orificio de la nariz por dentro.

—Había al menos un poli que no lo habría sentido mucho si a Grant le hubieran encerrado otra vez —guardó el pañuelo en el bolsillo—. Vamos a decirlo así.

Thorne controló el impulso de echar un vistazo a Porter, y tuvo la sensación de que ella hacía lo mismo.

—Supongo que no tiene usted ganas de decirnos el nombre de ese poli —dijo él.

En efecto no lo hizo.

Thorne y Porter estaban de pie, pero cuando entraron en el salón Freestone se había dejado caer en un sillón mirando la televisión grande de pantalla plana que había en el rincón. La había encendido, había quitado el sonido y luego pasó gran parte de la conversación mirando la pantalla.

—¿Por qué se escapó, Jane, si no mató a Sarah?

Era algún canal raro de televisión por cable. Cada vez que Thorne miraba, a una persona se le estaba enseñando una casa.

—Porque sabía que le querían incriminar, y no quería volver a la cárcel. Aunque ese delito no guardaba relación con eso, lo tenían señalado como alguien que se lo montaba con niños.

—¿Señalado? —dijo Thorne—. Nadie puso a esos niños en su garaje.

Freestone le ignoró. Observó la tele como si supiera leer los labios.

—¿No cree que le habría venido mejor quedarse donde estaba? —preguntó Porter—. Si realmente no lo hizo...

—¡Joder! Deja ya de decir la palabra *si*.

De repente se volvió, con pinta de estar a punto de pegarle una paliza de muerte a alguno de los dos.

—Grant estuvo conmigo cuando fue asesinada su novia. Fuimos al parque con mis niños —señaló hacia el pasillo—. Ve a preguntárselo, mira los cojones...

Para la mujer fue fácil hacer ese tipo de invitación, a sabiendas de que nunca la iban a aceptar. El mayor de sus niños tenía ocho años. Fuera lo que fuera que contestara ahora al hacerle preguntas, no se podrían fiar ni de él ni de su hermano para que recordaran lo que había pasado; hacía tanto tiempo que prácticamente ninguno de los dos sabía hablar.

Porter levantó la mano, y esperó un instante antes de volver a intentarlo.

—¿No le habría ido mejor intentando demostrar su inocencia?

Freestone le echó una mirada a Porter antes de volver la vista hacia la tele; con esa mirada dejó muy clara que *sabía* que los dos eran imbéciles.

—¿Entonces Grant cree que se la jugaron? —preguntó Thorne.

—Adivina.

—¿Es eso lo que dijo entonces? ¿Lo viste antes de que desapareciera?

—No lo veo desde hace cinco años.

—Nadie está sugiriendo que esté escondido debajo de la cama, pero los dos habréis estado en contacto, ¿no?

—¿Ah, sí?

Thorne dio dos pasos hacia el sillón.

—Te habrá llamado, escrito cartas, algo... ¿Es eso lo que él cree todavía?

Freestone se acomodó en el sillón para ponerse más derecha, y esperó a que Thorne se quitara para poder pasar.

—Voy a mear. Así tendréis los dos la oportunidad de husmear por aquí mientras estoy el baño —señaló la puerta—. Mi cama la encontraréis allí dentro, por si queréis comprobar lo que hay debajo...

Al irse, oyeron que se cerraba el cerrojo de la puerta del baño. Thorne y Porter empezaron a hacer justo lo que Freestone les había sugerido. Se movieron rápido por la habitación, prácticamente en silencio. Con un gesto de la cabeza, o en voz baja, uno llamaba la atención del otro sobre objetos de interés. Había fotos sobre una mesa de cristal baja al lado de la tele: Jane Freestone y un hombre que Thorne reconocía como su hermano, luciendo unas sonrisas que claramente habían procurado mantener más tiempo de la cuenta; la foto de unas vacaciones con un hombre de complexión fuerte con el pelo rojizo y bigote, sentado en una terraza con una camisa y un pantalón corto, posando con una pinta en la mano; los niños de Freestone en un parque infantil, corriendo hacia la cámara.

Porter miró las revistas en una caja debajo de la ventana: *Heat* con los los últimos cotilleos, *Auto trader* y *Nuts* con los mejores desnudos. Thorne echó un vistazo rápido a las facturas, cogidas con un clip enorme junto al equipo de música. Buscó llamadas para o desde el extranjero en la lista de British Telecom, tomó nota de que el paquete contratado con Sky incluía todas las películas y deportes, y se alejó para estudiar los lomos de los cedés cuando oyó que tiraba de la cisterna...

Cuando Freestone volvió a aparecer, cruzó la habitación hasta el sillón, y se dejó caer como si no hubiera nadie más allí.

Con un gesto de la cabeza, Porter señaló la foto del hombre con la cerveza.

—¿Ese es el padre de los niños?

Soltó una risa corta y amarga.

—Ahora sí lo es. Y lo hace de puta madre, mucho mejor que el verdadero, eso sí te lo digo.

Thorne cruzó la habitación. Se inclinó para volver a mirar la foto.

—Vive aquí, ¿no es así?

—La mayor parte del tiempo —se chupó los dientes y respondió como si hubiera estado esperando esa pregunta—. Por eso precisamente tenemos los deportes de Sky y los cedés de música heavy —miró a Thorne con los ojos abiertos de par en par, con una expresión de preocupación simulada—. Por si acaso te lo preguntabas.

Thorne se preguntaba exactamente cuántas veces había recibido esta mujer la visita de agentes de policía en su casa.

—¿Dónde está?

—El Arsenal juega fuera contra el Manchester United —dijo ella—. Se fue anoche en tren con los colegas.

Thorne miró más de cerca: reconoció el *Gunner's Crest,* el escudo del Arsenal en el polo que llevaba el hombre.

—¿Se va a casar? —preguntó Porter.

—¿Para qué? No sirve para nada, salvo facilitarle un poco las cosas a la Agencia de la Manutención de Menores, para cogerlos cuando te dejen.

A Thorne se le ocurrió un comentario para hacerse el gracioso sobre lo estupendo que era ver cómo el romanticismo seguía tan vivo. Sin embargo se lo calló, y por el contrario pensó en lo vulnerable que resultaba ser el matrimonio, ante esas emociones que eran cualquier cosa menos estables y con la fecha de caducidad incorporada. Un matrimonio podía sobrevivir si el amor se transformaba en algo más, en compañerismo quizás, pero si el odio conseguía hacer acto de presencia, sólo provocaba su final.

Pensó en Maggie y Tony Mullen.

El odio no surgía de la noche a la mañana. Se sembraba, brotaba y crecía desde las sutilezas oscuras de la culpa y el sentimiento de culpabilidad, y Thorne no pudo concebir ninguna condición mejor para tal florecimiento retorcido que la pérdida de un hijo.

Cuando volvió la mirada hacia Jane Freestone, ella le estaba mirando fijamente, como si fuera una mierda pegada a la suela del zapato.

—¿A qué te referías exactamente con lo de «un asunto completamente distinto» que decías antes...?

Estaba girando la cabeza antes de terminar de formular la pregunta, cuando le llamó la atención el sonido del llanto de un niño al otro extremo del pasillo.

—Los cojones —dijo.

Porter llegó a la puerta a la vez que ella.

—¿Puedo usar el baño?

—¿De paso, por qué coño no te preparas el desayuno? —dijo Freestone, saliendo delante de ella.

Una vez solo en el salón, Thorne se sentó en el sofá, y supuso que, con el paso de los años y la experiencia, le salía cada vez peor eso de interpretar a las personas, aunque tuviera una ligerísima idea de cómo adivinar sus pensamientos. Se podía acercar hasta el punto de ver su propia reflexión en los ojos del otro, y aun así no ser capaz de saber si eran sinceros o se estaban quedando con él. Había días en que veía al Papa como un asesino en serie y a Jeffrey Archer, el escritor, como un hombre honesto...

Miró la tele y vio cómo les enseñaban más casas a más gente. Observó el programa con el volumen apagado, e intentó decidir si a la gente le gustaban las casas o no, sólo por la expresión de la cara.

—Tengo que decir que a Grant Freestone le veo capaz de casi cualquier cosa.

Holland, Heeney y Warren estaban solos otra vez en la cocina. Danny, el chico que se había disgustado tanto, había vuelto al salón a pedir disculpas al resto del grupo por ser un mal pensado, y así reintegrarse en el programa. Warren le había dicho que debería pensar un poco más en lo que él quería. Que debía considerarse un tío con suerte por no tener que pasar lo que quedaba del día con la tapa del váter como collar.

—Debería matizar eso —dijo Warren—. Si todavía anda con drogas, sería capaz de cualquier cosa.

—¿Y tú crees que es así?

—¿Quién sabe? Tuvo un problema al salir de la cárcel, y yo no podría afirmar que había desaparecido del todo para la fecha en que fue asesinada su novia.

Fue curiosa la elección de palabras.

—Quizás estaba colocado cuando la atacó.

—No voy a especular sobre eso. No le veo el sentido. Pero no cabe duda, incluso si Grant hubiera logrado estar a punto de desengancharse, ese tipo de cosas es justo lo que te vuelve a enganchar otra vez.

Holland se acordó de lo que Warren había comentado antes, sobre la época en que había empezado a tomar drogas. ¿Podía ser un sentimiento de culpabilidad por la muerte de Sarah Hanley el detonante de su adicción?

—¿Tú crees? —dijo.

No era gran cosa como reacción, sólo lo justo para demostrarle a Holland que se había enterado de la pregunta. Warren se volvió al fregadero y empezó a fregar las tazas sucias.

—Me preguntabas si yo creía a Freestone capaz de secuestrar a alguien y estoy intentando ser franco contigo. Cuando ya estás bien jodido, harás lo que tengas que hacer...

Holland asintió con la cabeza, y esperó a que continuara. Se preguntaba, en este caso, si «lo que tengas que hacer» llegaba a incluir el asesinato.

—Llegas a un punto en que no piensas en lo que estás haciendo. Te crees muy listo, cuando realmente te comportas como un puto imbécil. Sólo te concentras en conseguir el dinero, para comprar lo que necesitas.

A Warren sólo se le había contado lo que necesitaba saber. Al empezar Holland a hablarle de un secuestro, Warren había llegado a la conclusión obvia sobre el posible motivo. A pesar de todas sus especulaciones sobre lo que haría o no un yonqui si se encontrara tan desesperado, no sabía que la persona que retenía a Luke Mullen todavía no había pedido ningún rescate. El porqué resultaba igual de misterioso que el quién, pero daba la impresión de que el dinero no tenía absolutamente nada que ver con el asunto.

De todas maneras, el asunto de las drogas tenía su interés al menos en un punto.

—¿Te suena de algo el nombre de Conrad Allen, Neil?

Warren se colocó de espaldas al fregadero. Lo negó con la cabeza.

—¿Y Amanda Tickell?

—¿Quién? —Warren cogió un paño de cocina, y habló antes de que Holland terminara de repetir el nombre—. Lo siento, pero esto no tiene sentido. No creo que me estéis preguntando si juego al bridge con alguno de ellos, y no puedo hacer comentarios sobre alguien que pueda conocer o no a nivel profesional.

—Lo entiendo —fueron las primeras palabras de Heeney en un buen rato.

—Y por cierto, ya debería estar en el salón para asegurarme de que no empiecen a liarla...

Warren se alejó un paso del fregadero, y al moverse dejó que el sol brillara de lleno en la cara de Holland. El gato había vuelto al alféizar de la ventana. Holland entrecerró los ojos para protegerse de la claridad.

—¿Es posible que Freestone sea lo bastante listo para hacer algo así? Quiero decir, que me hago cargo de todo lo que has ido diciendo, la desesperación o lo que sea. Pero llevar a cabo algo así... ¿realmente es lo bastante inteligente?

Warren se lo pensó.

—Bueno, por un lado tenemos a los que son lo bastante inteligentes como para entrar en el MENSA, y por otro lado tenemos a los que son lo bastante inteligentes para que no los cojan. Son muy distintos.

—Puede que sea ambas cosas, por supuesto.

—Es un tipo con una inteligencia media en el sentido convencional, pero ha desarrollado algunos trucos útiles. No se trata de ser inteligente, sino astuto.

—Pícaro.

—Incluso más que eso —dijo Warren—. Sabe arreglárselas, pero para hacer lo que ha hecho él necesitas engañar a la gente durante un tiempo. Lo que le mandó a la cárcel en primer lugar, lo que es... no te puedes librar de eso durante mucho tiempo, a menos que seas capaz de convencer al resto del mundo de que eres lo que realmente no eres. Aprendes a fingir. Llegas a hacerlo tan bien que te resulta hasta natural, y una vez que incluyas tu adicción en todo eso, algo que tienes que guardar a salvo de los que te rodean, terminas siendo una persona que pasa media vida escondiendo su verdadera identidad —se mordió una uña, la arrancó y la rechinó entre los dientes—. Pues sí... creo que es lo bastante inteligente.

Holland no estaba más convencido que los demás de que Grant Freestone fuera su hombre, pero le habían encargado un trabajo. En cuanto a Neil Warren, su labor prácticamente había terminado. Echó un vistazo a la pared; vio que a un tal Eric le tocaba preparar la cena esa noche y que a Andrew le correspondía limpiar el cuarto de baño. Miró el poema debajo del calendario. Seguía pareciéndole empalagoso, y Holland se limitaba a bodas, funerales y loterías en lo referente a su relación con Dios o la Iglesia, pero conservaba la esperanza de que, dondequiera que estuviera Luke Mullen, dejara atrás las pisadas de una sola persona.

Todavía estaba esperando a Porter.

El niño que se había disgustado tanto —Thorne no sabía si era Billy, ni siquiera si Billy era el mayor— ya se encontraba tumbado en el sillón, con la cabeza sobre el pecho de su madre. La cara del niño era tan inexpresiva como tranquila, pero los ojos los tenía bien abiertos, y clavados sobre el hombre que estaba de pie al lado de la ventana. Si Thorne hubiera dado rienda suelta a su imaginación, podía haber pensado que al niño se le había enseñado desconfiar de los policías desde muy temprana edad. O quizás sencillamente de los hombres...

Freestone acarició la cabeza de su hijo.

—No comprendo que estén ustedes aquí, utilizando mi casa como cagadero.

Thorne miró hacia la puerta.

—Estoy seguro de que va a salir pronto.

—Pero ustedes siempre actúan así. Quizás a ella le apetece limpiar su culo flaco con la cortina. O con la ropa de mis niños.

—Se está comportando de manera estúpida —dijo Thorne.

—Se trata de respeto.

Por el pasillo, se oyó tirar de la cisterna.

—Se trata de las veces que nos la ha jugado en el pasado. Diciendo gilipolleces y mintiendo para salvar a su hermano.

—No mentí.

—¿Quién crees que cogió a esos niños, Jane? ¿Se ataron ellos mismos?

—No mentí sobre Sarah Hanley. Estábamos en el parque —se acomodó debajo de su hijo, cambiando la cabeza de un pecho al otro—. Fue la última vez que vio a mis niños.

Cuando Porter entró enérgicamente en la habitación, Thorne no podía entender la expresión de su cara. Le habló al cogote de Freestone.

—Probablemente deberíamos quitarnos de enmedio —dijo ella.

—Nadie se lo va a discutir.

—Pedimos disculpas por haberle molestado un sábado.

—Todavía no tengo ni puta idea de lo que querían.

Thorne miró a Porter, intentando averiguar qué estaba haciendo. Atrajo su atención durante un instante, pero no comprendió nada.

—Mire, seré sincera con usted —dijo Porter—. Probablemente tenía usted las mismas ganas de que estuviéramos aquí que nosotros de venir, pero la visita fue una orden, así que aquí estamos. Nosotros hacemos lo que nos mandan. Algún inspector jefe capullo con una polla enana y la imaginación más diminuta todavía pensó que sería buena idea. Según lo veo, cogió el nombre de su hermano al azar.

—No sería la primera vez —dijo Freestone—. Esto tiene algo que ver con los niños, ¿verdad?

—Si me lo pregunta a mí, no tiene absolutamente nada que ver con nada —dijo Porter—. Se trata de polis que toman decisiones basándose solamente en lo que les aparece en la pantalla del ordenador, y a nosotros nos toca siempre lo peor. Es una pérdida de tiempo, y nada más.

—Si es una disculpa, se agradece. Pero se la pueden meter por el culo.

—Se lo haré saber a nuestro inspector jefe —Porter miró a Thorne, y él hizo lo que creía que quería ella, devolviéndole una sonrisa de conspirador—. Así que tome todo esto como si fuera la visita de rutina que los de Hoolihan nunca llegaron a hacer, ¿vale?

—Me suda el coño.

—Entonces, para que se incluya en el informe, señorita Freestone, sólo para poder rellenar la casilla confirmando que se lo he preguntado: ¿ha visto usted a su hermano desde la última vez que fue entrevistada por la policía?

Cerró los ojos, y acarició la espalda de su hijo.

—Ojalá le hubiera visto. Lo deseo más que nada en el mundo. No tengo ni puta idea de si Grant está vivo o muerto...

El bmw estaba aparcado a la vista de la puerta principal de Jane Freestone. Thorne y Porter se subieron al coche y se alejaron sin mediar palabra. Al final de la calle, Thorne giró a la izquierda, pasó peligrosamente delante de una moto y luego hizo un giro brusco hasta detenerse en una parada de autobús.

Porter no hizo más que mirarle, disfrutando del momento.

—¿Me lo vas a contar? —preguntó Thorne—. No sé a qué coño jugaba allí dentro, siguiéndote la corriente. ¿A qué cojones venía esa gilipollez de «pedimos disculpas por hacerle perder su tiempo»? «El inspector jefe con la polla enana...».

—Quería que creyera que no tenía nada de qué preocuparse. Que no nos volvería a ver. No quiero que avise a su hermano.

—¿Qué?

—Es una puta embustera. Y lo hace muy bien.

—¿Tiene algo que ver con el cuarto de baño? No me digas que había una mierda flotando en el váter con el nombre de Grant Freestone...

—Encontré restos de haberse afeitado —dijo ella.

Thorne intentó no parecer demasiado condescendiente, pero tampoco lo consiguió.

—Muy bien. Eso será de su novio...

—Barba oscura. Se había metido allí para dejar todo lo más limpio posible, pero lo encontré debajo del borde.

—¿Y por qué no va a ser de ella?

Porter movió la cabeza negativamente.

—Tiene el pelo moreno. Las mujeres se afeitan las piernas, ¿no?

—Sí —dijo Porter—. Pero no en el lavabo...

Thorne miró a través del parabrisas, considerando las implicaciones.

—Dios, ¿tú crees que estaba allí dentro?

—No. Salí del baño sin que me vieran y comprobé todos los cuartos.

—Puede que no se quedara anoche. O que haya pasado unas cuantas noches sin quedarse. Puede que esos pelos de haberse afeitado lleven un tiempo allí.

Porter reconoció la posibilidad de que fuera así, pero aún encontraba otras alternativas más atractivas.

—O a lo mejor por poco no coincidimos con él. Podía haber salido temprano a comprar la leche, un periódico...

—Estuvimos allí casi una hora —dijo Thorne—. Hay tiendas en la calle de al lado.

—Quizás fue al supermercado. Quizás se marchó a dar un paseo, o algo así —Porter parecía cada vez más irritable, mientras que sus sugerencias se volvían cada vez más desesperadas—. Hace una mañana estupenda.

Thorne observó a una mujer joven en la acera de enfrente, luchando con un cochecito y un pequeño travieso dando sus primeros pasos. Se acordó de que Jane Freestone había señalado el cuarto de sus hijos con gritos.

Ve a preguntárselo, mira los cojones...

—¿Viste a otro niño? —preguntó Thorne. Se volvió a mirar a Porter: la idea que tenía estaba tomando forma y él se sentía cada vez más inquieto—. Cuando comprobaste los otros cuartos, ¿viste al otro niño?

Porter se mostró indecisa, como si estuviera acobardada por la intensidad que exhibía el rostro de Thorne.

—Sencillamente di por hecho que se había llevado los dos al salón. Realmente no me fijé cuando volví.

Thorne arrancó el coche, señalando hacia la guantera.

—Hay un mapa ahí —dijo—. Busca el parque más cercano...

Se sentó en un extremo del banco donde se apoyaba la bicicleta pequeña azul y blanca del chico. Así parecería que él la estaba cuidando. Así sabrían que estaba allí con un niño.

El chico bajó de un salto del carrusel mientras todavía giraba y se detuvo después de dar tres o cuatro pasos corriendo para saludarle con la mano. El hombre le devolvió el saludo y le indicó con el pulgar que todo iba bien. El chico sonrió y corrió hacia una cabaña grande de madera hecha sobre un árbol y un tobogán. Le gritó al niño que tuviera cuidado, pero el chico no dio muestras de haberse enterado.

—Creo que está usted perdiendo el tiempo —una mujer que se encontraba apoyada sobre la valla le sonreía. Dejó caer el cigarro, y lo pisó—. Con esa edad no tienen miedo a nada, ¿verdad que no?

—Pues no —dijo.

—Es bonito, supongo. Lo de no tenerle miedo a nada, quiero decir. Es normal, ¿no? —se rio, a la vez que buscaba otro cigarrillo en el bolso—. Pero sí es verdad que no se les puede quitar el ojo a estos mamoncetes. Al menos en el caso de los dos míos...

Le devolvió la sonrisa, y cogiendo el periódico que se había traído, miró fijamente la portada hasta que la mujer volvió la espalda.

Era uno de los días más bonitos que recordaba en mucho tiempo, perfecto para salir por ahí. El parque infantil siempre era un lugar popular, incluso cuando no hacía tan buen tiempo, pero esta mañana había más gente de lo normal.

Un montón de niños y niñas con los que su sobrino podía jugar.

Esto le convenía por muchas razones, entre ellas por supuesto porque le daba la oportunidad de meterse entre los árboles durante unos diez minutos para fumarse un porro. Más tarde se acercaría al centro para comprarse algo más fuerte para el fin de semana, pero un poco de marihuana para empezar estaría bien. Le ayudaba a disfrutar de la mañana, disfrutar de la vista, sin ponerse demasiado estúpido por las cosas.

—Perdone...

Siempre mantenía los ojos bien abiertos sobre lo que ocurría a su alrededor, y había visto a la pareja que se acercaba desde la distancia. Cogidos de la mano, veía a unos capullos todavía viviendo su luna de miel, con unas sonrisas de satisfacción y la mar de engreídos los dos. Se habían detenido a pocos metros de su banco, y podía ver una cámara en la mano del hombre. Se dio cuenta de que les daba corte pedirle el favor.

—¿Queréis que os haga una foto a los dos?

—¿No le importa? —preguntó la mujer.

Se puso de pie y el hombre le entregó una de esas cámaras baratas de usar y tirar, las mismas que vendían en el quiosco de su barrio. Miró por el objetivo y la pareja posó abrazados el uno al otro y con el parque infantil de fondo.

—Gracias —el hombre con la cazadora de cuero se le acercó.

Él quería entregarle la cámara, pero en lugar de cogerla el hombre le agarró de la muñeca. La apretó, y le agarró de la camisa por el hombro, mientras que la mujer baja del pelo moreno enseñaba su placa y le informaba de que se encontraba detenido por el asesinato de Sarah Hanley.

Después de unos minutos de soltar tacos y que ellos lo agarraran bien, señaló con un gesto de la cabeza hacia el parque infantil y preguntó qué iban a hacer con su sobrino. La mujer le dijo que no se preocupara. Que al chico lo llevarían de vuelta con su madre.

Mientras le colocaban las esposas como un trinquete por las muñecas, dirigió una mirada a la mujer que estaba al lado de la valla. El cigarrillo caía entre sus gruesos labios, y no pudo evitar observar cómo les había quitado el ojo a sus mamoncetes sin el más mínimo problema.

Trece

Ya se estaban acostumbrando a ese tipo de reuniones: encuentros sobre la marcha para evaluar la situación, reagruparse, y resistir conjuntamente la tentación de sentir pánico o gritar sin control durante un rato. Para discutir las últimas novedades de un caso en que las sorpresas saltaban con excesiva rapidez.

El caso de secuestro sin petición de rescate, dos secuestradores muertos, y un pedófilo condenado y detenido por un asesinato cometido cinco años antes.

—¿Nos queda por cubrir algo más? —preguntó Brigstocke—. Según parece, Freestone sigue metido, así que tenemos cubierto el tema de drogas. Lo único que nos falta por ahora es un poco de prostitución, y quizás algo de tráfico de armas.

Se rió Porter.

—Lo digo en serio. Una fábrica de bombas y un par de libros robados de la bibioteca, y tenemos el jodido juego completo...

Era justo después del mediodía, y los cuatro llenaban el despacho de Brigstocke en Becke House: Brigstock, Hignett, Porter y Thorne. El sol hacía lo posible por brillar a través de una capa fina de nubes y la pátina veteada de mugre de la ventana. Thorne no se había molestado en quitarse la chaqueta. Nadie en la sala estaba sentado.

—Deberíamos echarnos para atrás y entregar a Freestone —dijo Hignett—. Avisar a ese tal Hoolihan, para que nos dé la palmada en la espalda que nos corresponda y ponernos en serio a intentar localizar a Luke Mullen.

—A lo mejor Freestone nos pueda ayudar a encontrarlo —dijo Thorne.

Brigstocke miró fijamente a Thorne durante unos instantes, como si estuviera esperando una pista antes de hacer la pregunta inevitable

—¿No habías descartado más o menos a Freestone como sospechoso?

—Más o menos —era más o menos sincero.

—Es lo más cercano al caso que tenemos entre manos —dijo Porter.

Fueran cuales fuesen los distintos estados de ánimo en la sala —malhumorado, confuso, decidido— nadie podía discutir lo que Porter había comentado. A Philip Quinn por fin le habían localizado en Newcastle, y la lista de delitos por los que luego le habían detenido le había proporcionado una coartada sólida, aunque costosa, para la noche en que Conrad Allen y su novia fueron asesinados. Tras descartar a Quinn, el único nombre que seguía en la lista pertenecía al hombre que Thorne y Porter habían detenido en el parque de Boston Manor; el hombre que en ese momento estaba sentado en una celda a cinco minutos de allí, en la comisaría de Colindale.

—¿De dónde sacamos el nombre de Freestone de todas maneras? —por la expresión en la cara y el tono de la voz, parecía que a Hignett todo se le empezaba a escapar. Como si todo fuera mucho más fácil cuando raptaban a alguien por dinero. Cuando le cortaban una oreja para inflar un poco el precio del rescate, y todo el mundo lo tenía muy claro. Señaló hacia Thorne—. Algún amigo tuyo, ¿no?

—De una ex inspectora jefe, que se dedica ahora a investigar los casos fríos para la unidad de análisis de zona —Thorne vio como Hignett asentía con la cabeza, como si ese dato fuera significativo, y sintió que de alguna manera le acusaban de algo: de montar una búsqueda absurda y hacer que el equipo cargara con la inconveniencia de una detención—. Ella se acordó de las amenazas de Freestone contra Tony Mullen cuando trabajaba con él, y pensó que podía merecer la pena investigarlo. Parecía una línea de investigación razonable, mientras vosotros investigabais... otras posibilidades.

La idea de que Luke había cometido homicidio sin premeditación, para luego volverse loco con un cuchillo y desaparecer, parecía que se había esfumado. Thorne esperaba que hubiera sido como consecuencia de que algunos agentes sentaran la cabeza, pero no podía evitar preguntarse si algunos ex agentes no habían ejercido cierta presión.

Hignett bajó la vista. Frotó la punta del dedo contra el escritorio, como si estuviera comprobando si había polvo.

—Así que ¿el nombre de Freestone no aparecía en la lista proporcionada por Tony Mullen?

—No... —Thorne dejó que la palabra se quedara un poco en el aire para tener más impacto. Añadió un *señor* al final para quedar bien.

—Parecía una posibilidad tan válida como cualquier otra —dijo Porter.

—¿En un principio pensabais que debería ser considerado sospechoso?

—Considerado, sí —dijo Thorne—. Empezamos por hablar con algunos de los que habían estado en el tribunal del disp que vigilaba a Freestone cuando lo soltaron de prisión en 2001.

—Y por lo que he entendido por tus anotaciones, esas conversaciones os convencieron de que no era probable que él fuera el secuestrador.

—Hasta cierto punto.

—Pero seguisteis hablando con la gente, investigando...

—Era cuestión de hacer un trabajo a fondo, señor —dijo Porter—. Y para ser francos, no había otras líneas de investigación que pudiéramos seguir.

Thorne agradeció la ayuda de Porter. Él contestaba con evasivas y eso se notaba, y no sabía cuánto tiempo iba a poder resistir sin decirles la verdadera razón por la que creía que merecía la pena investigar a Grant Freestone. Se lo había comentado a Brigstocke de forma oficiosa, pero no podía estar seguro de quién más podía tener el mismo interés que Tony Mullen.

Y Brigstocke hizo la pregunta como si siguiera el guión...

—¿Y creéis que deberíamos informar a Tony Mullen de que Freestone está detenido?

—No —dijo Thorne.

Hignett preguntó por qué no, y mientras que Thorne resistía el impulso de decir «porque no me fío del hijo de puta», se le ocurrió algo un poco más razonable.

—Creo que deberíamos pensarlo bien antes de decirles a los padres de Luke que hemos detenido a alguien —miró a Hignett. Intentó poner cara de respetuoso, o al menos algo parecido—. Quiero decir, no sé cómo lo soléis hacer...

—No hay un procedimiento fijo.

—Por supuesto que estoy pensando más en la señora Mullen —dijo Thorne—. Le estaríamos dando esperanzas, y probablemente falsas esperanzas, y eso conllevaría un buen disgusto.

Quedó claro por la cara de Brigstocke que no tenía más remedio que admirar la inventiva de Thorne. Su cara dura.

—Lo entiendo perfectamente, pero creo que el señor Mullen estaría bastante disgustado si se enterara.

A Thorne no le cabía la menor duda.

—Tendremos que vivir con eso.

—Con suerte Freestone no estará aquí mucho tiempo —dijo Porter.

Hignett llevaba un rato moviendo la cabeza de un lado para otro, esperando la oportunidad de intervenir.

—No tenemos nada en absoluto que relacione a Freestone con el secuestro, y es precisamente en el secuestro donde deberíamos concentrarnos. Luke Mullen sigue desaparecido. No tenemos tiempo para marear la perdiz, así que no entiendo por qué estamos discutiendo esto. ¿Por qué no le entregamos a Graham Hoolihan, y buscamos a un sospechoso de verdad?

—Hoolihan la cagó —dijo Thorne—. El caso Hanley no fue revisado de forma rutinaria. Dios sabe cuándo fue la última vez que alguien de su equipo habló con la hermana de Freestone, o cuándo pensaban hacerlo. Sí, tuvimos suerte, pero al final le hemos hecho un favor, y él es quien va a invitarnos a unos copazos cuando por fin entreguemos a Freestone por el asesinato de Hanley. Y, por cierto, tengo serias dudas sobre eso...

Hignett levantó una mano para interrumpir a Thorne, y con la misma mano señaló a Brigstocke y luego a sí mismo.

—Cuando por fin entregéis a Freestone, nosotros, inspector, y no tú... nosotros aguantaremos el chaparrón del jefe de Hoolihan, por no haberlo hecho sobre la marcha —le dio la espalda a Thorne y habló directamente con Brigstocke—. Creo que todo esto es una pérdida de tiempo, Russell. Hablando con Freestone, hablando sobre el hecho de hablar con Freestone...

—¿Por qué no podemos intentarlo con él? —preguntó Thorne.

—Porque no tenemos ni una sola buena razón para hacerlo.

Hignett dejó claro con la mirada que era su última palabra sobre el tema. Dio un paso hacia la puerta, y después de escuchar cómo alguien llamaba por cumplir antes de entrar, ésta se abrió justo cuando alcanzaba la manilla.

Holland le había salvado la vida a Thorne dos años antes, entrando de mala manera en el dormitorio de Thorne con una botella de vino vacía como única arma. Aquella noche Thorne terminó con una cicatriz en la barbilla, y una o dos más que no estaban tan a la vista.

El momento elegido por Holland era casi tan perfecto como lo había sido entonces.

—Parece que me he perdido lo más emocionante —dijo.

—Si te refieres a Freestone —dijo Hignett—, no hay nada de lo que emocionarse.

Holland atrajo la atención de Thorne mientras se adentraba en el despacho.

—Parece interesante...

—Luego te lo cuento...

—¿Cómo te fue con Warren? —preguntó Thorne.

—Es un tipo extraño. Un ex yonqui que ha recurrido a Dios. Pero creo que tenemos algo —Holland consiguió la atención de todos—. Warren estaba muy preocupado por la intimidad de sus pacientes, así que no llegó a decirlo exactamente, pero tengo la sensación de que conocía a Amanda Tickell. Que ella en algún momento había sido paciente suya.

—Lo cual la relaciona con Grant Freestone —dijo Porter.

Thorne se había sentido capaz de comerse el mundo por los resultados de la mañana, pero había notado cómo la energía se le perdía por momentos al volver a pisar Becke House. Ahora empezaba a notar una especie de zumbido en las terminaciones de los nervios, y las pulsaciones en la sangre aumentaban.

—Podían haber sido pacientes de Warren al mismo tiempo —dijo—. Si realmente se hubieran conocido, tenemos una conexión directa entre Freestone y el secuestro de Mullen —miró a Hignett, y luego se dirigió a Brigstocke—. ¿Señor?

Hignett no pudo hacer otra cosa que parpadear, como si hubiera tropezado con algo.

—Parece la única buena razón que tenemos —dijo Brigstocke.

Brigstocke le pidió a Thorne que esperara. Le dijo que necesitaba comentar un caso de «muerte por conducción temeraria», para el que Thorne había preparado el papeleo.

—Tony Mullen está disgustado —dijo Brigstocke cuando se quedaron solos.

—¿Sabe lo de Freestone?

—Disgustado contigo.

—Ah...

—¿Qué coño pasó en su casa anoche? —Brigstocke se colocó detrás de su escritorio, y se sentó como si no tuviera intención de levantarse en mucho tiempo.

—Trevor Jesmond ha pasado por aquí, ¿no?

—Llamó.

—Me imagino que se arrepiente de haber pedido mi colaboración.

—Mullen dice que les estabas hostigando a él y a su mujer.

—Habla con Porter —dijo Thorne—. Ella estaba allí. La verdad es que eran Mullen y su señora los que estaban dando voces.

—Dice que tú la liaste.

—Gilipolleces.

—Sólo te lo cuento.

Thorne se volvió hacia la puerta. Nunca dejaba de sorprenderle cómo una buena sensación podía desaparecer tan rápido que casi ni se acordaba de haberla sentido.

—Gracias. Me doy por enterado.

Brigstocke no había terminado.

—No deberías convertirte también en enemigo de Barry Hignett.

—¿Me vas a decir que ya tengo bastantes enemigos?

—No. Sería estúpido, nada más. Hignett no es mal poli y tampoco es gilipollas. Simplemente es uno de esos cabrones que adopta una postura, ¿sabes? De esos que se mantiene en sus trece por no parecer indeciso. Es lo contrario de ese personaje de *The Fun Show.* Ya sabes, el que siempre se muestra de acuerdo con lo que le dicen y no deja de cambiar de parecer.

—Ya —Thorne sabía a quién se refería Brigstocke. El show había sido uno de los favoritos de su padre. Al viejo le encantaba gritar las frases típicas en los momentos inoportunos.

—Es bueno tener gente como Hignett por aquí —dijo Brigstocke—. Llegará el momento en que adopte una buena postura y entonces querrás que esté de tu parte. Lo más probable es que tenga razón tantas veces como tú.

—Más a menudo, me imagino —dijo Thorne. Alcanzó la puerta—. Casi seguro...

Si hubiera estado lloviendo a cántaros, es posible que hubiese resultado preferible ir en coche. Sin embargo, después de pasar todo tipo de barreras de seguridad y de hacer lo imposible por aparcar en una de las plazas limitadas que había a cada lado, resultaba igual de rápido recorrer a pie el camino entre Peel Centre y la comisaría de Conlindale. Thorne y Holland habían hecho el recorrido tantas veces que sus pasos eran casi automáticos. Cruzaron la calle Aerodrome por el mismo lugar que siempre, y caminaron a paso habitual, Holland a la izquierda de Thorne, como de costumbre.

Rápidamente terminaron la breve conversación que habían empezado en silencio en el despacho de Brigstocke media hora antes. Thorne le contó a Holland cuáles habían sido los inconvenientes según Hignett, y le agradeció su interrupción en el momento oportuno. Holland le dijo que estaba encantado de ayudar, y que el equipo de homicidios ya se podía ir apuntando otro tanto, a pesar de que nadie llevaba la cuenta.

Nunca hablaron del otro incidente, el de la botella de vino vacía, con tanta facilidad...

—Entonces Dios le dijo a este tipo que dejara la coca, ¿es así?

—Por lo visto —dijo Holland—. Recita una oración en vez de meterse una raya.

—Siempre va a ser mejor joderte las rodillas que cargarte el tabique nasal.

Holland alargó el paso para evitar pisar una caca de perro.

—Si Warren realmente conocía a Tickell, ¿deberíamos investigarle a él?

—No le veo el sentido —dijo Thorne—. ¿Por qué diablos iba a querer secuestrar a Luke Mullen? A no ser que Dios le dijese que lo hiciera, claro.

Aunque no tuvieron más opción que dar la vuelta entera, la comisaría de Colindale estaba bien a la vista, al otro lado del descampado inhóspito que la separaba del Peel Centre. La comisaría se había diseñado siguiendo las líneas de una antigua torre de observación de un aeródromo, y de hecho se encontraba en el solar del antiguo aeródromo de Hendon, y al lado del museo del Ejército del Aire. Había señales en los límites del solar que lo declaraban peligroso. Thorne supuso que tenía algo que ver con el estado de algunos de los edificios en desuso, pero le gustaba imaginar que se trataba de algo más siniestro. Se imaginó a la fraternidad criminal de Londres montando una fiesta al anunciar que una de las mayores instalaciones de la policía había sido situada sobre un vertedero de residuos tóxicos...

—Todavía nos quedan esas dos mujeres del tribunal del disp —dijo Holland—, Kathleen Bristow y Margaret Stringer. ¿Necesitas que hable con ellas también?

—Sólo si no tienes otra puta cosa que hacer. Ahora que tenemos a Freestone, que nos lo cuente todo él mismo. Cualquier cosa que sea lo que nos pueda contar.

—Vale, pero Porter me dijo que tú estabas insistiendo en mantenerlo todo muy ordenado.

—¿Ah sí? ¿Qué más dijo?

—Nada. Simplemente surgió, y ya está...

Más adelante, la vista de la comisaría era bloqueada por una valla levantada recientemente. Un cartel en la cancela anunciaba la construcción de «pisos y apartamentos de lujo». Después de haber visto numerosas construcciones similares que habían aparecido en los últimos años, Thorne daba por hecho que la vista desde la ventana de su despacho no iba a sufrir una mejoría importante.

Giraron a la derecha al llegar a la mediana, donde los narcisos luchaban por encontrar un hueco junto a paquetes de patatas fritas y las cajas de comida rápida. Por mucho que lo intentaron, no lograron explicarse qué hacían dos mujeres de pie en el borde de la mediana, viendo pasar los coches. Holland sugirió que quizás eran mujeres policías en formación que habían suspendido un examen de conducir. Thorne se preguntó si no era posible que fueran turistas confundidos al creer que la mediana era un parquecito.

—Kenny Parsons me contó unas cuantas anécdotas sobre Porter —dijo Holland.

—¿Sí?

—Es una mujer con personalidad.

Thorne miró con aire de indiferencia hacia la valla publicitaria de British Airways, y se resistió a la tentación de intentar sonsacarle sin piedad a Holland toda la información que tenía. Lo último que quería era dar la impresión a la gente de que le importara algo.

—No me interesa mucho el cotilleo —dijo—. Con un trabajo como el nuestro, no podemos perder el tiempo con ese tipo de cosas, ¿no crees, Dave?

Holland no dijo nada, y se volvió hacia la carretera, pero Thorne pudo ver el atisbo de una sonrisa y se imaginó que a Holland no le había engañado ni por un momento. Se preguntaba si se podría hacer algún tipo de cursillo que te enseñara a ser menos transparente en los momentos importantes. Volvió la mirada hacia la imagen gigantesca de un avión, brillante sobre un océano, y pensó en irse de vacaciones solo.

—Es probable que siga investigando a Bristow y Stringer —dijo Holland—. Cuando tenga un momento. Sólo porque ya he empezado.

—Yo creía que era cosa de Andy Stone, eso de no poderse resisistirse a perseguir a las mujeres.

Holland sonrió y continuó.

—He hecho un par de llamadas y he dejado recados. Estoy esperando a que me devuelva la llamada Bristow, y todavía estoy intentando averiguar la dirección actual de Margaret Stringer...

—¿No la puedes conseguir a través del Departamento de Educación?

Como siempre, había mucho tráfico en ambos sentidos. Tuvieron que hablar por encima del ruido de los coches de policía y vehículos pesados que se dirigían hacia la estación de metro, o en dirección norte para incorporarse a la A1.

—La última dirección que el Departemento de Educación de Bromley tenía de ella era antigua, de hace muchos años.

—Típico —dijo Thorne—. Seguro que los recibos de impuestos del Ayuntamiento se emiten correctamente.

—No, ella ya no trabaja para ellos. Debió mudarse cuando lo dejó.

—¿Y cuándo fue?

—Abril de 2001. Y Kathleen Bristow se jubiló justo después de eso.

Thorne se acordó de cómo Roper había sugerido que Bristow, por su edad, estaba a punto de jubilarse, pero aun así era chocante. Cada vez parecía más claro que las vidas de todos los implicados en el tribunal del disp encargado de Grant Freestone habían sufrido algún tipo de cambio como consecuencia de lo que le había pasado a Sarah Hanley: tanto Bristow como Stringer habían dejado el trabajo; Neil Warren se había dedicado a las jeringuillas; Roper y Lardner sin duda parecían tener... sus propios asuntos.

Sentimiento de culpabilidad y culpa otra vez. Venenoso y mágico.

Parecía como si de las personas involucradas, por muy indirectamente que fuera, en la muerte de una madre joven en el año 2001, nadie había salido indemne. Thorne siguió caminando, y entró en la comisaría de Colindale, para hablar con el hombre acusado de su asesinato. No tenía ni idea de cómo ni por qué, y todavía no veía para nada a Grant Freestone como secuestrador, pero no podía dejar de preguntarse si el asesinato de Sarah Hanley seguía jodiendo la vida de la gente después de cinco años.

La entrevista se suspendió antes de que tuvieran oportunidad de acomodarse demasiado.

El representante legal de Freestone se levantó después de dos minutos, insistiendo en que se detuviera el proceso y exigiendo hablar con Thorne y Porter fuera de la sala...

—¿Por qué demonios estás hablando de un secuestro?

—Vamos a dejar muy clara una cosa —dijo Thorne—. Precisamente porque estamos hablando de un secuestro, tenemos que tener cuidado con lo que decimos.

—Es una gilipollez. No olvidéis con quién estáis hablando.

Era muy improbable que Thorne hiciera eso.

Danny Donovan, igual que muchos de los representantes legales que trabajaban para bufetes de abogados y que acudían a situaciones como ésta, era un ex poli. Lo habían echado del Cuerpo de Policía quince años antes por conducir ebrio, y lo que le faltaba en diplomas de Derecho, que no eran estrictamente necesarios para hacer su trabajo, lo compensaba de sobra con su pericia y sus conocimientos prácticos del trabajo. Conocía el sistema. Sabía la diferencia entre una rendija de la ley y una libertad, se sabía manejar muy bien por una comisaría, y lo más importante de todo, conocía las jugadas que tipos como Tom Thorne hacían, porque él las había hecho también. Esto le convertía en un tipo poco popular ante los que seguían trabajando en la Policía, pero Donovan tampoco se hacía ningún favor. Cuando no se dedicaba agresivamente a recordarles a todos que él ya venía de vuelta de todo, solía montar el numerito de los antiguos compañeros, llamando a agentes por su nombre de pila y entrando por toda la cara en los despachos de algunos departamentos para prepararse un té.

Donovan tenía cincuenta y tantos años, y estaba jodido. Más de uno veía que su vida como representante legal consistía en hacerles cortes de manga a los mismos que le habían puesto de patitas en la calle. Thorne había llegado a considerar que esta opinión era excesiva, pero estaba dispuesto a cambiar de parecer. Por un lado tenía a Tony Mullen llamando para ponerle verde ante sus superiores, y por otro Thorne estaba harto de aguantar a ex polis protestones.

—Mi cliente fue detenido por asesinato —dijo Donovan—, del cual, como ya hemos dejado claro, se declara totalmente inocente.

—No me esperaba otra cosa.

—Un asesinato. Eso es lo que pone en la hoja de detención, eso es lo que pone en el informe del caso, y por lo que a mí se refiere, eso es por lo que le vais a interrogar.

Thorne conocía a Donovan muy bien, pero Porter no había tenido el disgusto.

—Estoy segura de que entiendes lo que quiere decir el inspector Thorne —dijo ella—. Creemos que el asesinato del que se ha acusado a tu cliente puede tener relación con otro caso actual. Un caso altamente susceptible.

—No es mi problema —Donovan sorbió por las narices y pasó un dedo por ellas. El pelo había adquirido un tono amarillento más que grisáceo, y combinaba bastante bien con el traje beige y el bronceado artificial.

—Sólo son unas cuantas preguntas.

—Pues unas cuantas son demasiadas. Hablé con mi cliente basándonos en lo que se nos presentó, y ahora queréis meteros en temas con los que no contábamos para nada.

—Venga ya, tú sabes cómo funciona esto —dijo Thorne—. A veces el «no contábamos con esto» es exactamente como debe ser, ¿o no?

El numerito de los antiguos compañeros podía dar resultado tanto para uno como para otro. O para nadie.

—Desde donde yo estoy sentado ahora mismo, no —dijo Donovan—. Sobre todo cuando no se me ha presentado ningún indicio de pruebas.

Porter intentó parecer poco dispuesta a colaborar, como si Donovan lograra sonsacarle datos del informe.

—Mira, es muy posible que Freestone haya conocido a la mujer que era una de nuestros secuestradores. Puede que hubieran consultado con el mismo consejero al mismo tiempo...

—«Es muy posible», «puede que» —Donovan aparentemente no sabía si gritar o mearse—. Os digo lo que tenéis: ni una puta prueba. Pensáis que soy gilipollas.

—También tenemos a un chico de dieciséis años —dijo Thorne—. De hecho otra persona le retiene, y estamos haciendo todo lo posible para traerlo de vuelta. Si te soy sincero, nos vendría bien un poco de colaboración, Danny.

—Su padre es también ex poli —dijo Porter—. Se está volviendo loco. Bueno, estoy segura de que no necesitas que yo te cuente...

Thorne sabía que Donovan tenía dos niños. Consideró la posibilidad de probar suerte por ahí, pero optó por no pasarse en ese terreno. Por un instante, parecía que lo hubieran conseguido, como si apelando a sus sentimientos de forma sencilla, sin adornos, hubieran obtenido cierta ventaja. Pero entonces, lo que Thorne había entendido como una expresión de empatía, o incluso de compasión, se transformó en lo más horriblemente parecido a una sonrisa de satisfacción.

—Lo siento. A menos que seáis capaces de presentar muy rápidamente algo más, sabéis de sobra lo que tendré que aconsejar a mi cliente que haga.

—Sorpréndeme —dijo Thorne.

—Por su propio interés, le diré que no diga ni una sola palabra —Donovan se dio la vuelta, volvió a entrar en la sala de entrevistas y cerró la puerta detrás de él.

Una sola palabra fue lo único que Thorne dijo en voz alta, al cerrarse la puerta. No era una palabra que usara muy a menudo fuera de un campo de fútbol, y ni siquiera estaba seguro de que se hubiera enterado la persona a la que iba dirigida. Pero en ese momento, era la única palabra que servía.

Luke

Era como estar bajo tierra.

El olor a humedad y mugre, y el suelo encima de él.

Estaba oscuro como siempre, y sentía la pesadez, como si las partículas del aire fueran grandes y negras, si se pudieran ver, pero estaba seguro de que era de día. Cuando se esforzaba por escuchar, podía oír el zumbido de tráfico desde muy lejos. Quizás un autopista. Y antes, cuando bajó, el hombre había traído comida para el desayuno. Té con tostadas. Y mucha más luz había entrado cuando había abierto arriba la puerta, al final de la escalera.

El hombre había hecho lo prometido, y como Luke no había gritado cuando le quitó la cinta de la cara, el hombre había liberado también sus muñecas de la cuerda. Ahora sí que podía explorar de verdad.

Los dedos se metían en cada rendija y agujero de las paredes rugosas, los nudillos se desgarraban con piedras y puntillas, y las astillas se le clavaban en las palmas de las manos mientras se desplazaba entre las telarañas del techo encima de él. Palpaba a lo largo de los estantes cubiertos de arenilla y polvo, y por las bolsas y latas pegajosas y marcos de fotos. A la imagen que se iba formando en su cabeza, iba sumando cada vez más detalles. Sabía dónde estaba todo, y podía caminar rápidamente desde un extremo de la habitación al otro, con las manos pegadas a su costado hasta el último momento.

Pensó que era buena señal el hecho de que hubieran desaparecido la cuerda y la cinta. Era como si al hombre le empezara a caer bien o algo así. Si el hombre seguía siendo tan simpático, y no volvía a decir cosas horribles y disparatadas, quizás podría pedirle que le dejara mandar otro mensaje. Quizás el hombre dejaría que dijera lo que quisiera, y no como había tenido que hacer con Conrad y Amanda.

Fueron ellos los que le raptaron, eso era cierto. Pero no le habían dicho disparates de mierda. Y se habían portado más o menos bien con él la mayor parte del tiempo, y luego se murieron.

Hizo un esfuerzo por no pensar en Conrad y Amanda, porque cada vez que lo hacía, los veía tumbados en el dormitorio, con la sangre debajo como si fuera el forro rojo de una chaqueta. Y entonces le daba mucho más miedo, porque era obvio que el hombre los había matado, y empezó a creer que el hombre le iba a hacer daño también a él, por muy simpático que le pareciera ahora.

Miedo. Igual que el estúpido del entrenador de rugby le había dicho, por evitar una entrada, igual que su padre le había dicho por no defenderse cuando el entrenador le daba leña por el asunto de la entrada. Igual que Julia le había dicho por no hacerle frente a su padre con más ganas...

El hombre seguía en la casa.

Dejando caer cosas...

Las oía, fuera lo que fuesen, caer al suelo en algún lugar encima de él, y empezó a llorar. No lo podía evitar. Intentó ser racional, diciéndose que el hombre estaba moviendo cosas de un lado para otro y nada más, pero oyó el ruido cuando las cosas golpeaban las tablas del suelo y lloró, imaginando cómo le echaba tierra encima. Se levantó del suelo y empezó a caminar rápidamente de un extremo al otro del sótano. Iba cada vez más rápido, rebotando contra las paredes y lloriqueando.

Nervioso, perdido en la oscuridad.

Como un niño nacido muerto en el ataúd de un hombre grande.

Catorce

Era una lucha, no podía ser otra cosa. Un bando a cada lado de la mesa, siempre iba a terminar en un careo, por mucho que intentaras aparentar comprensión y empatía, o por muchas sesiones de terapia en grupo que te hubieras tragado durante los seminarios.

Thorne y Porter en un lado, dispuestos a luchar. Donovan con pinta de estar buscando pelea en el otro, y Grant Freestone, el único de la sala que parecía no tener mucha idea de por qué estaban todos allí.

Como si todavía no se pudiera creer lo que había pasado.

A beneficio de la grabación de audio y vídeo, Thorne anunció la hora en que la entrevista volvía a comenzar, el lugar, y los nombres de los que se encontraban presentes en la sala. Le preguntó a Freestone si le habían dado algo de comer, si se encontraba bien como para realizar la entrevista. Entonces esperó.

—A eso sí que puede usted contestar —dijo por fin.

Era cuestión de ser práctico y cauto, más que de sentir preocupación. Lo último que querían era que Donovan pudiera afirmar más tarde que su cliente se había encontrado enfermo o confuso. Que cualquier cosa que hubiera dicho no era fiable, debido a que no le habían dado una aspirina, o por sentirse débil o quedarse sin un bocadillo de beicon.

—¿Se encuentra bien, Grant?

Donovan sonrió. Sabía lo poco que le importaba de verdad a Thorne.

Thorne le devolvió la sonrisa.

—A beneficio de la cinta de audio, el señor Freestone está asintiendo con la cabeza...

Sólo era un gesto ligero de la cabeza: cortito, como todos sus gestos. Freestone era un hombre grande de constitución fuerte, aunque elegante y de rasgos finos. Iba para los cuarenta, con la piel pálida, el pelo moreno por los hombros, recogido detrás, y una perilla cuidada. Thorne comentó más tarde que le pegaba más estar hablando de teatro alternativo en La Cuatro, mientras que Porter dijo que le recordaba de manera muy desconcertante a un ex novio suyo.

Repasaron los hechos del arresto, los detalles de su detención hasta ese momento, y de la muerte de Sarah Janine Hanley, cuyo cadáver había sido descubierto por su vecina y los hijos de la víctima el 7 de abril de 2001.

—¿Conocía usted a Sarah Hanley?

—¿Visitó usted a Sarah Hanley el 7 de abril de 2001?

—¿Cuándo fue la última vez que vio usted a Sarah Hanley con vida?

Durante quince minutos, Thorne y Porter le hicieron preguntas, y durante quince minutos Grant Freestone estudió la mesa, como si las cicatrices y arañazos de la superficie metálica fueran las líneas de algún mapa del tesoro. Hubo periodos largos de silencio, salvo algún que otro suspiro fuerte, o la carraspera de Donovan al aclarar la voz.

La actitud acusatoria sólo provocaría una respuesta trapense, pero las preguntas sobre la coartada de Freestone no consiguieron mucho más.

—Su hermana declara que estuvo usted en el parque con sus niños cuando la señorita Hanley fue asesinada. Igual que esta mañana, irónicamente.

—¿Es verdad, Grant?

—¿En qué parque estuvo?

—Venga ya, Grant. Si estuvo allí, ¿por qué no le vio nadie más?

De repente Donovan se enderezó en su silla y habló como si se hubiera despertado en ese momento. Thorne no estaba convencido de que no fuera así.

—Por muy agradable que sea estar aquí sentado, escuchándoles a los dos, esto me parece cada vez más absurdo —tocó con el dedo en la esfera de su reloj—. Puede que parezca que aquí se ha parado el tiempo, pero el reloj va marcando las horas...

Thorne miró hacia el reloj digital encima de la puerta. A Freestone le habían detenido justo antes de las diez y media de la mañana. Ya habían usado tres horas de las veinticuatro que tenían.

—Gracias por recordárnoslo, señor Donovan —dijo Porter.

—Es un placer.

El sarcasmo hizo que los labios de Porter se volvieran un poco más finos al sonreír.

—Dicen que si alguien quiere saber la hora, que se la pregunte a un policía.

—¿Por qué no habla conmigo, Grant? —dijo Thorne.

Thorne escuchó con educación mientras Donovan le decía que perdía el tiempo. Freestone levantó la vista y la expresión de su cara decía prácticamente lo mismo. Thorne se acercó.

—¿Por qué no habla conmigo acerca del secuestro de Luke Mullen?

Ni Thorne ni Porter habían tenido la oportunidad de mencionar el nombre de Luke Mullen durante la primera entrevista truncada. Una vez que sí se había mencionado, la reacción fue obvia; hubiera sido obvia incluso para alguien que estuviera en la sala de al lado. La mandíbula de Freestone se dejó caer momentáneamente, antes de que sus rasgos volvieran a fijarse, más tensos que antes. Sus ojos brillaban. Aunque sólo abría la boca y la volvía a cerrar, a Thorne le pareció que el hombre sentado enfrente de él había pronunciado la primera parte del apellido en voz baja antes de pensárselo.

—Está claro que ese nombre le dice algo.

Freestone miró a Donovan, que movía la cabeza despacio de un lado para otro. Freestone se volvió, aparentemente confuso de verdad por primera vez. Incluso asustado.

—¿Qué hay de Conrad Allen? —preguntó Porter.

Freestone tragó saliva.

—¿Amanda Tickell? —Thorne miró fijamente a Freestone, y repitió el nombre. Siguió mirando, incluso cuando Freestone bajó la vista a la mesa—. No creo que sea un nombre que se olvide con facilidad. De hecho, no es precisamente una mujer que se pueda olvidar en absoluto, así que más le vale intentar recordar algo. Rubia, ojos azules. Sexy, si le gustan las jodidas.

—Y muerta, claro está —Porter se lo recordó—. No lo olvidemos.

Freestone se echó hacia atrás, haciendo equilibrios sobre dos patas de la silla y agarrándose al borde de la mesa mientras se inclinaba. Miró primero a Porter y luego a Thorne, antes de hacer crujir la silla al volver a poner las cuatro patas sobre el suelo.

—Sin comentarios —dijo.

—Revelador —dijo Porter.

Thorne miró a Donovan.

—Ahora sí que estamos progresando.

Donovan se rio, pero puso una mano sobre la manga de Freestone, y le echó una mirada severa en cuanto consiguió su atención.

—Estoy seguro de que su representante legal le ha dado unos consejos excelentes —dijo Thorne—. Estoy seguro de que está en las mejores manos. Por lo menos, experimentadas. Sin embargo puede que sea buen momento para recordarle que mantener la boca cerrada ya no es la salida segura que era antes. Si en algún momento lo llevan a juicio, puede que el juez le indique al jurado que saquen conclusiones adversas de su silencio. Que interpreten algo, aunque en realidad no se diga. Se arriesga a eso, quedándose ahí sentado como Mr. Bean. Tiene la oportunidad de dar su versión de los hechos, Grant, para que queden recogidos tal como son, desde el principio —Thorne hizo una pausa de varios segundos, mientras Freestone se inclinaba hacia Donovan, levantando la mano para taparse la boca y susurrarle algo—. Así que, teniendo en cuenta que tenemos algo de prisa, este momento sería perfecto para que nos contara lo que sea sobre

Luke Mullen. Lo que sea, que nos pudiera ayudar a localizarle. No le prometo nada, pero sé que si nos da la información ahora, no le va a venir nada mal cuando llegue el momento de decidir más adelante qué se va a hacer con usted —miró mientras seguían susurrando—. A beneficio de la cinta de vídeo, el sospechoso está consultando con su representante legal...

—O lamiéndole la oreja —dijo Porter, a media voz—. No podemos estar seguros.

Freestone se enderezó y arrastró la silla un poco hacia delante. Por segunda vez en unos veinte minutos, Thorne se preguntaba si sus palabras habían causado alguna impresión; se preguntaba si estaba a punto de escuchar algo útil, o incluso algo sencillamente inesperado.

Estaba más que acostumbrado a las decepciones.

Freestone puso las manos abiertas sobre la mesa y soltó aire despacio.

—No maté a Sarah Hanley —dijo.

Era de cajón que había muchos sitios que no llegaban a lo que Thorne esperaba. White Hart Lane, naturalmente. El despacho de Trevor Jesmond, los pubs irlandeses, y cualquier parte del metro de Londres. En la cafetería de la comisaría de Colindale era mejor no esperar nada en absoluto.

Thorne partió la capa crujiente de puré de patata de su Shepherd's Pie. Si realmente llevaba algo de carne, lo disimulaba muy bien.

—Van mejorando —dijo.

Porter había tomado la decisión aparentemente sensata de probar un sándwich. Estaba sólo moderadamente asqueroso.

—Supongo que para ti esto es vivir bajo mínimos —dijo Thorne.

—Bueno tampoco podemos conseguir sushi recién preparado en Scotland Yard —dijo Porter—. Pero es mejor que esto. Te advierto que eso sucede porque somos más importantes que vosotros.

—Creo que algunas personas verdaderamente creen eso.

—¿Oye? Estoy de broma.

—No, en serio —Thorne levantó un tenedor y señaló con él—. Porque vosotros intentáis salvar una vida, porque sois proactivos. Por el contrario, nosotros reaccionamos ante un cadáver. Perdemos el tiempo intentando coger a las personas que los dejan tirados por ahí.

—Pues, en ese caso, tenemos un poco de los dos —quedó claro que esperaba una sonrisa, o al menos una actitud más suavizada—. Mira, cualquiera que de verdad piense así es sencillamente imbécil.

—Pero muy imbécil.

—Ya lo sé. Lo dije yo.

—¿Cuántas personas que cometen un asesinato llegan a cometer otro?

—No te lo discuto.

—También salvamos vidas.

Porter levantó las manos rendida y sonrió irritada.

—¿Por qué me lo cuentas a mí? Estoy de acuerdo contigo —alejó la mitad del sándwich que le quedaba por comer—. ¡Dios mío, que de gente resentida hay por aquí! —se puso de pie—. ¿Quieres café?

—Gracias...

La observó caminando hacia la caja, mientras ella se preguntaba qué le molestaba realmente y por qué lo pagaba con ella. Él, por su parte, se cuestionaba si debería acercarse a pagar los cafés y cómo estaría ella desnuda.

Cuando Porter volvió a la mesa, le ofreció lo más parecido a una disculpa, explicándole que llevaba tiempo sin dormir bien, que la espalda le seguía dando problemas. Ella puso cara de comprensión, y le pidió su opinión sobre los progresos con Freestone.

—Conseguimos una reacción —dijo.

—Pero ¿para qué? Sabemos que tuvo un problema con Tony Mullen.

—Puede que todavía lo tenga.

Porter se apartó para dejar paso a dos polis que soltaban sus bandejas y empezaban a hablar atropelladamente sobre algún capullo de su turno. Bajó la voz.

—¿Crees en serio que Tony Mullen pudo haberle endosado el asesinato de Hanley?

—Ni idea —dijo Thorne—. Pero quizás Freestone lo cree así.

—Lo cual no nos beneficia nada para encontrar a Luke.

Thorne sabía que Porter tenía razón. Durante el resto de la entrevista, Freestone no había dicho nada que le hubiera acelerado el pulso a nadie; simplemente insistía en que no había matado a Sarah Hanley. No había dado a entender que había participado en el secuestro de Luke Mullen, ni tampoco que tuviera conocimiento de alguien que sí lo había hecho.

Sin embargo, igual que sabía que tarde o temprano su coche se iba a estropear, o que sería un grave error pedir postre, Thorne también sabía que Grant Freestone tenía algo para ellos. Un nombre, un lugar, una fecha, o lo que fuera. Sabía que sólo había que sacarlo de donde fuera, desde un sitio muy hondo o quizás no tan oculto, y que todo tendría mucho más sentido una vez descubierto.

Tal vez ni siquiera Freestone se daba cuenta de que lo tenía.

—No estoy seguro de que podamos hacer mucho más —dijo Thorne—. Podríamos intentar conseguir una orden, quizás. Obligaríamos a Warren a que nos dijera si trató a Tickel al mismo tiempo que Freestone, pero eso es un engorro. Tienes que presentar pruebas de necesidad, pedir permiso al ministro del Interior, y todo eso.

Pudo ser el café lo que le hizo a Porter articular una mueca, pero Thorne lo dudaba.

—Tú viste cómo quedó el piso —dijo ella—. De lo que es capaz ese hombre. No podemos dar por hecho que le quede tanto tiempo al chico.

Durante algunos minutos, escuchaban las conversaciones de los que estaban al lado. Por lo visto, el capullo era levemente menos idiota que el gilipollas que se pasaba todo el día besándole el culo al sargento.

Era como si escucharan un programa sobre el léxico de los polis en la mejor franja horaria.

Thorne seguía sin decidir si los polis habían empezado a hablar igual que sus homólogos de televisión, o si siempre habían hablado así y los investigadores del programa *The Bill* sólo hacían sus deberes. Sospechó... esperó que fuera lo primero. El comportamiento de los hijos de puta de la unidad móvil se parecía cada vez más más al de unos forzudos con placa, después del reparto de guantazos por parte de Jack Regan y sus colegas, y de las carreras por el Londres televisivo en sus Ford Granada dorados.

Volvió a atender a la conversación, y Thorne anotó mentalmente una lista de palabras para dársela a Holland —por supuesto, había que incluir *capullo*, junto con *escoria* y *napias-morros*—, con instrucciones para que Holland le pegara un tiro si alguna vez llegaba a utilizar alguna de ellas.

Cuando Thorne contestó a la llamada, era el momento de que los agentes de uniforme se quedaran callados, e intentar disimular que les estaban escuchando. Thorne miró fijamente a Porter mientras prestaba atención. Le dio las gracias al que fuera por transmitir claramente buenas noticias.

—Sigue —dijo Porter.

—Al señor Freestone le apetece otra charla, por lo visto —Thorne miró lo que quedaba de su café y empujó su silla hacia atrás—. Dice que quiere hablarnos de Luke Mullen.

—No maté a Sarah Hanley.

—Por favor, no me vaya a decir que me ha sentado mal la comida por nada, Grant —dijo Thorne.

—Pues, no —el acento sudlondinense de Freestone no era tan pronunciado como pudiera haber sido, y su voz resultaba suave, incluso ligera. Habría costado trabajo distinguir a Freestone de su hermana basándose sólo en la voz—. Sólo quería volver a decirlo. Nunca he dejado de decirlo. Lo que pasa es que ningún cabrón me ha querido escuchar, ¿sabe?

—Tendrá tiempo de sobra para hablarle a la gente de lo que le pasó a Sarah...

—No sé qué le pasó a ella, ¿vale? Sólo la encontré.

—Muy bien, Grant.

—Estaba muerta cuando llegué, lo juro.

—Sin embargo no estamos aquí para hablar de eso —dijo Porter.

Freestone asintió despacio con la cabeza y tomó aire varias veces de forma rápida y brusca, como si se estuviera preparando para algo. Junto a él Donovan estaba sentado hundido en el sillón, hosco y con cara de pocos amigos; el aburrimiento y el resentimiento extinguían cualquier atisbo de curiosidad sobre lo que Freestone pudiera contar. Se le había escapado el control. Ahora que su cliente había decidido ignorar sus consejos, ahora que sobraba, no pensaba hacer otra cosa que mirar ese precioso reloj mientras siguiera siendo su obligación. Entonces se embolsaría los honorarios del bufete, antes de volver a casa para chillarle a los niños durante un rato.

—No me van a encerrar otra vez —dijo Freestone.

Thorne cruzó los brazos.

—¿Me lo está preguntando, o me lo está diciendo?

—Da igual que sea asesinato. Da igual que sea lo que sea. Me pueden encerrar por falsificación, o por no pagar mis jodidos impuestos, pero una vez dentro siempre girará todo alrededor de esos niños. Siempre tendré que tener cuidado por detrás.

—¿Quiere usted compasión?

—No quiero nada.

—Probablemente es lo mejor.

—Es usted igual que los demás.

—Eso me consuela...

—Nos ha hecho bajar aquí, así que tiene que contarnos lo que sea —dijo Porter—. Eso sería un buen comienzo. Sobre todo, si quiere que la gente cambie su opinión sobre usted, que vea un lado que no les... repugne. Todo eso se lo tiene que ganar.

Porter se acomodó en la silla, dejando que él moviera ficha. Rebuscó en el bolso sin tratar de encontrar nada en concreto, mientras que Thorne observaba las cuatro ruedas pequeñas girando en las dos unidades de casete. Los dientes diminutos dando vueltas...

—Quiero ver a Tony Mullen —dijo Freestone.

Thorne y Porter no dijeron nada. Se intercambiaron miradas e intentaron dar la impresión de que la petición de Freestone era como pedir un cigarrillo, o un Kit Kat para acompañar su taza de té. Freestone miró a uno y luego al otro, y volvió a hablar por si no se había expresado con claridad.

—El padre de Luke Mullen.

Thorne asintió con la cabeza, y dejó muy claro que sabía exactamente a quien se refería Freestone.

—Y yo quiero que me toque la lotería —dijo—. Pero no estoy aguantando la respiración.

—Eso es —dijo Freestone.

—¿Cómo que eso es?

Porter parecía tensa. Sin embargo mantenía un tono razonable, mientras que Thorne había empezado a perder los papeles.

—*¿Eso es* quiere decir que no tiene usted otras peticiones? ¿O que ya se ha terminado la discusión?

Freestone rápidamente lo negó con la cabeza, y agitó las manos.

—Sencillamente, eso es lo que hay, ése es el trato, si quieren entenderlo así. Quiero que él baje aquí y quiero hablar con él en privado. Sólo él y yo. Sin cintas, y aquí dentro tampoco —levantó la vista hacia la cámara en el rincón de la sala—. Sin vídeo, ni nada por el estilo. Así que...

Porter abrió la boca, pero Thorne fue más rápido.

—Le voy a decir lo que hay —dijo—. La única posibilidad de trato que hay por aquí es en el despacho de la planta de arriba, donde suele celebrarse una partida de mentiroso al final de los turnos, así que no sé de dónde cojones ha sacado esa idea. Segundo, y más importante, si tiene algo que decir sobre Luke Mullen, nos lo va a contar. Ahora. Grabado en el casete, en cámara, emitido en directo a nivel nacional si nos da la gana —se detuvo en ese momento y sonrió—. Así que...

Hasta Donovan estaba sentado derecho en el sillón, prestando atención.

—El señor Mullen ya no es agente de policía —dijo Porter—. Obviamente, no está investigando este caso.

—Pero es el padre del niño, ¿no? Seguro que eso es más importante.

—No va a ocurrir —dijo Thorne.

—¿Por qué no?

—No tenemos por qué darle razones.

—Entonces, no tengo por qué contarles nada.

—Teniendo en cuenta que no desea volver a la prisión, no se está haciendo ningún favor.

—No habrá ningún favor, diga lo que diga.

—Puede que tenga razón —dijo Thorne, empezando a perder los papeles otra vez—, pero piense en lo que le voy a decir. Si tiene información sobre Luke Mullen, y se la guarda, me encargaré personalmente de que cuando vuelva a la cárcel, todos los chiflados de allí dentro con algún interés especial, se enteren de que va para allá.

Freestone se encogió de hombros, miró a Donovan y volvió la vista a Thorne, pero se lo estaba pensando. Pasó casi un minuto hasta que volvió a hablar.

—Necesito ver a Mullen...

Thorne cogió el chaquetón del respaldo de la silla al levantarse. Habló con Porter, y luego a la grabadora.

—Voy a terminar mi almuerzo. Esta entrevista se suspende a las...

—Déjeme hablar con él, nada más.

—Háblenos de Luke —dijo Porter.

—No.

—No estoy pidiendo un puto helicóptero, sólo quiero cinco minutos...

—Déme una buena razón —dijo Thorne—. Cualquier razón, la que sea, por la que deberíamos plantearnos la posibilidad de organizarlo.

—Porque las cosas se van a poner feas si no hacen lo que yo quiero. Si no empiezan a tomar en serio lo que yo quiero.

Ahora la voz de Freestone había cambiado, y nadie de los que estaban alrededor de la mesa podía evitar sentirse sorprendido por su alcance y su prepotencia. Habían escuchado la voz que podía halagar, que podía engatusar a los niños para que entraran en un garaje. De repente, les ofrecía una voz que pedían a Dios que no hubiera escuchado nunca ningún niño.

—Porque yo soy la única persona que sabe dónde se encuentra Luke Mullen, y si no hacen lo que pido, si no lo organizan, me quedaré aquí sentado como el puto Mr. Bean, sin decir ni pío. Me volveré mudo, lo juro por Dios, y usteded pagarán el pato. ¿Vale? Me quedaré aquí sentado el tiempo que sea necesario y nunca lo encontrarán. Al menos mientras les pueda servir de algo.

Con un empujón se alejó de la mesa, y levantó un brazo para rascarse el omóplato.

—Si no hacen lo que les pido, Luke Mullen va a morir.

QUINCE

EL INSPECTOR CHRIS WILMOT EXAMINÓ LAS SECUENcias filmadas del sospechoso una última vez, y luego se puso a trabajar. Los movimientos del ratón por la alfombrilla eran cortos y precisos, pero el cursor volaba por la pantalla mientras se movía y hacía clic; cortaba y pegaba utilizando el software especialmente diseñado para buscar y seleccionar a sujetos que se parecían bastante entre sí para la rueda de identificación.

El método tradicional, en el cual el testigo ocular podía identificar a un sospechoso de carne y hueso, era cada vez más cosa del pasado. Exigía mucho tiempo y dinero, y muy pocas comisarías eran capaces de montar y llevar a cabo una rueda de identificación completa. Wilmot era uno de varios agentes itinerantes, con formación especializada en procedimientos de identificación más novedosos y, como tal, capaz de organizar una rueda de identificación por vídeo, si era necesario, en prácticamente cualquier parte. Se le había informado por adelantado de una detención inminente y se había presentado en la comisaría de Colindale a los diez minutos de la llegada del sospechoso al área de detenidos.

Wilmot se metió en una base de datos de varios miles de individuos grabados en vídeo, utilizando media docena de criterios de búsqueda distintos para seleccionar a los que tenían una edad y fondo étnico parecidos; los que tenían una altura, peso y color dentro de unos parámetros aceptables. Después de media hora, había montado las ocho secuencias de quince segundos que utilizaría junto con las secuencias ya filmadas del sospechoso. Ahora sencillamente se trataba de editarlas juntas para montar la secuencia que vería el testigo. El software venía preparado para hacer la selección de imágenes de forma aleatoria, así que Wilmot ni siquiera tenía que pensar en eso, y no se enteraría del orden seleccionado hasta que se le mostrara al testigo.

Con el deseo de que todos los aspectos de su trabajo fueran tan sencillos, tan infalibles, Wilmot pulsó el botón y dejó que el ordenador se encargara de todo...

Yvonne Kitson estaba sentada en el rincón del fondo, observando al agente encargado de identificaciones ultimar sus preparativos. Era obvio que hacía su trabajo de forma eficaz, y que le importaba lo que hacía, y no había motivo para pensar que las cosas no fueran a salir tal como ella esperaba. Sin embargo jamás en su vida había sentido que le reconcomieran así los nervios. Desde ese momento en adelante era importantísimo para ella hacerlo todo perfecto, tanto a nivel personal como profesional. Aunque sabía que tenía todos los motivos del mundo para sentirse confiada, había visto montones de casos aparentemente mucho más resueltos que éste desmoronarse en el último momento.

Tenía tantas ganas de disfrutar de la reacción de la familia de Amin Mubarek al decirles que había encontrado al asesino de su hijo; de ver la cara de la madre al pronunciarse el veredicto correcto y dictarse la sentencia apropiada. Pero sabía que tenía que esperar un poco, y que no podía dar por hecho nada. Y durante todo ese tiempo, la posibilidad de que las cosas no ocurrieran como quería hacía que le reconcomieran cada vez más los nervios.

A pesar de la noticia que le había dado esa tarde un contacto en los servicios de medicina forense...

Había detenido a Farrell en casa de sus padres a las cuatro de la tarde, una hora después de la llamada del servicio de medicina forense. Mientras que a Adrian le llevaban a Colindale, ella se había quedado para hablar con los padres. El encuentro se había caracterizado por los gritos y los llantos; habían sugerido que Kitson no sabía realizar su trabajo en condiciones; el padre de Farrell pronunció discursos condescendientes y amenazas veladas a las que Kitson no echó cuenta, a pesar de la tentación de meterle también en la parte de atrás del coche y hacerse con dos por el precio de uno.

Cuando por fin le dejaron hablar, Kitson informó a los Farrell de que, aparte del abogado que ya habían dicho que enviarían a la comisaría, no se les permitía informarle a nadie más de la detención de su hijo. Esto no era discutible. Quedaba por esclarecer la identidad de los otros que habían participado en el ataque por el que su hijo había sido detenido, y como la policía consideraba que Adrian podía informar de los nombres, se le mantendría incomunicado, denegándole incluso la llamada de teléfono habitual. Después de escuchar cómo el señor Farrell volvía a despotricar

—esta vez sobre los derechos de los detenidos— y sugería que Kitson estaba cometiendo un error que ponía en peligro su carrera, ella les informó de que volvería más tarde con una orden de registro de la casa. Entonces se marchó, ansiosa por empezar a trabajar sobre Adrian Farrell, y ya no le cabía la menor duda de dónde había heredado tanta confianza en sí mismo.

Observó los últimos retoques de la rueda de reconocimiento por vídeo, y se preguntó si el chico sentado en una celda de la planta de abajo se sentía tan confiado ahora.

—Ya casi estamos —dijo Wilmot.

Kitson abrió la puerta, intercambió algunas palabras con un agente que hacía guardia fuera, y medio minuto más tarde acompañó a Nabell Khan dentro de la sala.

Tenía mejor aspecto que la última vez que Kitson lo había visto, pero eso no significaba mucho. Los moratones se habían curado, pero sabía que no estaba viendo al adolescente que había sido alguna vez. Mucho antes de que él y su amigo Amin se hubieran quedado esperando un autobús demasiado tiempo, una noche de seis meses antes.

Se quitó el abrigo, y le saludó nervioso con un gesto de la cabeza:

—¿Cómo está, señorita?

Kitson podía hablar con él ahora. Por razones obvias, hasta ese momento, no se le había permitido contacto alguno con el testigo. Para asegurarse de que cualquier prueba que él pudiera proporcionar no se viera corrompida, agentes sin relación con el caso original habían recogido a Nabeel Khan en su casa, y habían esperado junto a él mientras se ultimaban los preparativos. Ahora, con la grabación de la rueda de identificación por vídeo, constaría cualquier conversación, y Kitson podía hablar con el chico sin problemas.

—Bastante bien, Nabeel —dijo ella. No necesitó preguntarle lo mismo.

Habló con él mientras se sentaba al lado de Wilmot; le explicó que todo tardaría unos dos minutos, que era muy sencillo y no tenía por qué preocuparse. Parecía bastante relajado. Le dijo que prefería hacerlo así, con el ordenador, que le tranquilizaba no tener que mirar a nadie a la cara. Se rió cuando Kitson intentó decirle que eso no habría pasado nunca. Él dijo que ya lo había visto en la tele y sabía lo de los espejos transparentes y todo eso...

En ese momento, Wilmot asumió el mando, y empezó el preámbulo oficial, y a Kitson no le quedó más remedio que quedarse sentada y observar.

Cada secuencia corta tenía el mismo formato básico. El sujeto se encontraba sentado delante de un fondo blanco, mirando directamente a la cámara hasta que un pitido corto le indicaba que girara a su derecha. Cinco segundos más tarde otro pitido le advertía de que girara al otro lado. Finalmente, volvía al centro, y miraba fijamente a la cámara hasta el final de la secuencia y el comienzo de la siguiente.

Exhibían una gran variedad de miradas, desde distraída hasta insolente. A pesar de haberles dado instrucciones para que mantuvieran en lo posible una mirada inexpresiva, había expresiones de aburrimiento, fascinación, repulsión. Incluso expresiones de alegría de los que cobraban ochenta libras por unos minutos de su tiempo, cuando sólo habían pasado por la comisaría para presentar un seguro de coche válido, o para explicar cómo su novia había acabado con un ojo morado y el labio roto. Todos los sujetos tenían entre los dieciséis y los veintiún años. Todos eran rubios, aunque el largo y el corte del pelo variaba, desde aplastado por arriba hasta lacio. Ninguno de los jóvenes llevaba pendientes, y al sujeto de la séptima secuencia se le había ordenado que se quitase una cruz de oro, basándose en el hecho de que pudiera atraer la atención más de la cuenta de una forma injusta.

Al terminar la rueda de identificación, la pantalla se quedó en blanco, y Wilmot le preguntó al testigo si quería volver a ver las secuencias grabadas por segunda vez.

El testigo dijo que no con un gesto de la cabeza.

Entonces Wilmot hizo las preguntas importantes, como era su deber, aunque a Kitson no le hacía falta escuchar las respuestas. La cara del testigo se había mantenido más inexpresiva que otros muchos cuando veían el vídeo, pero Kitson había oído un ruido hacia el final de la secuencia.

Después de aproximadamente un minuto y medio.

Y ese ruido seguía ahora, mientras Wilmot intentaba conseguir una respuesta; el golpeteo del hueso sobre metal, mientras la pierna de Nabeel Khan temblaba de forma incontrolable bajo de la mesa.

—Lo de los niños no lo consigo entender —dijo Porter—. ¿Cómo podía Jane Freestone dejar que su hermano se acercara a sus hijos?

—Quizás no lo sabía entonces. Al menos no con seguridad.

—Pero ahora sí que lo sabe, ¿no? Y no le importa nada mandarlos al parque con el tío Grant.

—Aparentemente.

—Permaneces al lado de tu familia, hasta ahí lo entiendo. Los dos hemos visto a mucha gente hacer eso, apoyando a parientes que han cometido actos enfermizos, y a menudo, no importa lo equivocado que estén, una parte de mí piensa que eso es... honroso, ¿sabes?

Thorne lo sabía. Había visto a gente a la que le reconcomía por dentro lo que habían hecho sus seres más cercanos, y a la vez se negaban a volverles la espalda. Insistían, a pesar de todo, en ser los únicos que no los podían repudiar.

—Pero sólo hasta cierto punto, ¿no crees?

—¿Te refieres a los niños?

—Sí. Tiene que ser otra cosa cuando se trata de tus niños. Por mucho que quieras a tu hermano, o tu padre, o tu marido, siempre les pones a ellos delante, por el amor de Dios.

—Quizás realmente cree que es inocente —dijo Thorne.

Porter no estaba convencida.

—Creo que está muy claro lo que Freestone hizo, ¿no? Y cuáles eran sus preferencias. Estamos hablando de sus sobrinos. ¡Por Dios! Son unos niños que confían en él.

—Ya lo sé...

—¿Y si hubiera más niños? —lo dijo como si la ignorancia fuera algo imperdonable—. No sabemos lo que ha estado haciendo durante los cinco últimos años.

—Intentando no levantar la cabeza, supongo.

—No es su cabeza lo que me preocupa —le miró, e hizo una pausa antes de plantear la pregunta, como si su respuesta le importara mucho—. ¿Tú crees que gente como Freestone puede dejar de ser lo que es?

—Joder —dijo Thorne—. ¿Hace falta discutir eso?

—Estamos hablando, nada más.

—Como tú decías, es una preferencia, y sean las que sean, la mayoría de nosotros nos tenemos que aguantar con ellas —dudó, sintiéndose violento. Buscaba la manera de expresarse—. A ver... no estoy convencido de que puedas conseguir que me gusten los tíos, por mucho tratamiento que me dieras.

—De acuerdo. Y escucha, acepto toda la evidencia que apunta a que los maltratadores han sido maltratados. Sólo es que...

—Ya lo sé...

—Me he puesto en su lugar, en el lugar de Jane, y yo no podría hacerlo. Por supuesto, es hipotético, pero fuera mi hermano o no, creo que habría cortado toda relación con él. Yo y los niños. Quiero decir, por Dios, si tienes niños, sabes por lo que han pasado los padres de los niños a los que hizo daño, ¿o no? Y tienes que vivir también con eso.

—Supongo que sí —dijo Thorne.

Movió la cabeza de un lado para otro. Asqueada, inflexible.

—Yo no hubiera querido que saliera de la cárcel.

Estaban sentados en uno de los grandes despachos en la tercera planta del Departamento de Investigación Criminal. Alejados de su propia sala de operaciones en Becke House, este lugar era prácticamente el único donde podían hablar con un mínimo de intimidad, comentando los progresos o la falta de ellos. Y donde podían respirar aire fresco.

Los interrumpieron varias veces. Agentes de las diferentes patrullas de la comisaría entraban y salían con regularidad, y las conversaciones resultaban bastante amenas. Era algo inusual, ya que normalmente había cierto rencor entre los que trabajaban a tiempo completo en Colindale y los que, como Porter y Thorne, la utilizaban de paso, exclusivamente para aprovecharse de sus instalaciones. Se trataba de una cuestión de territorios, algo insignificante. *Nuestra* sala de entrevistas, *nuestra* área de detenidos, *nuestro* té con galletas. Pero, hasta ese momento, sólo les habían formulado preguntas sinceras sobre la marcha de la investigación, y deseos de buena suerte tanto para Thorne como para Porter en numerosas ocasiones.

En seguida se corría la voz por una comisaría cuando alguien trabajaba en un caso importante. Se notaba entonces un cambio en el estado de ánimo de la gente.

A juzgar por muchos comentarios, hechos abiertamente o susurrados demasiado alto por los rincones, quedó claro que el historial previo de Grant Freestone —los delitos por los cuales había sido condenado en un principio— matizaba las opiniones. Atormentaba a los demás, tanto como le atormentaba a Louise Porter. Al menos así se explicaban todos esos mensajes de buena suerte...

Thorne se quedó tomando una taza de té, observando a Porter acabar con una lata de Coca-Cola light y su segundo paquete de patatas. En la pared, al otro extremo de la sala, había una pizarra blanca llena de nombres, dibujos y puntos enumerados en una lista; había líneas y flechas, hacia arriba y hacia los lados, dibujadas con rotulador rojo, relacionando una cara con una sección ampliada del plano A-Z, y una matrícula con la fotografía de una mujer que había recibido un palizón. Porter se quedó mirando el acostumbrado esquema de una investigación; la sangre y el corazón en carne viva de un caso sobre el que no sabían nada. Sin embargo Thorne sabía que la mente de Porter estaba acelerada, llena de dudas y preguntas sobre su propio caso, y sus latidos eran irregulares y palpitantes.

—¿Seguro que estamos haciendo lo correcto? —preguntó Porter—. Podríamos ir sobre seguro y hacer lo que nos pide. ¿Hay algo malo en traer a Mullen aquí?

—No es una cuestión de ir sobre seguro. Es cuestión de negarnos a estar a las órdenes de un sospechoso, a menos que sea evidente que no tenemos elección.

—Así que es cuestión de saber quién está al mando, ¿verdad?

—No quiero a Mullen aquí.

—Estoy pensando en Luke.

—Yo también —Thorne intentó parecer considerado en vez de simplemente resentido, pero no estaba seguro de haberlo conseguido.

—Entonces, ¿nos podemos permitir el lujo de no hacer lo que nos pide Freestone?

—Lo que nos exige.

—¿Y eso importa?

—Se está quedando con nosotros.

—Bueno, pues con suerte lo sabremos dentro de poco.

—¿Por qué insiste, de todas maneras, en hablar con Mullen en privado? ¿Por qué tantos secretos?

—Mira, yo desconfío de él igual que tú, pero...

—Yo no confío en ninguno de los dos —dijo Thorne.

Porter puso los ojos en blanco, pero estaba claro que no podía estar en desacuerdo con él.

Thorne la vio levantar el paquete, echar la cabeza hacia atrás y llenar la boca con las patatas que quedaban. Masticando todavía, hizo un gesto señalando hacia la puerta, y Thorne se dio la vuelta para encontrarse a Brigstocke y Hignett que aguardaban inmóviles, como empleados de una funeraria que venían a recoger un cadáver.

—¿Acabamos con esto? —dijo Brigstocke.

Los cuatro bajaron a la planta baja por la escalera; Porter y Hignett iban unos pasos por delante de los dos del grupo de homicidios. A Thorne le parecía que Brigstocke tenía aspecto de cansado, y se imaginó que el inspector jefe dormía incluso menos que él. Al llegar a un descansillo, con la otra pareja un tramo más abajo, Brigstocke se volvió hacia Thorne.

—¿Habéis pensado tú y Porter en cómo vais a llevar esto?

—Pensamos ir improvisando —dijo Thorne.

Unos pasos más adelante, Brigstocke movió la cabeza de un lado para otro, hablando en voz baja.

—Que Dios nos ayude.

Camino de la zona de detenidos, se encontraron con Yvonne Kitson que venía en otra dirección. Thorne dejó que los demás se adelantaran.

—Hay mucha gente aquí hoy —dijo—. Me enteré de que has traído a tu colegial.

Kitson sonrió.

—Parece ser que a ti no te va nada mal tampoco.

—Cuando alguno de nosotros tenga cinco minutos, deberíamos brindar por algo.

—Si todo va bien.

—¿Ya has tenido una charla con Farrell?

—A eso voy —dijo Kitson—. Ya lo tengo —blandía un tocho de papeles y se los pasó a Thorne para que les echara un vistazo.

Thorne estudió el expediente: un conjunto de documentos que se le entregaba al asesor legal del sospechoso; todo de una vez, o gota a gota, si se consideraba una estrategia más útil. Según la ley, este expediente contenía de todo, desde historiales de detenciones, hasta copias de la *primera descripción*: en este caso, la declaración de Nabeel Khan en la escena del crimen, y reproducida palabra por palabra del cuaderno del agente a cargo del caso. Thorne echó un vistazo rápido a la imagen incriminatoria del retrato robot, el registro de la detención de Farrell, y señaló una hoja resumiendo los resultados de una rueda de identificación por vídeo que había tenido lugar una hora antes.

—Esto debe ser más que suficiente —dijo.

—No fue fácil para el testigo —Kitson pestañeó como para deshacerse del recuerdo de algo, y consiguió sonreír una vez más—. Por lo menos le vamos a dar un buen susto al listillo de su abogado.

—¿Uno de esos?

—Tú ya conoces esa firma. Listillo, Pijo y Engreído.

—Les conozco demasiado bien...

Entre risas, siguieron juntos hacia las salas de entrevistas. Pasaron por la puerta que separaba el resto del complejo de las dependencias para los detenidos.

Llamarlas *dependencias* era algo inapropiado, puesto que daba la idea de que la zona resultaba más confortable, o mejor equipada, de lo que era en realidad. De hecho, era aquí donde la moqueta industrial de color gris cedía su sitio a suelos de hormigón; por las paredes corrían unas cintas antipánico, y el ambiente de conciencia intensificada se acercaba a un entorno cargado de agresión.

Aquí era donde la comisaría se convertía en prisión.

Un par de sargentos carceleros o *jefes* estaban sentados en un plataforma elevada en el centro; procedían al registro de los que llegaban, y trabajaban delante de pantallas de ordenador y vigilando las imágenes que les llegaban por el circuito cerrado de televisión desde las celdas y los pasillos. La *jaula* quedaba a un lado, y por ella entraban los prisioneros desde el patio; allí, una luz ultravioleta delataría cualquier artículo marcado que pudieran llevar encima. Los pasillos en dos sentidos conducían a las veintisiete celdas que rodeaban las dependencias. Cada celda estaba alicatada desde el suelo hasta el techo, con un váter metálico a un lado y un colchón de plástico azul sobre una banqueta hecha de obra pegada a la pared del fondo. Una puerta doble daba a un patio de ejercicios, donde se llevaba a los prisioneros si necesitaban aire. O más probablemente, nicotina.

Kitson caminaba más despacio al pasar por la diminuta cocina, donde el carcelero de guardia podía hacer té y café, o preparar uno de los cinco tipos de comidas preparadas para el microondas. Bajó la voz.

—También tengo el adn, Tom.

Tom tardó unos instantes.

—¿Cuándo lo detuviste?

—Conseguí una muestra antes, y la llevé al laboratorio ayer por la tarde.

—Bien... —alargó la palabra, pensando todavía.

—Sólo es un resultado preliminar, claro está. Coincide en un noventa y pico por ciento, de momento. No lo elimina, y eso es lo que realmente cuenta.

—Conseguir eso en veinticuatro horas es correr mucho.

Kitson se sonrojó.

—Le gusto a alguien en el servicio de medicina legal. Me debía un favor.

—Tonteaste con él. Estoy horrorizado.

—Con ella...

—No tienes vergüenza —dijo Thorne. Volvió a revisar los papeles del expediente—. Todo eso no lo veo aquí.

—Como te dije, sólo son resultados preliminares. Tenemos que repetir los análisis dos veces para que sean definitivos.

—Aun así, lo puedes incluir aquí. Y entonces sí que se va a cagar Farrell patas abajo —Thorne levantó la vista, y vio que el color en la cara de Kitson se había intensificado, y no era de vergüenza—. ¿Cuándo dices que lo conseguiste...?

Entonces Kitson le contó lo de la tarde del día anterior. Describió su encuentro con Adrian Farrell en la parada, la reacción del chico ante sus preguntas, y la manera en que había rebañado el escupitajo de la acera. Thorne la miró fijamente, atónito y lleno de admiración. Y entonces, por mucho que le desagradara hacerlo, le advirtió que esa prueba forense no tendría la más mínima validez.

—Tengo una testigo —dijo Kitson, y le habló de la mujer en chándal que había estado vaciando su papelera de reciclaje y había visto cómo Farrell escupía sobre la acera. La mujer que tan amablemente le había proporcionado un bastoncillo de algodón y una bolsa para congelados cuando los había necesitado.

—Aun así...

—Vale, ya sé que no lo puedo usar, pero me hice con una muestra legal en cuanto lo detuvimos. Sólo quería asegurarme. ¿Me entiendes?

Thorne le devolvió el expediente.

—Entonces probablemente sea correcto omitir lo del adn —dijo—. Al menos de momento.

Sonrió.

—Sí —con la punta de un dedo se golpeó ligeramente un lado de la cabeza—, pero es agradable saberlo, ¿verdad que sí?

—Por supuesto, joder —dijo Thorne—. Sin duda.

Doblaron una esquina hasta llegar a la sala de entrevistas: el *agujero,* donde Farrell estaba esperando. Thorne echó un vistazo por la pequeña ventana.

Kitson señaló una sala al otro lado con un gesto de la cabeza.

—¿Crees que tienes a tu hombre allí dentro? El del secuestro, quiero decir.

Thorne consideró la pregunta.

—No estoy realmente seguro de nada —dijo—. Ahora mismo, si me preguntaras mi nombre, sólo sería capaz de darte un resultado preliminar...

Dieciséis

—Esta sala es distinta —dijo Freestone.

Thorne asintió con la cabeza, como si estuviera impresionado.

—No podemos engañarte ni por un instante, ¿verdad, Grant?

Señaló una luz roja en la pared del fondo, y le informó de que si estaba encendida, significaba que la entrevista estaba siendo presenciado a distancia por otros agentes.

—Eres muy popular —dijo—. Hay mucha gente con ganas de saludarte. Sin embargo, no queremos meterlos a todos como sardinas en una sala tan pequeña como ésta, ¿verdad que no?

Estaba claro que Donovan quiso hacer notar su presencia cuanto antes. Se inclinó hacia su cliente.

—Y no quieren que yo declare que has sido intimidado por una pandilla de polis forzudos.

—A ti tampoco te podemos engañar —dijo Thorne. Miró a Freestone por unos instantes sin mediar palabra—. Y no tienes pinta de que se te pueda intimidar fácilmente.

—Es que uno no se lo puede permitir, ¿no te parece? —dijo Freestone.

Thorne lo comprendió perfectamente. Sabía que Freestone había pasado mucho tiempo aguantando intimidaciones mucho más duras que las suyas.

—Por supuesto que no —dijo.

Porter se había quedado mirando fijamente a Freestone desde el otro lado de la mesa.

—No tienes buen aspecto —dijo ella. Luego se dirigió a Donovan—. ¿Estás seguro de que tu cliente se encuentra bien?

Thorne miró hacia arriba, a la cámara por la que sabía que Hignett y Brigstocke le estaban observando. Se imaginó que habrían aprobado la pregunta. Porter tenía toda la razón en anticipar cualquier eventualidad en este momento del proceso.

—Pues no, la verdad es que no se encuentra nada bien —dijo Donovan.

Freestone empezó a mover la cabeza rápido para asentir.

—Sólo necesito un poco de algo, y me pondré mejor.

A todos les quedó muy claro lo que necesitaba Freestone. Thorne no sabía lo enganchado que estaba, ni si era coca, heroína o ambas cosas, pero habían pasado al menos siete u ocho horas desde que pudiera tomar su última dosis. Si no le había entrado el mono ya, estaba a punto.

—Haremos que todo esto vaya lo más rápido posible, y luego buscaremos un médico para que te vea. Realmente depende de ti si lo hacemos antes o después.

—Esta es la cuarta entrevista con mi cliente en el transcurso de cuatro horas —dijo Donovan—. Y todavía no he visto gran cosa que las pueda justificar.

—Está claro que estabas dormido cuando amenazó la vida de un niño.

—No hizo tal cosa...

—Cuando confesó estar reteniendo a un niño en contra de su voluntad, entonces. ¿Te vale eso?

Freestone, que no parecía escuchar, señaló la luz roja encendida:

—Nos está observando la gente, ¿no es así?

—Sí —dijo Thorne.

—Pues entonces no podemos reunirnos aquí. Cuando entre Mullen...

—Me parece que nos estamos adelantando.

—¿Cuándo viene? ¿Ya está en camino?

—Tiene usted que hablar con nosotros primero —dijo Porter.

Thorne movía la cabeza negativamente.

—Aquí no hay garantías —acercó su cabeza a la de Porter—. No prometemos nada. Tenemos que estar de acuerdo en ese punto. ¿Vale?

La expresión de Porter dejó muy claro que ella sí lo entendía. De Thorne se volvió hacia Freestone.

—Necesitamos confirmaciones —dijo.

Freestone asintió, como si le pareciera razonable la petición. Una petición a la que estaría encantado de corresponder.

—Necesitamos saber de Luke.

—¿El qué?

—¡Dios! —dijo Thorne—. Adivine.

Movió la cabeza negativamente, y levantó las manos al percatarse de la mirada dura de Porter.

—Está bien —dijo Freestone.

—¿Qué pasa con todo eso que soltaste antes? —Porter habló en voz baja, casi en un susurro—. Dejaste muy claro que si no le encontrábamos pronto...

—Me refería a mucho tiempo, a meses...

—¿Está en algún lugar con suficiente aire?

—¿Cómo? No...

—¿Tiene algo de comer? ¿Está atado?

—Tiene comida. Le dejé bastante comida...

—¿Qué tipo de comida?

—Hamburguesas y eso. Ya saben ustedes. Lo típico que les gusta a los niños.

—Usted sabe mucho sobre lo que les gusta a los niños —Thorne se inclinó hacia delante—. ¿No es así?

Freestone abrió la boca. Y la volvió a cerrar.

—Un momento —dijo Donovan—. Nunca ha habido el menor indicio...

Thorne le señaló con el dedo y lo mantuvo en el aire.

—Ató a dos niños en un garaje. Eso no es un indicio. ¿Cómo coño sabemos que no ha metido a Luke Mullen en un armario, con hilo de bramante por el cuello?

—Está bien, lo juro —Freestone cerró los ojos, y se refregó el dorso de la mano por la frente—. ¿Cuándo va a llegar Mullen? Necesito verlo.

—¿Por qué lo raptó, Grant? —Thorne esperó unos instantes hasta que quedara claro que iba a haber respuesta—. ¿Por qué no pidió un rescate? ¿Simplemente no necesita el dinero o se perdió las últimas clases del curso a distancia sobre secuestros?

Freestone se chupó los dientes, y se lo pensó.

—Hablaré con Mullen —dijo.

Nadie dijo nada durante los instantes posteriores, pero cuando Porter iba a hablar, Thorne levantó una mano para interrumpirla.

—¿Qué edad tiene Luke Mullen? —preguntó.

—No sé exactamente —Freestone parpadeó—. ¿Quince? ¿Dieciséis?

—¿Moreno? ¿Rubio?

—Es... moreno.

—¿Qué llevaba puesto el día que se lo llevó?

Freestone se ponía más nervioso con cada pregunta que Thorne le disparaba; miró a Donovan en más de una ocasión, y no le quitaba la vista a Porter.

—Uniforme del colegio...

—¿Podemos dejar de hacer preguntas de concurso? —saltó Porter de forma brusca—. Tenemos que avanzar.

La sonrisa de Thorne no era agradable.

—De cualquier manera, todo eso lo podía haber averiguado en un artículo del periódico. Llevaba un periódico encima en el parque.

—Tenemos que asegurarnos de que Luke está a salvo e ileso —dijo Porter—. Ésa es nuestra prioridad —volvió la mirada hacia Freestone, asegurándose de que él también entendiera lo que era realmente importante.

—Está a salvo. No le he puesto la mano encima.

—Luke no es precisamente un chico fuerte —dijo Porter—. Tenemos que comprobarlo.

—Le he estado cuidando.

—Esto está bien.

—Deberían ustedes traer a Mullen y...

—¿Qué pasa con su asma? —preguntó ella—. ¿Ha sufrido alguna crisis?

Freestone lo negó con la cabeza, y siguió moviéndola de un lado para otro.

—¿Dificultades respiratorias? Por eso preguntaba lo del aire.

—No, está perfectamente.

—Su familia se halla preocupada porque no están seguros de si Luke llevaba consigo el inhalador, pero por lo que dice usted no le habrá hecho falta...

—Así es.

—¿Sabe si tiene alguno? Al menos se lo podría haber dicho...

Freestone volvió a cerrar los ojos. Dejó que se le ocurriera la respuesta.

—Creo que dijo algo sobre eso...

—¿Sabe usted qué aspecto tiene un inhalador? —Porter empezó a hacer mímica, como si presionara el obturador de un inhalador.

—Claro que lo sé. Jesús...

—Esto es importante, Grant. Necesitamos saberlo. ¿Tiene alguno consigo?

Un movimiento de la cabeza, mínimo y rápido, en un gesto de asentimiento que se quedó congelado el momento que Thorne empezó a pegar voces.

—¿Ha visto usted el inhalador de Luke Mullen?

—¡Sí, ya he dicho que sí! Que sí, he visto el puto inhalador...

La intensa agitación de la cara de Freestone se transformó rápidamente en desconcierto, al advertir cómo se relajaban Porter y Thorne. Las preguntas había cesado. Se volvió hacia Donovan

—¿Qué pasa?

La vida anterior de Donovan le había proporcionado una perspectiva más privilegiada que la de cualquier otro que pudiera hallarse en su lugar en circunstancias semejantes.

—Creo que les acabas de dar la respuesta errónea —dijo—. O la correcta.

Thorne miró a Porter, y luego a la cámara, para compartir un momento de gloria con los dos inspectores jefes que les observaban.

Entonces se echó hacia atrás. Misión cumplida.

Después de devolver a Freestone a las celdas, permanecieron sentados durante algunos instantes, saboreando la certeza recién adquirida. Cada uno de ellos con esa sensación de haber acertado en algo, y que pronto sería sustituida por otra más familiar. La de no tener a dónde ir.

Fue Thorne el que rompió el silencio.

—¿Asma? Ha sido genial, joder.

—Los dos lo hicimos bastante bien —dijo Porter.

Se felicitaron mutuamente durante unos cuantos minutos más, sobre lo bien que habían jugado a lo de poli bueno y poli malo. Lo de hacerle creer a Freestone que había tensión entre ellos, que le venía mucho mejor contestar a las preguntas de Porter que a las de Thorne, induciéndole a pensar que buscaban una simple confirmación, más que pruebas.

—No ha contado ni una puta verdad —dijo Thorne—. Y todo por conseguir un poco de ventaja. Para que accediéramos a traer a Mullen.

Porter levantó las cejas.

—Pues ahí sí que tenemos un tema importante.

—Como si nos faltaran a nosotros temas importantes.

—El número uno de los cuarenta principales es: ¿si Freestone no tiene a Luke Mullen...?

Y ya estaban allí. En esa sensación tan familiar...

Lo primero que se le ocurrió a Thorne fue que Brigstocke había bajado a darles la palmadita en la espalda personalmente, pero la expresión de su cara proclamaba otra cosa bien distinta. Le decía lo mismo la expresión de la cara del hombre que apareció junto a él en la puerta y que se abrió paso bruscamente para entrar en la sala de entrevistas como si estuviera a punto de ponerse a repartir hostias.

—¿Por qué no se me ha informado sobre Grant Freestone? —preguntó Mullen. Su pregunta era absurda, teniendo en cuenta que ya estaba allí, pero Mullen sólo tardó un segundo más que todos los demás de la sala en darse cuenta de eso—. ¿Por qué no se me ha informado de forma oficial?

Thorne se levantó, intercambiando miradas con Brigstocke. No tenía inconveniente en manejar la situación, aunque cuando abría la boca para hablar no tenía ni idea de cómo la iba a manejar.

—Su situación como padre de Luke, y como ex agente, hace que su papel en este caso sea complicado, a falta de otra palabra mejor...

—No me sueltes mierda. ¿Dónde está Freestone?

—Probablemente ya esté con el médico forense para que le dé una dosis de metadona.

—Quiero verlo después.

—Lo que usted quiere es otra cosa —dijo Thorne—, y entiendo que usted y el inspector Jesmond son... buenos amigos, pero no creo que llegar aquí con ánimos de darnos órdenes sea lo más conveniente.

Se dio cuenta de la mirada de Brigstocke, del aviso para que aflojara un poco la presión, pero cuando volvió a mirar a Mullen, la ira parecía haberse calmado un poco.

—Como prefieras, entonces. Me gustaría verlo. Ha estado pidiendo verme, así que creo que tengo derecho.

—No tiene a Luke —dijo Thorne—. Nos dijo que sí, pero estamos bastante convencidos de que sólo nos contaba lo que queríamos oír.

—¿Bastante convencidos?

—Conseguimos que nos hablara del asma de Luke, por el amor de Dios...

Una expresión de confusión apareció en la cara de Mullen. Porter le ayudó.

—Le preguntamos antes sobre Allen y Tickell, y no nos quiso contestar, y luego nos contaba cosas que podía haber sacado del periódico. Por eso teníamos que darle algo específico, algo que no era verdad, para intentar cogerlo.

—No es nuestro secuestrador —dijo Thorne.

Brigstocke dio un paso hacia Mullen.

—Probablemente no sepas si sentirte aliviado o no. Es duro, ya lo sé —extendió un brazo como si se ofreciera a acompañarlo a la puerta por donde había entrado. Sin embargo Mullen no estaba dispuesto a ir a ninguna parte.

—De todas maneras quiero verle —dijo.

Brigstocke bajó el brazo que había sido ignorado premeditadamente.

—Lo siento, pero no le veo el sentido.

—¿Qué hay de su relación con la chica muerta?

Estaba claro que Jesmond mantenía a su amigo informado al detalle. Thorne miró a Porter; seguían sin tener ni idea sobre la relación entre Freestone y Amanda Tickell. Sobre la posibilidad de que los dos hubieran sido tratados por Neil Warren.

—Es pura teoría, de momento —dijo Brigstocke—. Y, gracias a Dios, la comunidad de adictos y consejeros no es tan grande como el *Daily Mail* pretende hacernos creer. Si de hecho se conocían, puede que sólo fuera casualidad.

Brigstocke lo había dicho con convicción, pero no era suficiente para convencer a Mullen. Y tampoco a Thorne. La casualidad jugaba un papel muy importante en numerosas investigaciones, por mucho que le pesara a los escritores de películas y novelas negras, pero sabía que aquí había algo más que un choque interesante de nombres y fechas. Sabía que la conexión de Freestone con el secuestro era importante. Pero saberlo no servía de nada. Ni le iba a devolver a Luke Mullen a los brazos de su madre. Su verdadera trascendencia era tan escurridiza como lo había sido antes de la detención de Grant Freestone. No obstante, la mera casualidad era sin duda la explicación menos frustrante.

Mullen cruzó la habitación hasta una silla, y puso las manos sobre el respaldo, afirmando su derecho.

—Lo veré aquí dentro —dijo—, cuando el médico haya terminado con él.

Thorne intentó aparentar por su tono que no se le había olvidado que el hombre que había delante de él tenía a un hijo desaparecido. Mientras hablaba, pensaba que probablemente lo que hacía que Mullen fuera un poli de primera le convertía en un coñazo como civil.

—Realmente no es posible —dijo—. Ya que hemos descartado a Freestone de haber participado de forma activa en el rapto de su hijo, hay otros esperando su turno. Queda pendiente el asuntillo del caso de asesinato por el que le buscaban en un principio, y algunas personas opinan que lo hemos retenido aquí más tiempo de la cuenta —Thorne hizo una pausa—. ¿El caso de asesinato de Sarah Hanley? —buscó una reacción, pero no encontró nada que le sirviera.

—Esta sala no habría servido de todas maneras —dijo Porter—. Insistía en que la reunión se mantuviera en privado, sin cámaras ni cintas.

—¿Ah, sí?

—¿Y por qué cree que lo quería así?

—Yo qué sé —la mandíbula de Mullen se señalaba bajo su piel, mientras apretaba los dientes—. Probablemente para poder amenazarme otra vez, sin dejar constancia. ¿Desde cuándo necesitan los tipos como él tener una buena razón para hacer algo?

—¿Cree que realmente quería verle por eso? —preguntó Thorne—. ¿Sólo por lanzar unas cuantas amenazas más?

—Yo suponía que se trataba de Luke. Si Freestone se lo hubiera llevado, pensé que me iba a decir por qué. Que me iba a decir qué es lo que quería.

—Bien —Thorne asintió, pero la expresión de la cara daba a entender que esa explicación no le satisfacía.

—¿De qué demonios podía haberse tratado? Como bien dices, no tenía intención de recordarme que me había borrado de su lista para el envío de sus tarjetas de navidad.

Durante algunos instantes, Thorne no dijo nada. Simplemente observó cómo los nudillos de Mullen apoyados sobre el respaldo de la silla metálica se volvían blancos. Y por fin añadió:

—Pues ya nunca lo sabremos, ¿no?

En un primer momento, Thorne pensó que el ruido venía de alguna parte del fondo de la garganta de Mullen. Entonces se dio cuenta de que era el sonido de la silla arrastrándose contra el suelo. Miraba a Mullen mientras cerraba los ojos, levantaba la silla a medio metro del suelo, y la aguantaba en esa posición durante algunos segundos, antes de tirarla con fuerza, gritando lo que podía haber sido «joder» o «no» al golpear el suelo con la silla. Tardó unos segundos en recuperarse, antes de volverse despacio para mirar al agente de mayor rango. Buscaba confirmación de que no había nada más qué discutir.

—Me parece que debería usted volver a casa, señor —dijo Brigstocke.

Mullen le dirigió una mirada durísima, primero a Porter, y luego a Thorne, antes de dar la vuelta bruscamente para ir hacia la puerta con paso firme. Se detuvo de golpe al llegar a Brigstocke. Echó los hombros hacia atrás.

—Usted sabe que esto no va a quedar así.

—Ése es su privilegio —dijo Brigstocke.

Dio un paso para acercarse a él:

—¿Cuántos niños tiene usted?

—Tengo tres.

Mullen castañeteó los dedos.

—Digamos que sean dos —los volvió a castañetear—. Así, sin más, se despierta usted y le falta uno.

Haga el esfuerzo e imagine durante unos minutos lo que sería eso. Entonces intente perder ese maldito tono mojigato.

En realidad Thorne no tenía intención de seguir a Mullen; no pretendía acompañarle hasta la salida, ni nada por el estilo, pero estaba claro que los otros no veían las cosas desde la misma perspectiva. Thorne se quedó de pie en el vestíbulo, mirando por las puertas de cristal mientras que Mullen cruzaba la calle caminando hasta un bmw algo más nuevo que el suyo. Mullen abrió la puerta y miró fijamente por encima del coche hacia la comisaría. La luz naranja de la farola, junto con la luz más tenue del interior del coche, iluminaba su cara con la luz suficiente para poder vislumbrar la expresión en la cara esculpida por esos pensamientos.

Thorne no apartó la vista, pero se preguntaba si su propio estado anímico sería igualmente transparente.

—Joder. Cabrón. Hijo de la gran puta.

Últimamente era difícil distinguir si la voz que oía dentro de su cabeza era la suya o la de su padre.

Al alejarse el bmw, Thorne se volvió hacia la puerta de acceso, cuando Kitson salía. Contemplaba el cielo. Parecía que la tarde iba a seguir sin lluvia, pero de todas maneras se puso el abrigo

—¿Vendrán mejores días? —dijo ella.

Tan transparente como siempre...

—Bueno, pues no creo que conseguir que el padre de una víctima de secuestro quiera partirme la cara sea lo más inteligente que haya hecho —advirtió su reacción—. Luego te cuento. ¿Cómo van las cosas con el nazi con cara de niño?

—El listillo de turno lo ha hecho muy bien —dijo Kitson—. No consigo sacarle más que una sonrisa enfermiza, así que no creo que me vaya a dar esos nombres muy pronto.

—¿Ya has cerrado el quiosco por esta noche?

—Le toca a otro intentarlo, así que yo me vuelvo a echar un vistazo en Farrell Towers. Nos llevamos un montón de cosas y sigo esperando los registros de llamadas, pero puede que haya algo que hayamos pasado por alto. De todas maneras, me dará la oportunidad de mantener otra charla agradable con sus encantadores padres.

Un adolescente se levantó de un banco en la pequeña zona de espera, y se acercó con mucha calma. Probablemente tuviera la misma edad que Adrian Farrell, pero la piel, los dientes y los ojos llorosos podían pertenecer a alguien con quince años más. Apestaba a cerveza y a algo quemado, al acercarse mucho a Thorne y a Kitson para pedirles un cigarro. Le dijeron que no con un movimiento de la cabeza. El agente de guardia detrás de la mampara le dijo al chico con tono firme que se volviera a sentar, que alguien vendría a por él dentro de unos minutos.

Thorne le contó a Kitson los mejores momentos de la reciente entrevista. Le dijo que, a pesar de todo, todavía creía que Freestone, o el asesinato de Sarah Hanley, o ambos, tenían alguna relación con el secuestro de Luke Mullen, y los asesinatos de Amanda Tickell y Conrad Allen. Charlaron durante unos cuantos minutos. Kitson se quejó de que muchas veces cuanta más información conseguía, más costaba saber hacia dónde tirar; el esquema del caso se hacía cada vez más detallado.

—Lo de los bosques y los árboles y esas gilipolleces —dijo ella.

—Tranquila —repuso Thorne—. Igual tienes suerte... y te encuentras otra libreta de direcciones en casa de los Farrell con una sección marcada como «otros involucrados en asesinatos». Quizás un montón de folletos del BNP de los ultraderechistas debajo de la cama. Con eso te puedes ir a casa y acostarte tempranito.

Kitson sonrió durante unos instantes, y luego movió la cabeza negativamente.

—Sé que el hecho de que Mubarek y Khan fueran de origen asiático es crucial, y no estoy diciendo que no fuera también un crimen racista, pero siempre me ha parecido más importante el factor sexual del ataque. Lo convierte en otra cosa.

—Convierte a Adrian Farrell en un tipo seriamente jodido —dijo Thorne.

Volvió la sonrisa de Kitson. Sin embargo era esa clase de sonrisa que la gente guarda para las visitas al hospital.

—Bueno, pues, me voy ya —dijo ella—. A ver de dónde le viene eso.

A Thorne se le ocurrió algo, y la detuvo:

—Sé que hablamos de otra cosa, pero merece la pena estar al tanto de cualquier detalle que pudiera relacionar a Farrell con Luke Mullen. Aparte de jugar juntos un partido de fútbol de vez en cuando en el patio del colegio.

—Tenía la intención de hacerlo.

—Sin duda, es un recurso a la técnica de agarrarse a un clavo ardiendo, pero nunca se sabe...

it's like trying to grab a burning dagger

Después de irse Kitson, Thorne sacó su carné de identidad para pasarlo por el lector de la puerta de acceso, pero primero se acercó al mostrador. Era consciente de que el agente de guardia había estado escuchando la conversación que había mantenido con Kitson; supuso que el joven agente imaginaba una carrera profesional en un grupo de homicidios, vestido de paisano, como una opción diferente a transmitir recados y aguantar que le gritaran. Era una alternativa a tratar con gente que sabía de sobra que no eran más que capullos y gentuza, y luego quedarse a gusto dando voces cuando ya no aguantaba más.

Thorne miró al niño que todavía estaba sentado en el banco con cara de estar cabreado. Luego volvió a mirar al agente de uniforme, con quien había hablado ya un par de veces y sabía que era torpe como el que más.

—Estás mejor donde estás, tío.

El agente se puso tenso:

—¿Señor?

Thorne golpeó la pantalla con el dedo:

—Por lo menos tienes una de éstas: un trozo de plástico reforzado entre tú y el resto del mundo. Lo pierdes, y ya se ha montado el lío, porque te das cuenta de que lo preocupante no son los escupitajos y los puños —se dio la vuelta y caminó hacia la puerta—. Sin esa pantalla, tío, estás jodido.

A las doce de la noche, la mayoría de los quinientos agentes y personal de policía que trabajaba en Colindale durante el día se habían marchado a casa, y el zumbido de fondo de la comisaría se había ido desvaneciendo hasta no ser más que un chisporroteo apenas perceptible. Por supuesto, había todavía un inspector jefe de guardia de noche, y un equipo para tramitar las detenciones, pero como la mayoría de las salas y despachos se habían quedado vacíos, en el edificio se notaba el ambiente ligeramente surrealista que adquirían algunas construcciones al cesar la actividad normal del día. Se espesaba el aire y se oía un zumbido en el fondo de paredes de color blanco brillante. Thorne se acordó de la vez que participó en una obra de teatro en el colegio, y de cuando ensayó una tarde después de volver a casa corriendo para quitarse el uniforme y cambiarse de ropa. Había tenido sensaciones extrañas y fantásticas, incluso estimulantes al encontrarse en el edificio cuando estaba vacío. Había corrido de una aula a otra; se había metido en el gimnasio con sus pantalones anchotes y sus zapatones estilo militar, y había gritado tacos por los pasillos sin luz.

Esa emoción no existía en una comisaría de policía al caer la noche.

Curiosamente, cuanto más aumentaba el espacio que te rodeaba, más te invadía una sensación de claustrofobia, mientras que eras consciente de que fuera, en la calle, se estaban cometiendo crímenes que te tocaría investigar al día siguiente. Algunos más que otros, claro está. Los casos de fraude se solían dar durante el día, como los de tráfico de drogas y muchos tipos de robo. Sin embargo era durante la noche cuando prosperaba la brutalidad; era entonces cuando la gente sufría y moría de forma violenta.

De noche, en una comisaría de policía, se tenía la sensación de que algo iba a ocurrir.

En cuanto a la investigación de los casos en sí, ésta se detenía prácticamente hasta por la mañana. El abogado de Adrian Farrell había insistido en que a su cliente se le permitiera volver a su celda para dormir durante ocho horas. Menos de una hora más tarde, Danny Donovan había hecho lo mismo, y con la única pista sobre el secuestro de Luke Mullen arrumbada, no quedaba nada por investigar que sirviera de verdad. Por el momento, no restaba sino hacer los informes correspondientes del día y hartarse de café, para luego sentirse fatal por la depresión y el exceso de cafeína.

Russell Brigstocke entró en la sala del departamento de investigación criminal dando la impresión de que unos cuantos cafés más tampoco vendrían nada mal.

—Vosotros dos ya os podéis largar a casa —dijo.

—Te has expresado de maravilla —dijo Thorne—. Y no pienso discutir.

Porter se levantó.

—¿Estás seguro, jefe? —pero ya estaba cogiendo su bolso.

—Os voy a necesitar de vuelta aquí a las siete, y descansados. Así que no tengo ganas de ver a nadie tomándose una copita en el Oak.

Thorne se puso su chaquetón de cuero.

—¿A nadie? ¿Piensas pasarte por ahí luego?

—Pienso irme a casa —Brigstocke se dejó caer en la silla que Porter había dejado libre—. Aunque la verdad es que tampoco tiene mucho sentido.

—¿Cuándo viste a los niños por última vez? —preguntó Porter.

Brigstocke se le quedó mirando con una mirada de asombro fingido:

—¿Yo tengo niños...?

En el vestíbulo, Thorne saludó al uniforme detrás de la mampara, que le devolvió el saludo tímidamente, antes de volver a sentirse perplejo ante el crucigrama de *The Sun*.

—¿Cómo te vas para casa? —preguntó Thorne.

—Debería llegar justo a tiempo para el último tren de Colindale —dijo Porter—. En una hora estaré ahí con un poco de suerte. Si no, cogeré un taxi.

Thorne se dio cuenta de que no sabía dónde vivía Porter.

—¿Adónde vas?

—A Pimlico.

—Te dejo en la estación de metro.

—Gracias.

Thorne esperó a que estuvieran en la calle, al otro lado de la puerta automática.

—Oye, tengo un sofá cama. A tu disposición...

—Bueno.

Caminaban hacia el coche. Thorne no quería volverse para mirar, y en la penumbra de las farolas, le era imposible comprobar de un vistazo la reacción de Porter.

—Estoy pensando, sabes, que tú tardas una hora en llegar a tu casa, y yo vivo aquí al lado, en Kentish Town, así que puede que sea buena idea. Insisto, es sólo una sugerencia. Probablemente te dejaría dormir, por lo menos, una hora más.

Aunque Thorne no veía con claridad el rostro de Porter, no le cabía duda del tono juguetón de su voz.

—Una hora más en la cama suena maravilloso.

—Vale, muy bien.

—Vale...

—Insisto, vivo a veinte minutos de aquí y, si quieres mi opinión, será un milagro si llegas a Pimlico en menos de una hora. Así que calculo al menos una hora más de sueño.

—La verdad es que no me lo estás pintando como algo muy divertido —dijo ella.

DIECISIETE

MAGGIE SIEMPRE HABÍA SIDO LA QUE MANEJABA las preguntas difíciles.

Siempre había sido la que dejaba lo que estuviera haciendo cuando surgía alguna urgencia con los deberes. Cuando Luke y Juliet eran más pequeños, su marido no estaba mucho en casa, pero incluso después de jubilarse, ese tipo de cosas siempre le habían tocado a ella. No era cuestión de que él no fuera suficientemente inteligente. En la mayoría de los aspectos que realmente importaban, él era mucho más listo que ella, pero aparte de las matemáticas —que siempre se le habían dado muy bien— la responsabilidad de encontrar la respuesta correcta normalmente la asumía ella. Sabía los años que había reinado cada monarca Tudor, sabía hacer una relación de los símbolos y números atómicos de la mayoría de los elementos químicos, y había dibujado y nombrado todos los valles con forma de u o uve en dos ocasiones.

Contestaba también a otras preguntas: las que eran bastante más complicadas. Las que preguntan de dónde venimos, y qué pasa cuando nos morimos, y por qué tienen los niños y las niñas cosas distintas.

Sin embargo a Maggie Mullen nunca se le había hecho una pregunta tan difícil:

—¿Mamá, Luke estará bien?

No sabía qué era lo que más le hundía: el hecho de no saber la respuesta, o el de no poder hacer lo que se imaginaba que harían los demás en la misma situación, y mentir para proteger a su hija.

—No lo sé, cielo.

Tampoco era que Maggie tuviera problemas con las mentiras en general. Las decía cuando había que decirlas. Pero sabía que a Juliet le iba a sentar muy mal cualquier intento torpe de tratarla como a una niña, de protegerla de la realidad dolorosa que estaba sucediendo. Sin embargo a veces era muy difícil saber cómo comportarse correctamente con ella. Tenía catorce años, pero en cuanto a madurez iba camino de los veintiuno, igual que cuando tenía tan sólo nueve años y parecía que tenía la madurez de una niña de catorce. Llevaba años aconsejándole a Maggie cómo vestirse, y qué comer, y opinando sobre las amigas que merecían la pena y las que no. Ya no tenía sentido tratarla como una niña, sino como a una adulta.

Sobre todo en una situación tan horriblemente adulta...

Y sin embargo, había algo en los ojos de Juliet, y en el labio inferior, carnoso y humedecido, que le recordaba a Maggie a una muñeca que su hija solía abrazar. Hacía que Maggie quisiera abrazarla y apretarla con toda su fuerza. Había algo que le decía a Maggie lo mucho que Juliet deseaba que la abrazara.

—Mamá, ¿dónde está papá?

—Salió, cielo. No sé cuando volverá...

O quizás era ella la que necesitaba que la abrazaran. Buscaba consuelo mientras le proporcionaba consuelo a su hija, cuando no lo encontraba en otro sitio. Se odiaba a sí misma por el pensamiento repentino y malicioso. Por juzgarlo. Sabía que él no se lo merecía, y con ello sugería una falta de cuidado o preocupación por parte de ella que debería haber sido perdonable, teniendo en cuenta las circunstancias.

Podía ver en cada mirada a medias, en cada imagen suya cruzando la puerta, lo hundido que estaba. Lo encogido que estaba. Si enfocaba cada gramo de amor que llevaba dentro, hacia fuera, a donde estuviera Luke, tampoco se le podía echar en cara, después de todo.

Y fuera lo que fuese, y si consideraba todas las cosas por las que se le podría guardar rencor... por el amor de Dios, ¿realmente quien era ella para hablar así?

—Mamá, si Luke está muerto...

—¡Juliet!

—Mamá, por favor, escúchame. Lo he estado pensando. Si está muerto, sólo perderemos la parte menos importante de él. Hay tanto de Luke que permanece aquí, en casa, ¿no lo sientes?

—Está vivo, cariño...

—Está bien, de verdad. No me he vuelto fanática de Dios, ni nada, tú sabes que no me van nada esas cosas, pero realmente lo creo así. Ayuda mucho. Será muy triste, por supuesto que sí, y lo echaremos mucho de menos, y habrá cosas que nos recuerden que él estuvo aquí: si comemos ciertas comidas que le encantaban u odiaba, o si escuchamos música o lo que sea... Pero siempre tendremos lo importante. Eso no desaparecerá, te lo prometo...

Durante los días que siguieron al rapto, Maggie había dominado el arte de llorar sin hacer ruido. Lo único que tenía que hacer era volver la cabeza, acercarse a la ventana, coger un periódico. Y aunque las lágrimas empezaban a caer, los sollozos desoladores y la lucha por coger aire se quedaban dentro, guardados detrás del esternón.

Lo hacía porque no era necesario que nadie la viera. Porque no serviría de nada.

Ahora, lloraba en secreto para ser fuerte por la hija que intentaba ser fuerte por ella. Escuchaba las palabras de Juliet, mientras las lágrimas que su hija no podía ver corrían por debajo de la barbilla, y se colaban bajo el cuello de su camisón. Tumbada en el sofá, las largas piernas de su hija estiradas sobre las suyas, viendo lo que fuera en la tele y pensando en el olor de su niño, y en la forma que adquiría su pelo en la nuca. Pensaba en el agujero que se le había abierto en su interior, rojo y crudo como el escaparate de una carnicería. Abierto de par en par, le suplicaba, y la dejaba vacía.

No encontraba consuelo en saber que Juliet casi tenía la edad y la autonomía suficientes para superar la pérdida de un hermano y una madre.

La idea de dejarla era casi insoportable.

Pero si algo le había pasado a Luke, la idea de no salir corriendo en busca de su primogénito era peor.

No había casi nada de tráfico mientras conducía dirección sur hacia Kentish Town; las calles vacías eran la única ventaja para las jornadas que empezaban tan absurdamente temprano y terminaban tardísimo.

—¿Tienes algo de música? —preguntó Porter.

Thorne pulsó el botón para empezar a buscar los seis cedés que tenía guardados en el cargador que había instalado en el maletero del bmw.

—¿No hay nada de música country gilipollas con esa guitarra gangosa?

Thorne la miró, y no le quedaba la menor duda de con quién había estado hablando. Para compensar la sonrisa de satisfacción de Porter, le ofreció una de absoluta indiferencia.

—Holland es hombre muerto: lo sabes, ¿verdad?

—En realidad, me gustan algunas cosas de música country: Garth Brooks, Shania Twain...

Thorne hizo una mueca, y luego empezó a intentar localizar uno de sus cedés:

—Vale, pues ya que te has cachondeado de mí, no te lo voy a poner fácil.

—Por cierto, no fue Holland —dijo Porter.

—Entonces, ¿quién fue?

Empezó la música; el sonido delicado y lastimero de la guitarra con los tristes sones de un acordeón. Luego la voz...

—¿Qué es esto? —preguntó Porter después de unos minutos.

—Hank Williams. Más o menos.

Porter parecía confusa, incluso apenada

—¿No va a cantar?

Entonces, mientras el coche alcanzaba los noventa kilómetros por hora entre una cámara de control de velocidad y otra, Thorne le explicaba que Williams había grabado una serie de discos durante su carrera tras un pseudónimo. Como Luke the Drifter había compuesto y grabado una serie de recitados: obras de narrativa recitada sobre un fondo de música sencilla. Algunos eran blues hablados sin más, mientras que otros se parecían más a oraciones o cánticos hablados. Estas recitaciones moralistas —consideradas demasiado poco comerciales para los tocadiscos automáticos y programas de radio que eran el pan de cada día de las grandes figuras— resultaban desoladoras y compasivas, muy lejos del renegado bebedor que los aficionados a la música country habían llegado a adorar.

—Es deprimente con cojones —dijo Porter.

—Te lo tienes merecido —Thorne pisó el acelerador, y pasó sin problemas un semáforo en ámbar, para luego torcer a la izquierda hacia Belsize Park—. Estaría bien tener un alter ego —dijo—. ¿No crees? Algún lado de tu personalidad que nadie sabría con certeza que eras tú. Al que le podrías echar la culpa de lo que fuera, y mandarle que hiciera todas las cosas que no te apeteciese.

Porter estuvo de acuerdo en que parecía buena idea:

—¿Qué haría el tuyo? —preguntó ella.

Thorne lo pensó durante unos instantes, y luego sonrió.

—Me encantaría poder decirle a Trevor Jesmond que estaba echando la bronca al hombre equivocado. «Disculpe, señor. Creo que me confunde usted con Kevin el Gilipollas. O quizás con Roger Me-da-igual-todo.» ¿Y tú?

Porter pensó en ello, pero no se le ocurría nada, y seguían en silencio escuchando *Men with Broken Hearts*, que según la descripción orgullosa de Williams había sido la «canción más terrible, más morbosa que había escuchado jamás».

Thorne iba más despacio cuando se acercaban al piso. Iba señalando a Porter las tiendas y lugares destacados de la zona, los pubs de interés. En la calle Kentish Town tuvo la deferencia de enseñarle The Bengal Lancer.

—El mejor restaurante hindú de Londres —dijo—. ¿Te gusta la comida hindú?

Porter asintió.

—Pero no estoy segura de que lleguen hasta Pimlico con las entregas a domicilio.

—Yo te la podría llevar —Thorne la miró, sus miradas cruzándose por un instante antes de que Thorne desviara la suya al espejo retrovisor del otro lado—. Nos atenderían muy bien —dijo.

Cuando llegaron al piso, Thorne entró rápidamente, adelantándose a Porter un poco y recogiendo cosas a su paso. En la entrada, con una patada ligera con la parte exterior del pie, envió hacia el rodapié unos zapatos que se habían quedado allí tirados; puso la alfombra bien; colgó una chaqueta que había dejado de mala manera en el respaldo de una silla. Porter le adelantó cuando se detuvo para dejar el correo del día sobre el montón que había en la mesa. Al alcanzarla en el salón, se estaba agachando para darle mimos al gato, e intentando disimular que no había visto la nota que le habían dejado en el sofá.

Thorne cogió el trozo de papel y lo leyó.

No te preocupes, estaba diciendo gilipolleces anoche. Había bebido y era el cansancio.

Me encuentro mucho mejor ahora.
He comido el último trozo de pan. Lo siento...

—¿Quién es tu amiga? —preguntó Porter.

—Está bien: es un tío.

Porter levantó una ceja.

—Pues resulta más interesante que lo de la música country y todo eso.

—Es Phil Hendricks.

—Bueno —pronunció la palabra con parsimonia, dejando una pausa mínima—. Hendricks es gay, ¿verdad?

Thorne le sonrió con una expresión de satisfacción. Estaba disfrutando de la confusión deliberada del momento, encantado con la atención. Con un gesto de la cabeza, señaló el sofá. Elvis se estaba acurrucando, poniéndose cómodo otra vez.

—Ése es el sofá–cama —dijo—. Luego lo saco.

—¿Cómo dices?

No pudo evitar devolverle una sonrisa pícara.

—¿Por qué de pronto tengo la sensación de revivir una nueva versión de *Cuatro agentes del desorden?* En este momento, mientras te tomo declaración, tú me tendrías que decir que te vas a quitar lo que yo quiera, y yo diría: «Las bragas...».

Ella se rio:

—¿Hay algo de beber?

Thorne intentó poner una expresión severa:

—Acuérdate, que nos quedan siete horas para volver al trabajo. Y *descansados.*

—Por una copa no va a pasar nada —se sentó en el sofá—. ¿No podría Roger Me-da-igual-todo traernos una copa?

Roger entró en la cocina y se agachó delante de la nevera. Se quedó mirando su contenido exiguo, y se dio cuenta de que con respecto a la mujer que se había traído a su piso, no tenía la menor idea de qué estaba haciendo, ni por dónde se iban a desarrollar los acontecimientos, pero sí que estaba disfrutando de cada momento. Gritó para que Porter se enterara en el salón.

—Lo siento, pero no hay mucho donde elegir. Tenemos cerveza barata o cerveza barata.

—Cualquiera de las dos —dijo Porter.

El turno desde las diez de la noche hasta las seis de la mañana podía ser una cosa buena o una cosa mala, dependiendo de lo que te apeteciera trabajar y, más importante aún, de la noche de la semana que te tocara. Los primeros días de la semana solían ser bastante tranquilos. Sin embargo por la zona de Shepherd's Bus, Acton, Hammersmith... la verdad era que, por cualquier parte, las cosas se animaban bastante, en cuanto la gente olía que se acercaba el fin de semana.

El agente Dean Fothergill sabía que de tarde en tarde, cuando sólo iban dos en un coche patrulla o en un vehículo de intervención rápida, era posible esconderse. Por lo menos durante una hora o dos. Podías intentar extender tu descanso de una hora para comer hasta un descanso de dos horas si no habías dormido bastante durante el día o lo que fuera. Por supuesto que la cosa se estaba complicando con las unidades Airwave, pero incluso si los que mandaban sabían dónde estabas, no te podían ver. Al menos, por el momento. Por eso precisamente algunos de los chicos habían llegado a la conclusión de que lo importante era cambiar de posición para dar la impresión de estar ocupado. De la cafetería a la tienda de kebabs, y luego a la bocacalle de al lado, leyendo el periódico durante media hora en un sitio y un descanso para fumar un cigarrillo en otro lado. Obviamente, sólo en las noches lentas y tranquilas.

Los sábados por la noche siempre ocurrían cosas.

A la una y cuarto de la mañana, Fothergill y la agente Pauline Caulfield estaban cerca del centro de televisión, cuando recibieron el aviso.

—Un tipo nos ha llamado desde Glasgow, y dice que su hermana tenía que haber regresado esta tarde y no ha llegado. Tiene sesenta y pico de años, vive sola, no la puede localizar por teléfono, no ha llamado hasta ahora por no molestarnos, etcétera. Que vayáis a echarle un vistazo cuando tengáis un momento, ¿vale, Dean? Sé que tú y Pauline estáis allí muy a gusto leyendo el periódico.

—Hemos estado con lo de la pelea en la estación de metro de White City, jefe.

—Te creo, aunque miles no lo harían. Te enviaré todo por la TDM.

En cuanto empezaban a aparecer todos los detalles en la pantalla de la terminal de datos móvil, Caulfield hizo girar el Astra.

Se dirigían tranquilamente hacia Shepherd's Bus.

Fothergill hizo un gesto negativo con la cabeza.

—Apuesto cinco libras a que se olvidó incluso de que tenía que ir a Glasgow —dijo.

—Sabes escuchar muy bien —dijo.

Levantó la linterna y dirigió la luz al otro lado del sótano; la volvió a bajar cuando vio cómo el chico entornaba los ojos y miraba para otro lado.

—Sé que tienes miedo, y así probablemente escucharías lo que fuera, pero yo sé cuando la gente realmente oye lo que dices, y cuando no. Me sucede a menudo en el trabajo, y quema mucho. La gente allí sentada, dejando que lo que tú digas les resbale y sin enterarse de nada. Para ti es más difícil, ya lo veo. Por supuesto que sí. No te puede resultar fácil escuchar lo que yo te estoy contando. Ahí sentado, oyendo estas cosas espantosas, y sin decir nada.

»¿Quieres decir algo? Lo puedes hacer, sabes...

»Entiendo que necesites algo de tiempo para asimilar todo esto, eso es natural. Te dejo un rato para que lo hagas, pero quiero que antes entiendas algo. La verdad es que no te estaría contando nada de esto si yo no creyera que fueras capaz de asimilarlo, ¿entiendes? Que fueras suficientemente maduro e inteligente. Sé lo listo que eres, me consta. Por eso, lo pensé mucho e intuí que que serías capaz de procesar toda esta información. De darle sentido. No vas a poder darle sentido a todo, porque hay cosas... sé que tú sabes a qué cosas me refiero... que van más allá de lo que tú y yo, de lo que la gente normal, pueda percibir como normal, así que no se trata de que tenga sentido.

»¿Estás de acuerdo? ¿Es justo? Mueve la cabeza si estás de acuerdo con lo que digo... Muy bien.

»Quiero que sepas que no me gusta todo esto, eso es todo. Que no estoy intentando torturarte o algo así. Quiero decir, ¿qué razón podría tener yo para hacer eso? Ya te he hecho bastante daño, de eso me doy cuenta. Todo lo que sufriste antes, me refiero al piso. Supongo que sólo quiero que entiendas que la motivación que hay detrás del hecho de contarte todo esto, es... decente.

»Porque deberías saberlo. Porque el hecho de no saber sería mucho peor. Porque en algún momento llegarás a aceptar las cosas y a la larga te beneficiará, ¿lo ves?

»Saber lo que son capaces de hacer las personas que amamos es a veces algo terrible. Pero la ignorancia es mucho peor.

Se sentó en cuclillas al oír los sorbos por las narices. Se acercó un poco al rincón donde el chico estaba acurrucado.

—No llores, por favor. De verdad que no era mi intención hacerte llorar.

»Lo siento. Esperaré a que te calmes un poco, quizás. Mejor me voy, ¿no?

Se volvió a su posición de antes. Esperó.

—Perdonarás algunas cosas de todo esto, estoy seguro. A mí no, probablemente, y definitivamente no podrás perdonar todo esto, pero algunas cosas sí. Esas cosas, las cosas menos terribles, las hicimos por razones válidas. Sé que tú no lo podrás entender ahora, que ahora mismo lo único que quieres es repartir hostias y gritar, o lo que sea, pero las razones eran buenas, te lo juro.

»¿Te gustaría gritar? Adelante, está bien, si eso es lo que quieres. Nadie te va a oír, por eso te quité la cinta. De verdad, puedo entenderlo si quieres hacer eso. ¿Quieres romper algo? ¿Quieres partirme la cara? ¿Quieres que me largue sin más?

Durante algunos minutos no dijo nada. Entonces levantó la linterna otra vez y dirigió la luz para iluminar al chico.

—Deberías pensarte lo de gritar, ¿sabes? Puede que te venga bien. Suéltalo.

Se iluminó con la luz de la linterna, y descansó la barbilla sobre la lente y reflexionó durante un rato.

—Vale, quizás haya sobreestimado lo que tú hayas podido asimilar. Son muchísimas cosas, ya lo sé. Muchas cosas que... absorber.

»Antes de irme, quizás sea buena idea repasar algunas cosas otra vez. Intentaré explicarlo de forma más sencilla en esta ocasión. ¿Crees que es una buena idea?

»¿Luke?

Las bromas habían cesado en el momento en que Caulfield se había percatado la ventana rota. Habían pasado diez minutos llamando a la puerta, hasta que Fothergill había trepado la cancela lateral y llegado a la parte trasera de la casa.

Había informado del hallazgo, mientras que Caulfield había vuelto al coche a por guantes, una linterna y sus porras telescópicas.

—Quizás deberíamos esperar —dijo Fothergill.

—Joder, Dean.

Caulfield metió la mano y buscó a tientas hasta dar con el pestillo de la puerta. Antes de que le diera tiempo de abrir la puerta, un gato entró disparado por la gatera dentro de la casa.

—Jesús...

Penetró en una cocina a oscuras y gritó. Fothergill gritó aún más fuerte. Entonces se quedaron quietos y esperaron. Si hubiera alguien en la casa que no debería estar allí, probablemente hubiera oído algún movimiento, incluso si se trataba de alguien que intentaba esconderse.

Caulfield buscó un interruptor, lo encontró y los dos profundizaron en la habitación. Los platos fregados estaban amontonados de forma ordenada sobre el escurreplatos. El gato merodeaba por un cuenco vacío en el suelo y frotó la cabeza contra las puertas de un armario.

Caulfield se agachó.

—Shush, está bien.

—¿Estás hablando conmigo o con el gato? —Fothergill forzó la sonrisa, pero su voz tenía un tono más alto de lo normal.

Salieron de la cocina hasta un pasillo estrecho con la puerta principal al fondo. La luz de la calle se filtraba por los pequeños paneles de vidrio coloreado, y las escaleras subían por un lateral. A la derecha había dos puertas. Abrieron una puerta cada uno; encendieron la luz en un salón pequeño y un comedor.

—¿Dean?

Fothergill asomó la cabeza por la puerta y siguió la mirada de Caulfield. La mesa del comedor estaba dispuesta para el desayuno. Un vaso vacío, una cuchara y una servilleta. Un cuenco que ya estaba lleno de cereales y cubierto de papel transparente.

—Vamos...

Había acuarelas por la pared de la escalera, y certificados enmarcados, y fotografías sobre una mesita al final de la escalera, colocadas alrededor de una cesta grande llena de flores secas. Sin embargo, entremezclado con el aroma de vainilla y azahar, había un olor tenue a otra cosa. Algo acre y triste.

Encendieron más luces. Miraron en un cuarto de baño y un dormitorio de invitados, y luego caminaron despacio hacia la puerta cerrada de la única habitación que quedaba.

—¿Alguna vez has visto uno, Dean? —preguntó Caulfield.

—Venga ya, puede que esté en cualquier lado. Puede que esté por ahí, sin decírselo a nadie...

—¿Dean?

Fothergill movió la cabeza. Se quitó la gorra y se pasó la manga por la frente.

—Está bien, ¿vale? Quédate tranquila y no toques nada.

El olor era más fuerte al abrir la puerta. Los dos lo podían notar al respirar antes de que Caulfield encendiera la luz.

—Joder...

Había apartado el edredón de una patada, y estaba en el suelo, y su camisón había subido por encima de las pantorrillas pálidas y sin vellos. Un brazo caía a un lado, colgando del borde de la cama, mientras que el otro estaba pegado a su costado, los dedos finos agarrados a un trozo de sábana.

Se había caído una lámpara de la mesita de noche. Una novela romántica en formato de bolsillo se encontraba junto a ella sobre la moqueta.

—¿Vale, Dean?

Fothergill se había vuelto y miraba donde había más fotografías colocadas sobre una cómoda. La misma mujer posaba en muchas de ellas: una joven con el pelo recogido en un moño alto, en blanco y negro. Los estilos y colores cambiaban igual que las fotos; finalmente el color tiraba a gris, y la mujer cada vez más delgada, cuando empezaba a consumirse y encogerse un poco. Fothergill imaginó que la cara era la misma que yacía retorcida debajo de la almohada, a pocos metros de él.

El gato lo había seguido por las escaleras. Caulfield se inclinó para alcanzarlo mientras pasaba por su lado, pero fue demasiado tarde para impedir que saltara encima del colchón, donde inmediatamente empezó a sobar la pierna de la mujer muerta, ronroneando fuerte.

—Mierda...

Fothergill volvió a mirar a la mujer en la cama. La cara de Fothergill tenía el mismo color que la sábana blanca manchada debajo de ella.

—Mi madre pasó sus dos últimos meses en una residencia —dijo—. Olía igual —extendió una mano hacia el cabecero. Se detuvo, y con un gesto de la cabeza hizo saber a Caulfield que lo entendía cuando ella le advirtió otra vez que no tocara nada.

—Huele a la habitación de mi madre.

Había una mujer con la que Thorne se había acostado una vez el año anterior, pero por un sinfín de razones, todavía estaba intentando olvidarse de ese episodio en concreto. Aparte de ella, y de Hendricks, y de algún que otro fontanero, pensó que había pasado un montón de tiempo desde la última vez en que se había quedado esperando a que alguien saliera de su cuarto de baño.

Estaba dolorido después de haberse dado un tirón en la espalda al intentar sacar el sofá-cama. Porter se había reído al escuchar los tacos y gritos. Entonces se había levantado para echar una mano, cuando se había dado cuenta de lo mucho que le dolía.

—Deberías ir a que te vean eso —había dicho—. Al menos sabrás lo que te pasa.

—Lo haré.

—¿Tienes seguro médico?

—No, pero tengo algo de dinero. De la venta de la casa de mi padre, ¿sabes?

Un dinero con el que no había sabido qué hacer, que odiaba. Le había regalado algo a la hermana de su padre, Eileen, y doscientas libras a Victor, pero incluso después de pagarle una pasta a Hacienda, todavía le quedaba suficiente. Quizás, después de un año, debería hacer algo. Debería encontrar alguna utilidad para el dinero, un uso adecuado que hubiera merecido la aprobación de su viejo.

—Lástima que no te jodiste la espalda en el trabajo —había dicho Porter. Habían levantado la barra metálica, sacado el colchón y abierto las patas—. Entonces la Poli habría tenido que soltar pasta.

Estaba suficientemente cerca para que Thorne le notara el olor a cerveza. Una copa que había llegado a ser dos para cada uno.

Se habían quedado relajados los dos hablando pestes de la gente del trabajo, de su trabajo en general. Habían descrito a sus padres y sus relaciones anteriores. Thorne le había contado lo del día anterior, cuando había estado pensando en matrimonios amargados, y le habían venido a la mente Maggie y Tony

Mullen. Le había causado un gran impacto darse cuenta de que por primera vez que pudiera recordar, no había pensado en su propio matrimonio antes que en ningún otro.

Porter le dijo que era buena señal.

Ahora, esperando junto al cuarto de baño, Thorne se dio cuenta de que había hablado mucho más que ella. Se dio cuenta de que en realidad, aparte de ser graciosa, y de hacer bien su trabajo, y de que a él le gustaba a rabiar, no sabía gran cosa sobre Louise Porter.

Thorne la oía a través de la puerta, cutre y delgada, produciendo un extraño zumbido mientras se lavaba los dientes, y decidió que lo que sabía era más que suficiente.

Al salir del cuarto de baño, Porter llevaba su propia ropa amontonada debajo de un brazo y sólo vestía las bragas debajo de una de las camisetas de Thorne. Al pasar, se ruborizó ligeramente, y empezó a colocar su falda y blusa sobre la silla más próxima al sofá-cama.

—Te compraré otro cepillo de dientes.

—Si yo fuera tú, estaría preocupado por cómo explicarle a la gente del trabajo el motivo por el que llevas dos días seguidos con la misma ropa.

—La gente está acostumbrada a eso —dijo—. Soy una puerca.

Thorne se rió, luego tosió, y por fin hizo una mueca de dolor. Porter se acercó, y sin decir nada, empezó a sacarle la camisa por atrás.

—Hola —dijo.

Colocó la palma de la mano sobre su espalda, muy abajo, justo por encima de su cinturón, y empezó a frotar.

—¿Ahí?

—Vale —dijo Thorne.

—¿Te alivia?

—Sí...

Y sonó el teléfono.

Se dio la vuelta y ella quitó la mano, y la mirada que cruzaron se volvió seria. El teléfono insistía para que alguien contestara y los dos sabían que era muy poco probable que les llamara alguien que quisiera hacer vida social.

Era Holland.

—Creo que deberías levantarte ya —dijo.

—Todavía no nos ha dado tiempo de acostarnos —dijo.

—¿Cómo?

Thorne se dio cuenta de la metedura de pata.

—Venga ya, Dave. ¿Qué pasa?

—El departamento de investigación criminal de Shepherd's Bus tiene un cadáver para que le echemos un vistazo. Te doy la dirección.

Thorne buscó un trozo de papel. Porter apareció a su lado con cuaderno y un boli, y entonces volvió a la cama y empezó a ponerse la falda.

—Escucho...

—¿Te acuerdas de aquel mensaje que dejé para Kathleen Bristow? —dijo Holland—. Pues, por fin, alguien se ha puesto en contacto conmigo.

Tercera parte

LO QUE PARECE

DOMINGO

Luke

Cuando Luke era más pequeño, había un niño que se metía con él en el colegio. Le había robado algunas cosas —una pluma, un reloj—, le había propinado puñetazos en los hombros y patadas en los tobillos, y le había amenazado con cosas peores si Luke se lo contaba a alguien. Luke no había sido el único blanco de este chico. A veces había observado al acosador con otros, y había reconocido la misma técnica que había utilizado contra él. El chico sonreía, y se hacía el simpático, como si quisiera ser su amigo, antes de repartir unos golpes que dolían de veras, como si la amabilidad fingida hiciera que luego la violencia y los guantazos le proporcionaran más placer.

Luke no se lo había dicho a nadie, y había sufrido hasta que el chico se fue del colegio, pero había aprendido a reconocer la sonrisa que venía antes del dolor, y la había observado en el hombre en el sótano. Sonaba estúpido. Realmente era algo obvio, con todo lo que estaba pasando, pero al hombre le pasaba algo. Algo fuera de control, algo que le perdía, y que hacía que Luke sintiera que el hombre no tenía mucha idea de lo que iba a hacer después.

Cuanto más simpático fuera el hombre —cuanto más libertad le daba a Luke, o más le decía a Luke lo mucho que le apreciaba— más aterrador le parecía. Y más se decidía Luke a intentar resolver la situación.

No conseguía recordar nada intensamente: intentaba concentrarse en hacer algo, cuando lo único que quería hacer era acurrucarse y quedarse quieto. Dormir hasta que hubiera pasado todo. Desde la última vez en que el hombre le había dejado, se había pasado horas recitando para sus adentros poemas, letras de canciones... cualquier cosa para evitar tener que pensar en lo que el hombre le había dicho. Lo que había insistido en contarle. Era una mierda venenosa, eso lo sabía; igual que las mentiras que el acosador del colegio le había contado una vez con voz suave. El hombre disfrutaba bajando allí con su linterna y sus inmundicias, echándoselo todo en la cara y desorientándole.

Debilitándole.

Por eso, Luke se llenaba la cabeza con lo que podía de otras cosas, intentando quitarse de encima las mentiras de aquel hombre.

Y se concentró mucho en las punzadas de una docena de cortes y moretones. Arrastró una uña por una herida superficial en los nudillos, hasta que el dolor se hizo más acuciante que el dolor profundo y sordo que las palabras del hombre habían extendido por su cuerpo.

Se puso de pie, notando con el tacto los trozos de cinta desechada a su alrededor, mientras avanzaba por el suelo de tierra. Intentó concentrarse en el plano del sótano que había creado en su mente: los rincones bajos, las grietas húmedas y huecos rancios, los estantes cubiertos de suciedad. Latas de pintura, y sacos de cemento y marcos de fotos...

Si el hombre siguiera en la casa, probablemente bajaría a verlo bastante pronto. Dispuesto a contar más historias, o a algo peor.

Luke miró fijamente la oscuridad espesa y arenosa, y tomó una decisión.

Necesitaba un arma.

Dieciocho

Nunca era el momento perfecto, claro está. Sin embargo, a la hora de ponerte a trabajar con un cadáver, o de trabajar sobre un cadáver... la primera hora de la mañana era probablemente el mejor momento. Durante el día, la evidencia de un asesinato ofrecía una imagen descarada y agresiva. Había algo en la manera en que la luz del día incidía sobre un cadáver para que reforzara la brutalidad del acto: mostraba de golpe la verdad espantosa de que esas cosas ocurrían mientras el resto del mundo seguía con sus vidas.

Los demás se iban por ahí, de tiendas, o esperaban, sentados y aburridos, en las cajas de los puntos de venta y detrás de sus mesas de despacho. Mientras tanto, a muy poca distancia, otra gente se desangraba, se hinchaba y se ponía rígida...

De noche, Thorne podía hacer lo que había que hacer; le consolaba el hecho de que llevaba a cabo un servicio público necesario, aunque desagradable, limpiar la mierda después del anochecer. Si le pillaba de mal humor, consideraba que su trabajo de esa noche no era sino mover mierda cuesta arriba a paletadas. Sin embargo esta noche, de pie delante del cadáver de una anciana mientras los vecinos seguían dormidos,

Thorne tuvo la sensación de estar contribuyendo a mantener la felicidad que permitía la ignorancia.

Ya había intercambiado algunas palabras con Hendricks, y se habían puesto los dos los monos de plástico. Una conversación normal y corriente que cualquiera podía mantener antes de ponerse a trabajar.

—¿Cómo te va?

—Bien. ¿No recibiste mi nota?

—Sí, pero probablemente dirías lo mismo de cualquier modo.

—No, de verdad. Vi a Brendan.

—¿Y eso?

—Bueno, pues ni hubo gritos, ni tampoco intenté partirle la cara, así que todo fue bastante bien, creo...

Ahora, unos cuarenta minutos más tarde, la conversación había adoptado un tono más profesional. La charla trataba de la lividez y la temperatura corporal basal. De asfixia traumática y espasmo cadavérico. Mientras Hendricks dictaba algunos apuntes a una grabadora digital pequeña, Thorne observaba al equipo de agentes del escenario del crimen moverse por el pequeño dormitorio de Kathleen Bristow, y como siempre, al verlos trabajar, sintió que algo le importunaba, que le irritaba como si se hubiera cogido un pellizco de piel dentro de su mono de trabajo. Con los años, Thorne había llegado a la conclusión de que era envidia de su certidumbre, de las limitaciones científicas que, en su opinión, les proporcionaban una sensación de seguridad y alivio que él sólo había experimentado en raras ocasiones.

Ellos proporcionaban pruebas para que tipos como él les pusieran etiquetas, las metieran en cajas y las mandaran a los juzgados. Sin esas pruebas, lo mejor que podía ofrecer eran adivinanzas y especulaciones.

—¿Entonces, de qué hora estamos hablando, Phil?

Hendricks cogió una de las manos de la mujer muerta entre la suya. La piel con manchas y de color azulado haciendo contraste con el color crema de sus guantes quirúrgicos.

—La rigidez está empezando a desaparecer, así que creo que estamos hablando de algo más de veinticuatro horas. Probablemente ayer por la mañana a primera hora. Quizás la noche anterior a última hora.

La noche anterior habían detenido a Grant Freestone.

Pero Freestone no podía ser el asesino, ¿verdad que no? Ya se había confirmado que no había secuestrado a nadie, pero habría sido demasiada casualidad que la muerte de Kathleen Bristow no tuviera relación con el rapto de Luke Mullen.

—Creo que también le partió alguna costilla —dijo Hendricks, haciendo presión sobre ella, y quizás arrodillándose sobre su pecho.

Cuando Hendricks se inclinó para meter un dedo dentro de la boca de Kathleen Bristow y pasar un bastoncillo de algodón por las lágrimas hasta la parte interior del labio, Thorne se volvió. Salió de la habitación y bajó por la escalera.

Un agente al que Thorne conocía estaba trabajando en el comedor, moviéndose metódicamente en la mesita donde se encontraban el teléfono y el contestador. Desde ahí un inspector del equipo de homicidios de guardia había llamado a Dave Holland, después de escuchar el mensaje que había dejado para Kathleen Bristow. Dirigiéndose hacia la puerta de atrás,

Thorne bromeó con el agente, pero estaba pensando en cómo la cara de la anciana había parecido hundirse al quitarle Hendricks la dentadura postiza.

Fuera, Thorne se despojó de la capucha de su mono de trabajo, y se acercó a Dave Holland que, vestido de igual manera, se apoyaba sobre una pared al lado de la ventana de la cocina. Un generador ronroneaba en la parte delantera de la casa y una luz potente iluminaba esa mitad del jardín que estaba más cerca de la puerta de la cocina.

Holland le pegó dos caladas a un cigarro. Lo levantó para enseñárselo a Thorne, levantando la vista hasta mirar la planta superior de la casa.

—Todo esto me parece justificación suficiente para tirar la toalla y fumarme uno, ¿sabes? Pero luego te sientes culpable por haberlo disfrutado...

Al contrario que la mayoría de la gente, Holland había empezado a fumar después de que naciera su hijo. Había fumado en secreto, en el trabajo, hasta que su novia se había enterado y había cogido un cabreo monumental, y desde ese momento había intentado por todos los medios dejarlo de una vez. Sin embargo, como él decía, había momentos en que parecía razonable que flaqueara.

—¿Sophie no te lo nota?

Holland asintió.

—Pero entiende que nueve veces de cada diez hay una muy buena razón, y no suele darme mucha caña.

Con un empujón, Thorne se alejó de la pared y caminó hacia la parte trasera del jardín. Holland le siguió en la sombra, más allá de la luz. Se sentaron en un banco decorativo.

—¿Entonces tú crees que nuestro secuestrador hizo esto? —preguntó Holland.

—Si no lo hizo, no tengo ni puta idea de lo que está pasando. La verdad es que no entiendo gran cosa de todas maneras.

—Quizás nos estemos acercando.

Thorne volvió la vista hacia la casa. Miró a las siluetas de los agentes que había dentro, moviéndose de un lado para otro delante de la ventana del dormitorio.

—Cuesta trabajo no sentirse demasiado entusiasmado con eso —dijo—. Ahora mismo.

Extendió los pies delante de él. La hierba olía como si la hubieran cortado hacía un día o dos. Parecía gris junto al color blanco de los trajes de plástico.

—Hace tiempo que no veo a la inspectora Porter —dijo Holland.

—¿Y...?

—Nada. Sólo me preguntaba dónde estaría.

—Estaba hablando con el fotógrafo, la última vez que la vi.

Thorne se inclinó, miró a Holland, por si se atrevía a soltar prenda.

—¿Qué?

—Ni se te ocurra poner una sonrisa irónica —dijo Thorne—. Cállate y termina tu cigarro...

—Sólo preguntaba.

—Si no, llamo a tu novia y le digo que estás fumándote veinte cigarrillos al día otra vez.

Holland siguió aquellas indicaciones, y permanecieron en silencio durante algunos minutos. El humo se iba alejando de ellos hacia la luz, desapareciendo justo en el borde donde los mosquitos y mariposas nocturnas revoloteaban entrando y saliendo de la luz. Después de terminar, Holland apagó el cigarrillo sobre el respaldo del banco y se puso de pie.

—Mejor que me vaya para dentro —dijo—. Supongo que la van a sacar dentro de nada...

Esta era otra ventaja de trabajar en una escena de homicidio a esa hora. Aparte del ocasional transeúnte con insomnio que sacaba a su perro de paseo, o algún loco haciendo footing, Kathleen Bristow podría salir de su casa por última vez sin público. Durante el día no faltarían mirones, callados, de pie, hilvanando la historia que contarían luego alrededor de la mesa de la cena o en el pub. Siempre que oía noticias de tráfico de última hora sobre las autopistas, se preguntaba por qué el presentador no se limitaba a decir la verdad. ¿Por qué no podían ser sinceros y decir que los atascos era el resultado de los conductores que frenaban para contemplar el accidente?

Levantó la cabeza al oír el frufrú del roce de unos pantalones de plástico. Se echó a un lado para dejar que Porter se sentara.

—¿Holland te está dando fuerte? —preguntó ella.

—Sabe que no es una buena idea.

Thorne pensó que había algo que Porter quería decir sobre lo que casi había ocurrido en su piso, pero notaba que no tenía muchas ganas de comentarlo. Thorne no podía evitar preguntarse si tendría más o menos ganas de hablar de ello, si realmente hubiera ocurrido algo.

—Hablé con Hendricks —dijo ella—. Así que supongo que al menos deberíamos preguntarle a Freestone dónde estaba el viernes por la noche.

—No le veo el sentido.

—¿Qué te parece el hecho de que no tenemos a nadie más que remotamente se parezca a un sospechoso?

Thorne se encogió de hombros.

—Podemos preguntar.

—Diez libras a que estaba con su hermana de todas maneras, ¿vale?

—Probablemente, pero tenga Freestone una coartada o no, nuestro objetivo es el hombre que mató a Allen y Tickell. Tiene que ser el mismo. El mismo que está reteniendo a Luke.

Se encendió una luz en la ventana de la casa de al lado, y Thorne observó en el lado opuesto de la casa luces encendidas en la planta de abajo. ¿Sin público? Eso era un decir. Se imaginaba que en Londres siempre solía haber alguien observando. Probablemente habría visitas de agentes a todas las casas del vecindario a la mañana siguiente, y sólo les quedaba la esperanza de que hubiera alguien tan observador veinticuatro horas antes.

—Vale, ya que el *quién* no nos lleva a ninguna parte, algunas ideas brillantes sobre el *porqué?*

¿Ideas brillantes?

Adivinanzas y especulaciones...

—¿Entraste el dormitorio de invitados? —preguntó Thorne.

Thorne se había fijado en los tres archivadores metálicos maltrechos en el segundo dormitorio, y se había acordado de algo que Callum Roper había dicho sobre quién era la persona que probablemente había guardado los expedientes de las reuniones del disp del año 2001. Tanteó con Porter la idea que había empezado a tomar forma en su mente. Como ejemplo de pura especulación, no era de lo más estrafalario que había escuchado.

—¿Crees que la mataron por algo que ella sabía?

—O por algo que tenía. Quizás sin que ella supiera que lo tenía. Es sólo una idea...

—El problema es que si nosotros no sabemos lo que podía haber en esos archivadores, no veo cómo averiguaremos lo que se podía haber llevado.

—Eché un vistazo en uno de ellos y hay un montón de cosas allí dentro, de hace muchos años. Lo podemos revisar todo después, cuando haya terminado el equipo de la escena del crimen, y si no hay nada sobre Freestone, o el proyecto disp del año 2001, deberíamos intentar averiguar si lo hubo alguna vez.

—Tendremos que volver a hablar con el departamento de servicios sociales donde ella trabajaba entonces —Porter hizo una mueca, como si se acabara de acordar del día de la semana—. Pero lo vamos a tener difícil hoy, domingo.

—No confiaría mucho en que tuvieran copias de esos expedientes —dijo Thorne—. No, si lo que dijo Roper era verdad. Pero puede que sepan lo que Bristow se llevó cuando se jubiló, o al menos que confirmen que ella guardaba sus propios expedientes.

Mientras Thorne comentaba aquella idea, le empezaba a sonar imprecisa y débil, y además requeriría mucho tiempo. Aunque también tuvieran que dar cuentas de los tres cadáveres que tenían, aún quedaba un chico desaparecido cuya seguridad y pronto rescate seguía siendo, en teoría, su principal preocupación.

Un chico que, al menos en teoría, seguía con vida.

Sin embargo parecía que aquella idea de Thorne le hubiera dado más energías a Porter. Thorne sólo tenía la esperanza de que no se reflejara en su cara lo mal que se sentía por dentro. Por el contrario, la cara de Porter no delataba en absoluto el hecho de que se acercaba a lo que debían haber sido veinticuatro horas sin dormir.

—A lo mejor lo que importa es la relación de Freestone con lo del disp —dijo ella—. Y no las amenazas que profirió antes de ir a prisión.

Tres cadáveres...

—Hay algo que le importa mucho a alguien —dijo Thorne.

—¿Qué pasa con Luke?

Había adivinanzas y especulación. Y había evidencias que se volvían horriblemente obvias.

—Matará a Luke si lo tiene que hacer —dijo Thorne.

Porter asintió, como si Thorne sólo hubiera confirmado lo que ella ya sabía. Puso los pies en el banco, se rodeó las rodillas con los brazos, y dijo:

—Sólo he perdido a dos.

Durante poco más de un minuto, Thorne intentó pensar en algo que decir, pero antes de que se le ocurriera algo apropiado, Porter sacudió cualquier necesidad de que le tranquilizara y se puso de pie.

—Tenemos que conseguir una puta detención —dijo ella—. Quizás nos ayude si lo enfocamos desde este nuevo ángulo...

—Quizás.

Con gran esfuerzo, Thorne se sentó correctamente, con la esperanza de que su optimismo fuera justificado. No cabía duda de que las cosas estaban cambiando, que el esquema del caso se redibujaba en los memorandums y en las pizarras blancas, y también nuevamente se volvía a dibujar en la cabeza de Thorne. Sin embargo, mientras las líneas serpenteaban en nuevas direcciones y se cruzaban entre sí por primera vez, un nombre —cualquier cosa que fuera lo que en realidad ocurría— seguía apareciendo por una sitio al que en justicia no debería pertenecer. Y continuaba arrastrándose por esa parte del esquema que se quedaba reservada para víctimas y testigos. Se acercaba cada vez más a una área más turbia y desconocida.

Tony Mullen.

El saludo de una mano desde la puerta de la cocina indicaba que estaban sacando el cadáver de Kathleen Bristow. Porter se dirigió hacia la casa, mientras Thorne le seguía unos pasos detrás.

Siempre solían dejar de bromear en esos momentos, por lo menos durante algunos minutos, hasta que se marchaba el coche de la funeraria. Entonces volvían a la actividad, metiendo pruebas en las bolsas y raspando superficies por todas partes, y también a los comentarios sin importancia, elevando ligeramente el volumen de voz.

Después de marcharse el cadáver, la escena del crimen podía soltar el aire que había estado aguantando.

Thorne observaba cómo levantaban la camilla con la bolsa del cadáver para salvar el escalón de la puerta trasera que daba al jardín. Holland lo siguió, luego Hendricks, que empezó a quitarse su mono con cierta dificultad para acompañar el cadáver al depósito. Cruzaron la cancela con la camilla, y una débil luz iluminaba el camino por el lateral de la casa hacia la calle.

Thorne volvió a entrar en la casa, pensando que volvería a casa apestando a algo peor que el humo del tabaco.

Reviews

Las revisión de detenciones se llevaba a cabo pasadas seis horas después de las primeras veinticuatro, y otra vez más al cabo de quince horas. Treinta minutos antes, a las ocho de la mañana, Kitson y Brigstocke habían revisado la detención en curso de Adrian Farrell por segunda vez. Se le veía encantada de comunicarle al detenido la noticia de que, en caso de que las cosas no progresaran a su satisfacción, ella y su inspector jefe le solicitarían al comisario una prórroga de seis horas.

El listillo, un abogado llamado Wilson, no se dejó impresionar en absoluto.

—Y esto se basa en una rueda de identificación por vídeo, ¿no es así?

—Una identificación positiva de un testigo presencial que afirma haber visto al señor Farrell, junto con dos más, asesinar a Amin Mubarek el 17 de octubre del año pasado. Perdone... Debería haber dicho «asesinar al señor Mubarek después de agredirle sexualmente», si queremos hablar con propiedad. Una vez dicho eso, creo que probablemente serán suficientes los cargos de asesinato ¿no?

Wilson empezó a apuntar algo de mala manera. Con aire de naturalidad deslizó el antebrazo por encima de la parte superior de su cuaderno, como quien está examinándose y no quiere que le vean sus respuestas.

Kitson lo observó escribir, pensando que podía haber apuntado la lista de la compra, por lo que a su cliente le pudiera ayudar. Junto a ella, Andy Stone se abrochó los botones de su chaqueta. Stone estaba allí de relleno y parecía bastante contento con su papel.

—¿Tienes frío, Adrian? —preguntó Stone.

Hacía frío en la sala de entrevistas. Probablemente fuera mejor así, porque alguien a quien habían detenido por la noche, después de una pelea a punta de navaja delante de un pub, había vomitado en el rincón. La calefacción habría hecho que el hedor a vómito rancio y desinfectante fuera insoportable.

A juzgar por la expresión en la cara de Adrian Farrell, el olor ya era algo espantoso.

El chico tenía un aspecto completamente distinto, sin uniforme, fuera del colegio y con todo lo que eso conllevaba. Vestía unos vaqueros, y una sudadera con capucha que llevaba llamativamente escritas las palabras «New York» en el pecho. Su pelo rubio aparecía desaliñado, pero aún se distinguía el corte de pelo, y su rostro revelaba que había pasado una noche tan incómoda como se pretendía que fueran las noches que se pasaban en una celda. Intentaba poner cara de aburrido y ligeramente irritado, pero estaba claro que la falta de sueño mermaba sus facultades dramáticas. Antes Kitson sólo había podido entrever el miedo, y ahora empezaba a notarlo mejor: la cólera tranquila y oscura que se asentaba en sus facciones, como el verdín en la superficie de agua estancada.

—Sé de algo que te va a animar un poco —dijo Kitson—. Algo así como un juego de preguntas de historia.

Había pegada a la mesa una hoja plastificada con la lista de los derechos de los detenidos. Farrell se entretenía con uno de los picos. Levantó la vista, y se encogió de hombros.

—Vale.

—Tu asignatura favorita es la historia, ¿verdad?

—Dije que vale.

—¿Se te dan bien las fechas? ¿Qué tal el 28 de febrero de 1953?

Farrell se dio un golpecito con el dedo en los labios.

—¿La Batalla de Hastings?

—¿Por qué no se lo preguntamos al público? —dijo Kitson—. ¿Señor Wilson?

Wilson volvió a su actividad de apuntar algo de mala manera.

—No creo que os vayan a dar ninguna prórroga si perdéis el tiempo que tenéis con estos juegos estúpidos.

—El 28 de febrero de 1953 fue el día en que Francis Crick y James Watson descifraron la estructura del adn —lentamente Kitson dibujó la figura de un ocho sobre la mesa—. La doble hélice.

Daba la impresión de que a Farrell le parecía gracioso.

—Ya no se me va a olvidar —dijo.

—De eso estoy segura. Deberíamos tener un resultado preliminar antes del final del día, y sé que va a dar positivo.

Esta vez, Kitson se refería a los resultados de pruebas realizadas sobre una muestra de ADN no autorizada tomada el día antes en la comisaría. Farrell se había negado a dar permiso, así que Kitson —que en este caso tenía derecho a hacerla sobre una muestra que no fuera íntima—, la había tomado sin su consentimiento. Mientras el médico de guardia le quitaba algunos pelos, Stone y otro agente otorgaban el refrendo necesario, y Kitson había percibido en el sospechoso ráfagas de ira menos calmadas que la que notaba ahora que Adrian Farrell estaba a punto de estallar.

Miró al otro lado de la mesa, para subir un poco la temperatura.

—Y tú sabes que va a dar positivo, ¿a que sí?

—Yo sé muchas cosas.

—Por supuesto que sí.

—Sé que tú no sabes cómo dirigirte a mí para conseguir lo que quieres. Sé que, o adoptas un tono condescendiente conmigo, o quieres hacerme creer que me consideras realmente listo y completamente maduro, y que todo el rato estás dando bandazos entre una cosa y otra, ahí sentada, odiándome a muerte —señalando a Stone con un gesto de la cabeza, añadió—. Y sé que lo único que él desea es saltar por encima de esta mesa para darme una buena tunda.

Stone le devolvió la mirada, como si no tuviera intención de discutirlo.

Kitson le advirtió la mirada, como un jugador de póker que le pilla una señal a otro. La hinchazón de las mejillas de Wilson le revelaba que se había resignado al hecho de que, por muchas consejos que le hubiera dado a Farrell sobre cómo comportarse, el chico sabía más que nadie. Que los impresionantes honorarios que iban a pagar los padres de su cliente no le iban a costar ningún esfuerzo. Kitson se volvió hacia Farrell, convencida de que su abogado ya se estaba planteando la posibilidad de honorarios adicionales aún más impresionantes todavía.

De los que se ganan en una apelación ante a un veredicto de culpable.

—Tú no te vas a librar de esto —dijo ella.

—Está claro que no estás muy segura de ti misma, porque aún no quieres presentar cargos, ¿verdad que no?

—¿Quiénes eran los otros dos chicos que estaban contigo, cuando atacaste a Amin Mubarek?

—¿Cuándo hice el qué?

—Dame los nombres, Adrian.

—Ahora es cuando me dices que no puedes prometerme nada, ¿es así? Pero si colaboro, verás lo que se puede hacer por rebajar mi condena. O puede que sólo intentes apelar a mi conciencia, porque estás segura de que tengo una en alguna parte, y que muy en el fondo quiero hacer lo que es correcto.

—¿Qué hay de Damien Herbert y Michael Nelson? —preguntó Kitson—. ¿Hablamos con ellos? Puedes estar seguro de que ellos no tardarán nada en delatarte.

Era como si Farrell simplemente no la hubiera escuchado.

—¿Es ahora cuando se suelen poner en la mesa algunas fotos del chico muerto?

Kitson miró a Wilson, y luego a Stone. En realidad con esta pausa no pretendía causar impresión, sino tener la oportunidad de acumular saliva en una boca que de repente se había secado. La adrenalina le dejaba un sabor metálico en la boca.

—Tienes mucha confianza en ti mismo, Adrian

—dijo ella—. Y mucho encanto. Estoy segura de que tendrás éxito tanto con las chicas jóvenes como con las señoras mayores. Pero por mucho encanto que muestres, eso no hará cambiar de parecer a un jurado si tiene delante la identificación por un testigo presencial y un resultado positivo de la prueba del ADN.

—¿Dices que estoy tranquilo? Si a mí me lo preguntas, eres tú la que está haciendo cuentas antes de tiempo. Se trata de un testigo presencial de seis meses después del hecho, y tú sigues hablando de ese resultado positivo del ADN como si ya lo tuvieras.

Kitson no podía evitar sonreír. Se acordaba de la sonrisa de Farrell, justo antes de escupir sobre la acera.

Stone se acomodó en el borde de la silla.

—Te digo con quién vas a tener mucho más éxito —dijo él—. Con los tíos con quienes te vas a encontrar cuando estés encerrado.

Wilson soltó un gemido de desaprobación.

—¿Hablas en serio? —preguntó Farrell. Levantó una mano, para disculparse por haber encontrado alguna gracia en lo que Stone había dicho—. Perdona, te juro que no es mi intención cabrearte...

—Es su último recurso —dijo Wilson—. Sólo echa mano de recursos al miedo tan sórdidos como ése cuando no tiene por dónde agarrar el caso —miró a Kitson, satisfecho consigo mismo—. Se llama *rebañar las últimas migas.*

—Me parece de lo más apropiado —dijo ella—, teniendo en cuenta lo que le pasó a Amin Mubarek.

Una burbuja de miedo o de furia brotó de las facciones del chico. Se acercó al cuaderno de Wilson, arrancó una página y señaló bruscamente con el dedo algo que el abogado había apuntado antes.

—Mi cliente está descontento con la confiscación de algunos artículos de su propiedad.

—Mis botines.

—Se los han llevado para hacerles pruebas forenses —dijo Kitson. Nunca se habían hallado huellas de calzado ni habían sacado moldes en la escena del asesinato de Mubarek, pero era una práctica estándar, de todas maneras—. Es el procedimiento normal.

Farrell alejó su silla de la mesa y mostró los pies:

—Estos son de lo más ridículos, joder —levantó una de las zapatillas de goma negra que se les entregaban a casi todos los detenidos—. Ni siquiera me quedan bien.

—Todo el mundo las tiene igual —dijo Stone.

—¿Y por qué no puedo pedir que me traigan otro par de deportivas mías?

—Lo siento. Forma parte del uniforme. No lleva ningún lema latino, pero...

—Esos botines me costaron un huevo. Eran de encargo.

Wilson cogió su boli:

—¿Podéis asegurarnos que no van a sufrir ningún deterioro durante el análisis químico?

Kitson decidió en ese momento suspender la entrevista. Se puso de pie y le dio instrucciones a Stone para que completara los requisitos: parar la grabación y sellar la cinta delante del detenido. Desde la puerta, observaba que tanto Farrell como Wilson se habían quedado un poco sorprendidos por la brusquedad con que había puesto fin al proceso.

—Estoy investigando la agresión sexual y el asesinato de un chico de diecisiete años —dijo ella—. Y haré lo que sea necesario para conseguir los nombres de las personas que estaban contigo cuando ocurrió. Para asegurarme de que a los tres se os juzgue por agredir y asesinar a patadas a Amin Mubarek —buscó detrás el tirador de la puerta, consciente del más ligero temblor de la mano mientras se agarraba al tirador—. Pero no pienso quedarme aquí discutiendo con vosotros sobre unos putos botines...

De pie dentro de la jaula, Kitson vio al abogado de Farrell en el patio, fumándose un cigarro. Salió a su encuentro.

Le ofreció el paquete pero ella lo rechazó

—¿No tienes nada más fuerte?

—Parecías un poco estresada allí dentro —dijo Wilson.

—Bueno, el chico no es exactamente un caso fácil.

El abogado no mordió el anzuelo. Tomó una última calada, larga y profunda, y luego tiró la colilla hacia un par de motos de policía.

—¿Tenéis alguna idea sobre cuándo lo vais a llamar otra vez?

—No de forma concreta. Pero yo de ti no me iría demasiado lejos.

—Me preguntaba si ese pub un poco más arriba sirve almuerzos al estilo tradicional dc los domingos.

—¿Te refieres a The Oak? Da almuerzos, pero no estoy segura de que su definición de tradicional sea igual que la tuya.

Volvió a entrar, y decidió arreglar algo de papeleo

con el jefe de detenciones, para poder desayunar algo. Después intentaría localizar a Tom Thorne. Todo el mundo se había enterado de la novedad de esa noche en el caso Mullen, y Kitson suponía que Thorne aún no había tenido la oportunidad de recoger el memorándum que le había dejado en su bandeja, ni de devolverle el mensaje que le había dejado en su móvil.

Comparado con el descubrimiento de un cadáver, lo que ella tenía que contarle no era precisamente urgente.

Diecinueve

La gente se detenía a contemplar un accidente por ese mismo motivo: la emoción indirecta, sin la incomodidad de verse salpicado de sangre o estar envuelto en metales retorcidos. Seguro que se trataba casi del mismo principio que hacía tan emocionante presenciar una discusión entre tres agentes superiores.

Era la discusión que Hignett había previsto, y lo único sorprendente era lo que había tardado Graham Hoolihan en ponerse serio y hacer notar su peso específico.

—Colaboré cuando el inspector Thorne me llamó por primera vez. Ayudé muchísimo, cosa que no se puede decir de los demás en el caso, y mostré un poco de maldita educación básica.

—No te va servir de nada insultar a la gente.

—¿Por qué no? Está claro que no entiendes cómo funcionan las vías apropiadas.

Thorne había decido no entrometerse. Tenía la intención de quedarse de pie al fondo del despacho de Brigstocke y observar. Quizás podrían contribuir con algo.

—Me enteré de esto en el pub, por el amor de Dios —dijo Hoolihan—. Porque tu comisario jefe asistió a algún acto con el mío, y se le ocurrió mencionarlo tomándose un gintónic.

Thorne se imaginó a Trevor Jesmond con una pierna apoyada sobre la otra, una copa en la mano y hablando temas del trabajo con el ruido de fondo del choque de cubitos de hielo...

—Mira —dijo Hignett—. Nos habríamos puesto en contacto contigo hoy mismo, pero nos encontramos un asesinato de madrugada y eso tuvo preferencia.

Parecía bastante convincente. Brigstocke recogió el relevo.

—Tal como estaban las cosas, Freestone sólo llevaba detenido poco más de doce horas, de todas maneras.

—Y teníamos todas las razones del mundo para creer que nos podría ayudar con la investigación en curso de un secuestro y un asesinato doble. Así que...

—Así que no se trataba precisamente de querer mantener su detención en secreto.

Brigstocke y Hignett interpretaban convincentemente el papel de presentar un frente unido. Thorne se quedó impresionado con la postura de Hignett en particular. Dadas las circunstancias, al inspector jefe de la unidad de secuestros se le podía haber perdonado el hecho de dar saltos, señalar con el dedo a otro y decirle a todo el mundo que él había querido entregar a Grant Freestone enseguida.

—¿Por qué no me avisó nadie cuando lo detuvieron? —preguntó Hoolihan—. Aunque sólo fuera una muestra de buena educación...

Brigstocke y Hignett se cruzaron las miradas, los dos intentando formular una respuesta adecuada y educada.

Todo había empezado en la sala de reuniones, hacia el final de la sesión de la mañana...

La reunión informativa se había concentrado naturalmente en la aparición de un cadáver en Shepherd's Bush. Como siempre, las primeras veinticuatro horas eran cruciales, y todos los esfuerzos se dirigirían a la investigación del asesinato de Kathleen Bristow. Aunque esto fuera la mejor oportunidad de conseguir una pista para el caso principal, el secuestro en sí casi no se había nombrado.

A Thorne no se le había escapado que con el paso de los días el nombre de Luke Mullen se mencionaba cada vez menos. Y si lo nombraban, se hacía cada vez más bajo. Ahora había que investigar los asesinatos, eso lo entendía, para enfocar las cosas desde otro punto de vista.

Pero Thorne sabía que no era la única razón.

Al disolverse la reunión, Graham Hoolinhan había aparecido, y una acalorada discusión había ido subiendo de tono, hasta que un sargento de otra unidad le hizo pasar al despacho de Brigstocke, como un tendero que muestra la salida de su propiedad a unos borrachos.

—Deberías saber que tengo autorización por escrito para llevarme a Freestone de vuelta a Lewisham.

Lewisham, Sutton, Earlsfield. Eran los tres lugares al sur del río donde el grupo de homicidios Sur tenía su base.

Hoolihan se agachó para coger un maletín. Levantándolo, lo colocó en la mesa de Brigstocke.

—Mi jefe consiguió la firma del comandante Parsons a primera hora de la mañana.

Desde la perspectiva de Thorne, parecía como si Hignett y Brigstocke no supieran si cabrearse o echarse a temblar. Clive Parsons era jefe de la central de homicidios para el área de Londres, uno de los pocos hombres que podía hacer parecer a Trevor Jesmond como uno más.

—Así que no vayamos a perder más tiempo —Hoolihan preguntó—. ¿Todavía tenéis motivo para pensar que Freestone os puede ayudar en la investigación?

Aparentemente tenía poco sentido fingir que quedaba motivo alguno. A Freestone se le había interrogado por la mañana temprano, y había declarado que había dormido en el piso de su hermana cuando a Kathleen Bristow la mataban con una almohada encima de la cara. Como era predecible, Jane Freestone había confirmado la versión de su hermano, y aunque no fuera la testigo más fiable del mundo, iba a ser difícil cuestionar su coartada.

Thorne ni siquiera veía sentido en intentarlo. Sabía perfectamente que Freestone no había asesinado a Amanda Tickell ni a Conrad Allen; también sabía que no estaba detrás del secuestro de Luke Mullen. Thorne se acordó del momento en que detuvieron a Freestone en el parque por la mañana. Por supuesto, no parecía contento, pero ¿por qué iba a estarlo? Pero sin duda tampoco era la reacción de un hombre detenido por el asesinato que había cometido sólo unas horas antes.

La duda que siguió a su pregunta parecía darle a Holland la respuesta que buscaba.

—Bueno, pues sigamos —tocó ligeramente la tapa de su maletín—. Tenemos intercambiar mucho papeleo entre nosotros...

Thorne sintió cómo daba un paso hacia delante y a continuación empezaba a hablar.

—Para alguien que concede tanta importancia a la buena educación, pensaba que quizás correspondía dar las gracias —Brigstocke le echó una mirada, pero Thorne insistió mentalmente en su definición de lo que era *entrometerse*—. Lleváramos o no las cosas como tú preferías, la verdad es que te hicimos un enorme puto favor.

Hoolihan levantó su maletín hasta la altura del pecho y lo abrazó, esperando que continuara Thorne.

—En cuanto a Grant Freestone, perdisteis de vista lo principal, o le dejasteis como si no mereciera la pena. Alguien sellaba el papeleo de revisión una vez al año, pero realmente no estabais haciendo nada, por lo que he podido ver. El hecho de que se te vaya a apuntar este tanto es gracias a nosotros, y a nadie más, y puede que no hayamos sido tan educados como cabía esperar, pero aun así me parece que deberías estarnos agradecidos, joder.

No debería haber soltado el taco. Con esa última palabra, el color subió a la cara de Hoolihan. Aunque se negó categóricamente a responder a esas palabras, quedó claro que, desde ese momento, absolutamente nadie de homicidios Sur le haría ningún favor a Thorne.

Después de perder lo que parecía un concurso de aguantarse mutuamente la mirada del otro, Hoolihan se volvió hacia Brigstocke y Hignett.

—No es que vaya a llevarme a Freestone muy lejos —dijo—. Declarará delante del juez dentro de un par de días, así que estará en prisión preventiva en alguna parte, por si necesitáis hablar después con él.

Hubo gritos después de la marcha de Hoolihan, pero no demasiados. Una vez más Hignett mostró su autocontrol, al decidirse a no manifestar su satisfacción maligna por el asunto, ni repetir aquello de «os lo dije».

Había cosas más importantes de las que hablar.

—Recibimos el informe preliminar de la autopsia realizada por Phil Hendricks —dijo Brigstocke. Cogió un papel de su mesa, y leyó—. Asfixia debida a sofocación, obviamente... tres costillas rotas... la nariz rota. Todo eso coincide con los puntos donde presionó sobre la almohada, piensa Phil...

Durante unos instantes se miró a los pies, y a las paredes, y a un cielo que no terminaba de decidirse.

—¿Todavía crees que el asesino buscaba algo? —preguntó Hignett.

—Es una posibilidad —dijo Thorne—. Porter va a mirar a fondo esos archivadores. Creo que aún le queda un rato en el mortuorio.

—Fuera lo que fuese, tenía muchísimo interés —Brigstocke echó un ultimo vistazo al informe de autopsia—. Si no, sencillamente es que estaba perturbado.

—Espero que no demasiado perturbado —dijo Hignett.

Thorne sabía lo que decía Hignett. Una posibilidad espantosa que sería estúpido ignorar. Se dio cuenta de que, una vez más, se había planteado el asunto sin mencionar el nombre del chico.

La sala de operaciones parecía tener un poco más de actividad que el día anterior. Probablemente no se iban a entretener con conversaciones tan largas. La gente iba de una mesa a otra, del teléfono al fax, un poco más rápido. No habían pasado ni siquiera doce horas desde que descubrieron el cadáver de Kathleen Bristow, pero Thorne sabía que a menos que los que estuvieran investigando lo hicieran con rapidez, se perdían todas las posibilidades de resolver un caso de asesinato.

Thorne habló brevemente con Andy Stone y dos de los chicos de secuestros, y luego pasó unos minutos desagradables, aunque necesarios, hablando de papeleo con el sargento Samir Karim, que era el director del área administrativa. A Thorne le caía bien Karim: un tipo gregario con sobrepeso de origen asiático, con un mechón de canas prematuras y un fuerte acento londinense. La sonrisa que normalmente costaba trabajo quitarle de la cara, no se veía por ninguna parte esta mañana.

—Todo está jodido —dijo.

Thorne estuvo de acuerdo con él, sin necesidad de saber a qué se refería exactamente Karim.

Holland parecía tan concentrado como los demás, pero de cerca se notaba que tenía los ojos de alguien que no había dormido la noche anterior.

—Tengo los ojos de un borracho resacoso que no ha dormido en tres días —dijo—. Ya lo sé, pero siguen siendo más grandes que los tuyos.

Thorne miró el ordenador de Holland. La pantalla mostraba una página de la web del municipio londinense de Bromley, donde se veían varios números de contacto y direcciones de correo electrónico.

—Hay un servicio de atención al ciudadano fuera de horas —dijo Holland—, y eso está muy bien si se rompe una tubería principal de la red o si ves a alguien tirando su basura en cualquier parte, pero no nos sirve para mucho más. En lo que se refiere a los archivos guardados por Kathleen Bristow, creo que vamos a tener que esperar hasta mañana por la mañana. Tal vez pudiéramos hablar con alguien que tenga acceso a los archivos. Aun así, no creo que vaya a ser cosa de cinco minutos.

—Localiza a las otras personas que formaban parte del tribunal con ella —dijo Thorne—. Roper y todos los demás...

Holland salió de la página web y se metió rápidamente en el Sistema de Información sobre Crímenes. El SIC se actualizaba continuamente, con cada detalle del caso que hasta ese momento se hubiera registrado, y se le permitía el acceso a todo el equipo.

Tecleó el número del caso. Buscó en los archivos, y luego seleccionó los nombres y datos de contacto de los miembros del tribunal disp de Grant Freestone:

Roper, Warren, Lardner, Stringer, Bristow.

Holland, con un golpecito en la pantalla, señaló algo.

—Nunca conseguí localizar a Stringer en la primera ronda de esta investigación.

—Mira a ver qué puedes hacer —dijo Thorne.

—Vale. Será interesante ver cómo reaccionan a la noticia sobre la muerte de Kathleen Bristow. Quizás alguno pueda confirmar que ella guardaba los informes.

—Roper creía que era probable —dijo Thorne—. Pero no estaba seguro —miró la lista en la pantalla de Holland, donde el cursor parpadeaba debajo del último nombre—. Mientras no sepamos con certeza el motivo exacto del asesinato de Kathleen Bristow, no vendrá nada mal comprobar que cada uno de los miembros de ese tribunal sigue por ahí.

Thorne había permanecido en el patio de atrás hasta que por fin sacaron al detenido. Había permanecido apoyado sobre la furgoneta que esperaba a Freestone para llevarle al sur, y hablando sobre un partido reciente entre el Spurs y el Cristal Palace con uno de los agentes enviados a recogerlo.

Hoolihan había pasado por delante de Thorne sin mediar palabra y se había montado en un bmw camuflado dispuesto a seguir a la furgoneta hasta Lewisham.

Freestone había tenido muchas más ganas de charlar.

—¿Qué coño está pasando?

—Es hora de responder por Sarah Hanley, Grant.

—No la maté.

—Entonces no dejes de decírselo —dijo Thorne.

—Eres la hostia...

Freestone iba esposado, y dos agentes, uno a cada lado, le hacían caminar con resolución hacia las puertas traseras de la furgoneta que permanecían abiertas.

Thorne le siguió muy despacio.

—Le daré recuerdos de tu parte a Tony Mullen.

—Deberías conseguir que vaya a verme —dijo Freestone.

—Ya no le veo el sentido —dijo Thorne—. No tiene nada que ver con el caso de Hanley.

—Lo vi.

—¿Cómo? —Thorne empezó a caminar más rápido—. ¿Cuándo lo viste...?

Pero a Freestone ya lo estaban metiendo sin ninguna ceremonia en la parte trasera de la furgoneta, y sentándole en un banco entre sus dos acompañantes. Giró para mirar a Thorne, pero éste no tuvo tiempo de interpretar su expresión antes de que cerraran bruscamente las puertas. El aficionado del Cristal Palace hizo un gesto de disculpa y dio la vuelta hasta la puerta del conductor.

Thorne dio un paso hacia atrás, al arrancarse la furgoneta. Aparcado justo al lado, Hoolihan estaba sentado, pisando el acelerador con el bmw en punto muerto; probablemente impaciente, pero quizás con la esperanza de enviarle a Thorne una dosis letal de monóxido de carbono.

Cuando entró de nuevo en la jaula, Thorne vio a Danny Donovan merodeando cerca de la plataforma del jefe de zona de detenciones. Un agente uniformado entró, sujetando a una joven del brazo. Mientras se acercaba, Thorne observó a Donovan empezar una conversación con la mujer, entregándole algo justo antes de que se la llevaran hacia las celdas.

—¿Todavía aquí, Danny?

—Parece ser que no hay forma de que me vaya.

—Otro se va a hacer cargo de Freestone a partir de ahora. ¿Uno de esa gente con títulos? —Thorne extendió una mano. Esperó a que Donovan le entregara una de esas tarjetas de visita que llevaba en la mano—. ¿Buscando clientes? Pedazo de sinvergüenza.

—¿Qué problema hay?

—El problema para ti es que has dado conmigo. Y que esto... —levantó la tarjeta. Era de papel fino y barato, de muy mala calidad— me jode muchísimo.

—Joder.

—Fuera de aquí...

Thorne ya iba hacia la salida. Los brazos abiertos, obligando a Donovan a andar en dirección a la puerta metálica.

—Te vendría bien dedicarte a otra cosa ya, Thorne —Donovan retrocedió dentro de la jaula, y se giró a medias como si tuviera intención de marcharse—. Este caso te está sacando de quicio.

Thorne se abalanzó sobre Donovan. Lo arrinconó contra un lateral de la jaula.

—Deberías largarte ya de una puta vez —dijo—. Y la próxima vez que estés aquí, si te veo coger incluso una bolsita de té, te detengo por robo.

Donovan esperó a que Thorne diera un paso atrás.

—Si las cosas siguen como hasta ahora, es probable que para entonces estés desesperado por conseguir algún resultado.

Cuando el ex poli hizo un intento de pasar por delante, Thorne extendió los dos brazos y lo empujó con fuerza contra la pared. Donovan chocó violentamente contra el metal, que cedió un poco, antes de rebotar, dejando caer un montón de tarjetas de visita, al intentar recuperar el equilibrio con los brazos extendidos.

Se escuchó un grito desde el interior de las dependencias para detenciones y Thorne avisó con otro grito de que todo iba bien. Donovan se agachó e intentó recoger sus tarjetas, pero Thorne fue más rápido. Jadeante, con un manotazo Thorne apartó la mano del otro hombre, cogió tantas tarjetas como pudo y las tiró revoloteando por el patio. Dos agentes de calle vestidos de uniforme llegaron a la puerta camino de la comisaría. Observaron durante algunos segundos, y para poder pasar rodearon a los dos hombres que se revolvían en el suelo.

El corazón de Thorne aún latía un poco más rápido de lo normal, cuando Kitson lo encontró en uno de los despachos del dic en la primera planta.

—¿Recibiste mi mensaje?

Thorne tragó un sorbo el té. Todavía no eran las doce, y se preguntaba si era demasiado temprano para almorzar.

—Lo siento, pero esta mañana ha sido la leche.

—Ya me enteré.

—En realidad, la escena del homicidio fue un chollo —dijo Thorne—. No se derramó nada de sangre hasta que volvimos aquí.

Los zapatos de Kitson eran nuevos. Se los quitó de una patada al sentarse junto a Thorne. Empezó a frotarse los talones y los dedos doloridos a través de las medias.

—Escucha, ya tengo los registros de llamadas de Adrian Farrell.

—¿Sirven de algo?

—De momento no, pero hay muchos números que comprobar, así que a lo mejor tenemos suerte. Sin embargo, observé algo curioso. ¿Recuerdas que te dije que buscaría cualquier relación con Luke Mullen?

—¿Qué tienes?

—No había nada en el móvil de Farrell, pero cuando comprobé el fijo, apareció el número de los Mullen. Más de una vez...

Las pulsaciones de Thorne habían empezado a acelerarse otra vez.

—Y el móvil, ¿por qué no? Pensaba que estos chavales se llevaban el día entero pegados a sus móviles, enviando mensajes de texto o lo que sea.

—Tiene un móvil con tarjeta prepago, ¿no? Pero también tiene un teléfono en su cuarto, así que supongo que sólo pretendía ahorrarse dinero. Puede utilizar el fijo desde su cuarto y hacer sus llamadas privadas cuando quiera, con cargo a la cuenta de mamá y papá.

—¿Qué quieres decir con «más de una vez»?

—Media docena de llamadas en las tres semanas anteriores a que Luke fuera secuestrado. Antes de eso, había más...

Thorne se acomodó en la silla, asimilando lo que Kitson le decía durante unos instantes.

—Al interrogar a Farrell al principio de la semana, cuando estuvimos hablando con los niños en el colegio, dijo que apenas conocía a Luke Mullen. Sabía que había desaparecido, pero eso era todo. ¿No fue así?

—Así fue, y no hace falta que te diga que miente de maravilla.

—Espera un momento. Estamos seguros de que es Adrian el que hace estas llamadas, ¿no? A lo mejor tanto la señora Farrell y como la madre de Luke Mullen trabajan juntass en el comité de la asociación de padres o algo así.

Kitson rechazó la idea.

—Lo comprobé con su madre, y los padres apenas se conocen. Como mucho podían haberse hablado brevemente tomando café después de un concierto del colegio o saludado en el patio. Pero nada más.

—Vale...

La mente de Thorne, apagada por cansancio y por hambre, daba vueltas a todo tipo de pensamientos, como una lavadora que estuviera ya en las últimas. ¿Era posible que el secuestro de Luke Mullen tuviera relación con Farrell, o con algunos de los amigos de Farrell? ¿Fue raptado por algo que sabía sobre ellos? Si sucedió así, ¿por qué enviaron la cinta de vídeo a casa de los padres de Luke? ¿Y qué demonios tenía que ver todo eso con el asesinato de Kathleen Bristow?

—No son llamadas cortas tampoco, Tom. Diez, quince minutos.

—¿Qué dice Farrell?

—Todavía no he probado suerte, y me preguntaba si te apetecería acompañarme al agujero para tener la oportunidad de intentarlo tú también.

Thorne dijo que sí de mala gana. Las ideas todavía se enredaban en su cabeza.

—Una cosa más —Kitson lo dijo como si fuera sólo una ocurrencia tardía, una insignificancia—. Cuando hables con Farrell, si por casualidad pudieras sacarle los nombres de los otros dos chicos que le ayudaron a matar a Amin Mubarek, te invito a media pinta de shandy.

Disfrutaron del momento, y se quedaron quietos, tomándose su tiempo, frotándose los pies doloridos y sosteniendo las tazas de cartón, como cualquier pareja de trabajadores durante un descanso.

Suspendiendo la respiración.

Y Thorne tuvo la sensación de que podía ser la última oportunidad de hacerlo en un buen rato. Había habido veces, en casos anteriores, en que había tenido la sensación de irse aproximando al que intentaba coger. Como si la velocidad fuera aumentando cada vez más, hasta que por fin había sido cuestión de predecir dónde se produciría el encuentro.

Este caso le provocaba una sensación distinta.

La misma sensación de inevitabilidad que se experimentaba con algo que subía desde el estómago hasta la boca. La misma sensación de que se acercaba el final. Sin embargo no se trataba de acercarse a algo, ni tampoco de la posibilidad de que ese algo le sacara ventaja.

Simplemente Thorne tenía la sensación de que se les acababa el tiempo.

No había sido su intención hacerle daño al chico.

Esto no disculpaba el que en efecto le hubiera hecho daño, y que él había sabido que sus palabras eran como manotazos, como puñetazos. Pero sinceramente no había querido hacerlo. Todo era por supuesto más complicado que eso, y terriblemente más sencillo. Era a otra persona a quien quería hacer daño. Alguien que vería lo mucho que había sufrido el chico al que quería y sentiría ese dolor intensificado mil veces.

Eso les obligaría a entrar en razón, ¿no? Haría que miraran las cosas desde otra perspectiva.

La idea había sido muy sencilla, pero desde el momento en que se puso manos a la obra, había tenido la sensación de que se le escapaba. La verdad era que ahora no podía asegurar si las cosas iban a salir según lo planeado. Todo estaba fuera de control. Él mismo estaba fuera de control.

Por lo menos no se hallaba tan mal como para no darse cuenta de lo que pasaba. Era todavía consciente. Lo había visto con sus propios ojos, demasiadas veces: accidentes de coche que le destrozaban a alguien las dos piernas y dejaban vidas arruinadas, la de la propia víctima y la de la gente que le rodeaba. Esas cagadas y esos tipos con mala suerte, cuyas lágrimas eran ciertamente auténticas, cuya angustia podía dejar la habitación sin aire; pero por alguna razón no llegaban a entender que eso no suponía una justificación.

No pretendía hacerle daño a nadie...

Sabía muy bien que había hecho cosas terribles. Que las buenas intenciones no contaban para nada, con las manos manchadas de sangre y el ruido del sótano. Y también sabía que, aunque desconocía cómo, tenía la cereteza de que terminaría.

Al otro lado del campo se escuchaban campanadas.

Se quedó sentado pensando en la posibilidad de inventarse alguna resolución por su cuenta. Si abría la puerta y se apartaba a un lado, todo se arreglaría bastante rápido. El chico correría hacia el sonido de las campanadas, hacia un lugar donde hubiera un teléfono, y todo se habría acabado.

Por supuesto que todo eso resultaba una fantasía: tonterías, porque habían ocurrido demasiadas cosas para que todo terminara con tanta facilidad. Ya no se podía hacer borrón y cuenta nueva, pero le consolaba saber que no sería el único que pagaría un precio.

Cuando finalmente dejaron de repicar las campanas, oyó de nuevo el sonido del llanto. Subía por el suelo, entrecortado, como un latido desesperado. El llanto se transformaba cada dos o tres respiraciones en algo roto y dolorido.

Cerró los ojos, e intentó olvidarse de lo estúpido que había sido. Hasta que casi pudo convencerse de que lo único que oía era el sonido del agua y del óxido, y las tuberías dilatándose.

Luke

Todo lo referente a las convicciones religiosas era dado por supuesto en Butler's Hall. No era realmente un colegio religioso, pero se cantaban himnos religiosos todas las mañanas cuando se congregaban los alumnos, y aunque no te obligaran a ir a clases de religión, la presunción era que —a no ser que los padres indicaran lo contrario— todos pertenecían a la Iglesia Anglicana.

Sabía que el capellán habría pronunciado discursos, y probablemente dicho algo sobre ovejas perdidas. Que los profesores se habrían colocados en fila sobre el escenario con la cabeza agachada y que habrían rezado por él cada mañana.

Ahora había empezado a rezar por sí mismo.

Había estado llenándose la cabeza con toda clase de tonterías, intentando echar fuera todo lo que no soportaba guardar allí dentro. Había estado pensando en lo que pudiera mientras el hombre le hablaba, y más tarde, después de que el hombre terminara y se marchase: secuencias de calles y estaciones de metro, las reglas de juegos que había jugado con Juliet cuando eran más pequeños, los nombres de sus peluches viejos... cualquier cosa.

Ahora incluso Dios le había hecho un hueco.

Ni su madre ni tampoco su padre eran especialmente religiosos, salvo el ocasional belén viviente o lo que fuera, y parecía que en todo caso a Juliet le atraía mucho más el sata-

nismo. Sin embargo, a él siempre le había gustado la idea básica de la religión, lo que representaba. Era difícil argumentar que el amor o la compasión eran ideas malas. Y lo que se leía en la Biblia también resultaba aceptable, siempre que lo interpretaras como un magnífico cuento.

Había visto una vez un programa de televisión que trataba sobre por qué les ocurrían cosas malas a personas buenas: sobre un tío que hacía montones de obras de caridad y al que luego le entró una enfermedad horrible, y sobre una pareja que iba a misa cada cinco minutos y cuya hija había desaparecido. Todos decían que el sufrimiento formaba parte de ser cristiano, y que todo lo que padecían era simplemente una prueba de su fe. Al verlos, pensó que probablemente no les quedaba más remedio que decir algo así. Había decidido que si él creyera en Dios, y le pusiera a prueba hasta ese extremo, sería un fracaso rotundo.

Pero no creía que eso sucediera, por lo menos de verdad. Y de todas maneras, sabía que el único culpable de lo que estaba pasando era el hombre que estaba al otro lado de la puerta del sótano. Así que una oración no vendría mal, ¿verdad que no?

Imaginó que el capellán del colegio tendría algo que decir sobre el hecho de rezar y guardar pensamientos tan violentos. Mientras tanto se agarraba a lo que podía para poner en práctica esos pensamientos si era necesario. También recordaba que algunas de las historias que había leído en el Antiguo Testamento hacían que el videojuego Grand Theft Auto pareciera poca cosa. Sabía que Dios no tenía ningún problema en codearse con la sangre y los rayos, ni en acabar con los que se lo merecían.

Pensándolo bien, quizás lo más apropiado que se le podía pedir a Dios era que le diera una oportunidad.

Así que se llevó un rato rezando, porque sabía que eso era lo que hacía la gente como último recurso. Luego se limpió las lágrimas y los mocos, y se volvió a distraer con los recuerdos y la gimnasia mental.

Los nombres de todos los niños de su clase, en orden alfabético, hacia delante y hacia atrás.

Los planetas y las lunas. Las estrellas y los satélites. Sus juguetes.

Un dinosaurio. Un Bugs Bunny. Un oso pardo llamado Grizzle...

VEINTE

POR NORMA NUNCA LES MIRABA A LA CARA.

No se trataba del dolor. Porter estaba acostumbrada a ver las grietas y fisuras que el dolor podía surcar sobre una cara, y trabajaba con eso casi todos los días. Sin embargo también había esperanza en esas caras, de que pronto terminaría la pesadilla, de que ella o alguien como ella haría un buen trabajo para traer de vuelta a sus seres queridos. Y había momentos, cuando esa esperanza era infundada, en que resultaba terrible mirar sus caras, porque nada podía llegar a ser tan espantoso como una ausencia.

A la hora de identificar un cadáver, la esperanza persistía hasta el último instante. La esperanza de que hubiera habido un terrible error, que la policía se hubiera equivocado, que su mujer, o su marido, o su hijo, todavía estuviera vivo en alguna parte. Había ocasiones, por supuesto, cuando existía una duda razonable, en que ella tenía que mirarles, pero ni una sola vez, ni siquiera entonces, había visto recompensada esa esperanza. La había visto morir y quedar enterrada en un abrir y cerrar de ojos, volatilizada antes de que diera tiempo a coger otra vez aire.

Porter ya no miraba. Bajó la vista para que pasara el momento justo en que moría la esperanza.

Después se sentó con ellos en un banco de plástico marrón, cerca de la entrada del depósito. Francis Bristow y su mujer habían cogido el primer tren desde Glasgow. Agarrados a sus bolsas de viaje, parecían turistas aturdidos que se habían equivocado de camino.

—¿Tienen ustedes dónde quedarse? —preguntó Porter—. ¿Algún pariente?

Joan Bristow estaba sentada en un extremo. Miró a su marido, sentado en medio, y luego se inclinó ligeramente para mirar a Porter en el otro extremo.

—No sabíamos muy bien qué tendríamos que hacer, ni cuánto tiempo estaríamos aquí, ni nada.

—Veré si les puedo organizar algo —dijo Porter.

—No teníamos ni idea, sabe usted...

La mujer llevaba un elegante abrigo de lana doblado encima de las rodillas. A su lado, Francis Bristow permanecía sentado totalmente derecho, mirando con la vista fija hacia delante, como si estudiara cada protuberancia o grieta en las paredes pintadas de color amarillo pálido. Llevaba puestos unos zapatos gruesos pulidos y una chaqueta con corbata. Lucía muchas canas tirando a color crema y unos ojos tan azules como los de su mujer, bien abiertos y llorosos detrás de sus gafas. Probablemente tenía setenta y pocos años, unos pocos más que su hermana, pero a Porter le era imposible asegurar si existía mucho parecido entre los dos hermanos. No se había fijado mucho en las fotografías del dormitorio, y tampoco podía comparar la cara de una persona viva con la que le había visto a Kathleen Bristow.

De repente el anciano habló, como si hubiera podido seguir los pensamientos de Porter.

—No entiendo por qué tenía todos esos moratones por la nariz —dijo él—. Todo negro, como si alguien le hubiera pegado.

La voz sonaba tranquila, pero el acento de Glasgow era muy marcado, y Porter tuvo que escuchar con mucha atención. Empezó a agitar un dedo delante de su cara, señalándola.

—Y algo más le pasaba por aquí... le pasaba algo raro a la boca.

Al matrimonio le habían informado de la manera en que había muerto Kathleen Bristow, y les había avisado antes de la identificación de que su cara mostraba marcas. Porter dudó, poco dispuesta por varios motivos a explicarle a Francis Bristow exactamente lo le había sucedido a su hermana en la cara durante su asesinato.

El acento de Joan Bristow era menos marcado que el de su marido.

—No nos pueden decir ese tipo de cosas, Frank —le apretó la mano y miró a Porter—. ¿Estoy en lo cierto, cariño?

Porter asintió, agradecida por el cable que acababa de echarle, y miró fijamente el dedo que todavía se movía despacio delante de la cara del hombre.

—Lo que iba diciendo sobre la familia... Les llamamos primero, porque ustedes habían sido los que habían denunciado su desaparición. Estamos suponiendo que no había niños...

—No había niños —dijo Bristow.

Las palabras fueron pronunciadas una tercera vez por su mujer. Movió la cabeza negativamente, y habló bajito, como si eso fuera una tragedia adicional, aunque más pequeña.

—Kath no se casó nunca ¿sabes? Vivió con una amiga durante muchos años —miró a Porter, por si acaso las comillas comedidas que había colocado a ambos lados de *amiga* no hubieran sido suficientemente obvias.

Porter la había entendido perfectamente.

—Bueno, pues quizás nos pueden dar esos detalles más tarde. Si quieren que le informemos a esa amiga suya...

—A decir verdad, no creo que podamos aportar gran cosa.

—Kath era muy introvertida —dijo el anciano—, muy celosa de su intimidad y de sus cosas —no dijo nada durante unos instantes—. Venía a casa una vez al año, más o menos, y otras veces bajábamos nosotros en tren para pasar el fin de semana.

—Es difícil cuando se vive tan lejos —dijo Porter.

—Eso es cierto, pero aun así, había cosas sobre las que nunca hablábamos, ¿sabe?

—Chisss, no pienses en todo eso ahora, cariño.

—Una gilipollez, si te paras a pensar.

—Pasaba todo su tiempo en su trabajo, involucrándose en la vida de otras personas, y guardaba silencio sobre la suya, ¿verdad? —Joan Bristow acercó su cara a la de su marido. Hacía lo imposible por sacarle algo parecido a una sonrisa, transmitiendo su preocupación a través de los polvos y el espeso maquillaje—. Es curioso, si se piensa bien...

Estaban sentados y observaban a una mujer con una pulidora eléctrica; escuchaban el zumbido impreciso de una parte de una conversación telefónica y las carcajadas que sorprendentemente llegaban desde una sala al otro extremo del pasillo. Porter abrió la boca, ansiosa por decir algo para tapar el ruido, pero Joan se adelantó a su intento.

—¿Fue uno de esos chiflados, entonces? —preguntó ella. Tenía una expresión de dolor en la cara y de compasión en la voz—. Uno de esos que sueltan de algún sitio cuando todavía no están muy bien... Se puede leer sobre ese tipo de cosas a menudo.

—Es muy pronto para saberlo.

—Kath había tratado unos cuantos casos de locos a lo largo de los años. ¿No cree que podría haber sido uno de ellos?

En verdad Porter no tenía idea. El que hubiera asesinado a Kathleen Bristow, y a los otros, era un loco desde su punto de vista, aunque luego otros determinarían si padecía algún trastorno mental. Consideraba los procedimientos para decidir tales cosas un tanto extraños. Una vez un abogado había intentado explicar las reglas para establecer la competencia mental, haciéndole ver que si un hombre tiraba a un bebé sobre el fuego de una chimenea creyendo que el bebé era un tronco, entonces estaría loco, y no se le podría considerar responsable criminalmente. Según la ley, esto no sería el caso si tiraba al bebé sobre el fuego creyendo que era un bebé.

Para Porter esto era algo totalmente absurdo, y así se lo había dicho. A su modo de ver, el hombre que pensaba que el bebé era un bebé estaba más loco que el otro: más loco que una cabra. El abogado había sonreído sin más, como si eso era exactamente lo que hacía tan compleja y fascinante aquella cuestión...

Recordaba lo que el agente encargado de la libertad provisional, Lardner, había dicho sobre la intencionalidad. Si eso se consideraba una zona gris, la responsabilidad disminuida adoptaba miles de tonalidades distintas.

—Pero de todas maneras, uno se tiene preguntar por qué ¿no? —dijo Bristow.

—¿Qué sentido tiene, cariño? Es mala suerte, eso es todo.

El anciano lo negó con la cabeza. Su voz de repente se volvió tenue, a punto de desmoronarse.

—Sea o no un chiflado, quisiera saber lo que se le pasaba por la cabeza —se frotó la barbilla con una mano, raspándose contra la barba canosa de tres días—. Lo que le hizo elegir a nuestra Kathleen...

Porter no les miró a la cara cuando vieron el cadáver, y tampoco pronunció ningún discurso. No dijo más que lo estrictamente necesario. Le contó a Francis Bristow que, tal como estaban las cosas, era una pregunta que todos hacían lo imposible por contestar, pero que intentarían hacerlo lo mejor posible. Les mantendría informados.

Pero también se hizo una promesa a sí misma: de esa clase de promesas que tipos como Tom Thorne hacían, y rompían, y vivían sabiendo que la habían roto.

Conseguir la vuelta de Luke Mullen seguía siendo su prioridad principal, por supuesto. El hecho de que quedaba una vida por salvar iba a misa. Sin embargo, concluyera como concluyese la investigación del secuestro, haría lo que hiciera falta para darle al hombre sentado a su lado una respuesta definitiva. Le contaría exactamente por qué su hermana había muerto, y se enteraría a través del que era responsable de su muerte.

Porter estuvo a punto de empezar a soltar algunos tópicos sobre la necesidad de hacer progresos, y asegurarles que alguien vendría para hacerse cargo de ellos, cuando notó que una mano le cogía la suya. Cuando miró, Francis Bristow estaba mirando fijamente hacia delante, parpadeando para librarse de las lágrimas.

Le siguió la mirada, y los tres se quedaron allí sentados, observando durante una rato a la mujer de la pulidora.

—¿Agente Holland?

—Soy yo...

—El inspector jefe Roper, de investigaciones especiales. Dejó usted un mensaje.

Holland soltó el sándwich.

—Así es —bebió un trago de una botella de agua para refrescarse la boca—.Gracias por ponerse en contacto conmigo tan pronto, señor.

—Apenas tengo cinco minutos.

—Sólo queríamos informarle de que esta madrugada se descubrió el cadáver de Kathleen Bristow.

Se hizo una pausa, o quizás era sólo el tiempo justo que Roper tardó en recordar el nombre. Holland no podía estar seguro de cuál era el motivo.

—La pobre —dijo Roper finalmente—. Dios...

—Fue asesinada, señor.

Otra pausa. Esta sí que era para impresionar.

—La verdad es que no se me pasaba por la cabeza que me hubieras llamado para decirme que había pasado a mejor vida tranquilamente, viendo *The Antique Roadshow.*

—Efectivamente.

—¿Cómo fue asesinada?

—Alguien entró en la casa y la asfixió.

—Agradable.

—Parece ser que guardaba muchos expedientes —dijo Holland—. Archivadores llenos de cosas de sus casos antiguos y todo eso.

Holland tomó otro pequeño mordisco de su sándwich mientras esperaba una respuesta. Oía música clásica sonando suavemente desde otra sala.

—Así que ¿usted cree que esto guarda relación con su secuestro? Con Grant Freestone. ¿Quizás Sarah Hanley?

—De momento estamos abiertos a todas las posibilidades.

—¿Y sólo me llamó para informarme?

—Señor...

Con la música de fondo era como si le pusieran en espera.

—¿Ni siquiera para decirme que me asegure de cerrar bien mis puertas y ventanas?

—Di por hecho que lo haría usted de todas maneras, señor —dijo Holland.

—Te traigo un regalo...

Thorne dejó caer la bolsa de plástico sobre la mesa, delante de Adrian Farrell.

—Las veinticuatro horas que te corresponden finalizan dentro de poco más de noventa minutos —dijo Wilson. Kitson miró el reloj—. A las 4.38.

Farrell parecía cansado, desconfiado. Se inclinó para coger la bolsa y se la acercó mientras Thorne y Kitson tomaban asiento.

—En realidad, ya he hablado con mi comisario —dijo Kitson—. Le he asegurado de que estoy cumpliendo con mi obligación en este caso, de una manera diligente y rápida...

El abogado hizo gesto con la mano para instar a Kitson a que no se enrollara.

—Básicamente tengo una prórroga de seis horas —le sonrió a Farrell—. Estará aquí hasta las once menos veinte si a mí me da la gana.

La cara de Farrell se ensombreció al sacar el contenido de la bolsa.

—No vayas a decir que no hacemos nada por ti —dijo Thorne.

El chico empujó el *regalo* de Thorne al otro lado de la mesa.

—Me muero de la risa.

Thorne cogió una de las zapatillas baratas de color negro y la examinó. A cada una le habían pintado con típpex un trazo del estilo del logo de Nike en un lateral.

—Como quieras —volvió a meter las zapatillas dentro de la bolsa.

La sala de entrevistas era una de las que se habían modernizado para usar cedés. Kitson sacó los discos nuevos de su paquete, los cargó, hizo los discursos correspondientes y empezó la grabación.

Thorne no perdió más tiempo.

—¿Hasta qué punto conoces a Luke Mullen? —preguntó.

Farrell parecía estar realmente confuso.

—¿El chico que desapareció?

—Le dijiste a los agentes de mi equipo que apenas le conocías, cuando hablaron contigo en el colegio a principios de semana.

—¿Entonces por qué me lo estás preguntando otra vez?

—Pues digamos que, como tú no has sido del todo sincero con nosotros en otros asuntos, pensamos que lo que nos has contado sobre esto puede ser otro embuste.

Farrell masticaba chicle. Lo sostuvo entre los dientes de arriba y los de abajo, empujándolo con la lengua.

—¿Esto guarda relación con la investigación de asesinato? —Wilson miró a Kitson.

—Espero que sí.

—Puede que le conozcas mejor de lo que nos dijiste —agregó Thorne.

Wilson empezó a escribir en su cuaderno.

—Creo que quizás sea mejor no decir nada, Adrian...

Farrel levantó una mano. Pasó los dedos rígidos por el pelo y empezó a pegar tirones para que algunos mechones se quedaran de punta.

—Está bien —dijo—. Estudiaba un curso menos que yo, así que nunca tuvimos mucho que ver el uno con el otro. No estuvimos juntos en ningún equipo, ni siquiera en el mismo pabellón. Quizás hablamos de vez en cuando en el patio, pero eso es todo.

—¿Nunca le llamaste a casa?

—No.

Parecía atemorizado, como si le hubieran acusado de algo terriblemente dañino para su imagen de chulito.

—Puede que te lo quieras pensar, Adrian.

Parecía que Farrell estaba haciendo justo lo que Thorne le había aconsejado. Pestañeó y se mantuvo quieto, y aunque conservaba una expresión desafiante, se notó cierto bajón en su orgullo cuando volvió a hablar.

—Bueno, a lo mejor le llamé una o dos veces.

—¿Por qué lo hiciste?

—Él era un chico listo, ¿no? Quizás sólo necesitaba un poco de ayuda con algún trabajo del colegio, o algo así.

—Yo creía que tú eras el chico listo.

Kitson sacó los listados de llamadas de teléfono de su bolso. Con un dedo localizó a los registros marcados con rotulador, y leyó.

—Veintitrés de septiembre, del año pasado: de 20.17 hasta 20.44. Treinta de noviembre: de 21.05 hasta 21.22. El catorce de enero de este año, el doce de febrero... Una llamada de casi una hora de duración el diecisiete de febrer...

—Seguramente necesitabas mucha ayuda —dijo Thorne.

La expresión de Farrell empezó a asemejarse a su voz. Se alejó de la mesa, enrojeciendo, y la sonrisa desesperada parecía a punto de desaparecer en cualquier momento.

—Son gilipolleces —dijo. Se volvió hacia Wilson—. No diré más nada.

—Sólo nos parecía muy raro que tuvieras que mentir sobre eso.

Farrell estudió la superficie de la mesa.

Thorne miró a Kitson, y comprendió en seguida por la expresión de la cara de ella que nunca había visto a Adrian Farrell tan nervioso.

—Quizás retomemos este tema luego —dijo Thorne—. No querríamos que el señor Wilson alegara que te hemos acosado.

Wilson se echó para atrás en el sillón. Jugó con la punta de su bolígrafo caro.

—¿Hay mucho acoso en tu colegio? —preguntó Thorne. No esperó mucho para recibir una respuesta. Ya estaba claro que tendría una conversación más o menos a una banda—. Siempre hay algo ¿verdad? Es imposible eliminarlo del todo, porque siempre habrá uno o dos chicos que no se gusten mucho.

»Se cree que es por eso por lo que los acosadores lo hacen. Por cómo se ven. Es lo mismo que los que lo hacen fuera del colegio, si quieres mi opinión. Los que intentan sentirse mejor dándole una patada a la gente en la calle. Los que atacan a desconocidos porque les han mirado mal o se imaginan que les han faltado el respeto. Los que mutilan, o dejan inválidos, o matan a alguien sin otro motivo que el de ser negros, u homosexuales, o el de llevar la marca de zapatos equivocadoa. Entonces se convencen de que su comportamiento es de lo más honorable, al negarse a chivarse cuando les pillan.

—Sólo dinos sus nombres —dijo Kitson—. Dínoslos para que podamos dejar de marear la perdiz...

—Lo que pasa es que lo entiendo hasta cierto punto —dijo Thorne—. Puedes denominar a esos crímenes *perversos, malvados* o lo que quieras, pero suele tratarse simplemente de la ignorancia, y ninguno de nosotros somos inmunes a eso ¿verdad? Pero sí hay una escala —trazó una línea sobre la superficie de la mesa con el dedo—. Me considero tolerante, por supuesto que sí... La mayoría nos consideramos tolerantes, pero de vez en cuando se te llena la cabeza de cosas que en la vida se me ocurriría decir en voz alta. No sé de dónde vienen, ni cómo llegaron allí, pero sería un mentiroso si no lo reconociera. Nunca haría nada, y creo que la gente que comete esos crímenes son basura, unos mierdas, lo que sea... pero no sé por qué ocurre. Entiendo que simplemente son más ignorantes que yo...

Thorne hizo una pausa durante algunos instantes. Observó los números rojos que cambiaban en el reloj digital que había encima de la puerta.

43... 44... 45.

—¿Qué le pasó a Amin Mubarek, entonces? —Thorne movió la cabeza de un lado para otro—. Eso tiene que ser por otra cosa. Ni siquiera estoy seguro de querer entender por qué alguien puede hacer algo así. La primera parte no es tan difícil de entender, eso es igual que lo que acabo de comentar. Es cuestión de ignorancia, y de tratar de hacer que te sientas mejor, así de fácil. Amin y su amigo esperaban en esa parada, y no miraron para otro lado cuando tú y tus colegas intentasteis ganarles con la mirada. Quizás les decíais algo. Así que recibieron una paliza de patadas, ¿vale? O al menos Amin, porque su amigo logró huir, dejándoos a tres contra uno.

—Muy buenas probabilidades para tíos como tú y tus colegas ¿verdad?

Farrell estaba sentado en su silla pero se inclinaba hacia delante. Dijo algo en voz baja. Sus manos eran puños, y colgaban a su costado.

Kitson se acercó, con la cabeza baja intentando atraer la atención de Farrell.

—Sólo los nombres, Adrian. Dilos ya de una vez, ¿vale?

—Tú no eres virgen ¿a que no? —otra pregunta retórica. Thorne siguió en su empeño—. Dios, supongo que no, con diecisiete años ya. Se supone que tú sabes lo que es el sexo, ¿no? El amor, un mundo ideal, claro que sí. Si somos sinceros, a menudo se trata de lujuria, y rutina, y unas copas, y aburrimiento de vez en cuando... Pero lo que le pasó a Amin Mubarek no era ninguna de esa cosas, ¿verdad que no?

36... 37... 38.

—Supongamos por un momento que tú no estabas allí esa noche, bajo la lluvia, en aquella parada. Te contaré lo que pasó: lo que sabemos que pasó por la declaración de Nabeel Khan y por las pruebas. Te lo contaré, y tú me dices si tienes alguna idea de lo que sucedió. ¿Vale? Lo ves... el trabajo ya está hecho, eso es lo curioso. El hijo de puta pakistaní está medio muerto en la cuneta, vale, así que ¿por qué no se largan los tres y ya está? Quizás uno o dos de ellos están dispuestos a irse, pero hay alguien que lleva la voz cantante y tiene otros planes. Quiere darle una lección al cabrón. Así que lo arrastra hasta la acera y le pone boca abajo. Le desabrocha el cinturón de Amin Mubarek y le baja el vaquero, ¿me sigues?

Farrell respiraba con más dificultad, con más humedad...

—Entonces, baja su propio pantalón, y sus calzoncillos, y para entonces me supongo que sus dos colegas se han retirado, no quieren tener nada que ver con eso. Quizás le estén gritando para que lo deje, diciéndole que es un jodido pervertido, pero ya le da igual. No está pensando en nada más, ya ha perdido el control y se está sacando su polla enana... y se está arrodillando...

—Estás haciendo el imbécil para nada... —dijo Kitson.

—Intentando metérsela a Amin Mubarek.

—Si traemos aquí a Damien Herbert y Michael Nelson, y resulta que son ellos, se van a creer que tú te has chivado de todas maneras.

12... 13... 14.

—Pero resulta que el cabrón pakistaní... y por lo visto así le llamaban cuando le atacaron... no se queda sin luchar. Para entonces, ya tiene un par de huesos rotos. Para entonces, el mierda que se arrodilla detrás de él podría irse y tener que enfrentarse a algo que no fuera una cadena perpetua, pero no lo hace. Y Amin Mubarek toma una decisión. Lucha, y se niega a levantar el culo de la acera. Se niega a someterse a ese animal que intenta violarle, que intenta demostrarle lo macho que es. Así que, al final, el animal tira la toalla. Se pone de pie otra vez, y recobra la compostura, y mientras se ríen sus colegas, se masturba. Incluso antes de terminar de correrse, ha empezado a darle patadas a su víctima en el costado y en la cabeza, y no para hasta que Amin Mubarek se queda totalmente quieto.

—Tirado en la cuneta. Cubierto de lluvia, y de sangre, y de leche...

Cuando Farrell levantó la vista de repente, estaba claro que llevaba un rato llorando sin hacer ruido. El cuello de su sudadera ya estaba oscurecido. Los sollozos empezaron a surgir con fuerza y empezó a soltar palabrotas, y agitarse sobre la silla como si estuviera ardiendo. Les llamó hijos de puta y cabrones, y se apartó violentamente cuando Wilson se acercó e intentó ponerle una mano sobre el brazo.

Ni Kitson ni Thorne podían estar seguros de que el odio fuera dirigido exclusivamente a ellos, provocado por lo que estaba pasando, por el estado en que lo habían dejado. Las lágrimas que saltaban de su cara mientras forcejeaba y escupía sus insultos, señalaban sin duda algo que iba dirigido contra sí mismo, por lo que había hecho.

Por lo que era.

Kitson tuvo que levantar la voz para poner fin a la entrevista.

Farrell seguía soltando tacos, ronco y con la cara enrojecida, cuando sellaron los discos y avisaron al carcelero para que entrara en la sala.

Hacía un tiempo agradable para que la gente disfrutara de una pinta de cerveza delante del Oak en las últimas horas de la tarde, o para que no hiciera nada de particular en los jardines diminutos que había delante de sus casas en la urbanización al lado.

Thorne y Kitson caminaban hacia el Peel Centre, callados casi todo el rato. Thorne notaba que Kitson sufría por el fracaso continuado de conseguir los nombres que buscaba. Él también pensaba en la extraña forma en que había concluido la entrevista, y en la reacción más extraña todavía del chico al ser interrogado sobre las llamadas a Luke Mullen.

—¿De dónde viene todo eso? —dijo Kitson—. Lo que le hizo a Mubarek. O lo que le intentó hacer...

—¿Crees que podrían haber abusado de él?

—No lo sé. Simplemente buscamos algo que tenga sentido, ¿no?

—¿Qué pasa con el padre?

—La verdad es que no me cayó muy bien, pero no sabría decir más que eso.

Cruzaron la calle, sacando sus placas al acercarse a la barrera de seguridad.

—Lo que dijiste en la entrevista, sobre las cosas que se te meten en la cabeza —Kitson lo miró—. ¿Te lo estabas inventando?

—Supongo que sí, en gran parte sí. Pero nadie es perfecto. Ninguno de nosotros, ¿verdad que no? —Thorne enseñó la placa y siguió caminando—. Si veo a alguien con una cicatriz en la cara, me imagino dónde se la habrá hecho, y me digo que probablemente sea agresivo, incluso violento. No le veo como víctima. ¿Eso es tan distinto a que una mujer vea un joven negro acercándose de noche y tema que le vaya a robar?

—Este trabajo hace que veas lo peor de la gente —dijo Kitson.

—De todas maneras, eso también es un prejuicio ¿no?

Se detuvieron algunos instantes antes de entrar en Becke House, y observaron a un grupo de reclutas en ropa de deporte jugando a la pelota en el campo de fútbol. Todos con ganas de liarla. Todos dispuestos.

Cuando llamó a Porter, la pilló dirigiéndose en su coche de vuelta a la escena del crimen en Shepherd's Bus.

—Espera, no tengo puesto el manoslibres...

Thorne oía una sirena. Se imaginó que ella había escondido el teléfono, consciente de que si un agente uniformado normal y corriente pillaba a un inspector por conducir sin el debido cuidado y atención, eso representaría para él una gran satisfacción.

—Vale, ya está, te escucho.

Le contó la entrevista con Adrian Farrell. La respuesta reservada del chico al confrontarle con los listados telefónicos.

—Era un cuento chino —dijo Thorne—. ¡Lo que daría por saber qué coño significa todo esto!

Porter dijo algo, pero se cortó y Thorne sólo escuchaba fragmentos. Le pidió que lo repitiera.

—Quizás no era a Luke al que llamaba.

—Ya investigamos los padres...

—¿Qué pasa si lo del racismo es cosa de familia? Quizás Tony Mullen sea un miembro clandestino del bnp y el viejo de Farrell le llamaba para organizar reuniones o lo que fuera.

—Kitson lo comprobó. Apenas se conocen.

—También podía haber llamado a la hermana, Juliet...

Thorne, sentado delante de su escritorio, se enderezó. No habían considerado esa posibilidad.

—Vale... pero ¿por qué tendría que tomarse la molestia de mentir sobre ello? Se puso hecho un gallito ante la acusación de asesinato, incluso cuando debía suponer que ya lo teníamos. ¿Por qué reaccionó así en el agujero?¿Por qué se inventó toda esta mierda, sólo para evitar que nos enteremos de que se estaba viendo con Juliet Mullen?

—Porque tiene catorce años —dijo Porter—. Si tuvieran relaciones sexuales, sería justo así como reaccionaría. Es cuestión de machismo, de respeto o de lo que sea. Si le condenan por el asesinato de Mubarek, se va a la cárcel quemando el último cartucho. No se chiva, es un héroe para sus colegas, para los otros idiotas que piensan igual que él. Acostarse con una menor no encaja para nada con esa imagen.

Había en esa consideración cierta lógica retorcida que tenía tanto sentido como cualquier otro aspecto del caso. Thorne le dijo a Porter que hablaría con Juliet Mullen. Porter sugirió que lo hiciera en persona, y él le dijo que intentaría acercarse a casa de los Mullen más tarde. Entonces le preguntó qué iba a hacer, si se verían más tarde.

—No estoy segura del tiempo que voy a tardar en casa de Kathleen Bristow. Espero que el equipo de la escena del crimen haya terminado, y quiero meterle mano a esos archivadores. Quizás lo que haya allí dentro nos pueda dar una pista sobre lo que se podían haber llevado.

—¿Cómo te fue con el hermano y su mujer?

No hizo falta más que un suspiro y el ruido del tráfico, los primeros instantes de una pausa antes de que empezara ella a contestar, para que Thorne se diera cuenta de que la pregunta sobraba.

VEINTIUNO

HABÍAN MONTADO UN ESCENARIO PROVISIONAL EN EL salón de su viejo.

Sentado en la única silla, Thorne oía voces detrás del telón colgado a toda prisa, mientras su padre y el amigo de su padre, Víctor, se preparaban. Thorne miró el antiguo reloj de su madre sobre la repisa de la chimenea. Debía volver al trabajo y no tenía tiempo para esto.

—¿Cuánto va a tardar?

Su padre le gritó desde detrás del telón:

—¡Ya está bien con las prisas de los cojones!

Thorne se quedó de piedra al ver el humo haciendo espirales por debajo de la gruesa tela negra. Se levantó y corrió hacia el telón, pero no era capaz de alcanzarlo. Con las manos arañaba desesperadamente el aire fresco y le gritaba a su padre al otro lado. Le chillaba y le decía que se saliera.

—Relájate —dijo su padre—. Siéntate, estaremos listos en un minuto.

—Hay humo...

—¿De qué puto humo estás hablando?

—Deja de soltar palabrotas.

—Las putas palabrotas me salen solas.

Se levantó el telón y Thorne se dejó caer sobre su silla cuando su padre y Victor dieron un paso hacia delante, metidos hasta la cintura en hielo seco.

Jim Thorne sonrió con satisfacción y le guiñó un ojo:

—¡Te dije que no era humo, capullo!

La actuación en sí no era mala.

Victor cruzó el escenario hasta un piano y empezó a tocar. El padre de Thorne empezó a cantar, pero su versión cutre de *Memories* se vino abajo pues olvidó la letra casi nada más empezar, gesticulando furioso cuando tuvo que tirar la toalla del todo. Entonces empezaron con aquella cháchara...

—¿Sabes que han gastado más dinero en desarrollar Viagra que en investigar el Alzheimer?

—Eso es terrible —dijo Victor.

—¿A mí me lo vas a decir? ¡Me paso el día entero con la polla tiesa y no puedo recordar qué tengo que hacer con ella!

Y más de lo mismo. Los mismos chistes de siempre, recitados uno tras otro, Victor haciendo el papel de tío normal y serio, dándole la entrada a su viejo amigo. Los chistes del padre de Thorne relacionados con el Alzheimer no era tan malos. Sobre cómo ahora, por lo menos, nunca veía las reposiciones en la tele, y podía esconder sus propios huevos de Pascua, y cómo hacía nuevos amigos cada dos por tres.

—Siempre que no te olvides de los viejos —dijo Victor.

—Claro que no —pausa. Mirada—. ¿Cómo te llamabas?

Thorne disfrutó de cada momento, encantado de ver a su padre feliz. Se olvidó de la hora y del trabajo pendiente, al observar totalmente transformadas esas expresiones de pérdida y confusión que tanto miedo le daban, realzadas para convertirse en algo cómico, cuando su padre le miraba con aturdimiento fingido, con brillo en los ojos.

Thorne se rio, y aplaudió otro chiste mal ejecutado. El ruido de los aplausos se iba apagando en el momento justo, cuando su padre se volvió hacia Victor e hizo un aparte casi sin mover los labios:

—Se mueren conmigo.

—Estás ardiendo, Jim.

—¡A mí me lo vas a decir!

Thorne silbaba cuando el anciano se dio la vuelta para enseñar el sofisticado dibujo de una llama llena de color que se había bordado sobre la espalda de su chaqueta. Dando patadas al suelo, Jim Thorne empezó a bailar, moviendo la cadera y girando los hombros, para que pareciera que las llamas subían despacio por la espalda.

—Papá...

Su padre se volvió para mirarle.

—No te preocupes, hijo. No es lo que parece.

Pero de repente, Thorne se dio cuenta de que las llamas eran reales. Que estaban ardiendo las fibras sintéticas del traje de su padre y consumiendo la carne que había debajo.

Podía oler exactamente lo real que era.

Thorne se inclinó para alcanzar bruscamente un gran botón rojo al lado de su silla. Empezó a sonar una campana, ensordecedora, pero se desvanecía igual que sus aplausos, cada vez que su padre decía algo.

—Eso está fatal.

—¿El qué? —preguntó Victor.

—¡Que no hayan apagado el móvil durante un espectáculo!

Thorne se había llevado las manos a las orejas. No podía oírse chillarle a su padre para que se callara y saliera, o suplicarle ayuda a Victor.

—Si es la furgoneta de los helados, suena muy raro —dijo su padre.

—Es la alarma de incendios, gilipollas...

—No saques conclusiones precipitadas.

—Tenemos que irnos ya. Es la alarma de incendios.

Su padre se volvió hacia él. La sonrisa visible entre destellos sobre la corona de llamas. La malicia de su voz claramente perceptible por encima de la crepitación, y el chisporroteo del pelo ardiendo.

—¿De verdad que es eso, Tom? ¿Estás seguro...?

Thorne levantó la cabeza y cogió el teléfono. Se limpió la baba que le colgaba entre la mejilla y la superficie de la mesa.

—¿Estabas dormido?

—No...

—Vaya embustero malo que estás hecho —dijo Hendricks. Reconoció algo en el tono de Thorne, o en el silencio—. ¿El mismo sueño?

Thorne se enderezó y lentamente se puso de pie.

—Más o menos —dijo. Soltó un gemido, haciendo un movimiento circular con la cabeza. La espalda le estaba molestando y tenía la sensación de que alguien se había puesto de pie sobre su cuello.

—Ojalá tuviera tiempo para echar una siesta.

—Ha sido un día muy largo.

—Tío, ha sido largo para los dos.

—Sí, es verdad. Lo siento. Casi se me olvida que estabas allí esta mañana.

—Créeme, preferiría no haber estado. Hay momentos en que me arrepiento de haber estudiado medicina. Si lo pienso bien, debería haber escuchado a mis padres y haber estudiado para bailarín, como ellos querían.

Estos comentarios, con el monótono acento de Manchester que tenía Hendricks, rara vez hacían que Thorne se sintiera mejor. El sueño ya se estaba desvaneciendo, aunque el olor persistía...

—¿No hubo sorpresas con la autopsia?

—Ninguna con respecto a la causa de la muerte. Sí, encontré un tumor enorme en el estómago de Kathleen Bristow. No tengo ni idea si lo sabía.

La mujer estaba muerta. No había motivo real para que Thorne lo encontrara todo tan deprimente.

—¿Hasta qué hora crees que vas a estar aquí? —preguntó Hendricks.

Thorne miró su reloj. Eran casi las siete y media. Sólo había dormido durante media hora, pero era de día cuando cerró los ojos y ahora empezaba a anochecer. Se lo preguntaría a Brigstocke, pero no creía que pusiera muchas pegas a que se fuera, teniendo en cuenta que había currado turnos de dieciocho horas consecutivas.

—Me tengo que pasar por Arkley, pero no creo que tarde mucho. Estaré en casa para las nueve y media, las diez, supongo.

—¿Te apetece una copa a última hora en el Prince? ¿Una partida de billar?

Thorne no sabía si podría ver a Porter más tarde. Pensó que a Hendricks no le sentaría mal que le dejase tirado si surgía algo.

—Vale, ¿por qué no? No voy a dormir mucho de todas maneras...

—Siempre que no utilices lo de la espalda como excusa cuando te dé una paliza. ¿Cinco libras por partida?

La puerta se abrió, e Yvonne Kitson entró y se dirigió con paso decidido a su mesa. La expresión de la cara revelaba que estaba a punto de tirar la toalla. Soltó el bolso, encendió la luz, se acercó a la pared y se apoyó. Parecía que tenía ganas de hablar, como si quisiera que se enterara Thorne.

—Me tengo que ir, Phil. Te llamo cuando esté llegando...

—Vale. Nos vemos luego.

—¿Todo va bien?

—Sí, mejor imposible —dijo Hendricks.

Pero él, como embustero, era tan malo como Thorne.

—Te estás alterando demasiado con este caso, porque crees que la cagaste la última vez.

—No es cierto —dijo Kitson.

—¿A qué te refieres?

—*Sé* que la cagué la última vez.

Kitson estaba tensa, paseándose de un lado para otro en el pequeño despacho como si no supiera decidir si necesitaba un hombro para llorar, o una cara para pegar un puñetazo.

—Cogerás a esos dos —dijo Thorne—. Verás cómo sí. Si Farrell no se chiva, tendrás que coger el camino más difícil y ya está.

Se detuvo y le miró fijamente, como si no se hubiera enterado de nada de lo que ella le estaba contando desde hacía diez minutos.

—Necesito coger a esos dos, Tom. Sé que Farrell fue el que lo mató, pero los otros dos se quedaron mirando sin hacer nada y vieron cómo lo hacía. El fiscal me ha dicho que pueden procesar a los tres por asesinato. A la mejor se rebaja a un cargo por lesiones graves en el juicio, pero por lo menos lo vamos a intentar.

—Entonces, ve a detener a los amigos de Farrell, Nelson y Herbert, tal como le dijiste. Seguramente fueron ellos, de todas maneras.

—Tengo otra idea —dijo Kitson.

—Si se trata de acogerte a la jubilación anticipada, quizás te acompañe.

—Tengo ganas de parar el tiempo. Soltar a Farrell bajo fianza para que vuelva mañana. Podríamos organizar rápidamente algo de vigilancia, para ver si se pone en contacto con alguien. Puede que busque a los otros dos para que sepan que no se ha chivado.

A Thorne le parecía una idea bastante razonable y así se lo dijo. Y luego insistió, porque no estaba convencido de que ella se lo creyera:

—Has hecho un buen trabajo, Yvonne.

—Pasé por casa de los padres de Amin Mubarek —dijo ella—, para contarles lo de Farrell.

—Seguro que eso te sentó muy bien.

—No les dije cómo lo encontramos —primero la vergüenza y luego la resignación cruzaron su cara—. Ni que deberíamos haberle encontrado hace seis meses. Sé que saldrá tarde o temprano, y tendremos que afrontarlo entonces, pero allí sentada con la señora Mubarek, en su salón, no quería estropear ese momento. Por ellos, quiero decir. De verdad... por ellos.

Thorne simplemente asintió. Recolocó un par de objetos que había sobre el escritorio.

—Debería ir a hablar con Brigstocke para montar la vigilancia —Kitson se dirigía hacia la puerta—. Hay que arreglar el papeleo de la fianza...

Después de que se marchara Kitson, Thorne miraba la lluvia que empezaba a caer y se sumaba a la oscuridad. Agradecía estar a solas durante unos minutos; la oportunidad de dejar que lo que quedaba de la actuación de su padre siguiera dando vueltas en su cabeza durante un rato.

—No te preocupes, hijo. No es lo que parece...

El humo que no era humo, la alarma de incendios que era en verdad un teléfono.

—No saques conclusiones precipitadas.

Se dirigió a la puerta de su despacho, desde donde podía ver a Kitson hablando con Karim y Stone en la Sala de Operaciones. Mientras observaba, notó la chispa y el fogonazo de una idea, que se adueñaba de todo tan rápido como las llamas.

La cara de su padre estaba cubierta de rojo y oro cuando Kitson salió al pasillo.

—Me temo que no estoy autorizado para decirle cómo murió, señor.

—¿No le parece un poco ridículo? —preguntó Lardner—. Me llaman para decirme que una mujer ha sido asesinada, pero me toca a mí ponerme a adivinar si le pegó un tiro, le dio una puñalada o la ahogó en la bañera.

—Probablemente sea un poco ridículo, tiene usted razón —dijo Holland—. Pero el procedimiento es así, entonces...

—Por lo que recuerdo, era una mujer agradable. Le gustaba meter las narices más de la cuenta, pero supongo que eso formaba parte de su trabajo. Como los periodistas que beben... o los polis y los agentes de la condicional que son unos cínicos.

Holland tomó un sorbo de té y gruñó.

—Bien. Pues supongo que no tiene usted gran cosa que decir.

—Simplemente queríamos que se enterara de la muerte de la señora Bristow.

—¿Debería preocuparme?

—¿Cómo?

—¿Usted cree que van a por nosotros? —Lardner soltó una carcajada sin humor—. Quizás Grant Freestone ha salido de su escondite y nos va a matar a todos nosotros, uno por uno.

—No creo que necesite preocuparse por eso...

El almuerzo resultó tan cutre como Kitson le había advertido que sería, y Wilson se había escabullido a cenar algo en cuanto se enteró de que a Farrell lo soltaban bajo fianza, quedando en reunirse con su cliente en la comisaría al día siguiente.

Kitson permaneció de pie junto a Farrell delante de la plataforma mientras el jefe de detenciones cumplía el procedimiento de excarcelación. El sargento era un viejo cabrón muy astuto; le había mirado a

Kitson de reojo al verla presentarse allí con Farrell, sabiendo de sobra que había estado a punto de presentar cargos unas horas antes.

Notaba que ella tramaba algo, pero sabía lo suficiente para mantener la boca cerrada.

Después de comprobar el programa del día siguiente para los que se hallaban en situación de «bajo fianza con obligación de presentarse», a Farrell se le informó de que se le había autorizado la libertad bajo fianza a condición de que volviera a las cuatro de la tarde siguiente. Que se le dejaba en libertad pero bajo la custodia de sus padres.

Farrell parecía haberse recuperado, superando lo que le había pasado en la sala de entrevistas. Simplemente asentía cada vez que se le preguntaba si comprendía lo que se le decía. Entonces volvió a preguntar cuándo le devolverían sus zapatillas Nike de tres cifras.

—Deberías callarte antes de que cambiemos de parecer —dijo el sargento de detenciones.

Farrell firmó el recibí de las posesiones que le fueron devueltas. Con excesiva ceremonia se colocó su reloj de diseño y comprobó si faltaba algo en su cartera.

Firmó la confirmación de que se le había enseñado su expediente de custodia, y que estaba completo y correcto. Firmó también la hoja de excarcelación y la declaración de que era su intención volver a la hora especificada.

—Supongo que estaréis vigilándome —dijo Farrell.

Kitson no dijo nada; simplemente levantó la vista de su papeleo.

—Debes pensar que soy estúpido.

—Sé que no lo eres —dijo Kitson.

—No sabes nada de mí —Farrell le volvió la cara para concentrarse en terminar con todo el procedimiento.

—Estas copias son para ti, para que las guardes.

Farrell cogió un fajo de papeles que le entregó el sargento de detenciones.

—¿Llamamos a tus padres, para que vengan a recogerte?

Farrell miró para otro lado y rechazó la idea; soltó un bufido como si fuera una idea ridícula.

—Bien, entonces te pido un taxi. Tardará un par de minutos. Si no tienes bastante dinero, se lo puedes pedir a tus padres cuando llegues. ¿Será eso un problema?

—Creo que se las podrán arreglar...

Mientras el sargento cogía el teléfono para llamar, Kitson le agradeció su ayuda. El asintió, pero por la expresión en su cara se notaba que esperaba que ella supiera bien lo que hacía. Kitson acompañó a Farrell fuera de las dependencias de los detenidos, y lo acompañó por la comisaría hacia la entrada principal.

Informó al agente que había en recepción, antes de dejar a Farrell esperando al taxi. Pasó su tarjeta de acceso y tiró fuerte de la puerta para volver a entrar. Entonces se volvió hacia Farrell.

—¿Seguro que no hay nada que quieras contarme antes de irte?

Farrell le sonreía todavía con cara de simpático, pero tenía los ojos casi cerrados.

—Nada que te gustaría oír —dijo.

Después de marcharse Kitson, Farrell dio un paso hacia las puertas automáticas que se abrieron al acercarse. El agente de recepción le sugirió que esperara dentro. Le explicó que estaba diluviando. Y le dijo que hiciera lo que le diera la puta gana, cuando Farrell le contestó que prefería mojarse.

Fuera, Farrell se quedó de pie debajo de un alero y miraba fijamente la calle.

No había transcurrido más de un día, pero parecía mucho más tiempo; como si hubiera asistido a un puto cataclismo, y además sabía que lo verdaderamente importante no había empezado todavía.

Tanto su mente como su corazón traqueteaban acelerados, pero sabía que tenía que mantener la calma, que debía volver a entrar por la puerta como Pedro por su casa, como si no hubiera pasado nada. A pesar de la impresión que le quiso dar al capullo de la recepción, lo que más quería era volver a casa a ver a sus padres. Quería volver a estar en un lugar cálido y seguro, donde sabía que pasara lo que pasara, siempre iban a estar de su lado.

Su mirada penetraba la lluvia. Todavía era capaz de recordar el sabor que tenía cuando seis meses antes, él y los otros se había acercado a esa parada. Entonces hacía algo más de frío que ahora, quizás, pero aparte de eso la noche había sido exactamente igual...

Un Vauxhall Cavalier oscuro se detuvo y un hombre asiático de complexión fuerte se bajó, dejando el motor en marcha.

—¿Taxi? —gritó Farrell.

El hombre se volvió hacia el coche. Adrian Farrell se puso la capucha y le siguió corriendo.

VEINTIDÓS

—LOS DOMINGOS SUELE HABER MUCHO AJETREO por aquí —dijo Neil Warren—. Es día de cambio, así que estamos siempre un poco frenéticos si llegan nuevos inquilinos o si se va alguien. Además tengo negocios familiares y asuntos en la iglesia, y organizo una pequeña celebración religiosa aquí, en la casa, para el que tenga interés...

—Realmente no es un problema —dijo Holland. Había un bloc de postit multicolor sobre su escritorio. Hizo una marca contra el nombre de Neil Warren.

—Sólo quería explicar por qué no le había devuelto la llamada antes.

—Entiendo.

—Ahora, por supuesto, me siento fatal.

—Lo siento —dijo Holland.

—Vamos conociendo a gente, de alguna manera coinciden con nosotros en nuestro día a día o lo que sea, y luego... la vida sigue, ¿sabe usted? Tomamos caminos distintos, o lo que sea, y la mayoría de las veces, no volvemos a pensar en ellos. Kathleen Bristow no se me había pasado por la cabeza en cinco años hasta que usted se presentó aquí para hablar de Grant Freestone, y ahora está muerta. Y tengo la sensación de que debería estar más disgustado de lo que estoy...

—Como bien decía, llevaba mucho tiempo sin acordarse de ella.

—Les pediré a todos que la incluyan en sus oraciones.

Holland miró su reloj: eran las nueve y cinco. En cuanto terminara con esto, intentaría largarse. Chloe estaría acostada, pero le vendría bien pasar una hora o dos con Sophie antes de que uno de ellos se quedara frito.

—Por lo que veo, no cree usted que sea una casualidad —dijo Warren.

—¿Cómo dice?

—Que empieza a preguntarle a la gente sobre lo que pasó entonces, sobre Freestone y todo eso, y luego alguien del tribunal termina asesinado.

—Creo que sería muy improbable que fuese una casualidad.

—¿Ha hablado usted con los otros?

—Con la mayoría de ellos, sí.

Warren no dijo nada durante unos diez, quince segundos. Al oír el chasquido del mechero, Holland supuso que había estado enrollando un cigarrillo. Warren expiró lentamente. Entonces dijo:

—¿Sufrió mucho?

En circunstancias normales Holland habría contestado algo de lo más típico, para inspirar confianza. Aparte de saber que Warren era de los que hablaba claro, y no parecían gustarle mucho los rollos, Holland no sabía realmente de dónde le salió su respuesta.

—Pues sí —dijo—. Creo que probablemente fuera así.

Se tardaban sólo veinte minutos de Hendon a Arkley. Media docena de canciones de Gram y Emmylou habían hecho maravillas en el ánimo de Thorne, pero todo el trabajo se deshizo con una sola mirada a la cara de Tony Mullen.

Después de su último encuentro, Thorne no esperaba una cálida bienvenida, pero notaba más antipatía de la esperada. Se veía resignación en la expresión del hombre, y en su gesto de apartarse para dejarle pasar sin mediar palabra. Tony Mullen parecía un hombre que ya no esperaba buenas noticias.

Como padre, siempre quedaban esperanzas mientras no hubiera ningún cadáver que enterrar, pero como ex agente de policía, Thorne sabía que Mullen era consciente de cómo funcionaban los plazos en este tipo de sucesos. De lo rápido que las posibilidades reales se convertían en escasas, para luego desvanecerse del todo.

Habían pasado ya diez días desde la desaparición de Luke; y casi cinco desde que enviaron la cinta de vídeo. Setenta y dos horas desde que a Luke se le había grabado por segunda vez, sin recibir ninguna noticia de la persona que le estuviera reteniendo.

Thorne todavía detectaba la rabia en los ojos de Mullen. Pero ya no le quedaban fuerzas para luchar.

—Lo que tú quieras, pero que sea rápido —dijo Mullen—. Todos estamos cansados.

—En realidad he venido para hablar con Juliet.

—¿Por qué?

Thorne tardó un instante en contestar y decidió que no vendría mal; que incluso ayudaría un posible acercamiento.

—Hemos estado hablando con un chico de Butler's Hall sobre un caso totalmente distinto. Estoy casi seguro de que no guarda relación con éste. Con Luke...

—*¿Casi seguro?*

—Creemos que por alguna razón miente sobre Luke. Sabemos que llamó aquí varias veces y queremos volver a asegurarnos de que llamaba a Luke. Sólo he venido a comprobar que no llamaba a su hija. No creo que tarde más de diez minutos.

—¿Cómo se llama este chico?

Thorne tardó un poco más esta vez.

—Farrell.

No hubo ninguna reacción obvia, pero Thorne se preguntaba si había notado un ligerísimo gesto antes de que Mullen volviera la cabeza para hablar con su mujer.

Thorne no había notado la presencia de Maggie Mullen. Estaba sentada a poco más de tres metros de altura, al final de la escalera, en un pequeño descansillo antes de que los escalones siguiera hacia arriba, hasta la segunda y tercera planta.

Llevaba un pantalón de chándal oscuro y un jersey marrón. Su pelo recogido reflejaba el mismo tono gris de la cara. Igual que la ceniza que Thorne se imaginaba que llenaría el cenicero que tenía entre los pies.

—Deberías llamar a Juliet —dijo Mullen.

Se le quedó observando fijamente, como si no se hubiera enterado, y entonces miró rápidamente a Thorne. Sonrió y asintió. Los dos gestos resultaron ligeros y un poco condescendientes, como si le proporcionaran seguridad a una persona anciana o muy enferma.

—¿Ha hecho algo malo?

—No, nada de eso —dijo Thorne—. Sólo quiero hacerle un par de preguntas

Mullen se cruzó con Thorne, y se apoyó sobre la barandilla al pie de la escalera.

—Llámala, ¿quieres, cielo?

Maggie Mullen cogió el cenicero y se puso de pie. Con la mano se limpió la ceniza que había quedado de en su regazo, se dio la vuelta y subió la escalera hasta desaparecer camino del cuarto de Juliet. Después de medio minuto, Thorne oyó una llamada muy débil, y luego una conversación apagada, una voz hablando más alto que la otra. El ruido de una puerta que se cerraba y las pisadas de cuatro pies volviendo por la escalera.

Mientras esperaba en el vestíbulo, Thorne estudiaba las fotos de familia en una mesa al lado de la puerta principal. Cuando ya no podía menos que sentirse incómodo, observó el papel de las paredes. Junto a él, oyó la cabeza de Mullen que golpeaba ligeramente la pared al dejarla caer hacia atrás; y cómo decía «joder» en voz baja, sin dirigirse a nadie en particular.

Farrell daba por hecho que al taxista le había informado de la dirección el sargento de detenciones al pedir el taxi. Al menos el conductor daba la impresión de saber a dónde iba. El hijo de puta no dijo nada mientras conducía, pero eso le venía bien a Farrell. No quería charlar. Quería cerrar los ojos y prepararse mentalmente.

Apoyó la cabeza contra la ventana y escuchó la lluvia golpear sobre el techo y el chirrido de los limpiaparabrisas. Apestaba a aceite en el asiento de atrás, y a uno de esos ambientadores de pino. El mierda seguramente no tenía ni siquiera seguro; los asiáticos siempre hacían todo lo posible por evitar pagar algo si creían que se podían librar. Era como ese chascarrillo que circulaba por ahí sobre los niños de origen asiático. Solían decir en el colegio que sus padres tenían cadenas de kioscos de prensa y elegantes restaurantes orientales, pero solían ir al despacho del director para intentar regatear las tarifas...

Cuando se detuvo el taxi, Farrell pensó que debía haberse dormido durante gran parte del trayecto. Parecía que sólo habían pasado cinco minutos desde que habían salido de la comisaría.

Una puerta se abrió a cada lado, y después de cerrarse otra vez, estaba sentado entre dos adolescentes asiáticos.

—¿Qué coño está pasando? —pero incluso mientras hacía la pregunta, la respuesta se le quedaba en el estómago y empezaba a calentar el ambiente.

No le hablaron.

No le miraron, ni tampoco se miraron entre ellos.

El conductor puso el intermitente y se incorporó despacio al flujo de tráfico. Puso la radio. Sintonizó con el canal de Bhangra. Seguía hacia delante de manera constante.

Farrell estaba todavía bastante convencido de que la Policía le había soltado bajo fianza para que vigilarle durante un rato. Para ver si se ponía en contacto con alguno de los otros dos. Apretado entre los dos hombres, uno a cada lado, no podía volverse del todo, pero giró la cabeza todo lo posible, con la esperanza de tener razón y ver detrás un coche de policía. Lo único que veía era la lluvia, y los faros, y al volverse otra vez, vio los ojos del conductor en el retrovisor, fríos, apagados y amarillentos durante un instante, al pasar el Cavalier debajo de una farola.

El reloj digital de la cocina cromada marcaba las 21:14. Juliet Mullen estaba sentada sobre la encimera de granito negro con una lata de Coca-Cola *light* en la mano. Sus zapatillas de la marca Converse Allstars rebotaban suavemente contra el mueble de abajo.

—Es ese capullo de segundo de bachillerato con los pelos de punta, ¿verdad?

—Muy buena descripción —dijo Thorne.

—Se cree lo mejor del mundo.

—¿No es amigo tuyo entonces?

—No...

Thorne estaba sentado delante de la mesa de cocina. Había café recién hecho y se había servido un poco.

—Pero para ser sinceros, es un chaval muy guapo. ¿No lo crees? Apuesto a que a algunas de las chicas de tu curso les gusta bastante.

—Quizás a algunas desgraciadas.

—¿Pero a ti no?

Ella le echó una mirada llena de compasión. Thorne estaba convencido de la reaccion que tendría Juliet Mullen si le preguntaba que si alguna vez había hablado con Adrian Farrell por teléfono.

—¿Qué hay de tu hermano?

—¿Qué hay de qué?

—¿Es amigo de Farrell?

Se tomó un sorbo de la lata, y se lo tragó.

—No conozco a todos sus amigos... La verdad es que tampoco tiene muchos... pero lo dudo.

—¿Por qué?

—Como te dije antes, Farrell es un gilipollas. Es un falso, y Luke no se deja engañar con toda esa mierda. Si alguien como Farrell se le acercara a Luke, probablemente sería para meterse con él o porque querría algo.

—¿Alguna idea de lo que podría ser?

—Ni idea. ¿Quizás ayuda con los deberes?

Thorne asintió. Fue lo primero que se le había ocurrido; la explicación más obvia. Lo primero que se le había ocurrido a Farrell, cuando desesperadamente buscaba una mentira para justificar las llamadas de teléfono.

Juliet aplastó la lata vacía, y se bajó de la encimera para abrir el mueble donde se encontraba una papelera de reciclaje.

—¿Tiene esto que ver con lo que le ha pasado a Luke?

—No creo. No estoy seguro...

—¿Crees que Luke sigue vivo?

Thorne miró a la chica. Su edad, su imagen, estaba concebida para proyectar una impresión generalizada de congoja y tensión; de frustración y de desesperanza por nada en concreto. Sin embargo, en ese momento, con aquella iluminación fuerte y brutal, sólo quedaba una niña con la cara regordeta que respiraba de forma irregular por encima del zumbido suave del frigorífico. Thorne observaba más allá del maquillaje oscuro y las uñas comidas hasta ver el dolor arrollador que se escondía debajo.

Y veía que las mentiras tampoco ayudaban nada a suavizarlo.

—De eso, tampoco estoy seguro.

Juliet asintió, como si agradeciera su sinceridad.

—Yo sí lo estoy —dijo ella.

Veintitrés

—Amin Mubarek era mi sobrino —dijo el conductor. Señaló con un gesto de la cabeza a los hombres en el asiento de atrás—. Y estos son mis hijos. Los primos de Amin.

Ahora los hombres que flanqueaban a Farrell le miraban. Uno llevaba una perilla y una cazadora de cuero. El otro estaba bien afeitado, con unas pequeñas gafas redondas y el pelo lacio que le caía por la frente. Ninguno de los dos parecían tipos duros, según Farrell. Pero los dos tenían pinta de llegar a ser lo suficientemente duros e intensos, como si algo les ardiera en el alma.

—Parece que te vas a cagar —le dijo el de la perilla.

Farrell se había llevado diez minutos desde que se habían montado en el coche imaginándose lo peor. Se montó una película del coche saliendo de la carretera, para meterse en algún polígono industrial abandonado. Presentía que los hombres llevarían alguna arma blanca.

—¿Cómo te sientes? —le preguntó el de las gafas.

De hecho, el conductor había conducido el Cavalier hasta el enorme parking de un centro de ocio. Farrell pensó que reconocía el lugar, que quizás hubiera estado alguna noche jugando en la bolera o viendo una película. Por fin el coche se había detenido en un extremo, detrás de un Pizza Hut, lejos de otros vehículos. Donde no alcanzaba la luz.

—Me lo podría pasar de bien contigo y una navaja —el hombre de las gafas estaba a pocos centímetros de la cara de Farrell. Farrell notaba el olor a chicle en su aliento—. Sin prisas, por supuesto. Hay carniceros *halal* en nuestra familia. ¿Sabes lo que es?

—Saben cómo desangrar a un animal.

—Y aun así no habrías pagado por todo lo que le hiciste a Amin. Por lo que le hiciste antes de matarlo.

Farrell se oyó pronunciar las palabras «por favor». Notaba el calor que aumentaba dentro de él para extenderse y brotar por toda su piel.

El conductor, que no era un hombre pequeño, se volvió con dificultad en su asiento.

—Vale, vamos a tranquilizarnos. Nadie va a usar una navaja contra nadie —señaló a Farrell con el dedo—.Vas a ir a la cárcel, de eso puedes estar muy seguro. Así es como vas a pagar por lo de Amin... con años y años de aire rancio, y cagando en el mismo sitio donde comes. Agobiado cada vez que un paquistaní te mira en la cantina, o desde el otro lado del patio. ¿Lo tienes claro?

Farrell asintió con la cabeza. Delante de él, a través del parabrisas chorreando de lluvia, veía un grupo pequeño de personas a unos doscientos metros, paseando delante del cine.

—Pero sí hay una elección que tienes que hacer. Puedes ir a la cárcel. O puedes ir a la cárcel después de recibir una paliza de muerte —miró a los hombres que había a cada lado de Farrell, y luego volvió a mirar a Farrell—. Porque les dejaré que te peguen. Probablemente les ayudaré a darte la paliza. Así que ya sabes... No tienes mucho donde elegir, si quieres mi opinión.

El temblor de su voz cuando Farrell empezó a hablar, sólo empeoró las cosas. El miedo crecía dentro de él, se alimentaba solo.

—¿Qué quieres?

—Había otros contigo —dijo el conductor—. Había dos más la noche en que mataron a mi sobrino. Podían haber impedido que lo hicieras y optaron por quedarse allí sin hacer nada, observándote. Tarde o temprano la policía los cogerá, pero aunque lo consigan, estos dos hijos de puta no recibirán su merecido. Si contratan a unos abogados listos, incluso a unos abogados asiáticos listos, para quedar bien con el jurado, no los condenarán a prisión por asesinato. Pueden que los encierren unos cuantos años, pero no es suficiente.

—Son tan culpables como tú —le dijo el de las gafas.

—Peores que tú, tío.

El conductor levantó la mano para hacerles callar.

—Queremos verlos antes de que los detengan, eso es todo. Si la ley no se va a encargar de ellos correctamente, lo haremos nosotros por nuestra cuenta. Así que, obviamente, lo único que necesitamos es saber quiénes son —miró a Farrell, se acercó un pulgar a la boca, y se mordió una uña—. No tienes que decir nada, eso es cosa tuya, pero ¿por qué demonios aceptarías una paliza por ellos? A ti te dan cárcel y una buena paliza, y ellos ¿qué reciben? A mí me parece estúpido. ¿Quién te va a agradecer que hayas protegido a esos cabrones?

—Si te comportas como un estúpido, lo que te pase esta noche puede que te vuelva a pasar dentro de la prisión —el hombre del pelo lacio se quitó las gafas. Sacó la camisa del pantalón y limpió las lentes—. ¿Tú crees que no vamos a poder llegar hasta ti allí dentro? ¿No crees que si queremos hacerte daño, podemos hacer que eso pase?

—Dinos sus nombres —dijo el conductor—. Te dejamos cerca de alguna comisaría, y eso es todo.

A Farrell le entraron ganas de vomitar, y de cagarse, y de llorar. Si les decía lo que querían, ¿cómo sabía que no le harían daño de todas maneras? Y sabía que si les preguntaba eso, probablemente empezarían con la paliza.

—Dos nombres. Dilos rápido y se acabó.

Farrell cerró los ojos y movió la cabeza de un lado para otro. Durante un instante descontrolado sin pensar, quería que le hicieran daño. Quería acabar con todo, porque recibir una paliza era mejor que esperarla.

Que no saber...

—No voy a permitir armas —dijo el conductor—. En poco tiempo se habría terminado todo. Pero si tomas la decisión equivocada, y no nos queda más remedio, tienes que entender que la violencia no es una ciencia exacta. Es difícil hacer que las cosas... no se te vayan de las manos. Debes saber mejor que nadie el daño que se puede hacer con un par de patadas, ¿verdad?

—Amin intentó protegerse la cabeza pero no le sirvió de nada.

—Y entonces sólo había *una* persona pegando las patadas.

—Puede que te compense, de todas maneras —el conductor metió la llave en el contacto, y empezó a girarla sin llegar a arrancar el coche—. Si las cosas se nos van de las manos, quiero decir. Si tú terminas herido e ingresado en una unidad penitenciaria para discapacitados, seguramente nos costará mucho más trabajo llegar hasta ti.

—Dinos los nombres. Es tu última oportunidad...

La boca de Farrell parecía muerta y quemada por dentro. Consiguió separar los labios y pudo respirar con dificultad; se atragantó al intentar tragar saliva con la boca seca.

—Estúpido —dijo el conductor—. Muy estúpido —se volvió en su asiento y arrancó el coche.

Farrell chilló por encima de la radio, y después de bajar la música, empezó a soltar un torrente de palabras ininteligibles, sin poder respirar, en un susurro que luchaba por no convertirse en sollozo. Repetía los nombres una y otra vez, nombres que se mezclaban y perdían todo su sentido. Habló sin parar hasta que sintió unas manos sobre la cara, cerrándole la boca, y voces que le mandaban callar.

Le decían que seguía siendo basura. Seguía siendo un capullo y un asesino, pero no estúpido del todo.

Porter sabía que ya era hora de dejarlo. Tenía poco sentido insistir cuando se sentía tan cansada que posiblemente pasara por alto alguna cosa de interés. Pero también tenía ganas de terminar el trabajo.

Había cientos de carpetas, y cada una contenía a docenas de informes y evaluaciones. Estaba claro que no había ninguna necesidad de leerlos todos, ni siquiera la mayoría de ellos, pero pronto se había dado cuenta de que incluso hojeando los expedientes de Kathleen Bristow, no iba a ser una tarea de cinco minutos.

Los archivos de clientes habían sido clasificados por orden alfabético, y mientras buscaba en la efe de Freestone, Porter había terminado leyendo apuntes de casos que sabía que carecían de interés. Suponía que a pesar de que fueran ex clientes de una mujer muerta, todavía podía considerárseles confidenciales. Sin embargo eso no impedía que los leyera, fascinada y, a veces, horrorizada.

Francis Bristow había tenido razón al afirmar que su hermana había trabajado con unos pocos «locos de remate».

Los documentos relacionados con Grant Freestone ponía un poco de carne desagradable sobre los huesos de lo que ella ya sabía, pero no había nada que pareciera significativo: transcripciones de entrevistas realizadas en la cárcel, y declaraciones de profesionales de la salud que le habían tratado durante su condena. No había nada en el archivo relacionado con las disposiciones interdepartamentales de seguridad pública que entraron en vigor cuando se le concedió la libertad.

Porter estaba sola en la casa. Había subido una radio desde la cocina y sintonizado Magic FM. Cuando las canciones le parecieron demasiado soporíferas, había vuelto a sintonizar Radio 1, moviendo la cabeza al ritmo de la música mientras sacaba un montón tras otro de carpetas verticales verdes y marrones.

Tarareaba una canción de baile que conocía y se preguntaba si Thorne habría podido escaparse. Antes, hablando por teléfono, cuando le había preguntado sobre lo que pensaba hacer más tarde, había intuido algo más que una consulta casual relacionada con el trabajo. Pero ella había optado por no insistir. Notaba que él no se sentía totalmente relajado con lo que casi había ocurrido, pero seguramente era un caso típico. Encantado de meterse en sus bragas, pero al que le costaba mucho trabajo hablar de ello o, Dios no lo permita, de lo que pudiera pasar después.

Finalmente Porter encontró lo del disp en la sección de archivos clasificada por años. Había media docena de carpetas bien llenas relacionadas con el tribunal de 2001 de Grant Freestone. Se agachó y las clasificó en montones: gestión del riesgo, planes domésticos, programa comunitario para el tratamiento de agresores sexuales, drogas y alcohol. Cogió la carpeta denominada «Actas» y sacó un tocho de papeles unidos por un clip enorme. Kathleen Bristow había sido tan meticulosa como siempre, y los documentos, en su mayor parte escritos a mano, habían sido archivados en riguroso orden cronológico. Porter hojeó los papeles hasta la última hoja: las actas de la reunión que había tenido lugar el 29 de marzo de 2001.

Reconoció los nombres bajo el epígrafe «Presentes». No había ninguno en el apartado correspondiente a «Disculpas por ausencia».

Porter miró la fecha.

A Sarah Hanley le habían matado el 7 de abril, nueve días después de la reunión. El tribunal se había reunido semanalmente hasta entonces y no quedaba registro en estas actas de la decisión de informarle a Sarah Hanley del pasado de Freestone, la decisión considerada por muchos como el motivo por el que acabó muerta. Porter repasó las hojas otra vez, con la sensación de que debería haber habido una más, y comprobando que no la había pasado por alto.

Por supuesto, después de lo que había pasado, era posible que Kathleen Bristow hubiera decidido que no quería guardar ningún registro de esa última reunión.

Era posible también que fuera justamente eso lo que su asesino había estado buscando.

Porter tomó nota mentalmente para comprobarlo con Roper, Lardner y los demás. Para confirmar que había tenido lugar una reunión el 5 de abril, dos días antes del asesinato de Sarah Hanley.

De repente sintió un subidón de energía, a pesar de no haberse encontrado tan cansada en mucho tiempo. Porter se echó hacia atrás para apoyarse sobre el archivador. Cogió la carpeta denominada «Drogas y alcohol», pensando que un poco de cualquiera de esas dos cosas le vendría bien.

Farrell sintió una sacudida de algo parecido a la esperanza cuando el coche se acercaba a la comisaría de Colindale. Había aguantado la respiración durante gran parte del trayecto de vuelta, pero de repente empezaba a creer que pronto todo se habría terminado.

El lugar del que había salido apenas una hora antes tan encantado, ahora le parecía un santuario.

El conductor iba más despacio, pasó por delante de la entrada principal y luego giró bruscamente a la izquierda.

—Por favor —dijo Farrell—. Aquí me vale.

El conductor no le echó cuenta, pasando por el lateral de la comisaría y deteniéndose en una barrera de seguridad. Bajó la ventanilla, sacó una mano y pulsó bruscamente algunos botones.

—No entiendo...

La barrera empezó a levantarse.

Farrell vio, o creyó ver, lo que ocurría. Su ira se extendía y se endurecía; soltó una serie de palabrotas en voz baja, que pronunciaba con más dureza cuando el Cavalier giraba para entrar en el patio de atrás y vio a los agentes esperando.

Vio a Kitson saludando al conductor cuando finalmente se detuvieron.

Samir Karim cerró violentamente la puerta del coche y se puso la chaqueta. Soltaba aire muy despacio mientras se acercaba a Kitson. Ella puso una mano sobre el brazo de él y la dejó allí mientras hablaban; observaban mientras a los dos jóvenes en el asiento de atrás que se alejaban del coche, y dos agentes uniformados se metían en el coche para sacar a Adrian Farrell.

Farrell se revolvió y soltó más palabrotas al ser esposado; su cuerpo se esforzaba por abalanzarse hacia donde Kitson y Karim estaban de pie, a unos seis o siete metros de la entrada trasera.

—Me dijiste que eras el taxista, cabrón. Me lo dijiste.

Karim se volvió; estaba igual de enfadado pero se controlaba.

—Y una mierda. No dije nada. Me miraste y diste por hecho que yo era tu conductor.

—Nadie te obligó a subir al coche —dijo Kitson—. Sacaste conclusiones precipitadas.

Tal como Thorne había previsto.

—Me amenazaron —Farrell los miraba a la cara y lo repetía, para asegurarse de que a todos los polis de los alrededores les quedara muy claro—. Estos cabrones me amenazaron...

Seguían felicitándose mutuamente, dándose la mano y palmaditas en la espalda, mientras Kitson se acercó al detenido, esperando de pie a que dejara de gritar. Después de unos instantes tiró la toalla y siguió con lo suyo, pronunciando palabras sin tener realmente necesidad de pensárselas.

Acusó a Adrian Farrell del asesinato de Amin Mubarek.

Mientras pronunciaba su discurso, pensaba en lo que le había costado aceptar la idea de Thorne. Le había recordado lo de la «adquisición» del adn de Farrell, haciéndole ver que ya que había dado varios pasos en una dirección poco ortodoxa, y que no pasaría nada por dar dos o tres pasos más.

—Bienvenida a terreno resbaladizo —había dicho.

—Pero puede que perjudique a tu defensa si, al ser interrogada, no mencionas algo que luego va a ser imprescindible...

Sabía que habría repercusiones, con muchas preguntas planteadas y pruebas descartadas. Thorne había hablado del abogado de Farrell y Trevor Jesmond. Se había ofrecido para llevar las apuestas sobre cuál de los dos estaría más desatado.

Pero a ella le daba igual.

Miró a Farrell y sabía que lo había cogido; pasara lo que pasara, había más que suficiente para encerrarle a él y a sus amigos. Kitson se imaginó a la madre de

Amin Mubarek, y decidió que podría aguantar un rapapolvo.

Seguía a poca distancia a los agentes que acompañaban a Farrell por la jaula. Al entrar en las dependencias de los detenidos, se detuvo y observó mientras lo acompañaban hasta el jefe; caminaba despacio, intencionadamente despacio, delante de Samir Karim y sus *hijos*, dos agentes asiáticos que Kitson había pedido prestados al dic.

Farrell echaba fuego por los ojos y ellos le devolvieron la misma mirada de mala leche.

Juliet Mullen acompañaba a Thorne hasta la puerta cuando sonó su teléfono. Ella volvió despacio a la cocina en cuanto él contestó, dándole la espalda y bajando la voz.

—Dave...

—¿Dónde estás? —preguntó Holland.

—Estoy en casa de los Mullen.

—Jesús...

—¿Cómo resultó lo de Farrell?

Holland parecía nervioso, confuso.

—Kitson consiguió los nombres. Señor, eso es importante.

Thorne escuchó. Holland no solía llamarle *señor* muy a menudo.

—Creí que se me iba la olla —dijo Holland—. Pensé que estaba más cansado de la cuenta, que había mirado la lista que no era o algo así.

Le explicó que finalmente había conseguido localizar al miembro del tribunal del disp que faltaba; que la gente que vivía en la dirección antigua de Margaret

Stringer por fin le había puesto en contacto con ella. Encontraron un número de teléfono que les había dejado al comprar la casa unos años antes.

—Cuando llamé, simplemente me imaginé que me había confundido y que había marcado el número equivocado...

—¿Qué pasa, Dave?

—¿Cuánto tiempo llevas en casa de Tony Mullen?

—No sé... media hora o así.

—Debes haber oído el teléfono entonces —dijo Holland—. ¿Un par de veces en los últimos quince minutos?

Thorne lo había oído cuando estaba con Juliet en la cocina. En ambas ocasiones, la llamada había sido contestada desde el salón de al lado.

—La primera vez, cuando supe con quien estaba hablando, no sabía qué decir. Simplemente solté el rollo de que estaba haciendo una llamada de cortesía. La segunda vez, cuando volví a llamar para comprobarlo, colgué sin más.

—Vale.

Thorne ya sólo escuchaba a medias, intentando montar las piezas del puzzle. Ya sabía que muchas mujeres usaban sus nombres de soltera en asuntos de trabajo. Y sabía que la forma abreviada de Margaret era...

Después de colgar, Thorne volvió a entrar en la cocina y le dijo a Juliet Mullen que subiera a su habitación. Luego entró en el salón y se sentó sin esperar a que le invitaran a hacerlo.

Maggie Mullen soltó el libro que estaba leyendo y Tony Mullen apagó la televisión a regañadientes.

—¿Ha terminado usted ?

—Ni siquiera he empezado —dijo Thorne.

VEINTICUATRO

—¿NO SE LES PASÓ POR LA CABEZA NI POR un momento que tarde o temprano se iba a saber? —Thorne les hablaba como si fueran niños—. ¿Cómo es posible que pensaran que no nos íbamos a enterar de eso?

—No tiene ninguna importancia —dijo Mullen.

—¿Ah, no?

—Fue una aventura, eso es todo. La gente tiene aventuras. Tendrá usted que perdonarnos por haber intentado guardar en la intimidad una parte pequeñísima de nuestras jodidas vidas.

Pero Thorne no estaba de humor para perdonar a nadie. Le invadía una sensación de incredulidad y de ira que iba en aumento, al escuchar a Tony Mullen explicar por qué había tomado la decisión de no mencionar a Grant Freestone y cómo habían decidido conjuntamente que no tendría mucho sentido revelar la aventura que su mujer había mantenido, mientras trabajaba como agente del Departamento de Educación en el tribunal del disp de Freestone en el año 2001.

—¿Mintió usted por eso? —dijo Thorne—. Estamos intentando encontrar a su hijo y ¿usted miente porque su mujer ha estado follando por ahí? ¿A quién pretendía salvarle la cara? ¿A su mujer, o a usted mismo?

—A los dos —dijo Mullen—. A cualquiera de los dos. ¡Joder! ¿Realmente importa?

—Nos ha hecho perder el tiempo...

—¿Importa algo todo esto? —Mullen parecía a punto de chillar por frustración, por agotamiento, por rabia—. Por el amor de Dios, mi mujer cometió un error, hace años. Un solo error...

Mullen estaba sentado en el sofá frente a la chimenea y la televisión. Thorne y Maggie estaban sentados una frente al otro en los sillones que había a cada lado de la chimenea. Thorne miraba fijamente a la mujer al otro lado de la alfombra china; acurrucada sobre los pies encogidos, igual que había visto a su hija. Permanecía muy quieta, y apenas había dicho una palabra desde que Thorne había entrado.

No sabía interpretar si la expresión de su cara era de asombro o de insolencia.

—Entonces, ¿con quién cometió usted este error?

Movía la cabeza despacio de un lado para otro, como si se le pidiera que no le sometiese a lo indecible.

Mullen soltó un gemido.

—¿Importa con quién?

—No más secretos —dijo Thorne.

Así que Maggie Mullen nombró el hombre con quien había tenido su aventura. Thorne se quedó pensando unos instantes. Entendía por qué le había disgustado tanto a Tony Mullen.

—Ya me doy cuenta de que está usted disfrutando de todo esto, Thorne —dijo Mullen—. Disfrutando de nuestro... malestar.

—¿Cree que va a poder recuperar algo de esa superioridad moral tan suya? —preguntó Thorne.

Mullen no dijo nada. Miró a su mujer.

—Debería sentirse incómodo, joder. Es usted un ex poli, por Dios, y su hijo ha desaparecido. *Nos ocultó información*.

—Información irrelevante.

—¿Está seguro?

—Teniendo en cuenta todo lo que está pasando, ¿acaso tiene la más remota importancia con quién se acostó mi mujer hace cinco años?

—Eso depende —dijo Thorne—. ¿*Todo* incluye también a otra miembro de ese tribunal en el que participó su mujer y que fue asesinada esta mañana? —miró primero a él, luego a ella. Quedó bastante evidente por la expresión en el rostro de Mullen que no se había enterado. Que a pesar de sus contactos, no se le había informado de esta novedad del caso a los cinco minutos de ocurrir—. Alguien entró en casa de Kathleen Bristow y la mató, y nadie me va a convencer de que no fuera la misma persona que se llevó a su hijo, así que... —Maggie Mullen se echó a llorar— me pregunto si todavía cree que el hecho de que su mujer formara parte de ese tribunal sigue siendo insignificante. Si lo sigue considerando *irrelevante*.

Mullen se puso de pie y extendió los brazos hacia su mujer, pero ella no se movió. Estaba sentada llorando y mirando hacia todas partes menos a Thorne o a su marido, hasta que Mullen se le acercó. La abrazó y se recostó en el sofá con ella, apretando la cabeza de su mujer contra su pecho hasta que ella tuvo que esforzarse por sacarla para coger aire.

—No acabo de entender cómo pudo formar parte de ese tribunal —dijo Thorne—. ¿No había un conflicto de intereses, si su marido fue precisamente el que encerró a Freestone?

Mullen miraba a su mujer. No estaba en condiciones de contestar.

—Ella no lo sabía —dijo él—. Al menos, no al principio. No comentábamos los casos y ni siquiera había oído hablar de Grant Freestone hasta que se incorporó al tribunal.

—¿Entonces qué pasó? «No al principio», acaba de decir.

—Vio mi nombre en el informe de libertad provisional de Freestone, y todo eso de las amenazas que había soltado por ahí; entonces sí me lo dijo y lo comentamos. Ella habló de presentar su dimisión, pero en verdad tampoco era necesario. Lo que había ocurrido en el pasado no le incumbía en absoluto ni a Maggie y ni al resto de ese tribunal, así que *no había* conflicto.

—Por supuesto que no. Pero, de todas maneras, le venía muy bien tener a alguien que vigilara de cerca a Freestone. Alguien que supiera exactamente lo que él hacía.

Mullen lo negó con la cabeza.

—Gilipolleces. Mi mujer cumplió con su trabajo.

—Es cierto, y además hizo un montón de horas extras, por lo que sé.

Fue un comentario de mal gusto, y provocó la reacción que merecía. Mullen se enderezó, tomó la mano de su mujer y habló en voz baja, procurando que cada palabra fuera definitiva, con el peso del odio que le inspiraban tanto el asunto como su interlocutor.

—Ese hombre era alguien con quien Maggie trabajó estrechamente, sólo porque creía en hacer las cosas bien. Confiaba en todos los miembros de ese tribunal, y tenía motivos de sobra para creer que ellos compartían la misma dedicación al trabajo que ella.

Junto a él, Maggie Mullen estaba sentada, rígida y temblando, y ahora las lágrimas le caían más despacio. Cada sollozo le sacudía la cara, y se le torcía el gesto al oír hablar a su marido, como si sintiera aversión y horror por esa mujer de la que él hablaba y que ella no podía reconocer.

—Los hombres como él pueden confundir una estrecha relación de trabajo con el cariño. Lo buscan desesperados, y encuentran la manera de explotarlo, y convertirlo en algo sórdido, cuando nadie lo pretendía. Son sanguijuelas... y eso es lo que él fue. Lo que él hizo.

Junto a él, Maggie Mullen pronunció en voz baja el nombre de su marido. Parecía que le suplicaba que lo dejase.

—Era un tipo necesitado —dijo Mullen—. Necesitado sin remisión, y manipuló la compasión de mi mujer para convertirla en otra cosa. Otra cosa totalmente distinta. Se aprovechó de ella.

Maggie Mullen lo negaba con la cabeza, insistente, pronunciando las palabras y las repetía con el ritmo del movimiento.

—Eso no fue lo que pasó. Eso no fue lo que pasó...

—Tranquilízate, cariño.

—No seas tan imbécil, ¡joder! —le gritó. Se volvió hacia Thorne, se concentró y habló bajo—. Tiene a Luke.

Thorne sintió el hormigueo por la nuca. El zumbido que empezaba a crecer y extenderse.

—¿Quién tiene a Luke?

Ella volvió a pronunciar su nombre: el del hombre con quien había mantenido la aventura.

Mullen le cogió la otra mano. Acercó su cara a la de su mujer.

—Lo siento, cariño, yo no...

Y le chilló el nombre a la cara: se lo escupió a la mejilla y a los ojos.

—Se llevó a Luke —dijo ella—. Hizo que esa pareja se lo llevara como aviso. Supongo que quería convencerme. La relación no terminó cuando te dije. Quería terminar con él, pero no me dejaba —Mullen intentó decir algo, pero ella habló más alto que él. Habló muy rápido como si todo pudiera desmoronarse si se detenía—. Seguimos, pero yo me moría cada vez que miraba a Luke o a Juliet. Me mataba aquel sentimiento de culpabilidad, así que hace unos meses decidí romper con él y le dije que esta vez no iba a cambiar de parecer —hizo una pausa para recordar—. Se lo tomó muy mal...

Thorne estaba que se salía. No podía evitar que se le notaran el asombro y la aversión en su voz.

—Secuestró a su hijo.

—Fui una estúpida —dijo ella, agarrándose a su marido—. Fui tan estúpida por hacerlo en el momento en que lo hice... Acababa de perder a su madre y estaba hecho polvo, y pensé que sería un buen momento, sabes... un buen momento para decírselo, porque tendría otras cosas en qué pensar. Pero perdió los papeles por completo.

Thorne la miró fijamente, pensando: «No me digas». Esperó a que terminara.

—Y, que Dios me ayude, mencioné a Sarah Hanley.

—¿Cómo?

—Nunca hablamos de lo que pasó. Fue como una película que habíamos visto o algo así. Sólo quería que aceptara que todo había terminado y que me dejara en paz, y dije algo sobre lo terrible que sería si alguien se llegaba a enterar. Sólo lo dije porque estaba desesperada y no sabía qué otra cosa podía hacer... No pretendía amenazarle.

—¿Qué pasó? —preguntó Thorne.

Mullen sólo pudo pronunciar con mucha dificultad el nombre de su mujer.

—Yo estaba allí cuando murió Sarah Hanley —dijo ella.

Muy despacio, Tony Mullen se puso de pie y tomó las manos de su mujer en las suyas, y su mujer le acompañó. Los dedos entrelazados, pálidos, y la tensión aumentaba en los brazos hasta que se empujaban, de pie delante del sofá, cada uno luchando y buscando ventaja sobre el otro, hasta que un gemido casi inaudible surgía de la garganta de uno de ellos...

Thorne ya se había levantado del sillón, temiendo una escena de violencia, pero ese momento pasó, y Mullen se dejó caer en el sofá como si le hubieran sacado las tripas. Thorne miró a los dos durante unos instantes. Respiró a fondo varias veces mientras por su mente corrían cientos de preguntas.

Sabiendo que podía esperar las respuestas, sacó su teléfono y empezó a marcar.

Maggie Mullen vio lo que ocurría. Se le acercó y extendió una mano.

—Por favor, no como la última vez —dijo ella—. No entren allí como hicieron con ese piso, arrasando con pistolas. No sé cómo reaccionará. No tengo ni idea de lo que hará.

Thorne asintió y cogió el teléfono.

—Necesito su dirección personal.

Ella se la dio sin pensárselo.

—Por favor —volvió a decir—. De momento Luke está a salvo. Está bien. Prométame que no van a hacer ninguna estupidez, que no entrarán allí con pistolas...

El número que Thorne había marcado dio el tono. Miró a Tony Mullen; y siguió la mirada del hombre, los ojos bien abiertos, hasta los de la mujer que le manoseaba la manga.

—¿Cómo sabe que Luke está a salvo?

Ella dejó de mirarle a los ojos.

—He hablado con él.

La voz de Mullen sonaba ronca.

—¿Has hablado con Luke?

—No —dijo ella—. No con Luke. No he hablado con Luke...

Y Porter contestó al teléfono.

Acababa de salir en coche de vuelta desde casa de Kathleen Bristow en Shepherd's Bus. Se detuvo para anotar detalles en cuanto Thorne consiguió su atención y empezó a ponerle al día.

Thorne le dio a Porter una dirección en Catford, al otro lado de la ciudad de donde estaba él, y a bastante distancia hacia el sureste de donde se encontraba Porter.

—¿Cuánto tiempo tardarás en mandar a un equipo allí? —preguntó Thorne.

—Llegarán antes que yo —dijo Porter—. Casi seguro.

Thorne le transmitió la preocupación de Maggie Mullen: su creencia de que la reacción del secuestrador si entraban armados era muy impredecible; su súplica para que fueran cautos.

Porter no parecía convencida.

—No puedo prometer nada —dijo.

Cuando Thorne colgó, le dijo que Porter le había asegurado que haría todo lo que estuviera en sus manos.

No le importó mentirle.

VEINTICINCO

SIEMPRE PIENSAS EN LOS NIÑOS.

Lo primero y lo último, en este tipo de situaciones, en ese estado, cuando no sabes si lo que hace que te dobles es la rabia o el dolor, y te cuesta trabajo escupir las palabras hacia el otro lado de la habitación. Lo primero y lo último, piensas en ellos...

—¿Por qué diablos... por qué coño no me dijiste esto antes?

—No era el momento. Nos pareció mejor esperar.

—¿Mejor? —ella da un paso hacia el hombre y la mujer que están de pie al otro extremo del salón.

—Creo que deberías intentar calmarte —dijo el hombre.

—¿Qué esperáis que haga? —dijo ella—. Me encantaría saberlo.

—No podemos decirte lo que tienes que hacer. Es una decisión tuya...

—¿Realmente tengo elección?

La otra mujer habló con suavidad:

—Tenemos que sentarnos y hablar sobre cuál es el mejor camino que podemos tomar.

—Por el amor de Dios, te presentas aquí, como si nada, y me dices eso. Así, «a propósito», como algo que has olvidado mencionar. Te presentas aquí y me cuentas toda esa mierda.

—Sarah...

—No te conozco. ¡Joder, no te conozco de nada!

Entonces, durante unos segundos no se oía más que el tic-tac, el tráfico lejano, y el ruido de la radio insinuándose desde la cocina...

—Lo siento.

—¿Cómo dices? ¿que lo sientes? —Sarah Hanley lo negó con la cabeza; los quería fuera de su casa—. Tengo que ir al colegio.

—Los niños estarán bien —dijo el hombre. Miró a la mujer que estaba con él y ella asintió, totalmente de acuerdo—. De verdad, cariño. Estarán perfectamente...

—Y entonces fue cuando se abalanzó contra él —dijo Maggie Mullen—. Cuando se abalanzó contra los dos, arañando y escupiendo y soltando todos los tacos del mundo. Sólo levantó las manos para protegerse la cara, porque ella había perdido el control. No fue su intención empujarla.

—Pensaba en sus niños —dijo Thorne.

—Nosotros también. Por eso estábamos allí, y por eso tomamos la decisión de informarle del pasado de Grant Freestone.

—¿Y a nadie se le ocurrió pensar que quizás no encajara la noticia con tranquilidad?

Maggie Mullen se había echado para atrás en el sillón. Se rodeaban la cintura con los brazos mientras hablaba. Desde el sofá, su marido observaba su cara pálida, como si le hubieran pegado una paliza que le había dejado esforzándose por respirar.

—Habíamos recibido formación para mantener estas conversaciones —dijo Maggie Mullen—. Intentamos hacerlo con sensibilidad. Simplemente... todo se nos fue de la mano.

—¿Qué pasó después?

—Nos invadió el pánico. Había tantísima sangre. No sabía qué demonios hacer, y al final... decidimos irnos de allí —miró a Thorne—. No recuerdo quién tuvo la idea, de verdad que no lo recuerdo, pero estaba todo hecho un desastre... Simplemente fue un accidente estúpido.

—Un accidente del que probablemente culparían a Grant Freestone.

—Nunca se nos ocurrió —dijo ella—. Por lo menos no a mí, lo juro. Cuando le culparon, hablamos de ello, pero no sabíamos qué hacer para arreglar las cosas. Por aquel entonces, ya era demasiado tarde para que nos identificáramos e intentáramos explicarlo.

Thorne cruzó la habitación lentamente, hasta colocarse detrás de su silla.

—¿Estaba viva todavía cuando se marcharon ustedes? —preguntó.

Maggie Mullen bajó la cabeza. Lo negó.

Thorne miró el cabello sin lavar desde hacía días. Sólo ella y el hombre con quien había estado en casa de Sarah Hanley ese día sabían si decía la verdad.

—¿Sabe usted que sus niños descubrieron el cadáver?

—Sí...

Las manos de Tony Mullen temblaban sobre su regazo. Tragó saliva con dificultad, y luego dijo en voz baja:

—Dios.

—Así que se marcharon, sin más —dijo Thorne.

Asintió, pero sin levantar la vista.

—Sí, nos marchamos y rezamos para que no nos hubiera visto nadie —levantó la vista—. Y así fue. Nadie nos vio. Visitamos a Kathleen Bristow, que nos había encomendado la visita, y le dijimos que habíamos tenido que cancelarla, que no llegamos a ir. Nos inventamos alguna historia de que yo no me encontraba muy bien. Luego, cuando se descubrió el cadáver, todo se olvidó, y parecía que estábamos a salvo.

—¿Es por eso que mató a Bristow? —preguntó Thorne—. ¿Guardaba algún registro de la visita supuestamente frustrada a Sarah Hanley?

—Supongo que sí. Seguro que sabía que él y yo manteníamos una relación. Nos pilló juntos una vez en un pub después de una de las reuniones. Quizás el hecho de que ella se hubiera enterado fue suficiente para que él se asustara.

—¿Pero por qué ahora?

Se volvió a acomodar sobre su silla. Dejó caer la cabeza hacia atrás y habló mirando al techo.

—No sé qué tiene en mente. No puedo saber por qué ha hecho todo esto.

—Quizás debería habérselo preguntado —dijo Mullen—. Durante una de tus agradables charlas telefónicas...

—Por favor, Tony...

—No puedo creer que supieras que tenía a Luke, y que no dijeras nada. Tenía a nuestro hijo y no dijiste *nada*.

Thorne miraba a lo que quedaba de Mullen, y a pesar de los sentimientos que le había inspirado hasta ese momento, se sentía abrumado de compasión por aquel hombre. Había mentido por omisión, pensando sólo que estaba encubriendo un simple caso de adulterio, totalmente ajeno a la realidad de que había mucho más en juego.

—Al principio pensé que sólo pretendía asustarme, ¿sabes? Porque le dije que habíamos roto, y mencioné el asunto de Sarah Hanley. Él conocía a esa mujer de algún sitio, le pagó para que se llevara a Luke del colegio, y yo pensé que sería sólo cuestión de un día o dos, que sólo quería asegurarse de que me hubiera quedado claro el mensaje...

Y Thorne supo entonces que había tenido razón en cuanto al vídeo y lo extraño que le había resultado el hecho de que Luke no se había dirigido a su padre en ningún momento. Al chico se le había explicado lo que tenía que decir. Las palabras se dirigía exclusivamente a su madre, porque el mensaje iba destinado precisamente a ella.

—¿Qué dijo él? —preguntó Mullen—. Después de haberse llevado a Luke, ¿qué dijo cuando hablaste con él?

Por su expresión, parecía que esta respuesta le resultaba la más difícil de todas hasta ese momento.

—Dijo que lo hacía porque me quería mucho.

—¡Por el amor de Dios!

—Es lo que cree. No está bien.

—¿Por qué no lo arreglaste todo enseguida? —Mullen se ponía cada vez más colorado, y respiraba con mucho ruido—. ¿Por qué no aceptaste todo... lo que fuera, lo que él quisiera, para que soltara a Luke? Viste el vídeo, viste lo que le estaba haciendo a Luke.

—Me dijo que no quería ponérmelo... fácil. Prometió no hacerle daño, y me aseguró que las drogas no le harían ningún mal. Me dijo que quería estar seguro de que yo supiera que iba en serio.

—¿En serio? —dijo Thorne.

—Entonces, después de los primeros días, no había nada que yo pudiera hacer. Estaba atemorizada porque todo se había... descontrolado.

Mullen corcoveó en su asiento; pegaba puñetazos al sillón, sin tratar de golpear nada en concreto.

—Mató a personas. Empezó a *matar* a personas, ¡joder!

—Eso es lo que quiero decir —gritó ella—. Yo sabía que él había perdido el control, y que no podía predecir lo que iba a hacer ni cómo iba a reaccionar. Dijo que no le haría daño a Luke, eso es lo que *dijo*, pero yo no sabía lo que pasaría si se lo contaba a la policía —miró el teléfono—. Todavía no lo sé. Lo único que podía hacer era seguir hablando con él, para asegurarme de que Luke estuviera bien —se acercó la mano a la cabeza y, cogiendo un mechón de pelo, empezó a tirar de él—. La jodí bien, ya lo sé, pero todo se volvió tan disparatado que no supe qué hacer —miraba frenéticamente primero a su marido, luego a Thorne, y a su marido otra vez—. Estaba pensando en Luke, de verdad. Estaba pensando todo el tiempo en mi pequeño. Pero...

Thorne asintió; no quiso escuchar más. Ya no le quedaban más lágrimas a Maggie Mullen, pero su cara parecía de escayola agrietada. Recordaba las palabras que ella había utilizado al describir el día en que murió Sarah Hanley.

—Simplemente... todo se nos fue de las manos.

Pasó una hora, o más, y a Thorne se le hizo eterna. Los minutos transcurrían, cada uno arrastrándose boca abajo sobre la estela brillante y grasienta que había dejado el anterior. Mientras tanto, observaba cómo

Tony y Margaret Mullen se hacían daño a sí mismos, y el uno al otro. Gritos que cortaban y desollaban. Acusaciones lanzadas como si fueran cachiporras, y los silencios consumiendo lo poco que quedaba entre los dos.

Atraída desde la planta de arriba por el ruido, Juliet había aparecido en la puerta. Exigía saber qué ocurría, y comprensiblemente no estaba dispuesta a marcharse; había empezado a gritarle a su madre, y los chillidos resultaban cada vez más hirientes, cuando sonó el móvil de Thorne. Tony Mullen reaccionó enseguida para sacar a su hija de la habitación, mientras Thorne contestaba la llamada.

Al terminar, Thorne se volvió hacia ellos. Por si no habían podido sacar suficientes conclusiones de la conversación, levantó la mano rápidamente. Era un gesto tranquilizador para hacerles saber que las noticias no eran de las peores que podían esperar.

—Allí no había nadie —dijo él—. Entraron hace cinco minutos y el piso está vacío.

Desde el comienzo de las investigaciones del caso, Thorne ya había visto en varias ocasiones la misma expresión en la cara de Mullen. Una expresión de alivio se vislumbraba brevemente sobre una careta de pánico, que ahora se transformaba en rabia impensable.

Maggie Mullen respiraba haciendo ruido.

—Entraron allí muy rápido. ¿Cómo podían estar seguros de que no había peligro?

—Decidieron que no se podían permitir el lujo de esperar —dijo Thorne—. Entrar así de rápido siempre tiene sus riesgos, pero esperar podría haber resultado peor, y al menos la última vez no sirvió de nada. Había un vehículo de respuesta armada cerca y probaron suerte.

—Dijo que no habría armas —le apuntó con un dedo tembloroso, y escupió las palabras—. Me lo prometió.

—No —dijo Mullen con frialdad—. No prometió nada, joder.

—¿Hay algún sitio más? —preguntó Thorne—. ¿Algún sitio donde se lo podría haber llevado...?

Thorne se dio cuenta de que en cuanto se le ocurrió la idea a Maggie Mullen, ella sabía que era la acertada.

—A casa de su madre. Ella tenía una casita por los alrededores de Luton, allí, en medio de la nada —no podía mirar a su marido—. Estuve allí una vez.

—Llámalo —dijo Thorne.

Ella cerró los ojos, y con la mano se tapó la boca apagando el fin de su negativa.

—Llámalo...

Pasaron unos cuantos minutos hasta que Mullen y Thorne la vieron acercarse al bolso y sacar su teléfono. La observaron prepararse mentalmente, y marcar.

Y habló con el hombre que había secuestrado a su único hijo varón.

Le dijo que necesitaba hablar y que sabía que era tarde, pero que iría a verle. Insistió. Le dijo que sabía dónde estaba, y le juró que iría sola.

Reprimió nuevas lágrimas y respiró hondo antes de preguntar por Luke.

Entonces colgó.

Asintió...

Mullen se abalanzó sobre Thorne antes de que éste diera un paso.

—Voy contigo —dijo.

—No.

—A ver si tienes cojones de impedírmelo.

Thorne miró a lo que transmitían los ojos de Mullen y sabía que si se lo impedía, y la cosa llegaba a las manos, estaría metido en un buen lío.

—Realmente no es buena idea —dijo. Blandía su móvil—. No me obligues a traer un agente uniformado hasta aquí.

Se demoró unos segundos, pero finalmente se apartó, y cuando Thorne le preguntó dónde estaba la llave del coche, Mullen se la entregó. Al mirarle, Thorne de repente se acordó de lo que Hendricks le había dicho acerca de ver al niño sobre la cama que en realidad era un depósito de cadáveres. Thorne vio al hombre que sabía que la vida de su hijo estaba en manos de otro, y que sabía que su propio orgullo y estupidez habían contribuido a que estuviera en esa situación.

Thorne llevó a Maggie Mullen hasta la puerta y la abrió. Salió sin mirar hacia atrás y caminó hacia el coche. Thorne se volvió y entonces vio a Juliet Mullen sentada en medio de la escalera y a su padre subiendo la escalera hasta donde se encontraba sentada.

—Todo va a ir bien, señor —dijo Thorne.

Veintiséis

THORNE CONDUCÍA, Y ECHABA DE VEZ EN CUANDO UN ojo al mapa de carreteras desplegado sobre su regazo. Miraba el recuadro de campo que había entre Luton y Stevenage hasta el que Maggie Mullen decía que tenían que llegar. El Mercedes de Tony Mullen se tragaba el alquitrán, con la carretera A1 casi vacía cuando faltaba poco para las once; no tardarían más de veinte minutos en llegar.

Si conseguían encontrarlo.

Volvió a hablar con Porter mientras conducía hacia el norte. Le decía en qué dirección iba, explicándole la ruta más probable. Porter parecía tensa, sabiendo que poco podía hacer aparte de llevar a su equipo en la misma dirección y esperar instrucciones más específicas.

—Por supuesto que no hace falta decirte que me mantengas informado, ¿verdad?

—Entonces ¿por qué lo dices?

—Tom...

—Te enterarás del lugar en cuanto me entere yo —dijo Thorne—. *Si* me entero...

Miró brevemente el mapa otra vez, después de colgar, y luego observó a la mujer que iba en el asiento de copiloto. Apenas habían hablado después de marcharse de la casa de Arkley, y Maggie Mullen había pasado casi todo el tiempo mirando fijamente por la ventana; no quería arriesgarse a mantener ningún tipo de contacto hasta que fuera realmente necesario. Poco dispuesta o temerosa de llamar la atención de Thorne. De atraer su atención.

Siguieron en silencio, y sólo se oía el zumbido bajo del potente motor; se percibían el silbido de los neumáticos sobre una carretera aún húmeda, aunque había dejado de llover. Por supuesto que habría estado mal, horriblemente inapropiado, pero por unos instantes Thorne se había planteado la posibilidad de encender el estéreo. El ambiente dentro del coche se hacía cada vez más violento con cada minuto que pasaba y con cada kilómetro que recorrían.

Se preguntaba qué tipo de música le gustaría a Tony Mullen. Lo trivial de la ocurrencia le parecía un alivio grato para los pensamientos más oscuros que chapoteaban en su cabeza. La oscuridad se extendía, diluyendo los colores. Pensó en Tony Mullen esperando en su casa. Ya habría llamado a Jesmond, o algún amigo suyo bien situado. ¿Qué demonios les habría dicho, en caso de haberles llamado?

Thorne alcanzó los setenta kilómetros por hora por el carril de adelantamiento con la esperanza de que los chicos de tráfico del condado de Hertford estuvieran bien lejos de allí.

—Cree que debería haber hablado —dijo ella de repente.

Thorne fijó la vista sobre las luces traseras del coche que iba delante.

—Los cojones, claro que sí.

—Intentaba proteger a Luke.

—Sabe igual que yo lo ridículo que suena eso, ¿no?

—Me da igual.

—Eso es evidente.

—Sabía que no le haría daño.

—¿Sigue tan segura?

Dudó.

—¿Está segura de que guardar silencio sobre todo eso no tiene nada que ver con Sarah Hanley? ¿Con el hecho de que estaría metida en un lío igual que él, si todo saliera a la luz?

Tardó en contestar.

—Él dijo que iríamos a la cárcel los dos.

—Vale. Entonces utilizó su estúpida amenaza contra usted, ¿no?

Cerró los ojos.

—Sí.

Thorne soltó un gemido, satisfecho.

—No quería ir a la cárcel.

—Me preguntó cómo me sentiría sin mi hijo —dijo ella. Se notaba tensión en su voz, y dureza en la expresión cuando Thorne le miraba—. Me preguntó cómo pensaba que me sentiría si los perdiera a los dos. Si pasara los años que fuera allí dentro, mientras ellos crecían sin mí —se colocó el cinturón de seguridad por el pecho—. No, no quería ir a la cárcel.

—No es excusa —dijo Thorne—. Usted misma reconoció que no sabía lo que pasaba por la cabeza de este hombre. Que tenía miedo, que estaba fuera de control.

—Hablé con él —dijo—. Intenté mantenerle tranquilo, tranquilizarle si quiere, pero todo lo hice por Luke...

El pensamiento le llegó a Thorne con tanta fuerza que Maggie Mullen se alejó, deslizándose hacia la puerta del copiloto, cuando se volvió para mirarle.

—¿Qué le dijo del caso?

El silencio fue contestación suficiente.

—Le dijo que teníamos huellas dactilares, ¿verdad? Que conseguimos las huellas de Conrad Allen de la cinta de vídeo. Que estábamos cerca de conseguir una dirección.

—Pensé que lo dejaría todo si sabía que la policía estaba cerca. Quería que lo dejara.

—¿Qué hay de Kathleen Bristow? —Thorne se lo preguntaba a sí mismo a la vez que se lo preguntaba a ella. Intentaba montar las piezas por orden cronológico en su cabeza. ¿Kathleen Bristow había muerto antes o después de su entrevista con el asesino?—. Le dijo que nosotros preguntábamos por Grant Freestone, que hablaríamos con todos los miembros del tribunal...

—Se iba a saber de todas maneras —dijo ella—. Lo que había pasado. Pensé que si le hacía entender eso, dejaría que volviera Luke.

—Se equivocó —Thorne pisaba a fondo el acelerador y se aferraba al volante—. La mató, igual que mató a Conrad Allen y su novia, y me parece que de momento van tres muertes que se le pueden atribuir a usted...

—Por favor...

—Tres muertes más.

Se volvió. Apoyó la frente sobre la ventanilla.

—Pensara lo que pensara... lo único que usted hacía era pulsar todos los botones.

—No fue mi intención. Espero que Luke siga con vida, que no le hayan hecho daño, lo espero más que nada. Pero si no es así... —gimió, la cabeza deslizándose por el cristal—. Es probable que lo tenga bien merecido.

Thorne siguió, cruzando por donde estaban las indicaciones hacia Welham Green y Hatfield, pasando la salida hacia St. Albans, que tantas veces había cogido cuando aún vivía su padre.

El agua sobre la carretera emitía un sonido que les mandaba guardar un silencio largo y solitario.

Sin volverse, Maggie Mullen dijo:

—Estaba muerta cuando nos marchamos. Me refiero a Sarah. Había perdido tanta sangre.

Thorne pensó que le parecía realmente patética. Se sintió entumecido, frío, sin nada que le acercara a la compasión. Sabía lo que le podía estar esperando allá donde iban, y pensó que probablemente fuera mejor sentirse así.

—Sí. Y usted la vio morir.

Salieron de la A1 justo después de pasar Welwyn Garden City. Hasta aquel lugar ella podía recordar el camino, pero más allá era cuestión de suerte. Guardaba algunos recuerdos fragmentados del pueblo que buscaban: un caserón en las afueras, una iglesia... pero nada más.

A los cinco minutos habían entrado en otro mundo.

Había desaparecido la iluminación aérea, e incluso las marcas reflectantes de la carretera se habían esfumado, al transformarse la carretera en una comarcal; setos altos a cada lado y apenas sitio suficiente para que se cruzaran dos vehículos.

Thorne conducía tan rápido como podía, la luz larga rompiendo la oscuridad que se presentaba delante de él.

Pasaron despacio por un pueblo llamado Codicote. Casas estilo Tudor, pubs, el césped comunal del pueblo; Maggie Mullen buscaba desesperadamente alguna pista que le indicara que iban por buen camino. Thorne aceleró al salir por el extremo del pueblo, y pasó un señal que le agradecía haber conducido con cuidado; se volvieron a meter en el oscuro collar de caminos que ensartaban aquellos pueblos a dos o tres kilómetros de distancia entre sí.

Thorne soltó un taco y quitó las luces largas al encontrarse con otro coche doblando un recodo; frenó con demasiada brusquedad y se esforzó por llevar el Mercedes a la cuneta. Intentó mirar la cara del otro conductor al pasar, pero no pudo ver nada. Puso la larga otra vez, la luz iluminando ojos amarillos, desde el monte abajo, y a unos cincuenta metros más adelante algo cruzó rápidamente la carretera.

—Todas estas puñeteras carreteras son iguales —dijo Maggie Mullen.

Pasaron por Kimpton y Peter's Green. Se detuvieron y dieron la vuelta al llegar a un kilómetro del aeropuerto de Luton, y una señal les indicó que entraban en el condado de Bedford. Otra vez en dirección hacia el norte, pasaron por Whitwell, cruzaron el río Maran y entraron en el pueblo de St. Paul's Walden.

—Pare...

Thorne dio un frenazo. Sacó el brazo al ver a Maggie Mullen salir disparada de su asiento

—¿Qué?

—Ésa es la casa —señaló con la cabeza una cancela de hierro forjado, la silueta de una gran casa que apenas se vislumbraba en la distancia—. La visitamos una vez. Tenía algo que ver con la Reina Madre. Siga...

Al otro extremo de High Street le dijo otra vez a Thorne que parase. Señaló con el dedo hacia la iglesia. Una punta subía desde un torreón, cuyo perfil se destacaba contra el cielo de la noche.

—Ésa es —dijo ella—. Se puede ver la torre desde la casa. Desde el campo que hay al otro lado.

—Hay campo por todas partes —dijo Thorne—. ¿Por dónde?

Miró a su alrededor, indecisa.

Thorne eligió un camino.

Al salir del pueblo, los dos se sobresaltaron al sonar el teléfono de Maggie Mullen. Ella miró la pantalla. El teléfono temblaba en su mano.

—Es él...

Dijo que sí muchas veces; le dijo al que llamaba que le faltaba poco para llegar y que sólo quería hablar. Preguntó por Luke, y le suplicó al hombre al otro lado del teléfono que no le hiciera daño.

—¿Qué quería? —Thorne preguntó cuando había colgado.

—Saber dónde estaba. Que si andaba cerca.

—Dijo: «Sí, lo estoy haciendo, está bien». ¿Qué era eso?

—Estaba preocupado —dijo ella—. Me preguntó si iba conduciendo, y me dijo que esperaba que estuviera hablando con el manoslibres.

Thorne aceleró otra vez por el campo. Sonrió inexorable.

—Sabe que no está sola...

Cinco minutos más tarde Thorne giró para meterse por un camino estrecho, cubierto de vegetación y salpicado de charcos. El coche pasó traqueteando por una rejilla de ganado, siguiendo el camino hacia abajo para luego girar a la derecha, hasta que las luces iluminaron la casa a unos cientos de metros de distancia.

—Esa es...

No era lo que Thorne había esperado. No resultaba una casita de campo como cualquiera podría imaginarla. No era especialmente pequeña, y ni siquiera parecía tan vieja. Pero sí que estaba aislada.

No era precisamente la típica casita de cuento de hadas, pero sí el lugar para ciertas actividades.

Thorne redujo la marcha al acercarse. Las luces de dos habitaciones de la planta baja estaban encendidas.

—¿Qué vamos a hacer? —preguntó Maggie Mullen.

—Usted llamará a la puerta. Va a visitar a su novio.

—¿Y usted?

—No tengo ni idea —dijo Thorne. Paró el coche, se bajó y se alejó sin cerrar la puerta. Desde las sombras, a unos veinte metros de la casa, observó a Maggie Mullen que iba hasta la puerta principal. Vio cómo se abría la puerta y cómo entraba ella, lenta y rígida.

Entonces rápidamente se fue a la parte trasera del edificio.

Se quedó a oscuras casi inmediatamente. Con un empujón, entró despacio por una cancela baja de madera; el borde de la cancela se palpaba húmedo y podrido bajo los dedos. Al abrirla, se encontró con una mata de zarza. Al pasar por encima, acabó con hierba por las rodillas, áspera, mojada, y cuando consiguió ajustar la vista, Thorne vislumbró una tapia —más alta en algunas partes que en otras— que separaba el jardín del campo que había más allá.

Siguió pegado al lateral de la casa, alejándose sólo cuando tenía que rodear un largo pesebre metálico y lo que parecía una vieja pila llena de tierra y piedras. Se pilló la mano en algo mientras avanzaba despacio por la pared. Cogió aire y se limpió las gotas de sangre que manchaban la pernera húmeda del pantalón.

En la parte trasera de la casita había una mesa y sillas oxidadas. Una colección de pajareras. Un tendedero rotatorio que apenas sobresalía por encima de lo que parecía un metro de malas hierbas y cardos.

Thorne pegó la cara contra la ventana que sobresalía de la construcción. Atisbaba platos y cacerolas sobre el escurridor, la pantalla digital del microondas. Se veía una línea de luz a ras de suelo que penetraba desde alguna parte del interior de la casa.

La puerta estaba abierta.

Pensó que Porter estaría esperando su llamada. Y en el teléfono que estaba en el asiento delantero del coche...

En los instantes que transcurrían mientras notaba cómo la manija de la puerta cedía y la empujaba, Thorne consideró todas aquellas ocasiones en que se había enfrentado a una decisión similar. Las ocasiones en que no había sabido qué hacer, si hacer lo sensato, o decir: «A la mierda, qué más da». Y, en casi todas las ocasiones, había elegido mal.

Empujó.

Entró en una cocina oscura. Se acercó a la puerta por donde entraba la luz y pegó la oreja. Aunque no pudiera oír voces, algo había en la calidad del silencio desde el otro lado de la puerta que le indicaba que había gente en la habitación de al lado.

Thorne esperó.

Cinco segundos... diez.

Entonces percibió una voz que había oído antes.

—Por el amor de Dios, deja de perder el tiempo y entra de una puta vez.

Thorne respondió a la invitación e hizo justo eso, despacio. Más despacio en cuanto vio lo que le esperaba. Paso a paso, mientras su mente procesaba toda la información visual a ritmo vertiginoso, haciéndose preguntas:

¿Dónde está el chico?

Un hombre, una mujer, una cuerda, un cuchillo...

¿Dónde coño está el chico?

Veintisiete

—Sabía que mentías.

—Peter...

—Eso de venir aquí sola —Lardner se ajustó las gafas con un nudillo—. Lo sabía por la voz, más claro que el agua —se rio—. Quiero decir que ya la he escuchado mentir un montón de veces, ¿no? Tumbada a mi lado, desnuda, y diciéndole a su viejo que estaba liada con alguna reunión...

El zumbido dentro de la cabeza de Thorne se había ido apagando lo suficiente como para que pudiera formular una respuesta.

—Ha mentido a mucha gente —dijo.

Miró hacia el sillón protegido del polvo por una sábana, donde Maggie Mullen estaba sentada justo enfrente de él, debajo de una pequeña ventana. No le devolvió la mirada a Thorne. Los ojos se movían constantemente, entre Lardner, y la puerta marrón adornada de paneles a un metro o dos de distancia.

Lardner estaba sentado en el suelo apoyado sobre un sofá cubierto, que había quedado a la derecha de Thorne cuando había entrado en el pequeño salón. Llevaba vaqueros y una camisa color caldera, y las piernas encogidas en el pecho. Dejaban caer las manos entre las rodillas, y en una ellas llevaba un cuchillo de trinchar. La otra se agarraba con fuerza a un extremo de una cuerda, derecha y tirante, que desaparecía por la puerta debajo de la escalera.

El sótano. Tenía que ser.

Thorne hizo la pregunta, aunque la respuesta había llegado a ser horriblemente evidente nada más pisar la cocina.

—¿Dónde está el chico?

Se escuchó un ruido desde algún lugar debajo de ellos. La cuerda cambió de posición sobre las tablas del suelo pintadas de color blanco.

Luke Mullen seguía con vida.

Lardner se volvió hacia la puerta y gritó.

—Ya está bien, hijo, te dije que quería ver cómo la cuerda se mantenía tirante. Quédate ahí donde estás, y sube cuando yo te lo diga.

Maggie Mullen se echó hacia adelante en el sillón. Con los puños cerrados se agarraba a su jersey, pegando tirones.

— Por dios, Peter...

—Será mejor que te calles —dijo Lardner—. Hemos hablado de esto.

Parecía cansado, relajado. Miró otra vez a Thorne y puso los ojos en blanco, como si el otro hombre entendiera lo frustrante que resultaba todo aquello.

Thorne asintió tranquilamente, e intentó sonreír.

Lardner levantó la mano en la que llevaba el cuchillo y se la frotó por la coronilla. Lucía unos mechones despeinados de pelo oscuro y llevaba unos días sin afeitar.

—Estúpido —dijo Lardner—. Todo es tan estúpido, joder.

Una tabla crujió debajo de los pies de Thorne al cambiar de postura, y vio los ojos de Lardner que lo elegían como blanco en un segundo.

De relajado, nada...

—Deberías sentarte —con un gesto de la cabeza señaló un baúl de pino junto a la chimenea.

Thorne retrocedió hasta que sus gemelos tocaron el borde del baúl y se dejó caer despacio. Miró a su alrededor, como alguien que se planteara la posibilidad de alquilar la casa. El techo era de escayola con dibujos sofisticados, formando remolinos y salientes como la cobertura endurecida de azúcar glasé de un pastel. Había un pequeño cuadro de un paisaje en un marco laqueado, un barómetro de madera, una fila de libros de pasta dura sin sobrecubierta sobre estanterías a un lado de la puerta principal. En la chimenea, un ramo de flores secas sobresalía de un florero de piedra, cubierto de polvo.

—¿Por qué estamos aquí? —dijo Thorne.

Lardner parecía algo confuso.

—No recuerdo haber invitado a nadie.

—Sabes lo que quiero decir. ¿Qué hacemos aquí?

—Bueno, la pregunta es apropiada. Porque nada de esto tiene sentido, nada, pero realmente yo no soy la persona indicada para responder —tiró de la cuerda, quince centímetros... treinta, y se la enrolló por la muñeca—. No quiero parecer infantil, de verdad que no, pero yo no fui quien empezó esto.

—Por dios, Peter —de repente, por el tono de la voz, parecía que Maggie Mullen estaba enfadada—. A mí no me puedes echar la culpa de toda esta locura. Lo único que pretendía era poner fin a una relación. No hice nada malo.

Era como si no la hubiera oído.

—Ella cometió un error. Y supongo que desde ese momento todo se embarulló. Yo no me podía creer que quisiera hacerme tanto daño. Me convencí de que ella no sabía lo que hacía....

—Sí —dijo ella—. Lo sabía perfectamente.

—Perder a un padre o a una madre no es fácil, eso lo sabemos todos. Puedes entender lo duro que es —miró a Thorne, buscando una reacción—. ¿Verdad?

Thorne asintió.

El tono de Lardner parecía el de una charla normal, cualquier conversación.

—Hacer lo que hizo, cuando yo todavía estaba sufriendo por la pérdida de mi madre fue... un error. Así es como lo voy a llamar. Y es verdad, estaba desesperado, no me importa admitirlo, aunque no creo que eso me convierta en débil, o en menos hombre, o en lo que sea. No quería perderla, no quiero perderla, así que me agarré a ella como si me fuera en ello la vida. Fue entonces cuando ella empezó a hablar del asunto de Sarah Hanley, lo removió todo, hizo unas sugerencias estúpidas... y decidí que había que hacer algo.

—Solamente quería salir de esa relación —gritó Maggie Mullen—. La que estaba desesperada era yo.

Thorne miró la cuerda. El cuchillo. Tenía la sensación de que se le estiraba la piel por todo el cuerpo.

Lardner siguió hablando con Thorne, ignorando a la mujer que, por un motivo u otro, estaba detrás de aquella situación.

—En realidad debería haberme llevado al chico yo solo —dijo—. Pero era difícil, con el trabajo y todo eso. Me gasté todos mis ahorros en pagar a esos dos, eso sí lo digo. Quizás si hubiera vendido esta casa después de morirse mi madre...

Thorne conocía gran parte de lo que había sucedido, pero aún sentía curiosidad. Habían creído que la relación profesional de Neil Warren con Amanda Tickell era la conexión con Grant Freestone. Sin embargo, ahora Thorne recordaba lo que Roper había dicho sobre lo bien que se conocían Warren y Lardner.

—¿Neil Warren te presentó a la mujer?

Lardner sonrió.

—Neil es muy concienzudo —dijo—. Celebra reuniones de forma regular para algunos de sus antiguos pacientes, aunque la mayoría de ellos haya vuelto a tomar heroína, o cocaína, o alcohol, o lo que sea. Les da algo de comer, habla de Dios, ese tipo de cosas. Todo muy divertido...

La cuerda estaba deshilachada y sucia, y por su aspecto parecía una vieja cuerda de remolque. Thorne intentó no pensar en el chico que estaba en la otra punta. En el estado en que se encontraba.

—Conocí a Amanda y a su novio en una de las fiestas de Neil —dijo Lardner—. Y cuando buscaba la mejor forma de raptar al niño, supe que ella lo llevaba dentro, que era capaz. Siempre estaba desesperada por conseguir dinero.

El cuchillo se balanceaba despacio, la empuñadura entre el pulgar y el dedo índice de Lardner. Parecía como si perteneciera al mismo juego de cuchillos que había utilizado para matar a Allen y Tickell.

—¿Por qué tuvo que morir alguien? —preguntó.

—No voy a decir que me pareciera una buena idea en aquel momento, porque sería poco serio, y de hecho me pareció una idea muy mala. No pretendo ser irrespetuoso, y siento lo de Kathleen, pero como en el caso de los otros dos, no podía hacer otra cosa —por primera vez en unos minutos, miró a Maggie Mullen—. Mags me iba diciendo lo que tenía que hacer...

Maggie Mullen por poco dio un salto desde el sillón.

—¿Qué?

—Había sugerencias —dijo Lardner—. Hablamos por teléfono, hablamos en secreto... y cuando me contó lo que hacía la policía, lo de Freestone y eso...

—Quería que lo dejases, que te dieras cuenta de que no tenía ningún sentido.

—Sabía que realmente me estaba diciendo que hiciera algunas cosas. Que me protegiera.

—¡No!

Hubo un atisbo de sonrisa agradable.

—Entonces supe que sus sentimientos por mí eran tan fuertes como siempre.

—Se te ha ido la olla, Peter —evidentemente, ya se había dado cuenta; sin embargo allí, al verlo en persona, la impresión y la tristeza se hacían evidentes en la cara de Maggie Mullen—. Has perdido los papeles por completo...

Lardner miró a Thorne; se encogió de hombros y sonrió. Tiró de la cuerda para enrollar otros quince centímetros o así.

Se oyó un ruido sordo desde el sótano. Un zapato contra la escalera de madera.

—Suelta al chico —dijo Thorne—. Me quedo yo.

Lardner le miró.

—Nos quedaremos los dos. Pero podrías dejar que Luke se fuera de aquí.

Otro tirón, y más cuerda para recoger. Otro ruido sordo detrás de la puerta, y una voz indistinguible pero que claramente revelaba dolor.

Un sonido igual de doloroso salió de Maggie Mullen. Balbuceó «por favor» y «no», y luego dejó caer la cabeza hacia delante, hasta que la voz quedó amortiguada por las rodillas, y el terrible sonido de su súplica se convirtió en algo parecido a un gruñido animal.

Lardner se volvió y miró fijamente a la mujer a la que decía amar, como si algo más, algo que él no entendía, fuera responsable de su dolor.

Ella levantó la cabeza. Aguantó la respiración e indagó en la expresión de su cara.

Thorne no quitaba la vista de Lardner. Se preguntaba hasta qué punto tenía realmente puesta su atención en aquella mujer.

Miró brevemente el cuchillo en la mano izquierda del hombre. ¿Sería Lardner zurdo?

Thorne tanteó la posibilidad de mover ficha, pero no hizo nada.

—Vale... Venga ya.

Y en cuanto Larder se puso de pie y empezó a tirar de la cuerda para recogerla, ya estaban los tres de pie: Lardner arrastrando la cuerda hacia sí con una mano, girando rápido el brazo para enrollarla entre el codo y el puño, mientras que la otra mano seguía apuntando con el cuchillo de cocina. Lo único que podían hacer Thorne y Maggie Mullen era mirar fijamente esperanzados —atemorizados— la pequeña puerta marrón.

El silencio entre los ruidos sordos y los crujidos de pies sobre la escalera parecían manos tapando las orejas de Thorne, y seguía teniendo la sensación de que la piel se le iba encogiendo. Sentía como si apretara todos los huesos. Se imaginaba la presión aumentando sobre los músculos y las capas de grasa mientras se exprimían; la sangre corriendo, buscando la forma más fácil de salir al exterior rompiendo la carne que se estiraba y se hacía cada vez más fina. Por un momento extraño y sin guardar conexión con todo lo demás sintió cómo se acumulaba, a punto de manar por la pequeña herida de su mano, y apretó la palma de la mano con fuerza contra un costado de la pierna.

La cuerda ya estaba levantada en alto, y tirante.

El ruido sobre la escalera se volvía cada vez más fuerte...

Maggie Mullen tenía los dedos de ambas manos delante de su cara. Antes las había aplastado, apretando fuertemente contra su boca, esperando que la puerta del sótano se abriera de repente con un empujón, la puerta chocando contra la pared. Por fin entró su hijo dando traspiés.

Dio un grito cuando vio que su cara había desaparecido.

VEINTIOCHO

—SÍ, LO SIENTO —DIJO LARDNER—. PERO SE PUSO un poco nervioso cuando le dije que venías. Empezó a hacer ruido —había apuntado el cuchillo hacia Maggie Mullen cuando había dado un paso hacia su hijo y ahora torció la hoja para señalar su obra de arte—. Lo hice un poco deprisa. Me aseguré de que podía respirar, obviamente...

Le había colocado la cinta adhesiva apretada al máximo, dando vueltas por la cara de Luke Mullen, y con tanta prisa que lo que quedaba del rollo aún colgaba, golpeando contra el hombro del chico cuando se movía, o contra la cuerda que le había colocado al cuello y ahora estaba tirante, hasta el lugar donde Lardner permanecía de pie junto al sofá.

Luke se quedó de pie, balanceándose.

Llevaba el pelo cubierto de polvo de ladrillos, y la chaqueta azul marino del uniforme de Butler's Hall rota por el bolsillo y de color gris fantasmal por la suciedad. Una mano la mantenía quieta y rígida, pegada al costado, mientras que con la otra se agarraba a la cuerda que tenía al cuello. Thorne veía que los dorsos de las manos estaban casi negros de mugre, y ensangrentados.

Instintivamente, el chico se había acercado a su madre; su cuerpo esforzándose por aproximarse y retenido por la cuerda: gemía, gruñía, cuando Lardner le obligaba a retroceder. Había sonado una palabra desde el otro lado de la cinta adhesiva. Imposible de distinguir claramente, pero fácil de adivinar.

Dos sílabas.

—Mamá...

Maggie Mullen había intentado pronunciar el nombre de su hijo y se había perdido en un sollozo. Había movido los labios sin llegar a decir nada en alto al acercarse a donde se encontraba Thorne. Extendió una mano y se agarró a su chaqueta de cuero por el codo.

Thorne había permanecido inmóvil. A pesar de cualquier cosa que ella hubiera hecho o de la que fuera responsable, era imposible no sentir algo por esa mujer al ver lo que ella veía, observando cómo la miseria dejaba una huella cada vez más profunda en su cara.

Luke volvió a gritar.

La nariz tenía un tono rosado y carnoso un tanto extraño a través del hueco que dejaba la careta de cinta adhesiva. La línea torcida de la cinta terminaba por debajo de los ojos, que habían estado parpadeando sin parar; los ojos cada vez más abiertos desde que había salido de la oscuridad del sótano para entrar en el salón.

Lardner acercó al chico de un tirón, esta vez con más fuerza.

Apuntó otra vez con el cuchillo, ante la cara de Luke, a la puerta del sótano.

—En realidad, es estúpido —dijo—. Hay una luz que funciona perfectamente allí abajo, pero habría que cambiar la bombilla. Se fundió justo antes de morir mi madre y me pidió que la cambiase. Le dije que sí, pero ya sabes que nunca encontramos el momento para hacer esas cosas. Así que... —vio algo en la expresión de Thorne—. Ahora piensas que estoy igual de loco que Norman Bates, intentando mantener todo como estaba, ¿verdad? —sonrió—. No tengo a mi madre escondida en ninguna parte de la casa —con la punta del pie, alcanzó el borde de la sábana sobre el sofá—. Estas cosas son puramente prácticas, te lo prometo.

—Perdí a mi padre hace un año —dijo Thorne—. Hace casi justo un año.

La cara de Lardner se iluminó de alivio.

—Así que tú *comprendes*.

—Sé que es difícil. Pero nadie más tiene por qué pagar por ello.

—Ella no está pagando por eso.

—Entonces, ¿por qué?

—No se puede tratar a la gente como ella lo hizo. No a la gente que te quiere.

—Rompió porque se sentía culpable —dijo Thorne—. Pensaba en su familia.

A Lardner le hizo gracia.

—Nunca había pensado antes en ellos.

Junto a él, Thorne sentía cómo Maggie Mullen se agarraba con más fuerza a su brazo. Hablaba en voz baja a Luke, y le decía que todo iba a ir bien. Que pronto todo se habría terminado.

Luke asentía, y luego se tambaleaba al ser apartado de un tirón. Dio un paso y recobró el equilibrio, la mano agitándose nerviosamente donde la cuerda le cortaba la carne.

—Pase lo que pase —dijo Lardner—, pensará mucho más en ellos a partir de ahora.

Thorne observó la distancia entre él y Lardner.

No más de dos metros y medio. Al final de la cuerda, Luke estaba a otros dos metros más o menos a la derecha de Lardner.

—Me parece que todo sucedió en el momento menos oportuno —dijo Thorne—. Eso es todo. Probablemente no fue culpa de nadie...

Lardner tenía el cuchillo en la mano; el brazo extendido estaba rígido, temblando del esfuerzo y de la intención. Pero al hablar, el tono de su voz era tierno. Lleno de arrepentimiento.

—No pienso en otra cosa que no sea ella desde hace cinco años, y fue un flechazo, ¿sabes? Bueno, por lo menos para mí lo fue. Quizás lo que pasó con Sarah Hanley nos unió, hizo más fuerte lo nuestro —giró la empuñadura del cuchillo en su mano—. Intentó romper una vez, cuando su marido se enteró, pero yo sabía que ella sólo estaba haciendo lo que él le pedía. Así que no sabía si esta vez iba realmente en serio. No sabía que iba muy en serio... tan en serio como para romper cuando rompió. Ni siquiera imaginaba que podía ser tan cruel.

Los ojos de Maggie Mullen no se apartaron de su hijo, pero lo negó con la cabeza.

—Y yo no sabía cómo me iba a afectar. Quiero decir, lo mucho que me iba a afectar. No lo sabes, aunque lo veas venir, y yo no vi venir nada de nada. Ni lo de Mags, ni lo de mamá. Fue como un accidente de coche, ambas cosas sin esperarlas en absoluto; luego te quieres engañar pensando que lo has dejado atrás, pero hay un efecto retardado.

»Parecía como si todo le ocurriera a otra persona, y lo único que yo podía hacer era ver cómo la vida de esa otra persona se me escapaba de las manos, fuera de control. Incluso cuando me planteaba cosas terribles... mientras las estaba haciendo, no podía dominarlas... no podía detenerlas... no había manera de dar marcha atrás.

El cuchillo giraba con más rapidez en su puño, mientras las palabras salían cada vez más despacio.

—Simplemente todo se te escapa. ¿Puedes entender eso?

»Tu control... respeto por ti mismo... por la vida de otras personas. *Todo*. Por cambiar una puta bombilla...

Los labios aún se movían, sólo un poco, y miraba la hoja del cuchillo como si quisiera averiguar para qué servía. De repente, parecía perdido.

Thorne era la única persona en la habitación que no estaba llorando. Miró a Lardner y consiguió suprimir cualquier sentimiento de comprensión.

Se concentró en el chico.

Pensaba en el cadáver de Kathleen Bristow. Un camisón manchado. La pierna torcida como de un gorrión...

—Deja que Luke se vaya —dijo.

Lardner movió la cabeza negativamente. Thorne no podía estar seguro si era una negación, o el gesto de un hombre que se sentía inseguro. Distraído. No les separaban más de dos pasos...

Se le notaba más tenso. Consciente de los latidos.

A Lardner no le había preocupado usar el cuchillo antes.

Sería un milagro que saliera ileso.

Thorne no sabía qué hacer, porque no tenía idea de cuál sería la reacción de Lardner. ¿Soltaría el arma sin más, o acabaría con la vida del niño con la misma facilidad con la que había acabado con la de una anciana? Fuera como fuese su apariencia, y por muy hundido y confuso que pareciera, la reacción imprevisible del hombre que tenía frente a él le convertía en igual de peligroso que cualquier matón de banda o un puto sicópata al que jamás se había enfrentado Thorne.

Algunos años antes, en una situación parecida, había permanecido inmóvil mientras un hombre apuntaba al cuello de una agente con un cuchillo. Thorne había seguido las órdenes; temía que cualquier intento de heroicidad le costara la vida a la agente.

Y de todas maneras la había visto morir.

El chico se había quedado totalmente quieto. Se le habían cerrado los ojos. Fueron las palabras de su madre —llamándole por su nombre, preguntándole una y otra vez si se encontraba bien— las que de golpe parecieron devolver a Lardner al presente.

—Está bien, de verdad —dijo Lardner—. Nos hemos hecho muy amigos, ¿verdad que sí, Luke?

Luke abrió los ojos.

—Hemos charlado mucho allí abajo, pienso yo.

—No...

Thorne vio el espasmo de pánico aparecer alrededor de los ojos de Maggie.

—Hablamos de un montón de cosas.

—¿Qué cosas?

Se encogió de hombros.

—La familia, ya sabes. Las cosas importantes...

—No...

Luke Mullen emitió un gemido. Un «no» largo y desesperado tapado por la cinta.

—La verdad es que no pensaba hablar de eso ahora —dijo Lardner—. Pero ya que lo mencionas...

Estaba a menos de dos pasos. Pero sabía que Lardner podría llevar el cuhillo al cuello de Luke antes de que le alcanzara.

—¿Qué le dijiste a mi hijo?

—¿Quieres que lo repita? Estoy seguro de que a un agente de policía no le vamos a dejar impresionado.

—¡Ya está bien!

—¿Y si le decimos lo que hacíamos tú y yo en la cama? ¿Qué te parece si le explicamos la razón por la que empezaste aquella relación conmigo?

Si ella se abalanzara sobre su hijo, si pudiera distraer a Lardner sólo un segundo... Pero no había forma de hacérselo saber.

—Luke, escúchame. No sé lo que te ha contado...

—Más te vale admitir que no era por mi atractivo físico.

—Está enfermo. Lo sabes ya, ¿verdad, cariño? Sabes que está enfermo...

Tendría que ir a por la mano izquierda, a por el cuchillo. Quizás si Luke fuera rápido, y se quitara de allí al mismo tiempo, podría pillar a Lardner con el equilibrio perdido...

—Empujada hasta mis brazos —dijo Lardner—. Creo que es una buena descripción.

—Todo lo que dices es retorcido.

—Lo cierto es que fuiste alejada a la fuerza de los brazos de tu marido.

—Por favor, mírame, Luke.

—Creo que ya nos conocemos todos bastante bien, así que una verdad como un templo no nos va a hacer daño ¿verdad?

—Luke. ¡Por favor!

Nunca llegaría el momento perfecto. Simplemente había que elegirlo...

—¿Por qué no se lo cuentas todo al señor Thorne? —Lardner la miraba, la expresión de la boca dura y seria, pero algo más suave en sus ojos—. La razón por la que no soportas que te toque...

El sonido era espantoso, el alarido de furia y de horror vibraba debajo de la cinta adhesiva. Luke intentó acercarse a su madre, pero al sentir el tirón en sentido contrario, dejó que el impulso le llevara con fuerza hasta chocar contra Lardner, de manera que cayeron los dos sobre el sofá.

Thorne se dio cuenta de lo que estaba pasando demasiado tarde.

Vio levantarse la mano que el chico había mantenido pegada a su costado. Vio cómo le brillaba algo en la mano. Oyó un suspiro al penetrar la carne, y luego el chasquido.

Y entonces todo comenzó a suceder a una velocidad endiablada. Salpicado de chillidos y de color rojo.

Antes de que se diera cuenta, estaba a los pies de Lardner.

Miró el fragmento como de loza rota que Luke había dejado caer. El borde estaba ensangrentado, y podía ver que la cinta adhesiva, que envolvía un extremo como una empuñadura, estaba mojada de sudor.

Parecía cristal de un marco. Fino, que se rompía con facilidad.

Buscó el fragmento que había acabado en el cuello de Peter Lardner. Vio que se había perdido bajo las burbujas de un charco escarlata.

Maggie Mullen permanecía de rodillas, hablando muy bajo.

Un brazo rodeaba con fuerza el cuello de Lardner, los dos empapados de sangre.

Y el otro brazo intentaba desesperadamente alcanzar a Luke, la mano agitándose nerviosamente, tratando de llegar hasta Luke que se hallaba a escasa distancia, todavía chillando como si fuera un idioma que acababa de aprender.

Los ojos del chico estaban muy abiertos: locos de horror y de euforia.

Y de otra cosa que Thorne no sabía nombrar, pero que percibía con fuerza, como algo más impactante que toda la sangre que corría por entre las ranuras de las tablas astilladas.

Veintinueve

Habían bebido vino y un whisky antes de volver al piso de Thorne; y después de bastante cerveza se habían dado el primer beso.

Eran poco más de las seis de la mañana, y fuera amanecía.

Estaban tirados en el sofá, riéndose; se rozaban los brazos y piernas, y seguramente terminarían en la cama de un momento a otro, después de sofocar otro tipo de emociones.

—Me pregunto si Hignett y Brigstocke ya se han puesto a discutir sobre quién se pone las medallas —dijo Porter—. Si ya habrán decidido cómo se van a repartir los méritos.

Thorne sonreía con cara de idiota, igual que Porter, pero consiguió adoptar una cara de seriedad simulada.

—Pues para nosotros son tres asesinatos, eso está claro. Cuatro, si se incluye el de Sarah Hanley. Para los tuyos os podéis adjudicar el secuestro, ¿qué te parece?

—¿Ah, sí?

—Aparte de cualquier asuntillo extra que vaya surgiendo, como los sellos de la ITV caducados, y ese tipo de cosas...

—Eres muy generoso.

—La leche de generoso, si quieres saber mi opinión.

Porter arqueó las cejas.

—Si Lardner hubiera estado en ese piso en Catford y vosotros lo hubierais cogido, seguro que estaríais pidiendo que se os adjudicaran todos.

—En eso puede que tengas razón.

—Toda la razón del mundo —dijo Thorne—. Así que cállate.

Sonrió; la típica sonrisa de borrachín que aparecía lentamente pero terminaba en una sonrisa enorme.

—Así que... cuando entraste arrasando en esa casita... sin tomar la molestia de avisarme, ni a mí, ni a nadie...

—Yo no diría *arrasando.*

—¿Cómo lo describirías tú?

—No había tiempo para llamar. No sabía lo cerca que estabas...

—No te molestaste en averiguarlo.

—Tomé una decisión, igual que hiciste tú cuando entraste en el piso.

—¡No entré *sola!*

—Mira, ella estaba atemorizada con la idea de que entrara allí una unidad armada, después de lo que pasó en Bow... ya sabes. Y yo simplemente pretendía...

Thorne infló las mejillas, y tiró la toalla. Sabía que ella le había pillado.

—Quizás era tu manera de vengarte de nosotros por haberte dejado en la furgoneta cuando entramos en casa de Allen.

Thorne parecía muy sorprendido

—¿De verdad crees que me fijo en detalles tan estúpidos e insignificantes?

—Pues sí, se me había ocurrido.

—Por supuesto que tienes razón. Me fijo mucho en esos detalles estúpidos e insignificantes —se le acercó—. Vengativo. Rencoroso. Soy un tipo espantoso...

Se besaron otra vez, esta vez durante más tiempo.

—Te pido disculpas por el olor —dijo Thorne—. Sólo tenían el jabón ese industrial, tú ya sabes, esas pastillas de mierda color verde.

Thorne se había duchado en el hospital.

—Son cinco asesinatos —dijo Porter—. Dijiste cuatro.

Asintió.

Parecía cristal de un marco. Fino, que se rompía con facilidad...

Peter Lardner había muerto en una ambulancia que había tardado veinticinco minutos en llegar a la casa.

—Otra razón más para no vivir en el campo —había comentado Thorne.

Porter buscó la lata de cerveza que estaba en el suelo.

—¿Qué hay de Luke?

Thorne no podía quitarse de la cabeza la imagen de la cara del niño, cuando por fin le habían quitado la cinta. La cara colorada del adhesivo, y mojada, pero por los ojos seguía asomando esa expresión enloquecida.

Enloquecido, como las palabras escritas de mala manera en un momento de ira sobre la pared detrás de un póster.

—Está vivo, supongo que eso es lo que realmente importa. Pero no va a despertar mañana y a seguir con su vida sin más. A partir de ahora todo eso forma parte de él. Superar una cosa así es cuestión de mucho apoyo, y sinceramente no sé si realmente volverá al entorno de una familia —miró a Porter, y notó la expresión de su cara—. ¿Qué pasa?

—Me refería al caso que tiene pendiente.

Thorne se encogió de hombros, y cogió su propia lata de cerveza.

—Ni puta idea. *Tendrán* que acusarlo...

Los dos bebieron un sorbo. Thorne le preguntó a Porter si tenía hambre, y ella le contestó que ojalá hubiera comido algo antes de empezar la celebración. Thorne se levantó y se fue a la cocina para hacer tostadas para los dos.

Entre la cocina y el salón hablaron tranquilamente de cuestiones intrascendentes, para que se calmaran los ánimos. Como si hubieran estado por allí bailando toda la noche, o en una fiesta.

Como si nadie se hubiera desangrado.

Thorne estaba pendiente del grill pero se volvió al escuchar cómo Porter se levantaba para cruzar la habitación hasta el equipo de música. Le dijo que pusiera algo de música. Se disculpó por la falta de música de Shania Twain. Comprobó las tostadas, y les dio la vuelta sobre la rejilla del grill, y entonces sintió los dedos de ella sobre el hombro.

Al girar, ella se arrimó a él, con una mano en su cara y la otra escarbando por los botones de su camisa.

—¿Dejamos las tostadas para luego, entonces? —dijo Thorne.

La lengua de Porter le sabía dulce en su boca, con sabor a alcohol. Dobló un poco las rodillas para rozarse con ella, y se alejaron tambaleando del horno, los labios pegados, las encías y dientes chocando entre sí.

Ella se apoyó sobre la mesa de cocina y él la siguió, sintiendo el impulso y el deseo, y luego repentino el dolor vertiginoso que le recorría la pierna desde el muslo hasta el tobillo.

Thorne esperó a que acabaran de besarse, antes de soltar un grito.

Cuarta parte

UNA IMAGEN DEL DAÑO

Treinta

Thorne se quedó tumbado, totalmente quieto dentro del túnel estrecho blanco, intentando escuchar a Johnny Cash.

La música sonaba muy débil en sus auriculares, casi ahogada por el ruido de escáner de resonancia magnética que lentamente componía una imagen de su columna. Del estado en que se encontraba. Por el sonido, similar al de un taladrador neumático, parecía que estaba escuchando un remix radical en versión tecno de la canción *Man in Black*, pero seguía siendo la mejor alternativa. Le habían dicho que podía elegir un cedé para los veinte minutos que estaría dentro del escáner, pero Thorne había decidido no arriesgarse y se había llevado consigo su compacto de *The Man Comes Around.* Y menos mal que se le había ocurrido. Lo poco que oía era mejor que lo que figuraba en la lista plastificada que había encontrado en el vestuario.

Jamie Cullum, Katie Melua y la Norah Jones de los cojones.

Seguía tumbado, totalmente quieto como le habían dicho, esforzándose por oír. La mano sobre el botón de pánico que le habían dicho que apretara si se sentía incómodo o alarmado por la razón que fuera; por si quería parar el procedimiento.

El ritmo de la máquina, el triquitraque repetitivo, como un zumbido que hubiera sido ralentizado, empezó a desaparecer. Le relajaba el ruido.

Empezó a dejarse llevar, y a reflexionar. El tiempo y el espacio dentro de su cabeza, un lujo que había que saborear. Era como meterse dentro de sábanas limpias después de pasar demasiado tiempo en una cama manchada y apestosa.

Habían pasado seis días desde que aquello terminó. Al menos, el final de una primera parte.

Ahora todo estaría en manos de jueces y abogados, y lo único que podían hacer Thorne y los demás era proporcionarles el material, con la esperanza de que tomaran decisiones acertadas.

Ya habían tomado dos decisiones muy valientes.

A Luke Mullen se le había acusado del asesinato de Peter Lardner, aunque había motivos para pensar que, llegado el momento del juicio, el jurado no le iba a condenar. Thorne estaría más que dispuesto a presentarse como testigo de la defensa, y creía que la existencia de circunstancias atenuantes que acabarían absolviendo a Luke era probablemente el motivo —junto con el puesto anterior de Tony Mullen— por el que el magistrado había decidido dejar al chico bajo la custodia de su padre.

Por supuesto, había unas condiciones muy estrictas. Luke tendría que presentarse en la comisaría de forma regular. No volvería al colegio.

Había sido una decisión igual de valiente encarcelar a Maggie Mullen en la cárcel de Holloway en espera del juicio.

Valiente, aunque al final al magistrado le quedaban pocas alternativas. El cargo de intentar obstaculizar la marcha de la justicia, con respecto a la muerte de Sarah Hanley, sin duda suponía libertad bajo fianza. Se acordó una fianza de cincuenta mil libras. Sin embargo, al negarse Tony Mullen —la única persona en situación de pagarla— a presentarse como avalista del dinero, el tribunal no tuvo otra opción que enviarla a la cárcel.

Thorne se acordó de la cara de Tony Mullen en el salón, mientras su mujer realizaba aquella confesión. Imaginó que la decisión de encarcelarla le habría resultado más fácil que al magistrado.

¿Qué le había dicho Thorne a Porter esa noche?

Sinceramente no creo que vuelva al entorno de una familia...

Y sin pedirlo, mientras permanecía quieto y tumbado, voces distintas, otras cosas que se habían dicho, empezaban a ocupar un sitio en su interior. Llegaban a la deriva desde la nada, y se acomodaban, o bien entraban de repente por la fuerza, exigiendo su atención.

Una serie de comentarios y sugerencias que empezaban a entrelazarse o entretejerse; le atormentaban a la vez que le iluminaban.

Insistentes...

—*Siempre me ha parecido más importante el factor sexual del ataque.*

—*Escucha, acepto toda la evidencia sobre el hecho de que los maltratadores son personas que han sufrido malos tratos en sus propias carnes...*

—*Quizás no era a Luke a quien llamaba.*

—*Ya investigamos a los padres.*

Hasta que por fin sólo cabía una sola gran idea, y el ruido dentro de la cabeza de Thorne se hacía cada vez más fuerte, más difícil de ignorar que el ruido que provenía de la máquina.

Lo que Lardner había dicho. Lo último que había dicho.

—*¿Por qué no se lo cuentas al señor Thorne? El motivo por el cual no soportas que te toque...*

Thorne se quitó los auriculares y pulsó el botón de goma.

Jane Freestone se levantó y trató de alejarse al verlo acercarse. Thorne la vio caminar hasta la valla, escupir y encender un cigarro. Luego se sentó al lado de su hermano sobre el banco.

Estaba sentado en el mismo banco cuando fue detenido por Thorne y Porter una semana antes.

—Me cago en tus muertos, joder —dijo Freestone.

—Tranquilízate.

—Estoy aquí con mi hermana, ¿vale?

A Freestone le habían soltado de la cárcel de Lewisham el mismo día en que habían acusado a Maggie Mullen. Ahora, aparte de tener que asistir a sesiones de rehabilitación obligatorias, y de presentarse semanalmente para firmar el registro de los condenados por delitos sexuales, volvía más o menos a ser dueño de su vida. Sin embargo Thorne pensaba informar a los que necesitaban saberlo de la realidad de esa vida, y con qué frecuencia se sentaba en un parque de la zona, el banco que más cerca estaba del área de juegos infantiles.

—No deberías ser tan capullo —dijo Thorne—. Si no llega a ser por algunos de nosotros, estarías en prisión preventiva por lo Sarah Hanley, muy pendiente de lo que te pudiera pasar por detrás en la cárcel de Belmarsh o en la de Brixton.

—Gracias. Pero vosotros sois los mismos cabrones que me detuvisteis la primera vez.

Tenía razón.

—Sin embargo, todo ha salido bien —dijo Thorne.

Corría un poco de aire, pero la tarde era muy agradable. Thorne se quitó la chaqueta y la colocó sobre las rodillas. Pétalos de la flor del cerezo se balanceaban a lo largo del camino, y el envoltorio de un helado se pegó al lateral de una papelera, junto al banco.

—No me lo podía creer cuando me enteré —dijo Freestone—. Me refiero a esa mujer. La esposa de Tony Mullen, y su novio.

—¿Llegaste a conocerla, cuando se llamaba Margaret Stringer?

—Yo únicamente trataba con la asistente social, con la señora Bristow —se volvió hacia Thorne—. Lo sentí mucho cuando me enteré de lo que le pasó. Era una buena persona. El tipo que la mató merecería todo lo que le echaran, si quieres saber mi opinión.

Thorne cambió de postura ligeramente y volvió a acomodarse, hasta que el dolor hubo desaparecido.

—¿Así que fue una sorpresa para ti cuando te enteraste de lo que le pasó de verdad a Sarah Hanley?

—Pues sí que lo fue.

—Te sorprendió saber que fue la mujer de Tony Mullen, y no el mismo Tony Mullen, ¿verdad?

—¿Cómo?

—Imagino que tú creías que Mullen te había tendido una trampa. No digo que pensaras que lo hubiera hecho él mismo, pero para él era suficiente poder

charge you for it

endosártelo. Le habría encantado haberte quitado de enmedio, eso es lo que tú creías, ¿verdad que sí?

Freestone se encogió de hombros, jugando nerviosamente con la perilla.

—No hay ninguna razón para que no me lo cuentes, Grant. Mullen ya no está en condiciones de hacerte daño. Ni tampoco de hacerte ningún *favor*.

Hasta aquí había llegado Thorne, después de dar una serie de saltos. Una secuencia de posibilidades grises que le conducían a la oscuridad. Iluminaba el rincón más negro de esa oscuridad...

Si la naturaleza del crimen cometido por Adrian Farrel hubiera sido, a cierto nivel, una reacción al abuso, ¿era posible que hubiera sufrido ese abuso en su propia casa?

Si las llamadas de casa de los Farell a casa de los Mullen hubieran sido llamadas entre los padres y no entre los hijos, ¿de qué habrían podido hablar?

¿Y qué temía Maggie Mullen tanto que Lardner pudiera revelar? O que ya había revelado, susurrando cuatro verdades envuelto en la oscuridad polvorienta de aquel sótano...

Puede que Thorne nunca llegara a saber si había llegado hasta allí por el camino correcto, pero sabía que estaba en el lugar correcto. Convencido de que con su actitud de no mencionar a Grant Freestone, Tony Mullen pretendía ocultar algo más que una aventura de su mujer.

Sólo Freestone se lo podía aclarar.

—A mí no me pareces el tipo de persona a la que le gustan los niños —dijo Thorne.

Freestone se volvió. Los labios se pusieron blancos por la presión sobre los dientes.

—No me lo pareces, es así. Tampoco tengo mucha idea del aspecto de una persona a la que le gustan los niños —señaló con un gesto de la cabeza a dos ancianos, que mantenían una animada conversación sentados sobre un banco cercano; un hombre más joven se les acercaba haciendo footing junto a una joven.

—Ellos no tienen pinta de pederastas... él tampoco —señaló a un hombre muy delgado, que miraba para otro lado mientras su perro hacía sus necesidades sobre el borde del césped—. Ahora bien, él sí que lo parece, y seguro que me estoy equivocando, ¿no crees?

—¿Qué esperas que te diga?

—La mayoría de nosotros no tenemos un sentido que nos permita percibirlos, a eso me refiero. No podemos reconocer a alguien con esos impulsos o deseos. No podemos recoger las señales, los signos, suponiendo que los hubiera —enderezó la pierna y echó los hombros hacia atrás—. Pero me pregunto si tú serías capaz...

Freestone no dijo nada.

—No amenazaste a Tony Mullen con violencia —dijo Thorne—. No le amenazaste con atacarle a él o a su familia. Le amenazaste con desenmascararlo. Tú sabías lo que era.

Esperaron, observando mientras pasaban por delante los corredores de footing.

—No se trataba simplemente de reconocerlos —dijo Freestone—. No tengo más idea que tú. Eso son gilipolleces.

—Entonces ¿de qué se trataba?

—Le había conocido antes, ¿vale? En una barbacoa, un domingo por la tarde en casa de... una tercera persona. Hablamos de ciertas cosas, dos de nosotros, más tarde hubo un intercambio de material en la planta de arriba. Nada muy fuerte, pero seguro que conocía a mucha gente. Sabía dónde encontrar las mejores páginas web, y por aquel entonces tampoco había tantas. Obviamente nunca supe que era poli, pero lógicamente tampoco iba a ir por ahí proclamándolo.

—La verdad es que no.

—Por poco se cagó allí mismo cuando entré en aquella sala de entrevistas, y me reconoció.

—¿Así que le amenazaste?

—No me sirvió de nada. Mullen me dijo que podía hacer lo que quisiera. Me dijo que diría que había estado trabajando en secreto por su cuenta, para infiltrarse en un conocido grupo de pedófilos, y para recoger pruebas o lo que fuera.

—No le habría resultado tan fácil.

—Eso es lo que yo pensaba, pero no le importaba nada, todavía le quedaban otras opciones. Me dijo que se aseguraría de que me dieran un buen repaso dentro de la cárcel si decía algo. Y eso sí me parecía algo que podía hacer sin problemas, así que mantuve la boca cerrada.

—Sin embargo, todo cambió cuando te soltaron —dijo Thorne.

Uno de los niños de Jane Freestone, al que había visto en su casa con Porter, se acercó corriendo, pidiendo caramelos. Freestone le contestó que a lo mejor más tarde, y el chico se volvió despreocupado, como si no pudiera recordar lo que había pedido.

—Vino a verme —dijo Freestone—. No tan arrogante. Empleaba una actitud políticamente más correcta o como quieras llamarlo, como ya era inspector jefe...

Thorne no podía evitar sonreír al oírlo.

—Me dijo que podía hacer algo por ayudarme si seguía guardando ciertas cosas en secreto. Me dijo que podía influir en la evolución de determinados acontecimientos...

—Porque su mujer formaba parte de tu tribunal del disp.

—Pero yo no lo sabía en ese momento. No tenía ni idea a lo que se refería. Pero entonces pasó lo de Sarah, y ya no importaba. Me fui...

—¿Creías que eso era cosa de Mullen?

Sorbió por las narices.

—Se me ocurrió que podía ser así. Pero al final no iba a cambiar nada, ¿no? Y yo no estaba dispuesto a quedarme por aquí ni a intentar convencer a nadie.

—Ese *material...* —dijo Thorne.

Freestone cerró los ojos durante algunos instantes.

—Vamos. Fotos, cintas, o lo que sea.

Lo que sea...

—¿Te suena de algo el nombre de Farell?

Freestone lo negó con la cabeza.

—¿Vais a detener a Mullen?

—¿Cómo te sentirías si lo hiciéramos? —preguntó Thorne—. Sé que tienes motivos de sobra para que te caiga mal, pero ¿no sientes un poco de... compasión por él? ¿Cómo puedes creer que realmente sea culpable de algo?

Freestone se dejó caer un poco hacia atrás, espiró a fondo como si ya estuviera harto y extendió los brazos.

—Mira, hace un día muy bueno, ¿vale? Vengo aquí por el paisaje.

—Más te vale que estés hablando de los árboles —dijo Thorne.

Vio a Freestone alejarse en dirección a su hermana y sus sobrinos. Llevaba flores de cerezo pegadas a las suelas de los zapatos.

Empezaba a oscurecer, y a lloviznar un poco.

Thorne estaba sentado en el BMW frente a la casa. Se frotó el cuello —dolorido después de estar girado mucho tiempo observando la puerta principal— y miró su reloj. Sabía a qué hora la unidad de OE5 había planeado llamar.

Ya llevaban allí dentro una hora y media.

Imaginó que Mullen se habría mostrado despreocupado al principio, incluso aburrido. Se había acostumbrado a que le enseñaran las placas al llegar a su casa. Thorne se preguntaba cuánto habría tardado en agriarsele la expresión de la cara al oír a los agentes explicarle a qué unidad pertenecían.

Al abrirse la puerta, Thorne vio primero al mismo Mullen. Entonces advirtió a Luke, tirando de la parte de arriba del chándal de su padre, claramente muy turbado.

Jesús...

El chico desapareció de vista, ayudado con suavidad a volver a entrar en la casa, y la puerta se entrecerró otra vez; después dos agentes —un hombre y una mujer— acompañaron a Tony Mullen por el camino hacia los coches.

No iba esposado.

En este momento sólo querían hacer preguntas...

Thorne sabía que habría otros tres o cuatro agentes dentro todavía. Que pronto empezarían a sacar papeles, ordenadores, cajas de cintas de vídeo y deuvedés, tras la marcha de los ocupantes de la casa.

Unos minutos después de llevarse en coche a Mullen, habían salido con los niños.

Thorne miró a Luke Mullen caminar como sonámbulo por el camino de entrada de los coches. El brazo de su hermana le rodeaba la cintura, y una agente de policía apoyaba suavemente su mano en el hombro del chico.

Se lo preguntaba otra vez: no había parado de hacerse preguntas sobre Tony Mullen y sus niños.

Thorne recordaba las excusas desesperadas de Adrian Farell en el *agujero*, al interrogarle sobre las llamadas de teléfono. Thorne había llegado a darse cuenta de que Farell, a pesar de lo que sospechaban que había sufrido, realmente había estado intentando proteger a su padre más que a sí mismo.

Thorne no podía saber si los niños de Tony Mullen habían sufrido a manos de su padre. Obviamente eran ganas de pensar en positivo, pero tenía cierto sentido que al menos uno de ellos hubiera podido librarse del abuso en aquella casa. Maggie Mullen había mostrado bastante temor a lo que Lardner le hubiera podido contar a su hijo; se convenció de que era algo que Luke no había sabido antes.

Negación. Creencia.

Maggie Mullen era una mujer atormentada por ambas cosas...

—¿Por qué sigue con él? —Thorne le había preguntado.

—Hace años, le dejé una vez —arañaba la superficie de la mesa llena de marcas con lo que le quedaba de la uña. Hacía un poco de frío en la sala de visitas legales y Thorne no se había quitado el abrigo, pero a Maggie Mullen no parecía importarle el frío—. No tardé mucho en volver.

—¿Por qué volvió?

—Por los niños.

—Podía habérselos llevado. Se habría quedado con los niños en cualquier divorcio.

—Quieren a su padre —dijo ella—. Él los quiere mucho también, más que a nada en el mundo...

Thorne no había ido a la cárcel de Holloway porque le pareciera que podía ayudar en el caso contra Tony Mullen. No tenía idea de si algún día llegarían a procesar a Mullen. Ya no estaba en sus manos.

Las respuestas que él había ido buscando eran exclusivamente para su propio beneficio, y para nadie más.

—Tony nunca le hizo nada a sus niños —dijo ella—. Nunca.

Thorne quería preguntarle si estaba segura, cómo demonios podía estar realmente segura, pero la pausa se llenó con una súplica para que no preguntara tal cosa.

—Ya ha visto lo que todo esto le ha hecho a Luke —dijo ella—. Y lo que Lardner le contó. Quiere a su padre, y Juliet también.

—¿Y usted, qué pasa? No entiendo cómo puede...

—Le quería —por la expresión de su cara, dejó muy claro que ni ella misma sabía si se consideraba una mártir o una imbécil—. Siento lástima por él, porque está hundido. Odia lo que hizo...

—Lo que *hizo*. Utilizando el tiempo pasado del verbo.

—Utilizando el tiempo pasado...

Thorne esperó.

—Sólo eran imágenes —dijo ella—. Algunas imágenes de niñas, hace años. No había nada más.

Otra vez, Thorne quiso preguntarle cómo diablos podía estar tan segura, pero sabía que no tenía ningún sentido. Ella se habría hecho la misma pregunta un montón de veces.

Igual que la pregunta que Thorne se había estado haciendo sobre el inspector jefe Trevor Jesmond. Sobre el motivo por el cual nunca había mencionado a Grant Freestone. Thorne no sabía si hablar de sus preocupaciones a los que podían actuar sobre ellas. No podía estar seguro de que la pregunta surgiera de su instinto, o de algo más rencoroso...

Maggie Mullen empujó la silla hacia atrás. Lista para irse.

—Sin embargo, querías a Peter Lardner —dijo Thorne—. ¿Verdad que sí?

Al final lo había notado. Lo había notado claramente en la sangre que borboteaba y corría encima de ella mientras abrazaba al que había sido su amante. Ahora, por primera vez después de traerla a la pequeña sala fría, Thorne advirtió que algo se suavizaba en las facciones de la mujer. Vio cómo se desdibujaba el dolor alrededor de los ojos y de su boca.

—Hubo un tiempo en que estuve obsesionada con él. Tan obsesionada como él por mí.

—Podían haber estado juntos, eso es lo que no consigo entender. Usted y Lardner, y los niños...

Volvieron a aparecer el dolor y la desesperación de antes. Se acomodaban en las arrugas de su cara, mientras pensaba qué decir:

—¿Usted siempre ha hecho lo correcto?

La mentira salió con facilidad.

—Siempre —dijo Thorne.

Maggie Mullen no dio muchas muestras de creerle, ni tampoco de no creerle, mientras se levantaba de la silla despacio, arrastrándose por delante de Thorne camino de la puerta, donde le esperaba el carcelero. Los ojos bien abiertos, mirando para el frente.

Los mismos ojos que su hijo...

Con los ojos bien abiertos, mirando al frente, el rostro de Luke aparecía gris debajo de la visera de una gorra de béisbol. Thorne le observaba mientras le llevaban al otro lado del coche. Mientras se agachaba para montarse.

Thorne volvió la vista atrás y se encontró mirando directamente a Juliet Mullen.

Fue cuestión de unos instantes, y su cara estaba tan falta de expresión como la de su hermano, pero Thorne advirtió únicamente una mirada acusadora.

Arrancó el coche y subió el volumen de la música.

Se preguntaba por qué nueve veces de cada diez el hecho de hacer lo correcto le hacía sentir tan horriblemente mal.

EPÍLOGO

THORNE RECOBRÓ LA CONCIENCIA SEDIENTO Y CAYÉNdosele la baba, con lágrimas en los ojos.

Había visto al viejo haciendo acto de presencia, mientras se hallaba bajo los efectos de la anestesia. No había dicho gran cosa, pero estaba allí vigilando, en un segundo plano. Tenía la sensación de que su padre, indefinido, se estuviera dejando llevar, igual que él, y al salir de la anestesia, Thorne experimentó una fuerte sensación, como si se hubiera despedido de algo más que del dolor.

Como si ambos fantasmas hubieran desaparecido a la vez.

Se acomodó sobre tres almohadas y miró fijamente la pantalla de la televisión. Eso de seguir un juicio criminal por televisión era deformación profesional, ya lo sabía, pero le resultaba irresistible. En Estados Unidos amenazaban a una de las celebridades más conocidas del mundo con una importante condena de cárcel, y las tres últimas semanas habían sido ocupadas por la farsa de la selección del jurado. Candidato tras candidato habían sido descartado basándose en el hecho de que conocían al acusado y harían sus propias suposiciones; el fiscal exigía saber dónde podrían encontrar jurados que no conocieran a la superfamosa celebridad, y que no hubieran oído hablar de lo que supuestamente había hecho.

Thorne, todavía con sueño, cerró los ojos; creó la imagen maravillosa de un jurado compuesto por un esquimal, un bosquimano del Kalahari, uno de esos tribus africanos con un plato en el labio inferior...

Suposiciones.

Chicos y chicas de hogares decentes y colegios buenos no llegan a ser asesinos racistas. No se hacen mayores para luego raptar a niños.

Secuestra a un niño y el blanco elegido es un ex poli.

Los niños están más seguros con su familia.

Sabía que todo el mundo tenía sus prejuicios y sus ideas preconcebidas. Que conseguían convertir en idiotas tanto a la gente buena como a la mala gente. Que la mayoría de ellos se basaban simplemente en la experiencia. Pero aun así...

Al tratarse de cuestiones de culpabilidad e inocencia, de confianza o recelo, Thorne sabía que hacer tus propias suposiciones era cosa peligrosa.

Apestaba esa forma de pensar.

La puerta se abrió al fondo de la sala y Hendricks salió del cuarto de baño, secándose las manos.

—Están bien estas instalaciones.

Hedley Grange era un hospital privado y clínica de convalecencia en la orilla del Támesis, cerca de Kingston. Era el lugar al que la Policía Metropolitana enviaba a todos los agentes heridos en acto de servicio, en el que Thorne se estaba recuperando de la lesión de columna que había sufrido durante su intento de rescate de Luke Mullen en la casita de St. Paul's Walden.

—Más te vale sacar algo bueno de todo esto —le había dicho Holland.

Hendricks se acercó a la cama.

—Veamos la que han liado aquí.

Thorne consiguió apoyarse sobre el costado izquierdo. Con mucha cautela cambió de postura para no molestar los puntos, ni el enredo de tubos por el que estaba conectado al suero y a la bomba de morfina que le aliviaba, dosificándose según necesidad.

Era demasiado pronto para saber si la operación para arreglar la hernia de disco había salido bien; le dolía mucho todavía, pero era posible que fuera sólo un dolor postoperatorio. De todas maneras, había pulsado el botón de la bomba de morfina unas cuantas de veces en las tres horas que habían transcurrido después de recobrar la conciencia.

Hendricks levantó la sábana, y cogió aire.

—¿Qué?

—Estoy de broma —dijo Hendricks—. Todo parece estar muy bien. El pañal y las medias de compresión te quedan de puta madre también.

—Vete a la mierda.

Hendricks volvió a su silla al final de la cama. Examinó las ofrendas florales sobre la mesa: el ramo habitual del comisario; otro ramo algo más grande y una tarjeta impresa con las palabras «Que te mejores muy pronto», y firmada con «Besos, de parte de Louise».

—Me ibas a contar qué pasó con ella —dijo Hendricks.

—De momento nada de nada —dijo Thorne—. Con suerte, si ya tengo bien la espalda...

—Tranquilízate, machote. Todavía no estás en condiciones de hacer el salto del tigre.

Thorne sonrió.

—Me conformaría con un achuchón, si te digo la verdad —sonrió más todavía—. Quizás una paja.

—¿Y tú crees que la cosa puede ir por buen camino?

—Estaría bien, ¿no?

—Es simpática —dijo Hendricks—. No aguanta gilipolleces.

Oían voces desde fuera en el pasillo. El triquitraque de un carrito. El carrito de la merienda o de la medicación.

—¿Qué hay de Brendan?

Hendricks se echó para atrás en la silla, y mantuvo el equilibrio sobre dos patas.

—Nos va muy bien —miró por la ventana—. No me ha dicho nada, pero creo que está liado con otro por ahí.

—¿Y a ti te importa eso?

Hendricks le contestó que no, y parecía que lo decía de corazón.

—Me voy a buscar a alguien que quiera lo mismo que yo. No puede ser tan complicado.

—¿Te refieres a lo de los niños? —volvió a colocar la silla sobre las cuatro patas—. ¿A qué te refieres?

—Tú y yo. ¿Por qué vamos a seguir luchando contra ello? Adoptemos a un niño.

—No sé si sabría ejercer muy bien de padre —dijo Thorne.

Hendricks no dejaba pasar ni una.

—Querrás decir *de madre*. Aquí soy yo el macho.

Thorne se echó a reír, y enseguida se arrepintió. Entonces le dio dos veces a la bomba de morfina hasta que el dolor empezó a desaparecer, y no podía recordar qué era lo que le había hecho tanta gracia.

Hasta que realmente no recordaba nada de nada.

algaida
eco

OTROS TÍTULOS PUBLICADOS

Réquiem por el joven Borgia,
Elena y Michela Martignoni

El arte de matar dragones,
Ignacio del Valle

El enigma de la Santa Espina,
Fernando de Artacho

El país de las mariposas,
Nerea Riesco

El fuego de San Telmo,
José Baena

El otoño alemán,
Eugenia Rico

La sangre de los crucificados,
Félix G. Modroño

El león dormido,
Marian Izaguirre

El evangelio de Barrabás,
Francisco Galván

César Borgia, verdugo de tiranos,
Elena y Michela Martignoni

Lo que el aire mueve,
Manuel Hidalgo

Niños de tiza,
David Torres

La clave Wagner,
Eitan Melnick

Peregrinos de la herejía,
Tracy Saunders

El evangelio del Tibet,
Álvaro Bermejo

La conspiración del Vaticano,
Kai Meyer

La jauría y la niebla,
Martín Casariego

Cuando el cielo se caiga,
Francisco Galván

Monasterio,
Andrea H. Japp

Asesinato en el jardín de Sócrates,
Sascha Berst

Cuentos del mediodía a la medianoche,
Luis del Val

De buitres y lobos,
Francisco Galván

La huella del ángel,
Antonio Forcellino y Brunela Schisa

La judía más hermosa,
Fernando García Calderón

El violinista de Mauthausen,
Andrés Pérez Domínguez

EL síndrome de Mowgli,
Andrés Pérez Domínguez

Mitología de Nueva York,
Vanessa Montfort

La estrella solitaria,
Alfonso Domingo

Muerte dulce,
Félix G. Modroño

Sueño profundo,
Mark Billingham

Jerusalén,
Andrea Frediani

La hija del alquimista,
Kai Meyer

María de Nazaret,
Halter Marek

Punto de fisión,
David Torres

Perdóname,
Francesco Marchetti

La Valida,
Vicenta Márquez de la Plata